»Als Dr. Wolff vorschlug, ich solle das Tagebuch veröffentlichen, das ich während meines vorletzten Schuljahrs im Internat geführt habe, glaubte ich zunächst, ich hätte mich verhört. Er ist an mir oder besser gesagt an meinem Fall interessiert, seit ich vor dreißig Jahren bei ihm in psychiatrischer Behandlung war, und wir telefonieren dann und wann miteinander. Allerdings hatte ich das Tagebuch nicht mehr gesehen, seit ich es ihm damals in der Klinik übergeben hatte. Als ich das Buch aufschlug, fand ich die Rasierklinge, die ich vor so langer Zeit zwischen die Seiten gelegt hatte.« Eine Geschichte mit unglaublicher Sogwirkung.

Rachel Klein lebt mit ihrer Familie in Brooklyn. Sie hat Erzählungen und Übersetzungen veröffentlicht. ›Die Sehnsucht der Falter‹ ist ihr erster Roman.

Unsere Adresse im Internet: www.fischer-tb.de

Rachel Klein

Die Sehnsucht der Falter

Roman

Aus dem Amerikanischen von
Susanne Goga-Klinkenberg

Fischer Taschenbuch Verlag

Deutsche Erstausgabe
Veröffentlicht im Fischer Taschenbuch Verlag,
ein Unternehmen der S. Fischer Verlag GmbH,
Frankfurt am Main, Februar 2004

Die Originalausgabe erschien 2002
unter dem Titel ›The Moth Diaries‹
im Verlag Counterpoint, Washington

Satz: Pinkuin Satz und Datentechnik, Berlin
Druck und Bindung: Clausen & Bosse, Leck
Printed in Germany
ISBN 3-596-15967-9

Für Lyle

Vorwort

Als Dr. Karl Wolff vorschlug, ich solle das Tagebuch veröffentlichen, das ich während meines vorletzten Schuljahrs im Internat geführt habe, glaubte ich zunächst, ich hätte mich verhört. Er ist an mir oder besser gesagt an meinem Fall interessiert, seit ich vor dreißig Jahren bei ihm in psychiatrischer Behandlung war, und wir telefonieren dann und wann miteinander. Allerdings hatte ich das Tagebuch nicht mehr gesehen, seit ich es ihm damals in der Klinik übergeben hatte, und wir hatten nur einmal darüber gesprochen. Damals machte er mir klar, ich müsse mit dieser Phase meines Lebens abschließen. Das Tagebuchschreiben aufzugeben war der erste Schritt dorthin.

Meine erste Reaktion auf den Vorschlag war ein Nein. Ich hatte das Tagebuch nicht in der Absicht geschrieben, es irgendjemanden lesen zu lassen. Und Dr. Wolff hatte es nur behalten, weil er es meiner Mutter bei meiner Entlassung aus der Klinik versprochen hatte. Ich hatte es geschrieben, um für mich festzuhalten, wie ich mit sechzehn war. Außerdem habe ich eine Tochter, die jetzt so alt ist wie ich damals, und möchte sie schützen. Ich glaube, sie muss nicht alles über mich wissen.

Dr. Wolff beruhigte mich. Sämtliche Namen würden geändert. Man könne mich unmöglich in der Person der Erzählerin wieder erkennen. Es würde sogar schwierig, die Schule zu erkennen. Vor allem aber war er der Ansicht, das Tagebuch könne in einer Zeit, in der riskante Verhaltensweisen bei jungen Mädchen geradezu epidemische Ausmaße angenommen hätten, einen unschätzbaren Beitrag zur Literatur über die weibliche Adoleszenz liefern. Er habe das Tagebuch zufällig noch einmal in die Hand bekommen, als er sein Büro wegen des bevorstehenden Ruhestands auflöste, und sei überrascht gewesen, wie überzeugend meine Worte klangen.

Ich weiß nicht, ob ich ihm darin zustimme. Allerdings haben mich die Tagebücher junger Mädchen schon immer fasziniert. Sie sind wie Puppenhäuser. Schaut man hinein, wirkt die Welt auf einmal sehr fern, wenn nicht unglaublich. Hätten wir nur die Macht, in solchen Momenten aus uns herauszutreten, würden wir uns eine Menge Schmerz und Angst ersparen. Ich spreche nicht von Wahrheit oder Täuschung, sondern vom Überleben.

Ich stimmte Dr. Wolffs Vorschlag unter Vorbehalt zu. Falls ich ihm, nachdem ich mein Tagebuch noch einmal gelesen hatte, Recht geben sollte, würde ich ihm die Erlaubnis zur Veröffentlichung erteilen.

Auch bat er mich, ein Nachwort zu verfassen, das eine Art Abschluss meiner Erfahrungen bilden sollte. Seiner Meinung nach komme es sehr selten vor, dass sich jemand, der unter einer Borderline-Störung mit Depressionen und Psychose gelitten habe, so völlig erhole und keine weitere »Episode« erleide, wie er es freundlicherweise bezeichnete. Er war sicher, meine Reaktionen auf das Tagebuch könnten durchaus erhellend sein.

Das kann ich nicht beurteilen. Als ich das Buch aufschlug, fand ich die Rasierklinge, die ich vor so langer Zeit zwischen die Seiten gelegt hatte. Dr. Wolff hatte sie als Teil des »klinischen Bildes« behalten, wie er mir erklärte. Sie wirkte völlig deplatziert. Bloß eine Rasierklinge. Und die Wörter auf der Seite waren bloß das – Wörter in einer vertrauten Handschrift.

Ich kann denen, die sich fragen, ob man das Erwachsenwerden überleben kann, nicht mehr als dies zur Beruhigung anbieten.

Die Sehnsucht der Falter

September

10. September

Meine Mutter setzte mich um zwei ab. Praktisch alle sind wieder da. Außer Lucy. Ich kann es gar nicht erwarten, dass sie kommt, dann können wir gemeinsam auspacken. Ich werde Tagebuch schreiben, bis sie hier ist.

Nachdem meine Mutter gegangen war, verspürte ich eine Leere im Magen, die sich in meine Kehle und bis hinter die Augen ausbreitete. Ich habe nicht geweint, obwohl ich mich danach vermutlich besser gefühlt hätte. Ich musste an diesem Gefühl, diesem Schmerz festhalten. Wäre Lucy hier gewesen, hätte sie mich abgelenkt. Ich geriet kurz in Panik, als ich mich von meiner Mutter verabschiedete. Ich hätte sie beinahe angefleht, mich nicht hier zu lassen. Es ist so seltsam. Den ganzen letzten Monat habe ich mich auf die Schule gefreut. Ich war sogar aufgeregt, als die neuen Uniformen mit der Post kamen. Der hellblaue Sommerrock war steif wie Pappe. Ich musste ihn waschen, bevor ich ihn anziehen konnte. Ich bin froh, dass ich nicht zu den Tagesschülerinnen gehöre und mir Gedanken darum machen muss, wie ich auf der Heimfahrt im Zug aussehe. Sie schleichen sich für den Fall, dass sie im Zug Jungs treffen, die sie kennen, im Bahnhof in den Waschraum und schminken sich und wechseln ihre Oxford-Schuhe gegen Slipper aus. Ich habe sie auf den Zug warten sehen, die Röcke über die Knie hochgezogen, sodass man kaum merkt, dass sie eine Uniform tragen. Uns Internen wäre es sogar egal, wenn wir wie Krankenschwestern aussähen.

Jetzt bin ich hier und möchte weglaufen.

Ich habe immer Angst, mich von meiner Mutter zu trennen. Ich habe Angst, sie nie wieder zu sehen. Ich möchte ihr wie ein kleines Mädchen hinterherlaufen, mich an ihrem Rock festhalten, nach ihrer Hand greifen, schniefen. Stattdessen stehe ich ganz steif da und sage kein Wort. »Kannst du dich nicht einmal von mir verabschieden?«, fragt sie. Nach einigen Tagen lenkt mich die Schule ab. Dann bin ich froh, nicht bei ihr zu sein, obwohl ich nur noch sie habe. Ich bekomme gern Briefe von ihr, hasse aber ihre Anrufe. Ich rufe sie nie an. Ihre Stimme klingt so schwer. Sie zieht einen herunter. Ich habe immer Angst, wenn ich ans Telefon gerufen werde. Es fällt mir unglaublich schwer, den Hörer ans Ohr zu halten. Er will mich verschlingen. Ich hebe ihn mühsam hoch, während der Mensch am anderen Ende in der Luft hängt, auf meine Stimme wartet.

Von meinem Fenster aus sah ich, wie meine Mutter rasch die Auffahrt hinunterfuhr. Ihr Wagen verschwand hinter der Werkstatt. Als sie nach links abbog, konnte ich ihn wieder sehen, einen blauen Streifen, der durch den schwarzen Zaun hindurchblitzte. Und dann war sie weg. Meine Mutter fährt immer zu schnell; ihr ist egal, was mit ihr passiert. Lucys Mutter würde nie so fahren.

Ich stand lange Zeit am Fenster. Dann drehte ich mich um und schaute in mein Zimmer, mein neues Zimmer, in dem sich Koffer, Taschen und Schachteln türmten. Es ist nicht so wunderbar, wie ich es mir den ganzen Sommer über ausgemalt habe. Die Wände sind schmutzig. Das Mädchen, das im letzten Jahr hier gewohnt hat, hat an komischen Stellen schwarze Fingerabdrücke hinterlassen. Der Boden ist kahl. Vor dem Fenster steht ein Sessel mit Holzarmlehnen, der mit einem dunkelgrün und rosa geblümten Stoff bezogen ist. Nicht gerade einladend. Ich glaube, ich lege ein paar Kissen auf die Fensterbank und mache einen Sitzplatz draus. Ich hatte es für das beste Zimmer in der Residenz gehalten. Wenn ich erst ausgepackt habe und Lucy nebenan wohnt, wird alles anders.

Ich wurde es leid, auf Lucy zu warten, und unternahm einen Spaziergang zum Bahnhof. Im Schreibwarengeschäft neben dem Drugstore entdeckte ich ein altes französisches Aufsatzheft mit einem fleckigen, karminroten Einband und dickem, schwarzen Rücken, das wie ein richtiges Buch aussieht, nur mit leeren Seiten. Irgendwie war es hinten im Laden gelandet und vergessen worden. Ich ging damit zur Kasse, hielt es an die Brust gedrückt, als könnte es mir jemand wegschnappen. Genauso sahen die Tagebücher meines Vaters aus. Es war ein Zeichen, ich musste es kaufen. Nun werde ich es mit Worten füllen, so wie er seine Notizbücher gefüllt hat: die Seiten, die Ränder, das Titelblatt, alle mit kleinen Notizen bedeckt, aus denen keiner schlau wurde. Ich werde keinem davon erzählen, nicht einmal Lucy.

Im Sommer habe ich die Claudine-Bücher gelesen. Sie waren ein Ersatz für die Schule, die ich so vermisst habe. Ich hoffe, die Worte werden aus meinem Füller aufs Papier fließen, wie sie es bei Colette taten: genau die Worte, die ich brauche. Zur Inspiration liegt *Claudine erwacht* auf meinem Schreibtisch. Sie weiß, was es bedeutet, an einem solchen Ort eingeschlossen zu sein, wo sich alle Gefühle auf die Mädchen um einen herum konzentrieren. Wo man zwar von einem Freund träumt, sich aber eigentlich nur wohl fühlt, wenn man den Arm um die Taille einer Freundin legt.

Schon jetzt habe ich diesen Seiten zu viele traurige Gedanken anvertraut. Ich muss von vorn beginnen, ganz langsam und sorgfältig. Alles muss vollkommen sein. Ich habe es nicht eilig. Zuerst schlage ich das Notizbuch auf meinem Schreibtisch auf, streiche über die glatten Seiten mit den grünen Linien und schraube den Füller auf, den mir meine Mutter zum sechzehnten Geburtstag geschenkt hat. Ich fülle schwarze Tinte aus einer Flasche in ein altes Tintenfass, das ich auf einem Schreibtisch im Übungsraum gefunden habe. Der beißende Geruch hängt in der Luft. Ein Schriftsteller-Geruch. Ich beginne vorn und schreibe in die obere rechte Ecke jeder Seite eine Zahl. Es sind 155 Blätter, die ich beidseitig beschreiben werde. Dreihundertzehn Seiten, das sollte reichen.

Ich habe lange gebraucht, um mich an die Schule zu gewöhnen, um mich nicht ständig beobachtet und bemitleidet zu fühlen. Sie haben es gehasst, mich zu bemitleiden. Ich glaube, dieses Jahr werde ich glücklich sein können, weil Lucy und ich jetzt zwei Zimmer zusammen haben. Davon habe ich geträumt. Nächstes Jahr muss ich ans College denken. Dann muss ich wieder von vorn beginnen.

Ich kann unser Glück gar nicht fassen. Ich hatte bei der Auslosung eine niedrige Zahl gezogen, und wir bekamen die erste Wahl. Mein Zimmer ist größer, aber Lucys hat einen Kamin, und zwischen den beiden Räumen liegt unser *eigenes* Bad. Es ist so privat, und so viel Platz. Wir können jederzeit zur anderen ins Zimmer gehen, ohne dass Mrs. Halton es merkt. Wir müssen nur darauf achten, dass wir leise sind und ordentlich und nicht in den Verdacht geraten, irgendwelche Probleme zu machen. Lucy hält niemand für eine Unruhestifterin. Sie ist einfach zu nett. Letztes Jahr tanzte Mrs. Dunlap dauernd um uns herum und platzte während der Ruhezeit herein, um zu sehen, ob wir auch allein wären. Das war furchtbar. Dieses Jahr haben wir alles viel besser eingerichtet.

Ich will, dass dieses Schuljahr nie zu Ende geht.

Ich werde in meinem Zimmer bleiben, bis Lucy kommt. Ich will niemanden sehen, nur sie.

Die Tür.

Es war nicht Lucy. Es war die Neue von gegenüber. Es ist seltsam, dass wir in der elften Klasse eine Neue bekommen. Und sie hat es geschafft, ein großes Zimmer mit Bad *und* Kamin für sich allein zu kriegen. In diesem Jahr wohnen alle außer Sofia auf einem Flur. Sofia wollte ein Einzelzimmer, hatte aber eine schlechte Nummer gezogen. Sie muss sich mit einem kleinen Raum, der nach vorn hinausgeht, begnügen, doch immerhin liegt er gleich um die Ecke. Nur die Zimmer im ersten und zweiten Stock haben Kamine. Meistens bekommen die Neuen die winzigen Dienstbotenzimmer im dritten Stock. Das ist alles, was übrig bleibt, nachdem alle gewählt haben. Sie hocken da oben mit den Acht- und Neuntklässlerinnen und mit Mac. Diesen Spitznamen hat Charley erfunden. Mrs. McCallum sieht aus wie eine alte Bulldogge. Vermutlich ist die Neue reich, und Miss Rood will ihre Eltern beeindrucken.

Ich überlege oft, wie es war, als die Residenz noch ein Hotel war. Reiche Gäste kamen oft zur »Ruhekur« her, was immer das gewesen sein mag. Sie ritten auf Ponys über die Sportplätze, spielten Krocket, tranken ihren Nachmittagstee auf der Veranda und tanzten nach dem Abendessen im Schulsaal.

Irgendwie hat sich seither nichts verändert, nur ist das Haus jetzt voller Mädchen.

Als ich zum ersten Mal mit meiner Mutter durch die hohen Eisentore der Brangwyn School fuhr und die Residenz sah, war mir, als wäre ich in einem Traum aufgewacht. Nein, nicht in einem Traum. Träume sind nicht real. Ich war in eine völlig andere Zeit und an einen anderen Ort geraten, mit geschwungenen roten Dächern und Giebeln, Steinbögen und hohen Ziegelschornsteinen, geschmückt mit Ornamenten aus grünem Kupfer wie die Waffen auf einem Schlachtfeld, Speere, Lanzen und Hellebarden. Das war keine Schule, sondern eine Burg. Es war Winter, und die Sportplätze und die lange, geschwungene Auffahrt waren schneebedeckt. Der Schnee ließ die Plätze ungeheuer groß aussehen, unendlich.

Alles an der Schule – die Uniformen, die förmlichen Mahlzeiten, die Glocke, die Regeln – war wie die roten Dächer und die Kupferpiken: kunstvoll und verwirrend. Ich wusste nicht, wie ich mich daran gewöhnen sollte. Ich dachte, ich würde wieder gehen, bevor das geschah. Dann sagte eines Tages jemand: »Wir treffen uns in der Pause auf dem Treppenabsatz«, und obwohl es überall in der Schule Treppen und Treppenabsätze gibt, wusste ich genau, welchen sie meinte, nämlich den hinter der Bibliothek. Ich brauchte sie nicht panisch und leer anzustarren.

Die Neue heißt Ernessa Bloch. Sie ist ganz hübsch, hat langes, dunkles, welliges Haar, blasse Haut, tiefrote Lippen und schwarze Augen. Nur ihre Nase ist zu groß und am Ende nach unten gekrümmt. Hübsch klingt eigentlich zu mädchenhaft für sie. Vielleicht liegt das an ihrer Art: Sie ist sehr höflich, aber überhaupt nicht schüchtern. Sie spricht akzentfrei, hat aber etwas Ausländisches. Sie war nur einen Moment da. Sie wollte wissen, wann wir morgens aufstehen müssen und ob das Frühstück Pflicht sei. Ich bot ihr an, sie morgen einzutragen, weil sie sagte, sie sei von der langen Anreise völlig erschöpft. Ihre Antwort: »Wie du willst.«

Endlich. Das muss Lucy sein!

11. September

Gestern kam Sofia nach dem Abendessen in mein Zimmer gestürmt. »Wir haben jetzt einen Mann als Englischlehrer«, sagte sie. »Und er ist ein Dichter!«

Er heißt Mr. Davies. Ich habe bei ihm »Das Unglaubliche:

die Literatur des Übernatürlichen«. Dieser Kurs war mir am liebsten, doch es interessiert mich nicht weiter, ob ich einen Mann als Lehrer habe. Alle anderen drehen durch. Diejenigen, die es nicht in seine Kurse geschafft haben, sind total eifersüchtig. Ich erinnere mich, wie Miss Watson einmal einen Mann mit in die Schule brachte. Den ganzen Tag gab es kein anderes Thema. Dora hat »Das Zeitalter des Abstrakten« belegt. Sie muss lauter schwere Sachen wie Dostojewski und Gide lesen. Ich bin froh, dass sie nicht in meinem Kurs ist.

Sofia sagte: »Ist es dir völlig egal, dass du in seinem Kurs bist? Das ist doch übernatürlich.«

Er sieht gut aus, hat halb langes, braunes Haar und einen Schnurrbart. Er ist Mitte dreißig und verheiratet. Er trägt einen Ehering. Claire ist nach nur einer Stunde wild in ihn verliebt. Auf seinem Pult lag ein Stapel Lyrikbände, obendrauf sämtliche Gedichte von Dylan Thomas.

»Du kannst ihm erzählen, dass dein Vater ein berühmter Dichter war, bevor er sich umgebracht hat«, flüsterte Claire mir zu.

Sie ist eine blöde Kuh.

»Er war nicht berühmt«, sagte ich nur.

Sie ist eifersüchtig auf mich, weil ihr Vater bloß ein langweiliger Rechtsanwalt ist. Sie glaubt, Mr. Davies würde sich in sie verlieben, wenn ihr Vater Schriftsteller wäre. Außerdem hat mein Vater nicht nur geschrieben, er hat auch in einer Bank gearbeitet. Schreiben sei sein Hobby, sagte er immer.

12. September

Ich habe beschlossen, jeden Tag mindestens eine Seite in mein Tagebuch zu schreiben, sozusagen als freie Übung. Gleich nach Beginn der Ruhezeit fange ich damit an, dann vergesse ich es nicht. Ich schreibe auch am Wochenende. Ich möchte über das schreiben, was ich tagsüber erlebe – welche Hausaufgaben ich habe, was es zum Abendessen gibt, wie wir beim Hockey abgeschnitten haben, wer mir auf die Nerven geht. Keine Träumereien über Jungen oder sonst etwas. Es soll ein Bericht sein. Ich werde ihn später lesen und genau wissen, was ich mit sechzehn erlebt habe.

Ich werde jeden Tag zur selben Zeit Klavier üben, und zwar in der Freistunde vor dem Mittagessen. Ich versuche mich seit fast einem Jahr an einer Mozartsonate und kann sie immer noch nicht so spielen, wie ich gern möchte. Ich wünschte, ich könnte mich ans Klavier setzen und die Musik mühelos hervorbringen. Stattdessen quäle ich mich damit herum. Manchmal spiele ich ein Stück richtig gut, doch dann kommt es mir beinahe vor, als spielte ich gar nicht selbst. Miss Simpson sagt, ich müsse an meiner Konzentration arbeiten. Es stimmt, meine Gedanken schweifen ab, während ich spiele. Ich will mich konzentrieren, doch nach wenigen Minuten vergesse ich die Musik und frage mich, was es zum Mittagessen gibt.

Egal, die ersten drei Tage waren perfekt.

15. September

Ich habe gegen meinen Entschluss verstoßen, jeden Tag zu schreiben, aber das macht nichts. Niemand kontrolliert mich. Ich hatte wirklich viel zu tun. Bei sämtlichen Lehrerinnen gab es von der ersten Stunde an eine Menge Hausaufgaben. Lucy ist schon völlig von der Rolle. In Chemie ist sie hoffnungslos. Wie soll sie das Schuljahr nur überstehen?

Ansonsten ist nicht viel passiert. Ich habe mich wieder für Hockey gemeldet, obwohl Miss Bobbie mich nie aus der

B-Mannschaft nehmen wird. Es war schwer genug, überhaupt in die B-Mannschaft zu kommen. Ich bin nur drin, weil ich in die elfte Klasse gehe. Sie mag die blonden Mädchen mit den langen, glatten Haaren, die typischen Tagesschülerinnen. Keine Jüdinnen aus dem Internat. Sosehr ich auch trainiere, ich werde nie in eine höhere Mannschaft kommen. Obwohl ich meinen Namen an genau der Stelle erwartete, war ich trotzdem enttäuscht, als die Listen am schwarzen Brett der Sportabteilung ausgehängt wurden. Und Lucy ist in der A-Mannschaft. Ohne etwas dafür zu tun. Miss Bobbie mag Lucy natürlich. Sie ist die Göttin des Feldhockey. Wäre sie nicht meine Freundin, würde ich sie hassen. Sie legte den Arm um mich und flüsterte mir ins Ohr: »Nicht weinen. Wenn sie sieht, wie gut du bist, kommst du in die andere Mannschaft.«

Miss Bobbie, so ein blöder Name. Eigentlich heißt sie Miss Roberts. Wie erbärmlich, wenn eine alte Frau mit weißen Haaren und schlaffer Haut einen Spitznamen hat. Sie trägt immer einen karierten Wollrock mit passendem Pullover, eine weiße Bluse und marineblaue Kniestrümpfe, die ihr in Falten um die Knöchel hängen. Wie eine Uniform. Ich würde niemals freiwillig eine Uniform tragen. Sofia liebt die Uniform aus unerfindlichen Gründen, aber sie liebt ja auch die Schule.

Von dieser alten Kuh lasse ich mir nicht den Herbst verderben. Ich mag Hockey, das Gerenne auf dem Spielfeld, außer Atem, mit stechenden Lungen und dem Geruch von trockenem Laub im Haar. Das Licht verblasst, und die Spielerinnen auf dem Feld können einander kaum noch erkennen. Sie sinken wie Geister ins Dunkel. Der weiße Ball, die einzige Verbindung zwischen ihnen, schimmert im Gras. Der Holzschläger kracht auf den harten Ball, Rufe hallen durch die leere Luft, dann das rüttelnde, betäubende Gefühl, wenn ich den Ball über das lange Feld schlage und alle hinterherlaufen und in der Dämmerung verschwinden. Es ist schön. Sogar in der B-Mannschaft.

Ich muss noch arbeiten, bevor ich runtergehe. Ich sitze an Miss Davenports Tisch. Sie lässt uns schnell essen, Kaffee trinken und auf eine Zigarette in den Aufenthaltsraum gehen, bevor die Arbeitsstunde beginnt. Das macht sie, weil sie selbst nicht viel isst. Sie achtet auf ihr Gewicht. Wenn man bei Miss Bombay am Tisch sitzt, lässt sie einen erst gehen, wenn man alles aufgegessen hat. Es dauert ewig.

Nach dem Abendessen
Die arme Lucy hängt an Miss Bombays Tisch fest. Und muss auch noch abräumen. Das heißt, uns bleibt nach dem Abendessen keine Zeit im Aufenthaltsraum. Seit ich in der neunten Klasse auf die Schule kam, habe ich nicht mehr an Miss Bombays Tisch gesessen. Es war schlimm genug, dass ich mitten im Schuljahr kam, und dann setzten sie mich auch noch an ihren Tisch. Ich musste ins Internat, weil meine Mutter mich nicht um sich haben konnte. Sie wollte sich allein in ihrem Schmerz suhlen. Abends saßen wir beide schweigend beim Essen. Man hörte uns nur kauen und schlucken. Wenn wir sprechen mussten, um nach dem Salz zu fragen oder so, flüsterten wir und mieden den Anblick von Vaters leerem Stuhl. Jeden Abend dachte ich, ich könnte kein weiteres Essen mit ihr ertragen. Dann kam ich auf die Schule, und es wurde noch schlimmer. Ich fürchtete mich vor allem: den anderen Schülerinnen, der Fluraufsicht, den Sportlehrerinnen, Miss Rood, all den Regeln und Klingelzeichen. Ich fand mich nicht einmal im Gebäude zurecht. Eines Abends lief ich vor den anderen Mädchen davon, die sich oben an der Treppe versammelt hatten, um gemeinsam zum Abendessen zu gehen, und landete an der Hintertreppe bei den Musik-

räumen. Ich hatte keine Ahnung, wo ich war. Ich stand im dunklen Flur und weinte. Keiner hörte mich. Ich hätte tot sein können. Als wir uns bei Tisch zum Dankgebet erhoben, musste ich dauernd Miss Bombay anschauen. Ihre Beine waren so dick und die Knöchel so geschwollen, dass ihre Unterschenkel direkt in den Schuhen zu stecken schienen wie dicke Holzpflöcke. Ihre Knöchel und Unterschenkel waren bandagiert. Sie senkte sich behutsam auf ihren Stuhl, wobei sie die Tischkante umklammerte, und seufzte erleichtert, als sie saß. Ich war zu versteinert, um zu essen. Der Raum war erfüllt von Stimmen, die im Laufe des Essens lauter wurden, und dem Klirren des Bestecks. Überall um mich herum wurde sich unterhalten. Mädchen sprangen auf und holten Essen von einem Wagen, liefen um die Tische, räumten die Teller ab und trugen sie zum Wagen. Ich schaute hoch. Mein Teller war noch fast voll, ich hatte einen Bissen Lammfleisch im Mund und merkte, dass es am Tisch still geworden war und alle mich anstarrten. Ich konnte meinen Kiefer nicht bewegen, nicht kauen.

»Keine Eile, meine Liebe«, sagte Miss Bombay. »Iss ruhig auf.«

»Schnell«, flüsterte das Mädchen neben mir. »Wir wollen eine rauchen.«

»Fertig«, piepste ich.

»Na los, iss auf«, beharrte Miss Bombay.

»Nein, ich bin fertig«, sagte ich. Nur die Angst vor den anderen Mädchen ließ mich lauter sprechen.

Miss Bombay saß da und sagte kein Wort. Ich wusste, ich könnte nicht an der Schule bleiben, falls sie mich zwang, unter den Blicken aller anderen aufzuessen, jeden Bissen hinunterzuwürgen. Als sie die Mädchen schließlich abräumen ließ, war ich schweißnass, und meine Beine unter dem Tisch zitterten. Am schlimmsten war der Nachtisch, Angel Cake mit Schlagsahne. Ich wollte so gern ein Stück haben, und Miss Bombay bot mir wiederholt eins an, doch ich schüttelte nur den Kopf. Dann hörte ich, wie Miss Bombay einem der älteren Mädchen zuflüsterte: »Das arme Kind steht noch unter Schock.« Nichts hätte schlimmer sein können als diese Worte. Ich wünschte, ich hätte Nachtisch genommen und mir den Mund mit dem weichen, süßen Kuchen voll gestopft wie die anderen Mädchen am Tisch, die alle gleichzeitig zu kauen aufhörten und mich erneut anstarrten. Diesmal nicht verärgert, sondern mit abscheulich mitleidsvollen Blicken.

Jetzt gehöre ich selbst zu diesen älteren Mädchen. Ich beeile mich mit dem Essen und gehe danach eine rauchen. Ich habe viele Freundinnen, und niemand starrt mich an. Ich nehme mir immer ein großes Stück Kuchen.

17. September

Die Neue ist irgendwie seltsam. Oder völlig neben der Spur. Als ich nach dem Sport durch den Übergang kam, stand sie dort an die Wand gelehnt und schaute aus dem Fenster. Ich eilte an ihr vorbei, doch dann fiel mir ein, wie furchtbar man sich als Neue fühlt, und drehte mich um.

»Hast du dich verlaufen?«, fragte ich.

Ernessa wandte sich vom Fenster ab. »Nein. Hier bin ich besonders gern.«

»Hier im Übergang?«

Der ›Übergang‹ ist einfach nur ein Flur, der vom Schulgebäude zum Naturwissenschaftsgebäude und der Residenz führt. Es gibt keinen Grund, dort herumzuhängen, außer man hat es gerne kalt, dämmrig und eng. Mit den Bleiglasfenstern sieht er mehr nach Kreuzgang als nach Schule aus. Das Glas ist dick und verschwommen, und die Bäume auf dem mittleren Sportplatz sehen aus, als verschmölzen sie mit dem Himmel. Nur bleiches Licht fällt herein, Unterwasserlicht. Wenn ich durch den Übergang muss, renne ich beinah.

»Ich sehe gern aus diesen Fenstern«, sagte Ernessa. »Die Welt ist in lauter kleine Splitter zerbrochen.«

»Gehst du wieder in dein Zimmer?«, fragte ich rein aus Höflichkeit.

»Irgendwann schon.«

»Dann bis später.«

Sie wandte sich eifrig zum Fenster, als könnte sie da draußen tatsächlich etwas sehen. Ich ging.

Ich muss Lucy fragen, ob sie je mit ihr gesprochen hat. Ich glaube, sie sind im selben Englischkurs. Ich weiß nicht, weshalb Lucy die romantischen Dichter lesen will. Vermutlich, weil Gedichte kürzer als Romane sind. Ich habe keinen Kurs mit Ernessa, und mit Lucy auch nur Chemie. Ich habe kaum Freundinnen in meinen Kursen. Meist hocke ich mit Tagesschülerinnen zusammen. Es mag ja nette, intelligente Tagesschülerinnen geben, nur kenne ich keine.

Nach dem Abendessen

Ernessa ist in Lucys Englischkurs, und Lucy redete unablässig davon, wie »brillant« Ernessa sei und dass sie im Unterricht immer so interessante Dinge zu sagen habe. Ich weiß nicht, ob Lucy Brillanz beurteilen kann. Ich verlor die Geduld. Sie konnte einfach nicht aufhören, über Ernessa zu reden.

»Wie willst du nach einer Woche Schule wissen, wie intelligent jemand ist?«, fragte ich Lucy.

»Ich weiß, dass sie klüger ist als ich. Sie redet wie aus dem Fremdwörterbuch, ›Das ist definitiv korrekt‹ oder ›Alle Kriterien sind erfüllt‹.«

Das Gespräch hat mich richtig geärgert. Jetzt kann ich mich nicht auf Mathe konzentrieren.

19. September

Lucy ist übers Wochenende nach Hause gefahren, ich habe eigentlich gar nichts zu tun. Ich mag keine Hausaufgaben machen oder Klavier spielen, nicht einmal lesen. Warum fühle ich mich ohne sie so verloren, obwohl ich viele andere Freundinnen habe? Ich brauche nicht einmal mit ihr zusammen zu sein; es genügt, wenn ich weiß, dass sie in ihrem Zimmer ist, dass nur die beiden Türen uns trennen. Ich kann jederzeit rübergehen, mich aufs Bett fallen lassen und sagen: »Komm, lass uns was machen.« Lucy holt mich von meinen Büchern und Gedanken weg und bringt mich dazu, zu lachen und Fastfood zu essen und albern zu sein wie die anderen Mädchen. Hoffentlich fährt sie jetzt nicht jedes Wochenende nach Hause. Sie wohnt nur zwei Stunden von hier entfernt, und es macht ihrer Mutter nichts aus, sie abzuholen. Meine Mutter will mich am Wochenende nicht zu Hause haben. Sie sagt, sie vermisse mich, wenn ich weg sei, habe sich aber ans Alleinsein gewöhnt.

Alle sitzen im Fernsehzimmer am Ende des Flurs. Bis auf Ernessa, die wohl im Zimmer gegenüber ist. Sie ist wie ich, nur schlimmer. Ich glaube, sie möchte gar keine Freundinnen haben. Sie ist immer in ihrem Zimmer und hat die Tür zu. Ihre ist die einzige geschlossene Tür auf dem Flur. Ich würde niemals reingehen, ohne anzuklopfen. Ich war nur einmal drin, als die Tür offen stand und Ernessa gerade mit Dora sprach. Vermutlich redeten sie über Nietzsche oder so was, Dora spricht nämlich über nichts anderes. Außer über Drogen, von denen sie eine Menge zu nehmen scheint. Dora schreibt einen Roman, der auf Nietzsches Philosophie basiert. Sie habe bereits dreihundert Seiten geschrieben, sagt sie. Sie will ihn mir erklären. Es sei ein Dialog zwischen Nietzsche und Brahms. Ich war praktisch in ihrem Zimmer gefangen, während sie mir Passagen aus *Also sprach Zarathustra* vorlas. Sie gibt sich überhaupt nur mit mir ab, weil alle anderen »o nein ...« stöhnen, wenn sie davon anfängt. Gleichzeitig soll ich mich wohl geschmeichelt fühlen, weil sie mich aufklärt. Dora ist ein Mensch, den man zu mögen glaubt, bis er einen beleidigt, indem er einen wie einen Blödmann behandelt. Letztlich weiß ich nicht, ob ich sie überhaupt mag oder sie mich. Ich bekomme die besten Noten, aber sie hält sich für die Klügste. Die Intellektuellste. Sie sagt immer: »Ich nehme Noten nicht ernst. Wahre Intelligenz kann man damit nicht messen, sondern nur, wie gut einer das Futter wiederkäut, das die Lehrerin ihm gegeben hat.«

Ernessa wirkt ganz schön intelligent. Vielleicht würde sie Nietzsche besser verstehen als ich, das ganze Zeugs von wegen Übermensch und dem Mythos von der ewigen Wiederkehr. Jedenfalls steckte ich den Kopf zur Tür hinein – um mir ihr Zimmer anzusehen, nicht um mir eine tief schürfende philosophische Diskussion anzuhören. Ernessa sah mich an, als wollte sie sagen: »Was willst du hier?« Ich hatte kein wichtiges Gespräch gestört. Sie redeten über Möbel. Ernessa wollte ihre Frisierkommode an die Tür stellen. »Dann kommt man nicht mehr rein«, sagte ich. Sie beachtete mich gar nicht, hob die Kommode hoch und trug sie durchs Zimmer. Dora und ich schauten sie an. Dora fragte: »Wie kannst du die tragen? Sie muss unheimlich schwer sein.« Ernessa schien überrascht. »Wenn ihr mich nun entschuldigen würdet.«

Außer ihr redet hier niemand so.

Sie stand an der Tür und wartete, dass wir gingen. Mir gefällt nicht, wie Ernessa mich ansieht. Ich hatte geglaubt, wir könnten uns anfreunden, aber daraus wird wohl nichts.

Auch riecht es in ihrem Zimmer, obwohl es ganz sauber und praktisch leer ist. Eine Frisierkommode, ein Schreibtisch mit Stuhl, ein Bett, nackter Fußboden. Das ist alles. Vielleicht kommt der Geruch aus dem Bad. Es ist ein modriger, fauliger Geruch.

Dora gab mir Nietzsche mit, und ich blätterte das Buch durch. Ich verstehe nicht, wie jemand einen Roman schreiben kann, der auf diesem Buch basiert. Das finde ich unglaublich arrogant.

Folgende Stellen waren unterstrichen:

»Wehe allen Liebenden, die nicht noch eine Höhe haben, welche über ihrem Mitleiden ist.«

»Auch Gott hat seine Hölle: das ist seine Liebe zu den Menschen.«

»Und jüngst hörte ich ihn dies Wort sagen: ›Gott ist todt; an seinem Mitleiden mit den Menschen ist Gott gestorben.‹ … Also sprach Zarathustra.«

Na und?

20. September

Das Wochenende kriecht dahin: Vermutlich kommt Lucy erst nach dem Abendessen zurück, bis dahin sind es noch drei Stunden. Um zehn Uhr heute Morgen bekam ich allmählich Angst. Ich warte, dass etwas geschieht, habe aber keine Ahnung, was das sein soll. Ich würde besser Klavier üben. Ich würde besser Hausaufgaben machen. Ich würde besser lesen. Nach dem Mittagessen kaufte ich Carol ein Päckchen Kekse ab, die sie für die Service League verkauft, las für Englisch »Meine Schwester Antonia« und aß dabei die Kekse. Es ist noch September, aber in meinem Zimmer ist es schon ganz kalt. Meine Hände und Füße waren wie Eis. Ich konnte sie nicht aufwärmen. Aber ich vergaß es, weil mir die Geschichte so gut gefiel. Als ich fertig war, las ich sie gleich nochmal. Ich blätterte ohne Unterbrechung von der ersten zur letzten

Seite, versank tiefer und tiefer in der Zwielichtsprache. Eine solche Geschichte würde ich schreiben wollen, alles so sorgfältig anordnen, Detail um Detail, und wenn dann etwas völlig Ungewöhnliches geschähe, würde es absolut normal, geradezu unvermeidlich wirken. Die Geschichte ist vollkommen. Ich brauche nur etwas, über das ich schreiben kann. Wie fallen Schriftstellern wirklich gute Geschichten ein? Ich bin sicher, sie würde niemandem außer mir gefallen. Die anderen würden sagen: »Und was will uns die Geschichte sagen?« Sie wollen alles erklärt haben, obwohl sie einen Kurs über das Übernatürliche belegt haben. Was erwarten sie denn? Zugegeben, Mr. Davies hat einige ganz schön bizarre Geschichten ausgegraben. Manche sind so schwer aufzutreiben, dass er seine eigenen Bücher in die Bibliothek stellen musste. Wir können sie nur gegen Unterschrift für ein paar Tage ausleihen. Er sagt, es sei ihm egal, in welcher Reihenfolge wir sie lesen, was bedeutet, dass die meisten praktisch gar keine lesen werden. Wenn er so begeistert redet, fällt ihm auch nicht auf, dass sie miteinander flüstern oder Zettel weitergeben oder aus dem Fenster glotzen. Ich versuche, alles sofort zu lesen.

Ich werde die Liste abschreiben, damit ich daran denke, mir beim Lesen Notizen zu den Geschichten zu machen:

Carmilla von Sheridan Le Fanu
Der große Gott Pan von Arthur Machen
Meine Schwester Antonia von Ramón del Valle-Inclán
Der König in Gelb von E. K. Chambers
Die schwarze Spinne von Jeremias Gotthelf
Die Judenbuche von Annette von Droste-Hülshoff
Der Mann, den die Bäume liebten von A. Blackwood
*Sredni Vashta*r von Saki
Rappaccinis Tochter von Nathaniel Hawthorne

Ein Nickerchen, bis Lucy kommt. Sie müsste bald hier sein.

Ich habe mein Schläfchen gemacht, und Lucy ist noch nicht da. Mir ist nicht danach, hinauszugehen und einen auf gesellig zu machen. Die anderen wollen nur high werden. Vor allem Charley. Ich sehe sie immer in Ernessas Zimmer huschen. Sie rauchen zusammen Dope. Sonst haben sie nichts gemeinsam. Ernessa scheint einen netten Vorrat zu besitzen. Charley begreift nicht, weshalb ich nicht gerne rauche. Ich verliere die Kontrolle über meine Gedanken.

Meine Lieblingsstelle aus *Meine Schwester Antonia*:

> Eines Nachmittags nahm mich meine Schwester Antonia bei der Hand, um mit mir zur Kathedrale zu gehen. Antonia war viel älter als ich; sie war groß und bleich, mit dunklen Augen und einem etwas traurigen Lächeln. Sie starb, als ich noch ein Kind war. Doch wie gut erinnere ich mich an ihre Stimme, ihr Lächeln und die Kälte ihrer Hand, wenn sie mich nachmittags zur Kathedrale führte. Vor allem erinnere ich mich an ihre Augen und ihr tragisches Funkeln, als sie einem Studenten folgten, der, in einen blauen Umhang gehüllt, vor dem Portikus der Kathedrale auf- und abschritt. Ich fürchtete mich vor diesem Studenten: Er war hoch gewachsen und hager, und er hatte das Gesicht eines Toten. Er hatte die Augen eines Tigers, schreckliche Augen, unter einer strengen, schön geformten Stirn. Beim Gehen knirschten seine Knie, was ihn den Toten noch ähnlicher machte … Er holte uns an der Tür der Kathedrale ein, nahm mit seiner skelettartigen Hand vom Weihwasser und bot es meiner Schwester an, die erzitterte. Antonia schaute ihn flehend an, und er

flüsterte mit dem Zucken eines Lächelns: »Ich bin außer mir.«

Wenn ich die Augen schließe, höre ich das leise Knirschen seiner Knie, wie er auf dem Flur vor meinem Zimmer auf- und abläuft. Ich überlege, wie es wäre, katholisch zu sein, die Hand in kaltes Wasser zu tauchen und an dessen Heiligkeit zu glauben.

22. September

Gestern war Lucy zur Ruhezeit nicht zurück. Normalerweise verbringen wir einen Teil der Zeit in ihrem Zimmer. Deshalb haben wir die Zimmer mit der Zwischentür. Im ersten Jahr kam ich mir in meiner kleinen Zelle sehr einsam vor. Erst als Lucy nicht auftauchte, wurde mir klar, wie sehr ich mich darauf gefreut hatte, diese Zeit mit ihr zu verbringen. Zuerst reden wir immer ein bisschen. Dann sitze ich in ihrem Sessel und lese, während sie am Schreibtisch Hausaufgaben macht. Ich selbst brauche keinen Schreibtisch zum Arbeiten. Ich kann im Bett lernen, auf dem Boden, im Sessel, im Stehen. Lucy muss am Schreibtisch sitzen. Sie sagt, so könne sie sich besser konzentrieren. Normalerweise habe ich nur kluge Freundinnen, doch bei Lucy ist es mir egal. Dumm ist sie nicht. Sie ist eben nicht sehr gut in der Schule. Ihre Intelligenz ist anders als meine. Sie weiß, wie man mit allen zurechtkommt. Im letzten Jahr habe ich ihr bei den Deutsch-Hausaufgaben geholfen. Obwohl ich nie Deutsch hatte, konnte ich die Übersetzungen für sie erledigen.

Man muss einem Menschen vertrauen, bevor man Rituale zusammen haben kann. Mein Vater und ich hatten unsere Nachmittagsspaziergänge, unser Lesen vor dem Schlafengehen, und als ich noch ganz klein war, brannte nachts immer meine Nachttischlampe. Ich konnte nur bei diesem Licht einschlafen, und jeden Abend, nachdem ich eingeschlafen war, kam mein Vater herein und schaltete sie aus. Wenn ich mitten in der Nacht aufwachte, schaltete ich die Lampe wieder ein, doch morgens brannte sie nie. Damals glaubte ich, mein Vater bliebe die ganze Nacht auf, um dafür zu sorgen, dass meine Lampe ausgeschaltet war. Später fand ich heraus, dass er lange aufblieb, um Gedichte zu schreiben. Der Fuß der Lampe war türkis, der kleine Schirm weiß mit türkisen Punkten. Wenn die Lampe brannte, leuchteten die Punkte.

Nachdem mein Vater gestorben war, wollte ich ihn festhalten, indem ich unsere Rituale wiederholte. Wenn ich im botanischen Garten spazieren ging, erwartete ich, ihn dort zu treffen. Ich spähte die Wege entlang, hinter Bäume, durch die Glaswände des Gewächshauses, über den Teich im japanischen Garten hinweg. Falls er zurückkäme, dann würde ich ihn hier finden.

Ich sah Lucy erst, als wir nach dem Abendessen im Aufenthaltsraum rauchten. Ich fragte sie, ob sie ein Auswärtsspiel mit der Hockeymannschaft gehabt habe. »Ich war bei Ernessa. Sie hat mir bei Deutsch geholfen. Sie ist einfach unglaublich. Spricht absolut fließend. Ich bin nicht in mein Zimmer zurückgegangen, weil ich Angst hatte, Mrs. Halton könnte mich sehen.«

Mrs. Halton verlässt während der Ruhezeit nie ihr Zimmer. Sie würde nicht mal herauskommen, wenn das Haus in Flammen stünde. Außerdem wohnt Ernessa genau gegenüber. Lucy schien verärgert. Dabei kann sie in der Ruhezeit tun, was ihr gefällt. Allerdings verstehe ich nicht, wie sie es eine geschlagene Stunde in diesem Zimmer aushalten kann. Es riecht so. Es ist nicht wie der Alte-Socken-Geruch in

Charleys Zimmer. Es würgt mich, wenn ich an Ernessas Tür vorbeikomme.

23. September

Dass jemand Gedichte verfasst, beeindruckt mich nicht. Wenn es nach mir ginge, wäre Mr. Davies besser ein ganz normaler Englischlehrer. Im nächsten Halbjahr bietet er einen Kurs »Lyrik-Praxis« an. Alle werden ihre Gedichte vorlesen, und die Klasse sagt ihre Meinung dazu. Wie furchtbar! Heute bat er mich, nach dem Unterricht noch ein paar Minuten dazubleiben. Ich konnte sehen, wie Claire innerlich kochte. Sie ist total verrückt nach ihm und hängt nach dem Unterricht immer in seiner Nähe herum, weil sie mit ihm reden will. Sie weiß gar nicht, wie lächerlich sie sich macht. Ich vermute, genau das ist mit dem Wort »vernarrt« gemeint. Ich interessiere mich überhaupt nicht für ihn. Er hat etwas Muffiges. Ich frage mich, ob seine Gedichte so sind wie er. Er hat mich gefragt, ob ich seinen Lyrik-Kurs belegen möchte. Alle müssten etwas schreiben, um hineinzukommen, doch er sei sicher, ich würde es gut machen.

»Du bist die Einzige im Kurs, die die Geschichten versteht«, sagte er. »Die anderen Mädchen sind gelangweilt, verwirrt oder beides. Außerdem besitzt du die Empfindsamkeit einer Dichterin. Das ist ein guter Anfang.«

Darüber habe ich mich geärgert. Woher will er wissen, welche Empfindsamkeit ich habe?

Eigentlich wollte er nur über meinen Vater, den großen Dichter, sprechen. Er will durch mich etwas über meinen Vater erfahren, aber das lasse ich nicht zu. Warum sollte ich mit irgendjemandem über meinen Vater reden? Lucy fragt mich nie nach ihm. Das mag ich so an ihr.

Claire wartete im Flur auf mich. Sie wollte Wort für Wort hören, was er gesagt hatte. Am liebsten hätte ich ihr gesagt, wie lächerlich sie sich damit macht. Sie läuft ihm nach wie ein Schäferhund mit ihrer breiten Nase, den dicken Lippen und den Ringellocken, die ihr in die blauen Augen fallen. Ich warte nur drauf, dass sie anfängt zu hecheln und ihre rosa Zunge aus dem Mund baumeln lässt.

Gestern kam Sofia weinend in mein Zimmer, weil Claire gesagt hatte, die dunklen Haare um ihre Brustwarzen seien abstoßend und würden Männer abschrecken. Sofia war entschlossen, sie auszuzupfen. Ich riet ihr davon ab. Sie würden nur noch dichter und dunkler nachwachsen. So würde sie die Haare nie los. Claire weiß, dass Sofia wie besessen von ihrem Körper ist. Ich glaube, es hat mit ihrer italienischen Herkunft zu tun, dass sie sich um ihre Wirkung auf Männer sorgt. Sofia redet immer davon, im Bett *una bella figura* zu machen, obwohl sie noch nie mit einem Mann im Bett gewesen ist.

»Hast du mal Claires Titten gesehen?«, fragte ich sie. »Die sehen aus wie Würste.«

Sie knöpfte ihre Bluse auf und zog den BH herunter. »Was meinst du? Ganz ehrlich.«

Ich starrte auf ihre winzigen Brüste, die sie mit den Händen hochschob. Ihre Brustwarzen waren blassrosa, sie verschmolzen mit der weißen Haut, die sie umgab. Um jede Brustwarze wuchsen drei oder vier lange, schwarze Haare. So etwas hatte ich noch nie gesehen.

»Du hast schöne Brüste«, sagte ich. »Wirklich schön. Wen stören da schon ein paar Haare?«

Sofia lachte. Sie lacht immer über sich selbst, sobald sie zu weinen aufgehört hat. Sie macht ständig irgendwelche bizarren Diäten, isst zum Beispiel zwei Pflaumen und eine getrocknete Feige vor jeder Mahlzeit. Sie weiß, dass es albern ist, kommt aber nicht dagegen an. Nächste Woche wird sie beim Frühstück wieder Zimtbrötchen und Haferflocken essen. Sie kann nicht abnehmen. Ich weiß nicht, weshalb sie es überhaupt versucht.

Irgendwie mag ich Sofia mehr als alle anderen hier. Mich stört nur, dass sie immer so schnell die dummen Sachen glaubt, die ihr andere Leute, die angeblich wissen, wovon sie reden, erzählen – ob es nun um Sex oder den Sinn des Lebens geht. Gestern beim Frühstück hörte ich Sofia am anderen Ende des Tisches sagen: »Daher gibt es keinen Grund, weiterzuleben. Das Leben ist sinnlos. Nichts hat irgendeine Bedeutung. Warum überhaupt leben, wenn wir letztlich doch nur sterben?«

Da ist etwas Wahres dran.

Während sie das sagte, hielt sie die ganze Zeit einen Donut in der Hand, bereit, hineinzubeißen. Wieder mal Dora. Sie hat Camus und Sartre gelesen und Sofia einen Haufen Mist über den Existenzialismus und den Sinn des Lebens eingetrichtert. Besser gesagt, über den fehlenden Sinn des Lebens. Sofia liest die Bücher nicht selbst. Sie hört sich nur an, was Dora erzählt, und wird noch deprimierter, als sie wegen der Scheidung ihrer Eltern ohnehin schon ist. Das nämlich bedrückt sie – und keine abstrakte Philosophie. Wen interessiert schon, was Nietzsche sagt, solange es einem gut geht? Alle am Tisch lachten los, als Sofia ihre Erklärung abgab. Ich auch.

Ich brüllte zu ihr hinüber: »Für Donuts lohnt es sich zu leben.«

Ein Zitat von Nietzsche, bevor ich Dora das Buch zurückgebe:

»Möchte ich klüger sein! Möchte ich klug von Grund aus sein, gleich meiner Schlange!«

Ich habe Dora satt.

24. September

Ich kam zehn Minuten zu spät vom Hockeytraining. Als ich die Treppe hinaufrannte, dachte ich, bei meinem Glück wird Mrs. Halton uns ausgerechnet heute Nachmittag kontrollieren, dann müssen wir nachsitzen und dürfen dieses Wochenende nicht in Chinatown essen gehen. Ich kam um die Ecke in den Flur und sah jemanden ins Zimmer gegenüber schlüpfen. Natürlich hätte jede einen langen, blauen Rock und eine weiße, aus dem Rockbund hängende Bluse tragen können, doch ich wusste, es war Lucy. Als ich hinkam, war die Tür zu Ernessas Zimmer zu. Sie sah aus wie ein riesiges, leeres Auge.

Ich hatte Recht. Lucy war nicht in ihrem Zimmer. Worüber reden die beiden? Ich hätte nicht gedacht, dass sie sich etwas zu sagen haben.

25. September

Gestern hat Sofia etwas Seltsames getan. Sie ging zu Miss Rood, um mit ihr über ihre Angst und Hoffnungslosigkeit zu sprechen. Miss Rood ist nicht gerade der Mensch, dem ich mich anvertrauen würde. Sofia hingegen mag Miss Rood wirklich gern und spricht ständig mit ihr. Miss Rood ist nett zu Sofia, weil sie aus einer »guten« Familie stammt. Daher macht es fast nichts, dass ihr Vater Italiener ist. Diese Art von Ausländischsein ist akzeptabel. Italien steht für Rom und die Renaissance und so weiter. Bei einer osteuropäischen Jüdin sieht es anders aus. Schließlich begann die westliche Zivilisation nicht an der Grenze zwischen Polen und Russland. Miss Rood toleriert uns, mehr nicht. Daraus macht sie kein Geheimnis.

Dora hat mir erzählt, Ernessa sei Jüdin. Damit sind wir drei, sozusagen. Ich bin mir sicher, dass Ernessas Vorfahren nicht aus einer verschwundenen Stadt mit unaussprechlichem Namen stammen. Vermutlich kamen sie aus Prag, Warschau oder Budapest. Dora gibt sich gern als Jüdin, obwohl ihre Mutter aus einer Bostoner Banker-Familie stammt und sie noch nie eine Synagoge von innen gesehen hat. Ihr jüdischer Vater ist Psychiater, und sie meint, jüdisch zu sein ließe sie intellektueller erscheinen. Ich bin immerhin vollkommen jüdisch. Meine Eltern wurden beide als Juden geboren.

Miss Rood hörte Sofia eine Stunde lang zu; dann schickte sie sie mit einem Buch weg. Es war Miss Roods eigene Ausgabe von Walter Paters *Die Renaissance.* Das weiß ich, weil ich den verblichenen grünen Deckel aufgeschlagen und den Namen auf dem Vorsatzblatt gelesen habe: Hilda Rood. Miss Rood würde mir nie ein Buch zu lesen geben. Und ihr ist natürlich nicht klar, dass Sofia dieses Buch niemals lesen wird.

Jetzt verstehe ich, woher sie den Namen für ihren Hund hat. Es ist, als würde man seinen Hund Plato nennen.

Ich sehe Miss Rood fast jeden Nachmittag beim Hockeytraining in ihrem langen, dunkelgrünen Regenmantel und den braunen Oxford-Schuhen, wie sie Pater über den oberen Sportplatz ausführt. Sie könnte jede beliebigen Schuhe tragen, trägt aber Oxfords, um mit gutem Beispiel voranzugehen. Dabei sind uns Beispiele völlig egal. Wir wollen nur, dass man uns erlaubt, in der Schule Slipper zu tragen. Pater zieht immer an der Leine, und sie will ihn zurückhalten. Sein durchdringendes Gebell hallt in der stillen Herbstluft, irgendwie gedämpft, als hätte er Wolle in der Schnauze.

Ich saß in dem großen Sessel vor Sofias Fenster und las die letzten Seiten der *Renaissance.* Dann las ich Sofia einige Passagen laut vor, damit sie Miss Rood beim nächsten Mal etwas zu sagen hat. Beispielsweise die Stelle, an der Victor Hugo zitiert wird: »Wir alle unterliegen der Todesstrafe, aber mit einer Art unendlichem Aufschub.« Ich las mit steifem, britischem Akzent, wir mussten furchtbar lachen.

Miss Rood: grauweiß meliertes Haar mit einigen rostroten Spuren, die an ihre Jugend erinnern; blasse, wässrig-blaue Augen hinter einer dicken, rosa gefassten Brille; fleckige Haut. Ihre großen rosa Hände, auf denen die Adern wie gewundene Drähte aufliegen, haben tatsächlich diese Seiten umgeblättert und Stellen unterstrichen. Wie kann jemand wie sie, deren Leben nur daraus besteht, Hunderte junger Mädchen unter Kontrolle zu halten, sich auf Kunst, Schönheit und harte, funkelnde Ideen verstehen? Brennt in Miss Rood etwa die Flamme der Ekstase? Sie ist alt und verbraucht. Beim Lesen sah ich sie im Geiste, wie sie kerzengerade und steif an ihrem Pult vor der Versammlung steht, mit uns das tägliche Kirchenlied singt und die Arme hebt, wenn ihre kratzige Stimme die ersten Töne anstimmt und in unseren höheren, reineren Stimmen untergeht.

Ich konnte Sofia nicht weiter vorlesen. Ich tat, als könnte ich nicht aufhören zu lachen.

27. September

Gestern Abend waren wir in Chinatown essen. Eigentlich wollten wir zu zehnt gehen, doch Ernessa kam nicht mit. Also waren Sofia, Carol, Betsy, Kiki, Charley, Lucy, Dora, Claire und ich dabei. Zuerst wollte Lucy auch nicht mitkommen, weil sie so viele Hausaufgaben aufhat, doch wir überredeten sie, und ich versprach, ihr bei ihrem Englischreferat zu helfen. Es ist kein tolles Chinatown und liegt in einem heruntergekommenen Viertel, wirkt aber dennoch exotisch. Ich mag die roten und goldenen Balken, die geschwungen sind wie die Dächer einer Pagode, und das Neonlicht und die riesigen schwarzen chinesischen Schriftzeichen. Es ist eine kleine Insel aus hellem Licht, umgeben von dunklen Gebäuden und verlassenen Parkplätzen. Wir mussten Charley und Kiki ins Restaurant schleifen; sie wollten auf der Straße Pot kaufen. Wir gingen nach hinten durch und setzten uns an einen großen, runden Tisch mit einer drehbaren Servierplatte in der Mitte. Zum Glück waren wir allein, denn wir waren ziemlich laut. Charley, Kiki und Betsy rissen dauernd wirklich dumme und anzügliche Witze über die Kellner und ahmten ihren Akzent nach. Sofia zog mich auf den Stuhl neben sich. Jeder bestellte etwas anderes, und wir teilten alles. Es gab so viel zu essen, und ich aß und trank Tee und drehte die Servierplatte weiter und weiter.

Aus irgendeinem Grund beugte Dora sich während des Essens zu mir und sagte: »Lucy sieht heute Abend so schön aus.«

Lucy saß mir unmittelbar gegenüber. Ihr Gesicht glühte, die Lippen waren rot, die Augen glasig, als hätte sie Fieber. Das Licht war gedämpft, und die Kerzenflamme vor ihr flackerte, tauchte ihr Gesicht in Schatten und erhellte es jäh. Sie sah heute Abend wirklich schön aus; ihr Gesichtsausdruck hatte etwas Unerwartetes. Sie schaute mich an, und ich konnte sehen, dass sie unglücklich war.

Ich starrte Lucy an und errötete, als hätte Dora mir ein Kompliment gemacht. Heute Abend sah Lucy aus wie eine Geliebte, das merkten alle am Tisch. Dora sprach nur aus, was alle empfanden. Ich fühlte mich unbehaglich und glücklich zugleich.

Nachts konnte ich nicht schlafen. Es muss an dem ganzen Tee gelegen haben. Heute bin ich erschöpft.

Lucy hat gerade den Kopf hereingesteckt. Ich sagte, ich käme in einer Minute. Auch sie sieht erschöpft aus.

29. September

Lucy war während der Ruhezeit schon ewig nicht mehr da. Ich bin sicher, sie ist drüben bei Ernessa. Ich weiß nicht, wieso Lucy Deutsch und Französisch gewählt hat, wenn man einmal davon absieht, dass ihr Vater darauf besteht, sie müsse Deutsch lernen. Sie ist schlecht darin, noch schlechter als in Französisch. Sie müht sich damit ab. Ich werde mich nicht aufregen, weil sie mit Ernessa zusammen ist. So habe ich mehr Zeit für mein Tagebuch. Ich verstehe nur nicht, weshalb Ernessa sich derart für Lucy interessiert, die nett und wunderbar, aber so gar nicht ihr Typ ist. Sie liest nur Bücher, die sie für die Schule braucht. Und kriegt sie kaum jemals durch. Dora und ich sind eher ihr Typ. Doch wenn es Lucy in Deutsch hilft und sie dieses faulige Zimmer ertragen kann … Der einzige andere Mensch, der jemals dort hineingeht, ist Charley, doch vermutlich überdeckt der Geruch von Pot alles andere. Außerdem würde Charley für einen Joint so ziemlich alles tun. Aber Lucy ist anders. Sie ist sehr ehrlich.

Das Zimmer ist groß, und Ernessa lässt es kahl wie eine Mönchszelle. Sie ist auch wie ein Mönch. Eine Nonne, meine ich. Sie knabbert nichts zwischendurch, trinkt keine Limo und scheint es auch nicht zu vermissen. Aber sie raucht viel. Nonnen rauchen vermutlich nicht. Sie rennt nach dem Abendessen sofort in den Aufenthaltsraum, um sich eine anzuzünden, und trinkt nicht mal Kaffee. Wenn ich nach dem Abendessen keinen Kaffee trinke, schaffe ich die Hausaufgaben nicht. Ich esse immer so viel, und wenn es draußen kalt ist, ersticke ich beinahe in meinem warmen Zimmer, selbst bei offenem Fenster. Ich schlage ein Buch auf und beginne zu lesen, dann fallen mir die Augen zu und ...

Ich glaube, Ernessa macht in ihrem Zimmer nie das Fenster auf. Deshalb stinkt es wohl auch so. Einmal habe ich bei ihr angeklopft, weil ich Lucy suchte. Sie sagte nicht einfach »herein«, sondern machte selbst die Tür auf. Sie stand auf der Schwelle und hörte sich an, was ich von ihr wollte. Und mich würgte es fast, als die Tür aufging.

»Ich suche Lucy. Weißt du, wo sie ist?«, brachte ich mühsam heraus. Sie ist sicher ziemlich klug und interessant, gibt mir aber stets das Gefühl, sie zu belästigen. Ich werde nicht mehr bei ihr klopfen.

30. September

Ob mit mir etwas nicht stimmt? Ich verspüre keinerlei Zwänge. Die anderen Mädchen müssen essen, rauchen, Drogen nehmen, telefonieren oder Kleider kaufen, auf Partys gehen, Musik hören oder mit Jungs zusammen sein. Ich brauche das alles nicht.

Gestern Abend kam Sofia, nachdem das Licht ausgeschaltet war, in mein Zimmer. Sie war kurz vor dem Verhungern und wollte die Küche plündern. Das hat niemand mehr versucht, seit im letzten Jahr eine Gruppe Mädchen dabei geschnappt wurde und ziemlichen Ärger bekam. Lucy wollte nicht mitgehen. Sie verstößt nicht gern gegen die Vorschriften, aber ich war dabei. Wir überredeten Lucy, und dann kroch Sofia über die Dachrinne, um Charley von nebenan zu holen.

Charley hatte die Dachrinnen vor Jahren entdeckt, als wir in die neunte Klasse gingen und im obersten Stock wohnten. Eines Nachts wachte ich auf, und sie hockte da wie eine Riesenfledermaus und hämmerte gegen mein Fenster. Ich öffnete es, und sie fiel ins Zimmer. Sie war den ganzen Weg von ihrem Zimmer, das drei Türen weiter lag, über die Dachrinne herübergekrochen. Zuerst hielt ich sie für verrückt, immerhin waren wir im dritten Stock. Wenn man runterfiel, war's das. Allerdings sind die Rinnen aus Kupfer und ungefähr dreißig Zentimeter breit, daher ist es nicht ganz so gruselig, solange man auf allen vieren kriecht und nicht hinunterschaut. Bald machten wir es alle. In dem Jahr wurde ich nur ein einziges Mal im Dunkeln in Charleys Zimmer erwischt, obwohl Mac bei uns Fluraufsicht hatte. Sie lauerte immer im Flur, nachdem das Licht ausgeschaltet war, um uns beim Herumschleichen zu erwischen. Mir tun die armen Neuntklässlerinnen Leid. Sie quält sie heute genauso, wie sie mich damals gequält hat, sobald ich auch nur einen Fuß in den Flur setzte.

Charley war natürlich dabei. »Jetzt, wo du es sagst, habe ich auch ganz schön Kohldampf.«

Wir beschlossen, bis zwölf zu warten. Dann geht Miss Wells, die Telefonistin in der großen Eingangshalle, zu Bett. Wir gingen im Schlafanzug die Haupttreppe hinunter, als wäre heller Tag. Im Dunkeln kam uns der Speisesaal besonders leer vor. Die Stühle waren um die runden Tische angeordnet, aber niemand saß daran. Wir rannten hindurch, weil wir fürchteten, die Stille könnte nach uns greifen.

Sofort entdeckten wir den Nachtwächter, der mit dem Rücken zu uns in der Küche saß, Zeitung las und Kräcker aß. Er nahm die Zeitung herunter und lächelte. Am liebsten wären wir gleich wieder hinaufgelaufen, doch Charley sprach ihn einfach an. Ich kann nicht fassen, wie tollkühn sie ist. Wir anderen drei blieben eng umschlungen stehen und kicherten vor uns hin. Dann winkte Charley uns herüber.

Ich musste Sofia und Lucy mitschleifen, solche Angst hatten sie.

»Das ist Bob«, sagte Charley. »Keine Sorge, er ist okay. Er wird uns nicht melden. Er will ein Spiel mit uns machen. Wenn wir erraten, welchen Beruf er in Wirklichkeit hat, dürfen wir uns bedienen. Wir können so viel mitnehmen, wie in einen Kissenbezug passt. Cornflakes, Pop Tarts, Süßkram. Wir haben drei Versuche. Jeden Abend einen, dreimal hintereinander. Wie bei Rumpelstilzchen. Echt cool. Wer rät zuerst?«

Wir drängten uns im Kreis. Niemand wollte zu Bob hinschauen, doch Charley war die Ruhe selbst. Sie hatte schon in der neunten Klasse mit den großen Mädchen herumgehangen, als eine Art Maskottchen. Sie ist drahtig, jungenhaft und absolut furchtlos. Es ist ihr egal, wenn man sie bei etwas Verbotenem erwischt. Ich riet als Erste. Ich war sicher, dass ich die Antwort wusste. Er ist Schriftsteller und schreibt nachts. Mein Vater arbeitete tagsüber in einer Bank und schrieb nachts Gedichte, manchmal bis zum Morgen. Selbst als man ihm Stellen als Dozent anbot, blieb er in der Bank. Es gefiel ihm dort.

Natürlich lag ich falsch.

Wenn ich jetzt darüber nachdenke, sieht Bob ganz und gar nicht wie ein Schriftsteller aus. Er hat Geheimratsecken, dünnes, braunes Haar und trägt eine dicke Brille. Er sieht dämlich aus. Wäre er Dichter, hätte er nicht die Abendzeitung, sondern Keats oder Shelley gelesen. Alle waren sauer auf mich, weil ich einen Versuch verbockt hatte. Wir liefen nach oben. Die Köchinnen kommen morgens sehr früh, um die Frühstücksbrötchen zu backen. Sofia war wütend. Sie musste hungrig ins Bett.

Oktober

1. Oktober

Auch der zweite Versuch, Schuhverkäufer, war falsch. Charleys bedröhnte Idee. Ich glaube, wir werden es nicht erraten. Nicht wenn wir ihm wie Rumpelstilzchen in den Wald folgen. Doch wir konnten den ganzen Tag über nichts anderes reden. Lucy will heute Abend Ernessa mitnehmen. Sie hält es für eine gute Idee. Ich habe nichts dazu gesagt.

2. Oktober

Nun ja, wir haben unseren vollen Kissenbezug. Aber ich bin nicht in der Stimmung zu essen.

Ernessa tauchte kurz nach Mitternacht in Lucys Zimmer auf, und wir gingen zusammen runter. Als wir in die Küche kamen, saß Bob auf dem Stuhl, las Zeitung und mampfte seine Kräcker, als hätte er sich seit drei Tagen nicht von der Stelle gerührt. Sein grauer Pullover war voller Krümel.

Er tut immer, als würde er uns erst bemerken, wenn wir unmittelbar vor ihm stehen. Ernessa sagte kein Wort; sie stand einfach da und sah ihn prüfend an.

»Wie ich sehe, habt ihr eine neue Freundin mitgebracht«, sagte Bob und spähte über den Sportteil hinweg. »Irgendwie ist das gemogelt. Meint ihr etwa, sie kann es besser?«

»Wo soll denn das Geheimnis sein?«, fragte Ernessa uns. »Er ist Leichenbestatter.«

Bob war platt. Er ließ die Zeitung in den Schoß fallen. »Sie hat Recht. Tagsüber arbeite ich im Beerdigungsinstitut meines Onkels. Ich balsamiere Leichen ein, ziehe toten Leuten Kleider und Schmuck an und schminke und kämme sie. Wie seid ihr drauf gekommen?«

»Ich habe es gerochen, als ich in die Küche kam«, antwortete Ernessa.

»Woher weißt du, wie es in Beerdigungsinstituten riecht?«, fragte ich.

»Ich war in einem, als mein Vater gestorben ist. Das vergisst man nie.«

Sie sah Bob an, während sie sprach, die anderen achteten nicht auf uns. Sie stopften schon den Kissenbezug voll. Ich hörte als Einzige, was Ernessa sagte. Ich schnüffelte und bemerkte den fettigen Geruch der Grillsteaks, die es zum Abendessen gegeben hatte. Alles war so dumm – das Essen, das Spiel, der Salzkräcker mampfende Nachtwächter.

Ernessa wollte nichts von dem Essen. Charley auch nicht. Sie wird allmählich ganz komisch, was das angeht, weil sie ständig stoned ist. Ich weiß nicht, was die anderen vom Ausgang unseres Abenteuers hielten. Niemand sagte was. Sofia nahm eine Schachtel Cornflakes mit ins Bett. Dann stopften wir den Kissenbezug tief in Lucys Schrank und gingen schlafen.

Sie hatte es gar nicht gerochen; sie hatte es gewusst, als sie den Raum betrat.

4. Oktober

Manchmal vergesse ich, was für ein seltsamer Ort die Residenz ist. Ich habe mich so daran gewöhnt, dass mir allmählich alles normal vorkommt. Heute Abend saßen Sofia und ich im Sessel neben dem Empfangspult und warteten, dass es zum Abendessen läutete. Ich saß auf Sofias Schoß, meine Beine baumelten über die Armlehne. Miss Olivo war hinter dem Pult, wo sie den ganzen Tag sitzt, ans Telefon geht und dafür sorgt, dass die Mädchen sich ein- und austragen. Mehr macht sie nicht.

»Mädchen«, rief sie uns in ihrem gereizten Ton zu, »sitzt nicht so da. Das gehört sich nicht für junge Damen.«

Ich sprang auf. Miss Olivos Stimme klang, als hätte ich irgendetwas falsch gemacht, dabei saß ich nur harmlos bei meiner Freundin auf dem Schoß. Als ich aufstand, schaute Miss Olivo rasch weg. Ich starrte sie an. Sie saß am Pult, die Hände ordentlich auf der blauen Schreibunterlage gefaltet. Sie wiegte den Kopf, wie sie es den ganzen Tag lang tut, und summte lautlos vor sich hin.

Gehörte sich das etwa?

Es läutete, und Sofia zog mich in den Speisesaal. Sobald wir außer Sichtweite waren, brachen wir in hemmungsloses Gelächter aus.

5. Oktober

Ich wünschte, wir könnten über Bücher oder Politik oder andere Dinge reden statt immer nur über Sex, Essen und Drogen. Das wird so öde. Alle sagen immer wieder das Gleiche. Heute Abend ging mein Wunsch irgendwie in Erfüllung. Wir saßen nach dem Essen im Aufenthaltsraum. Alle waren still. Niemand hatte etwas zu sagen. Lucy und Ernessa saßen zu zweit zusammen und redeten. Ich weiß nicht, worüber sie sprachen, wohl kaum über deutsche Dichtung. Ich bezweifle, dass Lucy überhaupt weiß, wer Rilke ist. Da meinte Sofia aus heiterem Himmel: »Ich habe ein paar Mal mit

Miss Rood gesprochen und entschieden, dass das Leben letztlich doch nicht sinnlos ist. Um uns herum gibt es so viel Schönheit. Wir müssen sie nur entdecken und unserem Leben einen Zweck geben.«

»Unserem Leben einen Zweck geben? Was redet sie dir denn da ein?«, fragte Dora.

»Walter Pater«, sagte ich. Ich wusste, dass Sofia bereits vergessen hatte, was ich ihr vorgelesen hatte, und zitierte: »Immerfort im harten Juwel einer Flamme zu brennen, die Ekstase zu wahren, ist der Erfolg des Lebens.«

»Genau das ist es«, meinte Sofia.

»Dieses Zeug war schon in den 1890ern tot und begraben«, sagte Dora. »Zusammen mit Miss Rood. Lass dich nicht täuschen. Sie ist kein echter Mensch, sondern ein Fossil.«

»Vielleicht kann uns die Kunst wirklich retten«, warf ich ein. »Sie zeigt uns, dass es noch etwas außer unserem chaotischen Leben gibt.«

»Was hat die Kunst je für dich getan?«, wollte Dora wissen.

Sie ist eifersüchtig auf meine »künstlerischen« Eltern. Ich hätte an diesem Punkt aufstehen und gehen sollen, aber das hätte sie ohnehin nicht kapiert. Sie war zu sehr damit beschäftigt, Sofia zu belehren, die ihr mit offenem Mund zuhörte.

»Das Leben *ist* absurd. Du musst lernen, furchtlos zu sein und über diese Absurdität zu triumphieren, statt so zu tun, als sei sie nicht wahr. Du musst tun, was Nietzsche sagt, den Thyrsusstab ergreifen, tragisch sein.«

Sofia wirkte überwältigt, als der Name Nietzsche fiel. (Sie konnte ihn nie aussprechen, geschweige denn die Bücher lesen. Aber er klingt germanisch und tief schürfend.)

»Was zum Teufel ist der Thyrsusstab?«, rief Kiki von hinten.

»Der rituelle Stab der Griechen«, sagte Dora, »umwunden mit einer Weinranke. Bacchus trägt ihn. Damit kennst du dich doch am besten aus.«

»Ach ja?«, meinte Kiki.

»Er repräsentiert Trunkenheit und Sex«, sagte Dora. »Der Thyrsus ist ein gigantischer Pimmel.«

Alle lachten los. »Fick dich«, sagte Kiki nüchtern. Wir wissen alle, dass Kiki mit fünfzehn, vielleicht auch vierzehn, ihre Jungfräulichkeit verloren hat und schon eine ganze Menge Freunde hatte.

Während wir über Kiki lachten und ich gerade überlegte, wie wenig ich Dora mochte, kam Ernessa zu uns herüber. Sie stellte sich genau hinter Sofia und sagte zu Dora: »Ich halte Nietzsches Ideen, wenn du sie so nennen möchtest, für ziemlich vereinfachend, um nicht zu sagen einfältig.«

»Will heißen?«, fragte Dora, die es nicht gewöhnt ist, dass man sie herausfordert.

»Er nimmt eine Zweiteilung der Welt vor. Ins Dionysische und Apollinische, ins Rationale und Irrationale. Ein, aus. Tag, Nacht. Es gibt nichts dazwischen.«

»Nichts als das langweilige, heuchlerische, alltägliche Leben. Den meisten Menschen reicht das, doch sie leben nicht wirklich. Es ist eher der lebende Tod auf der Cocktailparty.«

»Was bedeutet es denn, wirklich lebendig zu sein?«, fragte Ernessa.

»Keine Angst zu haben.«

»Ist das alles? Dann könntest du anfangen, indem du deinen heiß geliebten Nietzsche aufgibst. Wirklich lebendig zu sein fühlt sich komplett anders an. Wie eine Ekstase, in der man sich nicht selbst verliert.« Ernessa wandte sich an Kiki und fügte hinzu: »Wie ein Orgasmus mit weit geöffneten Augen.«

Dora wandte sich von Ernessa weg und sprach uns Übrige an: »Sie ist eine falsche Prophetin. ›Ja, meine Freunde, glaubt mit mir an das dionysische Leben und an die Wiedergeburt der Tragödie. Die Zeit des sokratischen Menschen ist vorüber: kränzt euch mit Epheu, nehmt den Thyrsusstab zur Hand und wundert euch nicht, wenn Tiger und Panther sich schmeichelnd zu euren Knien niederlegen. Jetzt wagt es nur, tragische Menschen zu sein, denn ihr sollt erlöst werden.‹«

»Die Geburt der Tragödie«, sagte Ernessa.

Wir waren sprachlos.

Sie teilten ein Geheimnis, von dem ich ausgeschlossen war. Ich musste später in die Bibliothek gehen und das Zitat nachschlagen. Ich kriegte es schon nicht mehr richtig zusammen.

Niemand lachte auch nur.

»O nein, nicht schon wieder der Thyrsusstab«, meinte Kiki. »Das Original ist mir lieber.« Und sie stand auf und ging.

Ich stellte mir Dora in ihrem Zimmer vor, wie sie sich in ihren Nietzsche vertiefte, Zitate auswendig lernte, damit sie uns Plebejer damit beschämen konnte. Ernessa lieferte ihr die perfekte Gelegenheit zum Angeben.

Die Glocke läutete zur Arbeitsstunde. Alle drückten ihre Zigaretten aus und eilten nach oben. Ich verließ den Aufenthaltsraum als Letzte. Ich starrte auf das verlassene blaue Plastiksofa, das immer an unseren verschwitzten Beinen klebt, und hoffte, es möge etwas enthüllen, das mir während des Gesprächs entgangen war. Vergeblich. Ich wünschte, ich wäre wie Ernessa und könnte es mit Dora aufnehmen. Doch selbst wenn ich verstanden hätte, worüber sie gesprochen haben, würde Dora mich nicht ernst nehmen. Sie will es einfach nicht. Wenn Ernessa redet, kann niemand sie ignorieren.

Ich werde bei Gelegenheit Miss Norris fragen. Sie kann mir sicher etwas dazu erklären.

6. Oktober

Ich fühle mich unglaublich *zu*. Das ist das einzige Wort, das es trifft. Nichts kann in mein Gehirn vordringen.

Ich habe mein Tagebuch mit in den Griechisch-Unterricht genommen und Miss Norris (in leicht zensierter Form) vorgelesen, was ich von der Diskussion gestern Abend aufgeschrieben habe. Als ich fertig war, sagte sie: »Liebes, du musst verstehen, dass das Griechenland der großen Tragödien eine außergewöhnliche Welt war. Die widersprüchlichsten Dinge waren miteinander verbunden. Kulte, Magie und frühe Wissenschaft. Rationalität und Irrationalität. Schönheit und Gewalt. Gegensätze waren wie Zwillinge. Selbst Plato ist voll mit den sonderbarsten Ideen. Für mich hört es sich an, als betrachtete deine Freundin Ernessa sich als dionysisch, als Seele in ständigem Aufruhr, der es dennoch gelingt, klar zu sehen und die Kontrolle zu behalten.«

Sie hielt inne und lächelte mich an. »Das alte Griechenland ist unserem Denken so fremd, Liebes. Wir neigen dazu, es so zu formen, wie es uns passt. Wie unsere Träume.«

Ich wollte ihr sagen, dass Ernessa keinesfalls meine Freundin war, erklärte aber stattdessen, ich verstünde nicht genau, was sie meine. Was bedeutete das ganze Gerede von wegen dionysisch und apollinisch?

»Schreib in dein Tagebuch, was ich gesagt habe. Wir kommen später darauf zurück.«

Ich bin einfach nicht so klug wie Dora und Ernessa und mag keine Philosophie lesen.

7. Oktober

Ernessa fragt mich nicht mehr, ob ich sie beim Frühstück eintragen kann. Sie muss jemand anderen dafür gefunden haben. Ich sagte zu ihr: »Du solltest zum Frühstück aufstehen. Du verpasst die beste Mahlzeit des Tages. Mrs. Wing kommt um vier Uhr morgens, um Zimtbrötchen, Streuselkuchen und Donuts zu backen. Ich kann die frischen Brötchen bis in mein Zimmer riechen. Das hilft mir beim Aufstehen.«

»Diese Art Essen interessiert mich nicht«, sagte sie. »Es ist zu süß mit dem ganzen Zucker. Der weiße Tod.«

Welche Art Essen interessiert sie dann? Mittags kommt sie nie. Nach dem Unterricht geht sie sofort auf ihr Zimmer. Als sie beim Abendessen am Tisch hinter mir saß, war sie mit Servieren dran und verbrachte damit so viel Zeit, dass sie sich erst kurz vor dem Abräumen an den Tisch setzte. Sie holte immer freiwillig Nachschub aus der Küche, wenn es etwas Leckeres gab. Dazwischen schob sie nur das Essen auf ihrem Teller herum. Ich beobachtete sie, bis ihre schwarzen Augen meinem Blick begegneten. Ich musste wegschauen. Natürlich nahm sie keinen Nachtisch, selbst wenn es Karamell-Cornflakes-Ringe mit Mokkaeis gab. Da kann eigentlich niemand widerstehen.

»Ach, Ernessa, diätest du etwa?«, hörte ich Mrs. Davenport einmal geziert fragen.

Sie braucht keine Diät. Sie hat einen wunderbaren Körper, fest, muskulös und kräftig, auch nicht zu dünn. Sie raucht wie ein Schlot. Nach dem Abendessen ist sie als Erste im Aufenthaltsraum und geht auch am Wochenende oft dorthin. Sie hat immer eine Zigarette im Mund. Sie inhaliert so tief, dass man meinen könnte, sie wollte die brennende Zigarette in sich hineinsaugen. Sie raucht wie ein Mann. Ich selbst kriege immer Rauch in die Augen und kann die Zigarette kaum zwischen den Fingern halten. So gern rauche ich auch gar nicht. Ich tue es, damit ich im Aufenthaltsraum rumhängen kann. Ich schnorre vielleicht eine Zigarette am Tag.

10. Oktober

Ich hätte nie gedacht, dass Lucy mir auf die Nerven gehen könnte.

Sie beschloss, dieses Wochenende in der Schule zu bleiben, und ich nahm an, wir würden gemeinsam etwas unternehmen. Als ich nach dem Frühstück in ihr Zimmer ging, war sie nicht da. Das Bett war gemacht, alle Türen waren geschlossen. Keiner wusste, wo sie steckte. Ich lief hinunter und schaute auf die Liste, in der wir uns austragen müssen. Lucy und Ernessa hatten sich beide um 7.30 Uhr ausgetragen. Sie kam erst kurz vor dem Abendessen wieder, und ich konnte erst mit ihr reden, als wir ins Bett gingen. Sie weicht mir aus.

Zuerst wollte sie mir nicht sagen, wo sie gewesen war. »Einfach draußen. Ich bin allein gegangen.« Ich bekam es dann aus ihr heraus, als ich sagte, ich wüsste, dass sie und Ernessa sich gemeinsam ausgetragen hätten. Vermutlich hätte ich das nicht sagen sollen. Sie sagte, sie seien den ganzen Tag ausgeritten. Als ich sie so weit hatte, dass sie es mir erzählte, war sie richtig wütend auf mich. Ich war niedergeschlagen, weil es mir vorkam, als hätte ich etwas aus ihr herausgequetscht, das sie mir eigentlich nicht hatte sagen wollen. Ich fragte sie, weshalb sie so viel Aufhebens darum gemacht habe. »Ich dachte, du wärst sauer, weil ich nicht gefragt habe, ob du mitkommen willst«, sagte sie. »Aber ich weiß doch, dass du nicht gerne reitest. Und das Wetter war so schön, dass ich einfach nicht widerstehen konnte. Es war fast wie im Sommer.«

Ich ging in mein Zimmer und schloss beide Türen hinter mir. Ich wollte sie nicht zuschlagen. Ich habe sie leise zugemacht. Damit sie merkte, dass ich nichts mit ihr zu tun haben wollte. Mir ist egal, wie sie ihre Zeit verbringt. Ich bin nicht ihre Aufpasserin.

»Ich weiß doch, dass du nicht gerne reitest.« Ich habe noch nie im Leben auf einem Pferd gesessen, das weiß Lucy genau. Ich habe Angst vor Tieren.

11. Oktober

Ich ging mit meinem Vater durch den botanischen Garten. Es war ein strahlender Tag, aber windig und kalt trotz der Sonne, und ich schob meinen Arm unter seinen und schmiegte mich an ihn. Es war Frühlingsanfang. Die winzigen, vollkommen geformten Blätter entfalteten sich, und die Blütenknospen an den Bäumen waren noch grün. Ich dachte mir, wie soll ich es noch eine Woche aushalten, bis sich die Blumen öffnen und ihre Farben zeigen? Ich wusste genau, wo ich im Garten stand und welche Bäume ich anschaute: die Magnolien mit den dunklen, verschlungenen Ästen und den fetten, flaumigen Knospen, die aussahen wie Babyfäuste, die sich gerade öffnen und … nichts offenbaren.

Doch wie konnte ich, wenn ich neben meinem Vater stand und meinen Kopf auf seine Schulter gelegt hatte, gleichzeitig von fern zwei Menschen in dem Meer aus cremigen Magnolienblüten beobachten, die in den wenigen Sekunden, in denen ich weggeschaut hatte, plötzlich erschienen waren? Die ausgestreckte Hand meines Vaters deutete auf etwas. Er sprach dabei, aber ich konnte ihn nicht hören, weil er so weit weg war. Mein Vater trug seinen Mantel und die braune Wollmütze, die er immer aufhatte, aber ich hatte nicht meine eigenen Sachen an. Ich trug einen schwarzen Mantel und ein schwarzes Barett. Allmählich dämmerte mir, dass es zwar mein Vater war, die andere Person aber nicht ich. An ihrem lässigen Gang konnte ich erkennen, dass es ein Mädchen und keine Frau war. Ein anderes Mädchen ging mit ihm durch den Garten.

Sie entfernten sich. Keiner drehte sich zu mir um. Ich konnte ihnen nicht folgen. Ich konnte mich nicht von der Stelle rühren.

Ich hasse solche Träume. Wenn ich morgens aufwache, bin ich noch immer wütend und frustriert, weil ich im Traum nicht tun konnte, was ich tun musste.

12. Oktober

Heute Morgen beim Frühstück machte Claire eine pampige Bemerkung, weil ich angeblich so viel Zeit mit Mr. Davies verbringe. »Offensichtlich bist du in ihn verliebt.« Einfach absurd. Sie ist doch diejenige, die ihn ständig belagert und ihn am Wochenende zu Hause besuchen will, um seine Frau kennen zu lernen. Wen interessiert schon seine Frau? Es ist so schlimm geworden, dass ich mich geradezu für sie schäme. Ich spreche gern mit Mr. Davies über Bücher. Ich finde es aufregend, wenn ich etwas lese, das mir wirklich gefällt, und darüber kann ich mit niemandem sonst reden. Mit Ernessa habe ich nichts zu tun, und Dora hält mir ständig Vorträge. Was *ich* lese, kann unmöglich von Bedeutung sein. Sie belehrt Sofia noch immer über Philosophie. In Mr. Davies verliebt zu sein käme mir vor, als wäre ich in meinen Vater verliebt. Ich bin viel eher in jemanden wie Lucy verliebt – rein emotional.

13. Oktober

Charley ist außer Kontrolle. Sie will von der Schule fliegen, und das wird ihr wohl auch gelingen.

Gestern Abend haben sie und Carol einen Sessel aus Carols Fenster in den Hof geworfen. Der Lärm war unglaublich, als wäre der Sessel zu Boden gesogen worden und beim Aufprall explodiert. Mrs. Haltons Zimmer gehen auf den Hof hinaus, und sie hat es gehört. Sie kam über den Flur gelaufen und rief: »Mädchen, Mädchen, was ist passiert?«

Alle standen in der Tür von Carols Zimmer. Mrs. Halton ging rein, und Charley kreischte: »Wir konnten sie nicht aufhalten. Kiki ist zum Fenster gegangen, hat es aufgemacht und ist rausgesprungen. Sie schrie etwas von –«

Mrs. Halton wurde ohnmächtig, bevor sie das Fenster erreicht hatte. Sie klappte einfach zusammen. Das wollte ich schon immer mal sehen. Ich dachte, das gäbe es nur in Büchern. Beide bekamen zwei Wochen Nachsitzen. Charley war sauer. Es gibt schon einen Tadel, wenn man aus dem Fenster hinausschreit; was glaubt sie denn, womit sie rechnen muss, wenn sie einen Sessel aus dem Fenster schmeißt? Jetzt wird Charley von allen beobachtet. Bei der kleinsten Kleinigkeit fliegt sie. Und sie geht immer noch zum Jointrauchen in Ernessas Zimmer. Ist praktisch jeden Tag stoned. Ich begreife nicht, wie sie überhaupt noch funktionieren kann.

Sie isst auch wenig, vermutlich ahmt sie Ernessa nach. Warum sind alle so von ihr fasziniert? Lucy läuft ihr wie ein Hündchen hinterher. Alle versuchen, nichts zu essen, genau wie Ernessa. Charley geht auf ihr Zimmer und trinkt eine Cola light als Mittagessen. Das hält sie allerdings höchstens zwei Tage durch. Ich verstehe es nicht, weil sie sich nicht für Jungen interessiert und eigentlich auch nicht auf ihr Aussehen achtet. Andererseits sprachen Lucy und ich eben noch darüber, wie unheimlich sich Charleys Körper verändert. Sie war immer so dünn, und nun nimmt sie zu, wird füllig. Ich kann mich gar nicht daran gewöhnen. Wann immer ich sie ansehe, scheint etwas nicht zu stimmen. Sie hat weder Brüste noch Hüften; sie geht einfach in die Breite. Ich weiß noch, wie ich sie zum ersten Mal gesehen habe. Sie war gerade aus den Ferien in die Schule zurückgekehrt und kam mit ihrer Mutter den Flur entlang. Ihre Mutter ist dick, mit runden, roten Wangen und grauen Löckchen. Ich konnte gar nicht glauben, dass dieses drahtige Mädchen ihre Tochter sein sollte. Vielleicht wird Charley am Ende wie ihre Mutter aussehen. Ihre Eltern haben eine Zeitbombe in sie gepflanzt, und niemand kann verhindern, dass sie hochgeht.

Ich möchte niemals älter aussehen als heute. Ich werde es einfach nicht zulassen. Wenn ich nach dem Tischdecken unten in der Halle aufs Abendessen warte, blättere ich die *Brangwyn Echoes* durch. Darin sehe ich seitenweise Fotos von Klassentreffen, von Frauen mit Kindern und Enkeln. Fette Matronen mit schwarzen Pumps (mit niedrigen, spießigen Absätzen) und passenden Handtaschen. Waren sie einmal wie wir? Sie haben dicke Beine, kurze, dauergewellte Haare, keine Taille und sackartige Kleider. Alle tragen die obligatorische Perlenkette. Sie sind eine andere Spezies. Und es passiert so schnell, schon nach wenigen Jahren. Meine Mutter sieht nicht wie eine alte Frau aus. Sie ist noch immer so schön und schlank wie bei ihrer Hochzeit.

Letzten Herbst fiel mir eines Tages auf, dass mein Körper nicht mehr flach war. Ich geriet in Panik. Ich machte ein paar Wochen Diät und konnte nur an Essen denken. Sobald ich ans Nicht-Essen dachte, musste ich essen. Nach zwei Wochen sagte ich zu Lucy: »Ich halte es nicht mehr aus. Ich hasse Diäten.«

»Gott sei Dank«, meinte sie. »Du konntest ja von nichts

anderem mehr reden. Ich war es leid, mir das anzuhören. Jetzt können wir am Wochenende wieder Honigbrötchen essen. Ich musste sie heimlich essen, während du auf Diät warst.«

Lucy und ich kaufen im Supermarkt gern tiefgefrorene Honigbrötchen und backen sie Samstag nachmittags in der Küche zum Tee auf. Darauf freue ich mich die ganze Woche – dass wir einfach nur in der Küche sitzen und uns auf unsere Honigbrötchen konzentrieren. Wir reden wenig. Lucy braucht sich wirklich keine Sorgen um ihre Figur zu machen. Sie hat bis auf ihr komisches Bäuchlein kein Gramm Fett am Körper.

Ihr Bäuchlein erinnert mich an die Gemälde, die meine Mutter so mag. Eine Zeit lang hatte sie in ihrem Atelier nur Bücher über flämische Maler – Memling, David, Petrus Christus, Van Eyck. Deren Jungfrauen haben alle gerundete Bäuche wie Lucy, die unter ihren blauen Gewändern so gerade zu erkennen sind. Sie haben ein blasses Gesicht und glattes, blondes Haar und eine gewölbte Stirn. Ihre Haut hat noch nie die Sonne gesehen. Man erblickt sie nur durch ein Fenster in ihrem Zimmer. Die Welt ist fern, aber voller winziger Bäume und Büsche und felsiger Hügel und Burgen und weiter Felder mit Tieren und Bauern und Weizengarben, und dahinter liegen Wasser und Himmel und Wolken. So etwas kann man von der Residenz aus nicht sehen, nur Büsche, Bäume und Eisenzäune. Dahinter ist Schluss. Die Jungfrauen haben nicht mal hübsche Gesichter. Mir fällt nur das Wort *rein* dafür ein. Man kann sich nicht vorstellen, dass sie sprechen oder essen.

Ich war total überrascht, als Lucy das über meine Diät sagte. Ich konnte mich nicht erinnern, es auch nur mit einem Wort erwähnt zu haben. Es ist so dumm, wie besessen zu sein von dem, was man in den Mund steckt.

Rappaccinis Tochter: »›Mein Vater‹, sagte Beatrice schwach und legte noch im Sprechen die Hand aufs Herz, ›warum nur brachtet Ihr dies furchtbare Verhängnis über Euer Kind?‹«

Der Vater vergiftete seine Tochter allmählich, bis selbst ihr Atem tödlich war und ein frischer Blumenstrauß in ihrer Hand verwelkte. Doch war ihre Seele auch verdorben?

14. Oktober

Heute haben Lucy und ich die gesamte Ruhezeit damit verbracht, nach dem goldenen Kreuz zu suchen, das sie immer um den Hals trägt. Sie hat keine Ahnung, wo es geblieben ist. Sie zieht es nur zum Schwimmen aus, dabei war sie den ganzen Herbst nicht schwimmen. Sie hat Angst, ihr Vater könnte toben, weil er es ihr zur Konfirmation geschenkt hat. Wir stellten alles auf den Kopf.

Obwohl mir bei Kreuzen unbehaglich wird, wirkt Lucy ohne ihr Kreuz irgendwie nackt. Ich habe es immer an ihrem Hals gesehen, es ruhte in der rosigen Mulde zwischen ihren Schlüsselbeinen. Mir fiel sofort auf, dass es weg war. Ein Teil von ihr ist verschwunden.

Wir beschlossen, dass sie sich ein neues kaufen wird, falls sie es nicht findet. Notfalls leihe ich ihr das Geld. Ich habe keine Ahnung, wie viel ein Goldkreuz kostet.

Ich habe eine ganze Stunde damit vergeudet, Lucy zu helfen, dabei schreibe ich morgen eine gewaltige Mathearbeit, aber egal. Wir hatten schon so lange nichts unternommen. Es hat Spaß gemacht.

15. Oktober

Ich habe ein Zimmer mit Lucy und Mr. Davies in Englisch und Griechisch bei Miss Norris und Klavierunterricht bei Miss Simpson, und ich habe Sofia und viele Freundinnen …

16. Oktober

Früher habe ich den Herbst geliebt. Aber der Herbst weiß nicht, ob er leben oder sterben will, wieder geboren werden oder verdorren.

Früher wollte ich so gerne glücklich und normal und sorglos sein wie Lucy. Sonst nichts. Ich dachte, ich könnte werden wie sie, wenn ich ihr nahe wäre. Es hat damit zu tun, dass man Dinge einfach geschehen lässt, ohne darüber nachzudenken, dass man genau das ist, was man ist, nicht mehr. Die Dinge fließen über einen dahin wie eine Welle, die sich über deinem Kopf bricht, und du verirrst dich unter Wasser, gewichtslos, unsicher, ob du je wieder auftauchen wirst, aber es ist dir auch egal. Dazu muss man geboren sein.

Manchmal frage ich mich, wie ich ein ganzes Leben voller Gedanken überstehen soll. Ein Leben, das nur aus Worten, Worten, Worten besteht, die sich in meinem Kopf vermischen. Bin ich dazu geboren?

17. Oktober

Heute (am Samstag) geht es mir viel besser. Lucy beschloss, wieder in der Schule zu bleiben, und wir fuhren mit dem Zug in die Stadt. Ich glaube, sie wollte Ernessa mitnehmen, aber ich gab ihr keine Gelegenheit, sie zu fragen. Ich sagte:

»Lass uns allein fahren. Dann können wir machen, was wir wollen.«

Wir liefen stundenlang herum. Als wir müde wurden, setzten wir uns in einen Park, beobachteten die Leute und erfanden die unglaublichsten Geschichten über sie. Alle hatten schreckliche Dinge zu verbergen: Mord, Inzest, Ehebruch, Alkoholismus. Besser gesagt, ich erfand die Geschichten, und Lucy lachte darüber. Wir aßen nett zu Mittag und stopften uns mit riesigen Fudge-Eisbechern voll. Einfach perfekt. Auf dem Weg zum Bahnhof zog Lucy mich in einen Plattenladen. Seit sie bei Carol *Tea for the Tillerman* von Cat Stevens gehört hat, will sie die Platte unbedingt haben.

Als wir den breiten Bürgersteig entlanggingen, sang Lucy und schwang die Papiertüte mit der Schallplatte hin und her. Ich hörte nicht genau auf den Text. Irgendwas von langen Booten, Schlüsseln, Türen und fernen Ufern.

»Ich kapiere den Text nicht ganz«, sagte sie. »Du vielleicht?«

»Hab das Lied noch nie gehört.«

Sie muss Carols Platte oft gehört haben, denn sie sang weiter und kannte den ganzen Text auswendig.

»Für mich ergibt es keinen Sinn«, meinte ich verärgert. »Wie können Boote einen erobern?«

Lucy sah mich an und lächelte. »'tschuldigung, es geht mir einfach nicht aus dem Kopf.«

Lucy weiß, dass ich diese Musik nicht mag. Ich versuche, sie mir anzuhören, aber sie langweilt mich. Lucy hält mich für arrogant. Manchmal verstehe ich gar nicht, warum wir so gut befreundet sind.

Auf der Rückfahrt im Zug waren wir beide müde, verspürten dieses angenehm schläfrige Gefühl, wenn es draußen dunkel wird und man mühelos dahinschießt. Draußen sind alle preisgegeben, während man drinnen sicher und geschützt ist. Durch die getönten Zugfenster sieht die Welt grünlich und weit entfernt aus, wie ein altes Gemälde mit gelblichem Firnis. Ich las, und Lucy schlief an meiner Schulter. Ich kann noch immer glücklich sein.

18. Oktober

Stiller Sonntag. Lucy ist heute Morgen in die Kirche gegangen, ich bin allein. Ich versuche, nicht ans Alleinsein zu denken. In zwei Stunden kommt Lucy zurück. Seit gestern ist nichts passiert, daher schreibe ich über Miss Norris.

Ich habe jetzt das zweite Jahr bei ihr Griechisch. Sie hat eine Wohnung im dritten Stock, in der sie früher mit ihrer Mutter wohnte, doch jetzt lebt sie allein. Sie ist alt, vermutlich über siebzig. Sie hat wohl den größten Teil ihres Lebens in der Schule verbracht. Sie muss ein College besucht haben (das Brangwyn College gegenüber?) und dann wieder hergekommen sein, um bei ihrer Mutter zu leben (was ist aus ihrem Vater geworden?), die ebenfalls Griechisch und Latein unterrichtete. Bei den meisten Leuten wäre das irgendwie verdreht, doch bei ihr wirkt es vollkommen natürlich. Sie gehört zur Schule, aber doch nicht ganz. Ich sehe sie nie mit den anderen Lehrerinnen. Sie scheint nur ihre Bücher, Vögel und Pflanzen zu brauchen. So wäre ich auch gern. Nach dem Unterricht bei ihr geht es mir immer besser, selbst wenn ich mit der Übersetzung zu kämpfen hatte.

Vielleicht liegt es am Sonnenlicht, das die Räume in diesem Teil der Residenz durchflutet. Im ersten Jahr hier träumte ich davon, älter zu sein und in ihre Wohnung gehen zu können. Deshalb wählte ich Griechisch. Ich stellte mir vor, ihr Reich zu betreten und daran teilzuhaben: an dem Licht, den Singvögeln und den geheimnisvollen Symbolen jener

Sprache, die an Vogelspuren im Sand erinnern. Sie hat weißes Haar. Weiße Haut. Sie hat jegliche Farbe verloren. Sie legt die Hand auf den Tisch, und ich kann ihrem Blut folgen, wie es durch die bläulichen Adern unter der papierdünnen Haut rinnt. Ich sehe, wie das Blut sich bewegt. Alles an ihr ist zerbrechlich und alt. Doch wenn sie lächelt und die weißen Augenbrauen hochzieht, sieht sie wie ein kleines Mädchen aus. Sie kann tun, was immer sie will. Sie lässt ihre Vögel durch die Wohnung fliegen, zwischen den Pflanzen an den Fenstern hindurchsausen und spricht mit ihnen wie mit Kindern. Sie halten inne, um ihrer Stimme zu lauschen.

Der große Gott Pan: »Sie sehen mich hier neben sich stehen, Sie hören meine Stimme. Aber ich sage Ihnen, all das – ja, alles, von dem Stern, der uns eben noch beschienen hat, bis zu der festen Erde unter unseren Füßen –, ich sage Ihnen, all dies sind nur Träume und Schatten: die Schatten, welche die wahre Welt vor unseren Augen verbergen – seltsam mag es sein, doch es ist wahr, und die Alten wussten, was es heißt, den Schleier zu lüften. Sie nannten es: den Gott Pan erblicken.«

Was geschieht, wenn jemand den Schleier lüftet? Liegt dahinter gleich der nächste Schleier?

19. Oktober

Mr. Davies hat die Nase voll von Claire. Das spüre ich. Er ruft sie fast nie auf und schaut immer so gequält, wenn sie sich nach dem Unterricht vor seinem Pult aufbaut. Sie denkt sich alle möglichen Entschuldigungen aus, damit sie noch bleiben und mit ihm reden kann. Zuerst fand ich es komisch, doch inzwischen tut er mir Leid. Er weiß nicht, was er mit ihr anfangen soll. Er ist nicht der Typ, der ihr eine Abfuhr erteilen würde. Heute hat er zu ihr gesagt, sie müssten sich mal unterhalten. Er hat sich für morgen mit ihr verabredet. Sie kam durch den Übergang gerannt, um es mir zu erzählen. Sie hatte wohl vergessen, dass sie sauer auf mich war.

»Ich glaube, er mag mich«, sagte sie atemlos. »Das erkenne ich an seinem Blick. Beim Hinausgehen hat er mich an der Schulter gestreift, und ich konnte seinen Körper riechen. Das hat mich richtig angemacht.«

Vermutlich stand sie ihm im Weg.

Ich weiß nicht, warum ich sie je gemocht habe. Wenn sie herausfindet, was er ihr zu sagen hat, wird sie wieder wütend auf mich sein.

20. Oktober

Es lief, wie ich es vorhergesagt hatte. Unmittelbar vor der Ruhezeit platzte Claire in mein Zimmer und brüllte unter Tränen: »Was hast du Mr. Davies über mich erzählt?«

Ihr Gesicht war knallrot, das feuchte Haar fiel ihr in die tränennassen Augen. Ich sagte, ihr Name sei kein einziges Mal gefallen, doch sie glaubte mir natürlich nicht.

»Warum meint er dann, ich interessierte mich zu sehr für sein Privatleben, wie er es ausgedrückt hat?«

»Ach komm«, sagte ich. »Das sieht doch ein Blinder.«

»Aber du sitzt ständig an seinem Pult und himmelst ihn an, und dir wirft er nichts vor«, schrie Claire. »Du siehst aus, als wolltest du auf ihn draufklettern, hockst auf der Stuhlkante und beugst dich –«

»Das hat nichts zu bedeuten. Und das weiß er auch. Wir reden über Bücher.«

»Ich kann auch mit ihm über Bücher reden«, sagte sie.

»Tatsächlich?«

»Ich glaube dir kein Wort«, kreischte sie. »Du hetzt Mr. Davies gegen mich auf. Niemand außer dir soll mit ihm reden. Gib zu, du willst ihn ganz für dich allein.«

»Ich gebe gar nichts zu«, entgegnete ich.

»Du bist so besitzergreifend. Genau wie mit Lucy. Du kannst es nicht ertragen, dass sie außer dir noch Freundinnen hat. Das weiß doch jeder. Du hältst ständig nach ihr Ausschau.«

Das reichte. Wenn sie nicht auf der Stelle mein Zimmer verließ, würde ich Mrs. Halton rufen. Ich hatte Angst, ich könnte sie schlagen. Sie knallte die Tür so laut zu, dass Mrs. Halton ohnehin erschien. Ihre Stimmte dröhnte durch den ganzen Flur. »Mädchen, Mädchen, sofort aufhören.« Mit Claire spreche ich nie wieder. Ich habe keine Ahnung, wie sie das mit Lucy gemeint hat. Ich wünschte, Lucy würde kommen, dann könnte ich ihr alles erzählen. Dann könnte ich über Claire lachen. Ich glaube, Lucy hat heute Nachmittag ein Hockeyspiel. Ich muss bis nach dem Abendessen warten.

Nach dem Abendessen

Lucys Reaktion überraschte mich. Eigentlich wollte sie gar nichts über Claire hören. Ich nahm sie im Aufenthaltsraum beiseite, um ihr von heute Nachmittag zu erzählen. Ich merkte, dass sie nur aus Höflichkeit zuhörte.

»Ich kann verstehen, warum Claire so wütend war«, meinte Lucy, als ich fertig war.

»Aber sie kann doch nicht mir die Schuld geben«, sagte ich. »Ich habe gar nichts damit zu tun.«

»Mr. Davies hat sie gekränkt.«

»Das hat sie auch verdient. Sie benimmt sich völlig idiotisch. Mr. Davies tut mir Leid.«

Verärgert ließ ich sie stehen. Es hatte keinen Sinn, diese Unterhaltung fortzusetzen und auch noch mit Lucy zu streiten. Sie ging sofort zu Ernessa, die allein dasaß und anscheinend auf Lucy gewartet hatte. Ich sah, wie Ernessa eine Zigarette aus ihrem Päckchen nahm. Sie reichte sie Lucy und gab ihr Feuer wie ein Mann. Lucy saß auf der Stuhlkante, rauchte und hörte Ernessa zu. Deshalb war sie so ungeduldig gewesen. So war sie früher nie. Ich konnte immer auf sie zählen.

21. Oktober

Mein eigenes Blut zu sehen, ist der Anfang vom Ende.

Heute wartete ich vor der Ruhezeit in Mrs. Haltons Wohnzimmer, weil ich eine Erlaubnis fürs Wochenende unterschreiben lassen wollte. Ich kam gerade vom Hockey, meine Beine im Sporttrikot waren verschwitzt. Ihr Sofa ist mit tiefrotem Samt bezogen und sieht aus, als hätte noch nie jemand draufgesessen. Ich wagte nicht, es zu berühren. Ich schlenderte durchs Zimmer, schaute mir Nippes an, den sie auf einem Glastisch aufgebaut hat: eine Schäferin aus Porzellan, eine schwarze chinesische Lackdose, eine mit rotem Brokat bezogene Spieldose, ein silbergerahmtes Foto ihres verstorbenen Mannes. Ein ganzes Leben, eingefangen in wenigen Gegenständen und einem leblosen Foto. Hat er je gelebt, oder ist er nur ein Stück Papier? Ich konnte die traurigen Dinge in diesem traurigen Zimmer, auf das sie so stolz ist, kaum ertragen. Es erinnert einen an ein Leben, das nicht mehr existiert. Woher sollen wir wissen, dass unser Leben wirklich stattgefunden hat, dass wir nicht einfach Details anhäufen, nach und nach alles erfinden?

Noch bevor ich wusste, was ich tat, hob ich die Porzellanschäferin hoch. Ich wollte die glatte, kalte Oberfläche berühren. Dabei tropfte etwas aus meiner Nase. Ein roter Blutstropfen, so dunkel, dass er beinahe schwarz aussah, fiel in einem vollkommenen Kreis auf das Glas des Tisches. Ich hielt mir die Hand vor die Nase, und sah mich nach einem Tuch um. Ernessa stand genau hinter mir und schaute über meine Schulter auf den Tisch. Sie musste ins Zimmer geschlüpft sein, während ich in meine dummen Gedanken versunken war. Ich wollte das Blut vom Tisch wischen, hinterließ aber eine klebrige Schliere.

»Als ich klein war, sagten die Bauern, Nasenbluten bringt Glück.«

Ich weigerte mich, sie zu beachten. Ich starrte auf den Glastisch, die Blutschliere, die Gegenstände.

»Keine Sorge, ich verrate Mrs. Halton nicht, dass du mit ihrer kostbaren Schäferin gespielt hast.«

Behutsam stellte ich die Figur wieder auf den Tisch.

»Diese billigen, sentimentalen Dinge sollten dich nicht traurig machen«, meinte sie. »Am liebsten würde ich sie alle auf den Boden schmeißen.«

Mrs. Halton bedeutet mir wenig, doch ihre Illusionen tun keinem weh. Soll sie sie behalten. Ernessas Worte klangen so grausam.

»Sie braucht diese Dinge«, sagte ich. »Zum Weiterleben.«

Ernessas Gesicht war meinem ganz nahe. »Ich brauche keine Dinge, um mich an meinen Vater zu erinnern«, flüsterte sie mir ins Ohr. »Keine Dinge, die ich anfassen kann. Papierfetzen, die die falschen Augenblicke eingefangen haben. Die Zeit fließt um sie herum, ohne sich auch nur zu kräuseln.«

Ich sah sie an. Der wilde Ausdruck ihrer schwarzen Augen überraschte und ängstigte mich. Es hatte nichts mit dem Klang ihrer Worte zu tun, die sanft auf- und abschwollen.

»Ich brauche sie auch nicht«, flüsterte ich.

Ich rannte zu meinem Zimmer, wobei ich meine Nase umklammerte. Ich weiß nicht, ob ich eine Blutspur hinterließ. Als ich drinnen war, schlug ich die Tür zu und schloss mich im Bad ein. Das Blut sickerte zwischen meinen Fingern hindurch, rann über meine Hand und über mein Handgelenk. Ich blickte in den Spiegel. Ich sah aus, als hätte mir jemand auf die Nase geschlagen. Noch nie hatte ich so schlimmes Nasenbluten gehabt. Als ich den Kopf in den Nacken legte, spürte ich das dicke Blut im Rachen. Der metallische Geschmack würgte mich. Ich spülte mir Gesicht und Hände ab, sah zu, wie das Wasser das tiefe Rot im Becken rosa färbte. Ich blieb lange auf der Toilette sitzen, den Kopf zwischen den Knien, und drückte meine Nase zusammen, um das Blut zu stoppen. Ich zittere noch immer.

Nach dem Abendessen

Ich musste lernen, mit anderen Menschen umzugehen und Spaß zu haben. Ernessa ist nicht wie wir. Sie wird niemals wie wir sein.

Ich entdeckte Ernessa am anderen Ende des Speisesaals und starrte sie an, bis sie sich umdrehte. Ich wollte wissen, ob sie irgendwie auf unsere Begegnung reagieren würde. Sie schaute lange in meine Richtung, schien mich aber nicht anzusehen. Als ich mich umdrehte, saß Lucy am Tisch hinter mir, sie erwiderte Ernessas Blick. Ernessa schaute nicht mehr wild drein; sie wirkte beinahe verträumt. Ihre Augen waren groß und weich, die Lippen geöffnet. Ihre blasse Haut war makellos. Einen Moment lang konnte ich beinahe verstehen, warum Lucy sie gern hatte. Lucy merkte nicht einmal, dass ich sie ansah. Ich hätte nicht gedacht, dass ihre blassblauen Augen so eindringlich blicken können.

Gleich nach dem Essen ging ich auf mein Zimmer und

nahm einen Stapel Fotos hinten aus dem Schreibtisch. Ich holte einen Streifen Fotos von Lucy und mir hervor. Wir hatten sie in einem kleinen Automaten am Bahnhof gemacht. Sie sahen bereits braun und verblichen aus, dabei waren sie erst ein Jahr alt. Wir bemühten uns, nicht zu lachen, ernst zu wirken. Doch beim letzten Bild waren wir herausgeplatzt. Ich bin sicher, damals war ich glücklich, so glücklich, dass ich es nicht einmal merkte. Ich betrachtete ein altes Schwarzweißfoto meines Vaters. Es ist verknittert, eine Ecke fehlt. Rundes Gesicht, schütteres Haar, tief liegende braune Augen – vermutlich fanden nur meine Mutter und ich ihn schön. Ich glaube, er war da glücklich. Er lächelt nicht, also kann ich nicht ganz sicher sein, aber er sitzt am Küchentisch im Strandhaus, und meine Mutter steht hinter ihm an der Spüle, ein bisschen unscharf, aber in seiner Nähe. Ich kann ihren Gesichtsausdruck nicht deuten. Er hatte sie gern um sich. Er streckte den Arm nach ihr aus, ohne zu merken, was er tat. Es war wie ein nervöser Tick. Und manchmal war sie nicht da, dann schaute er sich um, ganz verstört. An jenem Abend war sie da. Auf dem Tisch standen eine Weinflasche und zwei halb volle Gläser. Ich kann mich nicht an den Abend erinnern und habe keine Ahnung, wer das Foto gemacht hat. Es muss noch jemand außer uns da gewesen sein. Vermutlich war ich schon im Bett, schlief ein im Stimmengemurmel, das aus der Küche drang. In Märchen gibt es immer eine Zeit, in der alle Glück empfinden, selbst wenn es im nächsten Moment auf immer verloren geht. Ernessa hat ganz und gar Unrecht, es sind keine Bilder von falschen Augenblicken.

22. Oktober

Heute Morgen beim Frühstück fragte ich: »Wer hat Ernessa eigentlich mal essen sehen?«

Nur Kiki interessierte sich dafür, wohl weil sie essen kann, was sie möchte, und dabei immer gertenschlank bleibt. Die anderen finden es cool, nichts zu essen. Sie bewundern Ernessa, weil sie dem Essen widerstehen kann.

»Vielleicht isst sie heimlich«, meinte Kiki. »Sie macht angeblich Diät und stopft sich nachts mit lauter ungesundem Zeug voll. Lucy, du müsstest das doch wissen. Du bist so oft in ihrem Zimmer. Feiert ihr zusammen Fressorgien?«

»Mir ist nicht danach, über Ernessa zu sprechen«, meinte Lucy. Sie redete mit Kiki, sah dabei aber mich an.

Selbst Kiki fällt auf, wie viel Zeit Lucy mit Ernessa verbringt.

»Es gibt so eine Krankheit«, erklärte Betsy. »Bei der hungert man sich zu Tode. Man hört auf zu essen, und der Körper frisst sich selbst.«

»Wisst ihr noch letztes Jahr, die Sache mit Annie Patterson?«, fragte Carol. »Plötzlich sah sie aus wie eine KZ-Insassin. Man konnte alle Knochen im Gesicht sehen. Wie bei einem Totenschädel. Und sie wollte immer noch nicht essen. Darum musste sie auch von der Schule.«

»Ich glaube, das Problem werde ich nie haben«, seufzte Sofia.

»Wenn man zu viel abnimmt, kann der Körper nicht mehr warm bleiben, und es wächst einem Flaum auf den Armen«, sagte Betsy. »Keine Haare, eher Daunen. Wie bei einem Tier.«

Das fanden alle eklig und sagten, sie solle aufhören.

»Ich habe es aber gelesen«, sagte Betsy. »Das denke ich mir nicht aus.«

»Ich glaube nicht, dass Ernessa sich zu Tode hungert«,

meinte Kiki. »Schaut sie euch doch an. Sie hat den perfekten Körper. Falls ihr meint, sie hätte diese Krankheit, könnt ihr ja mal ihre Arme nach Flaum abtasten.«

»Ihr redet verdammte Scheiße«, sagte Lucy, schob ihren Stuhl zurück und ließ das Frühstück stehen.

Ich hatte Lucy noch nie fluchen hören.

Ich bin genauso wütend auf Lucy wie sie auf mich. Ich hatte das Thema nur angesprochen, um zu sehen, ob noch jemandem außer mir aufgefallen war, dass Ernessa nicht isst. Ich denke mir das nicht aus. Sie isst einfach nicht. Zum Glück fahre ich am Wochenende mit Sofia nach Wilmington. Ich möchte mal ein ganzes Wochenende nicht an Ernessa und Lucy denken. Nach dem Frühstück kam mir der Gedanke, mal an Ernessas Armen zu fühlen. Allerdings ist sie kein Mensch, den man einfach anfasst, und sie trägt immer lange Ärmel und Strümpfe, selbst wenn es draußen warm ist. Irgendwie glaube ich nicht, dass sie mit uns Strip-Poker spielen würde.

Vor ein paar Tagen kam sie in Lucys Zimmer, als Sofia gerade auf der Toilette war und pinkelte. Plötzlich rief Ernessa: »Mach die Tür zu!« Wir verstummten. Man hörte nur, wie die Pisse in die Kloschüssel zischte.

»Ich kann nicht«, schrie Sofia. »Ich bin auf der Toilette.«

»Ich will dich nicht auf der Toilette hören«, meinte Ernessa.

Lucy machte schnell die Tür zu. Sie war verlegen.

Wenn wir vor aller Augen auf die Toilette gehen, heißt das, wir haben keine Geheimnisse voreinander.

Wenn Ernessa es so abstoßend findet, pinkelt Lucy vermutlich nicht in ihrer Gegenwart.

23. Oktober

Heute habe ich etwas getan, das ich noch nie zuvor gemacht habe. Ich war wieder in Mrs. Haltons Wohnzimmer, um meine Erlaubnis unterschreiben zu lassen, und da sagte ich zu ihr: »Ich möchte mich über Ernessas Zimmer beschweren. Es riecht da so schlecht. Ich kann gar nicht daran vorbeigehen.«

Die Worte kamen einfach von selbst.

»Außer dir hat sich niemand beschwert«, sagte Mrs. Halton und unterzeichnete den Vordruck. Sie hörte gar nicht richtig hin. Es stimmt, dass es die anderen nicht so stört wie mich. Ich reagiere sehr empfindlich auf Gerüche. Im Sommer am Strand kann ich es nicht ertragen, wenn wir wegen der feuchten Handtücher und Badematten Schimmel im Badezimmer haben.

Ich hätte das Thema wechseln können, wollte es aber nicht. »Der Geruch ist Ekel erregend. Ich kann es nicht aushalten. Mein Zimmer liegt genau gegenüber.«

Mrs. Halton schaute mich unter ihrer Halbbrille an. »Ich dachte, du hättest mehr Mitgefühl mit dem armen Mädchen. Wo ihr doch in der gleichen Situation seid.«

»Was wollen Sie damit sagen?«, fragte ich. Ich wollte wissen, ob sie damit andeuten wollte, dass wir die einzigen Jüdinnen waren. Doch sie meinte etwas anderes.

»Wegen ihres Vaters«, sagte Mrs. Halton, die jetzt rot geworden war. Sie ordnete die Zettel in dem Briefständer aus Messing, der auf ihrem Schreibtisch stand, damit sie mich nicht ansehen musste. »Die unglückliche Situation … dass er sich das Leben genommen hat, meine ich.«

»Das wusste ich nicht. Aber das ist auch egal. Ich habe ja nichts gegen Ernessa. Mich stört nur, dass es in ihrem Zimmer stinkt.«

»Ich werde mit ihr sprechen. Aber sie ist sehr eigen. Sie wird niemandem erlauben, dort sauber zu machen. Sie hat versprochen, sich selbst darum zu kümmern. Wenn ich ihr Zimmer inspiziere, ist es immer sauber. Vielleicht muss sie nur mal lüften.«

Warum darf Ernessa ihre Tür zumachen, während unsere immer offen bleiben müssen, damit die Zimmer nach dem Frühstück inspiziert werden können?

Man sollte ihr nicht erlauben, die Regeln zu umgehen. Letztes Jahr habe ich meine Kommode in den Schrank geräumt, um mehr Platz zu haben, doch Mrs. Dunlap verlangte, dass ich sie zurückstellte. Sie sagte: »In der Schulbroschüre steht, dass jedes Zimmer mit Schreibtisch, Stuhl, Bett, Kommode und Lampe ausgestattet ist. Was ist, wenn sich ein Besucher dein Zimmer anschaut und keine Kommode darin findet? Das geht nicht.«

Ich will Ernessa keine Schwierigkeiten machen. Ich habe nie gepetzt. Aber den Geruch kann ich nicht ertragen.

Ich habe nie versucht, Mitleid zu erwecken. Ich habe meinen Vater nie als Entschuldigung benutzt.

25. Oktober

Nach dem Abendessen

Lucy war so kalt zu mir. Ich hatte sie das ganze Wochenende nicht gesehen, und sie schien sich gar nicht zu freuen, als wir uns trafen. So war sie früher nie. Habe ich mir etwa nur eingebildet, dass wir beste Freundinnen sind und Zimmer zusammen haben?

Beim Rückmelden wollte ich einen Blick in die Liste werfen, um zu sehen, wo Lucy das Wochenende verbracht hatte, doch Miss Olivo wurde sauer. Es war beinahe Essenszeit, und hinter mir wartete eine Reihe Mädchen, die sich alle zurückmelden wollten.

»Ich wollte nur nachsehen, ob ich mich am Freitag ausgetragen habe«, murmelte ich.

Ich fragte Dora, was Lucy am Wochenende gemacht habe. Ich traute mich nicht, sie selbst zu fragen. Sie würde es mir nie sagen, wenn sie mit Ernessa unterwegs gewesen war. Und das war sie bestimmt. Ich bemühte mich, gelassen zu wirken. Dora hatte ohnehin keine Ahnung. Ausnahmsweise war ich froh, dass sie nicht richtig zuhörte.

Ich wollte zurück in die Schule, doch nun bereue ich es, wieder hier zu sein. Das mit Lucy hat das ganze Wochenende kaputtgemacht.

26. Oktober

Es war so nett mit Sofia, wir hatten das Wochenende ganz für uns allein. Ich habe nicht ein Mal an die Schule gedacht.

Sofia versteht etwas Wichtiges, das die anderen Mädchen nicht kapieren, nämlich dass nichts so ist, wie es scheint. Sie sind alle so nüchtern. Wir können auch stundenlang über unsere Familien reden, ohne uns zu langweilen.

Am Sonntag waren wir bei ihren Großeltern zum Mittagessen. Sie haben ein richtiges Anwesen. Vor zweihundert Jahren war das Haus nur ein kleines steinernes Cottage. Im Laufe der Zeit wurden mehrere Flügel angebaut. Es gibt einen Aufzug und Geheimgänge zwischen den Schlafzimmern im oberen Stock. (Wofür, weiß ich nicht. Ich bezweifle, dass ihre Vorfahren heimliche Liebschaften oder politische Intrigen pflegten.) Sofia ging mit mir in den Keller. Ein Kaninchenbau voller kleiner, dunkler Räume. In einem standen Regale mit alten Konservendosen, ganz schmutzig und verrostet.

Vermutlich wäre es tödlich, davon zu essen. Es gab auch einen kleinen Gasherd und eine Maschine, die Sofias Großvater aus einem alten Fahrrad gebastelt hatte, um Strom zu erzeugen. Doch wer möchte schon einen Atomkrieg überleben? Man könnte den Bunker nie mehr verlassen. Man wäre unter der Erde gefangen, bis einem Essen und Trinken ausgehen. So würde der Luftschutzbunker bald zum Grab.

Sofias Großeltern sind immer sehr nett zu mir, vor allem ihr Großvater, obwohl ich kaum mit ihm geredet habe. Es muss an meinem Vater liegen. Er sagte immer, die Reichen umgäben sich gern mit Künstlern und Dichtern. Sofias Großvater verbringt seine Zeit mit wissenschaftlichen Erfindungen und harkt Laub im Park, weil er so reich ist, dass er nie arbeiten muss. Sofia findet es sehr traurig. Auf der Anhöhe hinter dem Haus gibt es ein kleines Atelier, das ihre Großmutter hat bauen lassen, um darin zu malen. Sie malt nicht mehr, weil sie fast blind ist, hat aber erst damit aufgehört, als sie beinahe achtzig war. Ihre Gemälde hängen im ganzen Haus. Seltsam, aber sie sehen aus, als hätte eine junge Frau sie gemalt. Sie verändern sich nicht, verströmen eine charmante Unschuld. Selbst ich bin da ja schon befangener.

Nach dem Mittagessen gingen wir auf den Dachboden. Der Raum ist gewaltig, voller Bücherregale, Teppiche und Möbel. Wie ein Haus im Haus. Aus einer Schreibtischschublade holte Sofia die Tagebücher, die ihre Großmutter und Urgroßmutter als Mädchen geführt hatten. Sie hatte sie dort oben gefunden, aber niemandem davon erzählt, weil sie nicht genau weiß, ob sie sie lesen darf. Wir lasen laut aus ihnen vor. Ihre Großmutter war sehr sachlich. Sie führte immer genau auf, was sie tagsüber getan hatte – wo sie gewesen war, was sie gegessen hatte, wie das Wetter war und so weiter. Nichts berührte sie; selbst eine Reise durch Europa machte keinen besonderen Eindruck auf sie: »Bei Einbruch der Dunkelheit in Zürich angekommen. Konnte beim Abendessen kaum wach bleiben. Wetter wie gestern. Wir machten eine nette Bootsfahrt über den See und aßen in einem kleinen Ort mit einer mittelalterlichen Burg.« Sofias Urgroßmutter war das genaue Gegenteil. Ihre zuckersüßen Ergüsse wollten gar kein Ende nehmen: »Die Hand des Einen, der so viel größer ist als wir, hatte den Pinsel erfasst und war damit in breiten purpurnen und roten Streifen über den Himmel gefahren. Vom Deck des Schiffes aus konnte ich sehen, wie das Werk Seiner Hände den ganzen Himmel bis hin zum Horizont klar erleuchtete. Es war eine Leinwand, von der Michelangelo nur träumen konnte. Die majestätische Schönheit berührte mich tief im Herzen, mir wurde ganz schwindlig. Ich ergriff die Hand meines Liebsten.«

Ihre Urgroßmutter war als Sechzehnjährige mit dem Verlobten ihrer Schwester durchgebrannt. Sie war verrückt nach ihm. Sofias Großmutter konnte ihrer Mutter nie verzeihen, dass sie Schande über die Familie gebracht hatte. Deshalb ist sie auch so verklemmt. Vielleicht kann sie sich nur beim Malen gehen lassen und Schönheit erschaffen. Ich liebe solche Geschichten. Ich könnte sie den ganzen Tag hören.

Letztlich ist es egal, ob die Worte wahr sind oder nicht. Sie dienen dem gleichen Zweck.

Der König in Gelb: Ein Buch, dessen Sprache schön, wahr und schlicht ist und das den Leser dennoch zerstört, indem es ihn in den Wahnsinn treibt. Könnte ich der Versuchung widerstehen, hineinzuschauen? Gibt es überhaupt ein Buch, dem ich widerstehen könnte?

27. Oktober

Nacht

Zum ersten Mal ist es mir peinlich, etwas in mein Tagebuch zu schreiben.

Nach Beginn der Nachtruhe kam Charley über die Dachrinne in mein Zimmer. Das wäre nicht nötig gewesen. Immerhin ist Mac uns nicht mehr auf den Fersen. Mrs. Halton ist so faul, dass nichts sie aus ihrem Zimmer locken kann. Manchmal krieche ich noch über die Dachrinne, einfach aus Spaß. Das Dach fällt unter mir ab, ich kann den Boden nicht sehen. Es kommt mir gar nicht so hoch vor. Charley war immer am mutigsten. Einmal ist sie im dritten Stock aufgestanden und ein paar Schritte gegangen, als hätte sie festen Boden unter den Füßen, wobei sie die Arme ausstreckte, um das Gleichgewicht zu halten. Ich bekam beinahe einen Herzinfarkt, als ich das sah.

Charley wollte mir sagen, dass sie etwas über Willow herausgefunden hat. Als ich damals hörte, dass es jemanden namens Willow in der Klasse gab, stellte ich mir ein Mädchen vor, das so groß und dünn war, dass es im Wind schwankte, mit welligem, blondem Haar, das bis zur Taille reichte. Willow ist absolut nett, aber mollig und hat dunkles, strähniges Haar. Ihre riesigen braunen Augen blinzeln nie, sie sieht aus wie eine Kuh. Sie stammt aus San Francisco und ist außer Ernessa das einzige Mädchen, das so weit von zu Hause lebt. Vor ungefähr einem Monat hat sie auf dem Weg in die Stadt im Zug einen Mann kennen gelernt. Er hat sie angesprochen, sie hat vermutlich nur gekichert. Er ist Geschäftsmann, um die vierzig, mit Frau und Kindern, und sie hat jetzt eine Affäre mit ihm. Nach der Schule wartet er an der Ecke vor dem großen Tor im Wagen und fährt dann mit ihr in ein Hotel ins Zentrum, wo sie »richtig loslegen«, wie Charley sich ausdrückte. Charley hat Willow vor ein paar Tagen erwischt, als sie zu ihm ins Auto stieg, und sie gezwungen, ihr alles zu erzählen. Was für ein Fehler. Jeder weiß, dass Charley nicht den Mund halten kann.

Von Willow hätte ich so etwas am allerwenigsten erwartet. Sie sieht aus wie ein Riesenbaby. Und lacht dauernd. Ihr Lachen klingt wie Schluckauf, ihr Kinn wackelt dabei. Sie hat Charley gesagt, sie liebe Sex. Es sei eine Sucht, wie Schokolade. Sie komme nicht dagegen an.

In meinem ersten Jahr hier saßen wir hinten im Schulsaal genau vor den Lehrern, und ich starrte die ganze Zeit nur die älteren Schülerinnen an, die hinter Miss Rood auf der Bühne saßen. Eine von ihnen, sie saß vorn links, fand ich faszinierend. Ich weiß nicht, warum. Ich mochte ihren Gang, ihr schwarzes Haar. Es fiel vollkommen glatt um ihre Schultern. Sie hieß Ellen Mardsen. Ich fand sie so schön und erwachsen. Sie war perfekt, obwohl sie nicht sonderlich intelligent, nett oder interessant wirkte. Jeden Morgen starrte ich sie über das rote Gesangbuch an. Ich vergaß völlig, wie sehr ich die Kirchenlieder hasste. Eines Tages war sie nicht mehr da. Ihr Stuhl war besetzt. Alle älteren Mädchen mussten einen Platz aufgerückt sein, um die Leere zu füllen. Sie hatte nie existiert. Ich hatte mir das glänzend schwarze Haar, das sich wie ein Helm um ihren Kopf legte, wohl nur eingebildet. Nach der Versammlung herrschte Unruhe. Die Lehrerinnen wollten Ordnung schaffen, konnten uns aber nicht mehr kontrollieren, nachdem wir den Übergang erreicht hatten. Ellen hatte die Schule verlassen müssen, weil sie schwanger war. Sie konnte es nicht länger verbergen, ihre Fluraufsicht hatte es am Wochenende herausgefunden. Sie musste sofort gehen. Ihre Mutter holte sie noch am selben Tag ab. Jemanden wie sie konnte man nicht länger dulden. Sie war ein schlechtes Beispiel für uns alle. Sie war eine ansteckende Krankheit.

Ich hatte keine Veränderung an ihr bemerkt.

Ich kann mir Sex mit einem Mann einfach nicht vorstellen. Mit einem anderen Menschen so intim zu sein. Nichts zu verbergen. Ich weiß nicht, ob ich das könnte. Es müsste, wenn überhaupt, ein Junge sein, der sich genauso fürchtet wie ich, kein erwachsener Mann.

Nachdem Charley gegangen war, wollte ich weiterschlafen, konnte aber nur an Willow denken, die mit dem verheirateten Mann im Bett war. Er lag auf ihr, bewegte sich rauf und runter. Ich sah seine Arme und den Rücken, ganz behaart, den Kopf mit dem schütteren Haar, den schlaffen Bauch. Die Vorstellung machte mich ganz krank.

Letztes Jahr schlichen so viele ältere Schülerinnen hinaus und trafen sich mit ihren Freunden drüben am Brangwyn College. Es war eine wahre Sex-Epidemie.

Ich brauchte im Moment nur Freundinnen.

28. Oktober

Nach dem Hockeytraining war ich so ausgehungert, dass ich Sofia eine Schokoladenschildkröte abkaufen wollte. Sie verkauft Süßigkeiten für die Service League. Ich machte die Tür auf und sah Sofia auf dem Boden sitzen, ein Riesenglas Honig zwischen den Beinen. Sie langte mit einem Löffel hinein, doch als sie mich hörte, ließ sie ihn vor Schreck ins Glas fallen. Er sank durch den dicken goldbraunen Inhalt und blieb ans Glas gelehnt stehen wie ein Tier im Bernstein.

»'tschuldigung«, sagte ich. »Ich wollte dich nicht erschrecken. Was ist das?«

»Eine neue Diät«, sagte sie treuherzig.

»Honig als Diät?«

»Na ja, es ist eine abgewandelte Diät. Wie die, die Lion

macht. Man isst vor jeder Mahlzeit eine Grapefruit, damit man nicht so hungrig ist.«

»Verstehe.«

»Ich esse die Zitronen und Grapefruits mit Honig, weil sie so sauer sind. Und manchmal auch nur den Honig.«

»Ich habe dich beim Mittagessen gesucht«, sagte ich.

»Ich wollte nicht in Versuchung geraten.«

»Ich kaufe dir ein paar Schokoladenschildkröten ab, die können dich dann nicht mehr in Versuchung führen.«

»Ich hab keine mehr. Deshalb mache ich ja Diät.«

Ich starrte sie an.

»Nicht alle. Aber die meisten. Es ging so: fünfzig Cent in die Kasse, Schildkröte essen, fünfzig Cent in die Kasse, Schildkröte essen, fünfzig Cent in die Kasse.«

Ich musste lachen. So habe ich schon ewig nicht mehr gelacht. Ich musste aufhören, weil mir der Bauch wehtat. Ich liebe Sofia. Niemand kann mich so zum Lachen bringen.

»Du kannst auch was Honig haben. Falls ich den verdammten Löffel wieder herausbekomme.«

»Nein, danke«, sagte ich. »Warum macht Lion eine Diät? Sie hat nicht mal einen Arsch. Er ist total flach.«

Lion heißt so, weil sie eine Löwenmähne hat. Ihr hellbraunes Haar ist unglaublich dick und steht nach allen Richtungen ab. Ihr Körper sieht ganz seltsam aus. Nichts passt zusammen, die Teile scheinen von verschiedenen Menschen zu stammen: flacher Arsch, Hängebusen, Speckrollen am Bauch, dünne Unterschenkel und magere Knöchel.

»Das kommt, weil sie ein Jahr lang auf dem Rücken liegen musste, sie hatte Penicillin nicht vertragen. Sie mag ihre Titten nicht, die hängen so. Und ihr Bauch wäre zu fett.«

»Keine Diät der Welt wird ihre Titten verändern. Die sind einfach so.«

Sofia glaubt mir nicht. Sie meint, eine Diät könnte einen

Menschen verwandeln. Aber in zwei Tagen kommt sie wieder zum Mittagessen, also ist es ohnehin egal.

29. Oktober

Als ich auf die Schule kam, waren alle nett zu mir, doch ich wusste, dass sie hinter meinem Rücken über mich redeten. Das hätte ich auch getan. Man kommt nur dann mitten im Jahr auf die Schule, wenn etwas passiert ist.

Ich wollte wie das Mädchen im Zimmer gegenüber sein, doch man ließ mich nicht. Ihr Zimmer war hellblau gestrichen, auf dem Boden lag ein dunkelgrüner Teppich. Tagsüber stand die Tür weit offen. Das Tageslicht strömte ins Zimmer. Ich konnte sehen, wie die weißen Strahlen auf dem Boden in einem Teich zusammenflossen. Sie waren wie die dünnen Lichtpfeile, die durchs Fenster der Jungfrau Maria fielen, um von der Ankunft des Erzengels Gabriel zu künden.

Wenn ich am Schreibtisch saß, konnte ich den großen Berg Stofftiere vor dem Fenster sehen. Ich hatte nichts Derartiges mit in die Schule gebracht. Ich hatte keine Ahnung, was ich hätte gebrauchen können. Ich rechnete nicht damit, lange hier zu bleiben. Mein Zimmer war kahl und dunkel. Der Holzboden fleckig und uneben. Die Sonne fiel von der anderen Seite ins Gebäude. Mein Fenster war nur ein helles Rechteck, das nichts erleuchtete. Das hellblaue Zimmer war voller Dinge: Familienfotos, Parfümflaschen und Puderdosen, Schmuck, Schreibpapier, Stifte und Briefmarken, Schallplatten, Kissen, und auf dem Bett lagen noch mehr Stofftiere. Alle Oberflächen waren mit Puder bestäubt. Ich träumte davon, mich mit dem Mädchen mit dem langen blonden Haar und dem hübschen Gesicht, das in diesem Zimmer wohnte, anzufreunden, dem Mädchen, das ein Goldkreuz um den

Hals trug. Ich träumte davon, das Wochenende bei ihr zu Hause zu verbringen, in einem schönen Haus, das genauso aussah wie ihr Zimmer.

Ich freundete mich mit Lucy, dem Mädchen aus dem blauen Zimmer, an, und zuerst war es noch wie ein Traum. Doch nach einer Weile erschien es mir unvermeidlich.

Als Lucy mich das erste Mal dabeihaben wollte, als sie im Bad am Endes des Flurs in einer der riesigen Wannen mit den Klauenfüßen badete, hatte ich große Angst. Aber wie sollte ich nein sagen? Wenn ich nun etwas falsch machte? Wenn ich nun nervös wurde und lachte, wenn sie sich auszog oder nackt in der Wanne ausstreckte? Wenn ich zu ernst blieb und gar nicht lachen konnte? Wenn sie zu dem Schluss kam, dass sie mich doch nicht mochte? Wenn ich ihr nur Leid tat? Ich war es nicht gewöhnt, so mit anderen zusammen zu sein.

Nach einer Woche badeten wir zusammen, frühstückten zusammen, gingen nach dem Mittagessen zusammen nach oben, verbrachten die Wochenenden zusammen. Alle verknüpften unsere Namen; sie gehörten zusammen wie ein Reim.

Ich muss los. Zeit zum Abendessen. Es hat gerade zum zweiten Mal geläutet, und ich bin noch nicht umgezogen. Ich muss etwas Sauberes im Kleiderschrank auftreiben. Nach dem Essen schreibe ich weiter.

Nach dem Abendessen

Das hat ein anderer Mensch erlebt, ein bemitleidenswertes Mädchen, das in den dunklen Ecken seines Zimmers verschwinden wollte.

30. Oktober

Ich war in Lucys Zimmer und wartete, dass sie aus dem Bad kam. Die Tür zum Bad stand offen, und ich lag auf ihrem Bett und las *Carmilla* für Englisch. Es geht um eine Frau namens Carmilla, die unter mysteriösen Umständen in eine steiermärkische Burg gelangt (wo immer die Steiermark auch ist oder gewesen sein mag, falls sie überhaupt existiert). Eine junge Engländerin, die mit ihrem Vater in der Burg lebt, gerät in Carmillas Bann. Im Grunde liebt und verabscheut sie sie gleichermaßen, kann ihr aber nicht widerstehen. Zuerst fand ich die Geschichte zu konstruiert, aber das liegt nur am Stil. Bald war ich fasziniert und konnte gar nicht mehr aufhören zu lesen. Nachdem ich begriffen hatte, dass Carmilla ein Vampir war, passte alles zusammen. Es gab einfach keine andere Erklärung.

Lucy kam in ein Handtuch gewickelt aus dem Bad. Ich schaute von meinem Buch auf. Ihre Haut war so rosig und sauber. Ihre blauen Augen blickten jedoch überrascht. Ernessa stand nämlich in der Zimmertür, der süße Puderduft aus dem dampfenden Bad hing schon in der Luft, und einen Moment lang sah sie aus wie ein Tier. Erstarrt.

Lucy war nicht direkt verlegen, obwohl sie nackt war und das Handtuch sie nicht ganz bedeckte. Es gibt ohnehin nicht viel zu sehen. Sie sieht noch immer wie ein kleines Mädchen aus. Kaum Titten oder Arsch. Sie wusste nicht, was sie tun sollte, und Ernessa rührte sich nicht.

Ich weiß noch, wie glücklich ich war, weil ich das Mädchen aus dem hellblauen Zimmer zur Freundin hatte. Doch Ernessa kam einfach herein, ohne anzuklopfen, und Lucy hatte nichts dagegen. Wir waren immer abends hier so zusammen, wenn sich die anderen Mädchen in ihren Zimmern bettfertig machten. Ich will nicht darauf verzichten. Ernessa hatte keinen Grund, ins Zimmer zu kommen. Sie beugte sich über mein Buch, zuckte die Achseln, setzte sich kommentarlos in Lucys Sessel und fragte sie nach ihrem Deutschunterricht.

Dann sagte Ernessa plötzlich: »Deine Haut ist knallrot vom Baden. Wie kannst du so heißes Wasser ertragen?«

»Es ist entspannend«, meinte ich vom Bett. »Wir nehmen vor dem Schlafengehen immer ein heißes Bad.«

Ernessa beachtete mich nicht und wandte sich wieder den Deutschaufgaben zu.

Lucy sah mich die ganze Zeit an. Nicht Ernessa, sondern ich bereitete ihr Unbehagen. Ernessa tat, als passte sie auf Lucy auf, und Lucy hatte überhaupt nichts dagegen. Ich wusste, sie wollte mit Ernessa allein sein, aber ich wollte nicht gehen.

Warum passiert mir so etwas?

31. Oktober

Ich wollte einfach nur nicht zu klug, nicht zu sensibel, nicht zu schön sein, von nichts zu viel besitzen. Normal sein. Aber hier ist niemand normal, nicht mal Lucy. Es gibt immer ein Problem, ein Geheimnis, selbst bei denen, die nur deshalb hier sind, weil seit fünfzig Jahren alle Mädchen aus ihrer Familie diese Schule besucht haben. Warum sonst sollte man hier sein, eingesperrt in ein Schloss mit Giebelfenstern, schrägen Dächern, hohen roten Schornsteinen und Kupferverzierungen? Es kommt immer heraus. Alle haben etwas, das ihnen peinlich ist. Heimliche Liebesaffären, Schnapsflaschen im Kleiderschrank, den Hass ihrer Stiefeltern. Tod. Charleys Mutter ist Alkoholikerin. Sofias Eltern sind geschieden und hassen einander. Ihr Vater lebt in Italien. Doras Eltern verbringen ein Sabbatjahr in Paris, aber sie versteht sich nicht mit ihrem Vater und will deshalb im Internat wohnen. Claire streitet mit ihrem Stiefvater, den sie als rassistisches Schwein bezeichnet. In der Klasse unter uns ist ein Mädchen namens Alison, deren Eltern bei einem Autounfall gestorben sind. Ein brennendes Wrack. Und so weiter. *Und so weiter.* Vermutlich bin ich in der Schule die Einzige, die ihre Mutter liebt, ausgenommen Lucy. Meine Mutter und ich sind wie Treibholz, das sich mit dem Wogen des Ozeans hebt und senkt. Ich fürchte immer, davonzutreiben und sie zu verlieren. Mein Vater war Dichter, meine Mutter ist Künstlerin. Bei uns war nichts jemals normal. Selbstmord ist nicht normal.

Ernessa würde darüber spotten. Normale Dinge interessieren sie nicht.

November

1. November

Träume langweilen mich. Fremde Träume noch mehr. Ich kann es nicht ertragen, wenn Leute ausführlich von ihren langweiligen Träumen erzählen. Ich schreibe den Traum von letzter Nacht nur auf, weil ich nicht genau weiß, ob es ein Traum war. Alles sah genauso aus, als ob ich wach wäre. Wenn ich träume, weiß ich meistens, dass es nur ein Traum ist. Aber das hier war realer als mein Leben. Ich schlief, meine Oberlippe schwoll an, und mein Mund war plötzlich ganz trocken. Meine Zunge lag dick im Mund. Sie gehörte nicht mehr dorthin. Ich stand auf, meine Beine waren steif wie Holz. Bald würde ich mich gar nicht mehr bewegen können. Ich erkannte das Gefühl. Ich würde sterben. Ich ging in Lucys Zimmer und bat sie, mir zu helfen. Sie saß im Sessel, das Gesicht zum Fenster und drehte sich um, als sie meine Stimme hörte. Sie lächelte reizend, sagte aber nichts. Hinter ihrem unbewegten Blick lag eine gewisse Härte. Selbst wenn ich starb, würde sie dieses leere, blaue Lächeln zeigen. Ich wachte auf und saß wieder in meinem Zimmer auf der Bettkante. Zuerst ging es mir gut, ich war erleichtert, dass es nur ein Traum gewesen war, doch dann stieg eine bleierne Schwere heiß in meinen Beinen hoch. Ich bückte mich, um die Schuhe auszuziehen. Meine Socken waren schweißnass, ich musste sie geradezu abschälen. Meine Füße waren dick und geschwollen und mit blauen Flecken übersät. Sie sahen aus wie Blaubeerpfannkuchen, bei denen die Beeren im Teig geplatzt sind.

Ich wollte mich aus dem Traum hinauskämpfen; er wollte mich nicht loslassen. Immer wenn ich erwachte, fand ich mich in einem neuen Traum wieder. Ich taumelte aus dem Bett ins Badezimmer. Mein Mund war ausgedörrt, meine Lippen waren angeschwollen wie in dem Traum. Das Wasser blieb mir im Hals stecken.

Danach hatte ich Angst, wieder schlafen zu gehen. Nach diesem Traum werde ich Lucy mit anderen Augen sehen. Ich weiß jetzt, wie hart und gefühllos sie hinter ihrem faden Lächeln sein kann. Sie ist schon immer so gewesen.

Nach dem Abendessen

Es ist spät am Sonntagabend, und ich muss noch Schuhe putzen. Das schiebe ich immer vor mir her. Lucy hat die Schuhcreme. Ich bin ihr ausgewichen.

Seit Wochen habe ich keine Schuhe mehr geputzt. Darum wollten Lucy und ich dieses Jahr auch braune Oxford-Schuhe – die muss man nicht jede Woche putzen. Oxfords sehen aus wie Gesundheitsschuhe, die hellen Straßenschuhe dafür nach Krankenhaus (auf der Dose mit der weißen Schuhcreme ist sogar eine Krankenschwester abgebildet). Lieber wie ein Krüppel aussehen als wie eine Krankenschwester. Außerdem werden die Hellen so schnell schmutzig. Letztes Jahr habe ich eine Menge Tadel wegen schmutziger Schuhe bekommen. Ich musste fast jeden Freitag nachsitzen. Miss Bobbie steht montags morgens an der Tür zum Schulsaal, die Hände in die Hüften gestützt, und starrt auf den Boden. Sie prüft jeden Schuh, der durch die Tür kommt. Dieses Jahr habe ich keinen einzigen Tadel bekommen. Unsere Oxfords sind wie Budapester mit einer Lederlasche über den Schnürsenkeln. Sie sehen aus wie Golfschuhe. So klobig, dass ich sie schon beinahe gut finde. Leider sind sie schwer und müssen lange eingelaufen werden.

Ich kann es nicht glauben. Ich bin gerade in Lucys Zimmer gegangen, um die Schuhcreme zu holen. Lucy saß am Schreibtisch und verteilte weiße Schuhcreme auf einem Paar heller Straßenschuhe.

»Was machst du da?«

Sie war total verlegen, doch was blieb ihr übrig? Die Schuhe waren mit klebriger Schuhcreme bedeckt, sie konnte sie unmöglich verstecken.

»Ich putze Schuhe.«

»Wessen Schuhe?«

»Ernessas. Sie weiß nicht, wie es geht. Ich habe gesagt, ich würde es für sie machen. Sie hat schon so viele Tadel bekommen.«

»Schuhe putzen ist kein angeborenes Talent. Ich bin sicher, sie könnte es lernen.«

»Sie hat so etwas noch nie gemacht.«

Ich wollte Lucy anschreien, bin aber einfach in mein Zimmer gegangen und habe die Tür zugemacht. Ich habe gar nicht erst nach der Schuhcreme gefragt. Soll Miss Bobbie mir morgen ruhig einen Tadel verpassen.

Ich werde die Tür zulassen. Lucy spielt ständig ihre Cat-Stevens-Platten. Ich höre dauernd den Text dieses blöden Liedes, in dem jemand von einem Mondschatten verfolgt wird. Mich verfolgt dieses Lied. Die Nadel bleibt bei dem Wort hängen, und jetzt hängt es in meinem Kopf. Bei dieser Musik kann ich mich nicht auf meine Hausaufgaben konzentrieren.

Lucy scheint nicht mehr Lucy zu sein.

2. November

Arbeitsstunde
Ich lag auf dem Bett, mir fielen die Augen zu. Ich konnte sie einfach nicht mehr offen halten. Plötzlich erklang im Flur ein schriller Schrei. Ich sprang aus dem Bett und lief zur Tür. Alle schauten aus ihren Zimmern. Nur Ernessas Tür war zu. Mitten im Flur stand Beth, schrie und umklammerte ihr Handgelenk. Zuerst kapierte niemand, was los war. Beth reagierte nicht auf unsere Fragen. Dann hob sie den Arm, und ein widerliches Blutrinnsal sickerte zum Ellbogen hinunter.

»Ich sterbe!«, schrie sie. »Ich sterbe!«

Wir standen alle in den Türen unserer Zimmer und starrten sie an. Niemand half ihr. Schließlich kam Mrs. Halton aus ihrem Zimmer und zerrte Beth zur Krankenstation. Sie war wütend. Vermutlich hatte Beth sie beim Fernsehen gestört.

»Ich weiß gar nicht, warum sie so schreit«, meinte Kiki. »Natürlich blutet es, wenn man sich mit einem Rasiermesser schneidet.«

Gewöhnlich ist Beth eine graue Maus. Sie fällt gar nicht auf. Keine Ahnung, wie sie auf unserem Flur gelandet ist. Aber sie hatte eine gute Zahl gezogen und wollte ein Einzelzimmer, also suchte sie sich das neben Charley aus. Sofia wollte mit ihr tauschen, doch sie weigerte sich.

Es gibt auch weniger schmerzhafte Methoden, Aufmerksamkeit zu erregen. Wegen dieser Sache werden wir noch lange kein Mitleid mit ihr haben oder uns mit ihr anfreunden.

Mädchen sagen dauernd Dinge wie: »Ich bin so unglücklich, ich nehme eine Überdosis Aspirin«, doch wenn es ihnen gelänge, wären sie ganz schön überrascht. Sie haben gar nicht vor zu sterben. Sobald sie Blut sehen, geraten sie in Panik.

Beth hat mich sinnlos gestört. Ich liebe den Augenblick, in dem man gegen den Schlaf kämpft, die Lider nur noch mühsam hebt und dann ganz leicht in eine andere Welt gleitet, die einen herbeiwinkt. Jetzt bin ich hellwach.

3. November

Wer ist Carmilla? Dunkel, deprimiert, todessüchtig.

»Sie hieß Carmilla.«

»Ihre Familie war sehr alt und von Adel.«

»Ihre Heimat lag irgendwo im Westen.«

Wer ist Ernessa?

4. November

Die Eltern meiner Mutter waren orthodox. Meine Mutter fand es furchtbar, dass sie am Schabbat nicht Auto fahren und kein Licht einschalten durfte. Es war ihr egal, ob sie Schweinefleisch aß oder Fleisch und Milchprodukte zusammen. Sie sagt, sie empfinde sich nicht mehr als Jüdin, obwohl sie noch jedes Gebet aufsagen kann. Manchmal wünsche ich, ich würde all diese Gebete kennen.

Bei meiner ersten Schulversammlung nahm ich wie die anderen Mädchen das rote Gesangbuch aus dem kleinen Fach im Stuhl vor mir und schlug die Seite auf, die Miss Rood genannt hatte. Doch als die Musik erklang und alle aufstanden, um das Kirchenlied zu singen, war ich so verlegen, dass ich kaum vom Stuhl hochkam. Sollte ich ein christliches Kirchenlied mitsingen? Würde ich bestraft, wenn ich mich weigerte? Würde ich bestraft, wenn ich mitsang? Warum hatte meine Mutter mich hergeschickt? Ich sah mich um, alle hatten ihre Gesangbücher aufgeschlagen und sangen mit, selbst die Mädchen, die sich für cool hielten. Ich bewegte lautlos die Lippen. An diesem Abend rief ich meine Mutter an und fragte sie, was ich tun solle. Sie lachte mich aus und sagte, ich solle tun, was mir am angenehmsten sei. Aber ich muss es wissen. Es ist mir wichtig. Manchmal murmele ich die Wörter, manchmal singe ich, manchmal bewege ich die Lippen, manchmal mache ich gar nichts. Ich weiß noch nicht, was am besten ist.

Ernessa versteht das. Als wir heute in der Versammlung singen sollten, wurde sie rot. Sie umklammerte den Stuhl vor sich so fest, dass ihre Knöchel fast herausgesprungen wären. Das dunkle Haar fiel ihr ins Gesicht, und sie schaute unverwandt auf ihre Füße. Sie machte sich nicht einmal die Mühe, das Gesangbuch zu nehmen und so zu tun, als ob. Ich hatte meins geöffnet, sah aber zu Ernessa hinüber, die zwei Reihen vor mir weiter rechts stand. Sie wandte sich ein wenig um, gerade so weit, dass ich merkte, dass sie nicht litt; sie grinste breit. Hatte sie mir über die Schulter geschaut, als ich *Carmilla* las?

Natürlich sitzt Lucy neben Ernessa, das Glück des Alphabets: Blake, Bloch. Welch angenehmer Zufall.

Nach der Versammlung lief ich Dora im Übergang hinterher. Ich nahm sie beiseite und fragte, ob sie Ernessa heute Morgen beim Singen beobachtet hätte.

»Wovon redest du eigentlich?«, fragte Dora. »Es interessiert keinen, dass du Jüdin bist. Du leidest allmählich unter ausgewachsenem Verfolgungswahn.«

Jeden Morgen kann Ernessa das nicht machen. Die Lehrerinnen würden es merken.

Nach dem Abendessen
Ich fand die Passage aus *Carmilla*, nach der ich gesucht hatte:

> Nun ließ sie sich auf einer Bank nieder. Ihr Gesicht verwandelte sich in einer Weise, die mir Schrecken, einen Augenblick lang sogar Entsetzen einjagte. Es verdüsterte sich und wurde furchtbar fahl. Mit zusammengebissenen Zähnen, geballten Händen, gerunzelten Brauen und aufeinander gepressten Lippen starrte sie zu Boden und zitterte dabei am ganzen Körper, als sei sie von heftigem Schüttelfrost befallen. Sie schien mit äußerster Anstrengung einen Anfall zu unterdrücken. Endlich, nach atemlosem Kampf, brach ein dumpfer, erschütternder Schmerzensschrei aus ihr hervor, und dann verebbte ihre hysterische Erregung. »Siehst du, das kommt davon, wenn sie einem mit Kirchenliedern den Hals zuschnüren!«, sagte sie schließlich. »Halt mich fest, lass mich nicht los! Es geht schon vorüber.«

Ernessa = Carmilla?

Vielleicht ist ein Vampir einfach nur jemand, der einen anderen in Besitz nehmen will, um das eigene Bild nicht im Spiegel, sondern im Gesicht eines anderen Menschen zu sehen.

Nachtruhe
Etwas Entsetzliches ist passiert. Ich habe eine Stunde gebraucht, bis ich mich so weit beruhigt hatte, dass ich darüber schreiben konnte. Ich konnte den Stift nicht halten, weil meine Hand derart zitterte. Heute Abend kam ich nach dem Baden in mein Zimmer, und da saß Charley am Schreibtisch und las mein Tagebuch.

»Du schreibst ganz schön krankes Zeug«, sagte sie.

Ich riss ihr das Tagebuch weg.

»Jetzt dreh nicht gleich durch«, sagte sie. »Ich bin nur reingekommen und wollte hier auf dich warten, das Buch hat offen dagelegen. Ich konnte gar nicht anders, als es zu lesen.«

»Es ist privat«, entgegnete ich. »Du solltest keine Privatsachen lesen.«

»Dann solltest du sie nicht offen rumliegen lassen. Ich glaube nicht, dass Ernessa gefallen würde, was du über sie schreibst. Was soll das ganze Theater? Schließlich habe ich keine dunklen Geheimnisse über dich herausgefunden, du bist ja nicht Dope-abhängig oder so was.«

Sie hat Recht. Ich hätte niemals so achtlos sein dürfen.

»Nein«, sagte ich betont ruhig, »so etwas Interessantes steht auch nicht drin. Es sind Notizen für mein Englisch-Referat über Vampire. Geschöpfe, die aus dem Reich der Toten zurückkehren und jungen Mädchen das Leben aussaugen.«

Charley fing an zu lachen, ich hatte es geschafft, das Ganze wie einen Witz aussehen zu lassen. Als ich sie schließlich aus dem Zimmer hatte, machte ich die Tür zu und setzte mich, das Tagebuch fest an mich gedrückt, auf die Bettkante. Ich fühlte mich erst sicher, als sie gegangen war. Von jetzt an werde ich es verstecken. Immer. Was, wenn jemand anders es fände.

Ich habe so viel Zeit mit diesem Tagebuch verbracht, jeden Eintrag sorgfältig gestaltet, damit er richtig klingt. Ich muss mir immer wieder klarmachen, dass es nicht zerstört ist, nur weil Charley ein paar Zeilen gelesen hat. Sie hatte keine Ahnung, was sie da las.

9. November

Sein letzter Tag auf Erden.

10. November

Ich habe wenig geschrieben. Wem beichte ich das? Sicher, ich habe meinen Entschluss, jeden Tag zu schreiben, nicht durchgehalten, aber das ist mir egal. Auch sonst habe ich nicht viel gemacht. Ich war beinahe zu traurig zum Leben. Morgens kam ich kaum aus dem Bett und dachte den ganzen Tag nur daran, wieder ins Bett zu kriechen und mir die Decke über den Kopf zu ziehen. Gestern Abend kam Sofia in mein Zimmer, und wir zündeten Kerzen an und saßen im Halbdunkeln, ohne etwas zu sagen. Ich weiß nicht, was ich ohne sie getan hätte. Als ich anfing zu weinen, legte sie den Arm um mich und weinte mit. Ich war froh, dass sie auch weinte.

Meine Mutter hat nicht angerufen. Damit hatte ich auch nicht gerechnet. Was hätte sie schon sagen können, damit wir uns beide weniger verlassen vorkommen?

Ich bringe die Worte nicht heraus. Sie stecken wie eine Gräte in meiner Kehle. Letztes Jahr war ich mal mit einer Truppe Mädchen nach der Schule im Drugstore, um Pommes zu essen. Wir rissen Witze, redeten über dies und jenes, wie wir es immer tun, wenn wir uns mit Pommes voll stopfen. Plötzlich meinte Sarah Fisher: »Ich vermisse meine Mutter so sehr. Genau jetzt. Nach der Schule habe ich mich immer auf die Arbeitsplatte in der Küche gelegt, an die Decke geguckt, und mit meiner Mutter erzählt und was geknabbert, während sie kochte.«

Keiner sagte etwas. Wir dachten an ihre tote Mutter und waren verlegen. Ich am allermeisten. Ich wollte weinen, doch Sarah selbst weinte nicht.

Ich kann kein Wort sagen.

Jedes Jahr glaube ich, es würde einfacher, weil ich ihm, dem lebenden Menschen, entwachsen bin. Ich gerate nicht mehr in Panik wie früher, als ich mich derart an meine Erinnerungen klammerte, dass ich nicht mehr atmen konnte. Jetzt will ich ihn nur als Toten kennen. Allmählich kommt es mir vor, als wäre er schon immer tot gewesen.

Lucy hat nichts gemerkt. Die reizende, falsche Lucy. Dies war ihre Probe, und sie hat elend versagt. Ich wusste es. Sie tut, als wäre alles beim Alten, doch unsere ganzen privaten Rituale gibt es nicht mehr – Ruhezeit, gemeinsame Mahlzeiten, Schlafengehen. Ich wusste immer, wo sie war, als hätte uns ein unsichtbares Band verknüpft. Sie hat einen Kreis um sich gezogen und mich hinausgestoßen.

12. November

Wieder habe ich ein Jahr ohne ihn überlebt.

Lucy entschuldigte sich, weil sie nicht an meine Gefühle gedacht hatte. Sofia muss mit ihr gesprochen haben. Mir ist es egal. Ich bin viel glücklicher.

Zum ersten Mal seit Wochen habe ich Klavier geübt. Ich habe nicht gespielt, obwohl ich Miss Simpson ungern mit schlechten Leistungen enttäusche. Ich spiele Chopins Nocturne Nr. 11 in g-moll, Bachs Präludium Nr. 4 und eine neue Mozartsonate, Nr. 7 in C-Dur. Die Sonate ist sehr lang – zwanzig Seiten Partitur. Aber nicht so furchtbar schwer. Ich liebe das Klavierspielen. Ich verstehe gar nicht, weshalb ich das Klavier zwei Wochen lang nicht angerührt habe.

Vielleicht liegt es daran, dass ich die Proberäume im Untergeschoss der Residenz nicht mag. Ansonsten kann man nur in der Eingangshalle neben der Rezeption spielen. Ich bin beim Spielen gern allein, aber die Räume sind feucht und kalt. Meine Finger werden steif, und die Tasten klemmen. Man muss sie beim Spielen mit dem kleinen Finger hochziehen. Auch stört mich der Geruch dort unten. Er ist viel schlimmer geworden. Manchmal muss ich fast würgen. Ich habe den Hausmeister gefragt, ob Wasser im Keller stünde, und er sagte nein, das nicht, aber ein paar Mädchen müssten da eingedrungen sein und eine Riesenschweinerei veranstaltet haben. Alles sei verdreckt gewesen. Auch tote Ratten und ein totes Eichhörnchen habe er gefunden. Daher der verflixte Geruch. Jedenfalls habe er den ganzen Keller sauber gemacht.

»Ihr dürfda nischrunter, salles voll Ungeziefer. Schab Fallen und Gift ausgelegt. Sagsdein Freundinn'.«

Ich komme mit seiner Sprache nicht klar. Ich werde immer verlegen, wenn ich mit ihm rede, weil ich nur die Hälfte verstehe. Ich muss immer »Was? Wie?« fragen. Bevor Mr. Davies kam, war er der einzige Mann in der Schule. (Außer Bob, und den sieht man nur, wenn man nachts in die Küche schleicht.) Vermutlich bin ich die Einzige, die je mit ihm geredet hat. Die anderen betrachten ihn nicht als Menschen, sondern nur als Hausmeister. Sie fürchten sich ein bisschen vor ihm – nicht weil er ein Mann ist, sondern weil er schwarz ist, mit krausen Haaren.

Ich würde keinen Fuß dort unten hineinsetzen.

13. November (Freitag)

Heute gab es in Englisch zur Abwechslung eine interessante Diskussion. Weil Freitag der Dreizehnte ist? Eigentlich entwickelte sie sich zu einem Dialog zwischen Mr. Davies und mir, da die anderen aus Langeweile gar nicht zuhörten. Sie gaben sich damit zufrieden, zu tuscheln und Zettelchen weiterzureichen. Claire starrte bloß Mr. Davies an. Nach dem Unterricht wartete sie im Flur auf mich. Sie fing wieder an mit: »Du beanspruchst Mr. Davies' ganze Aufmerksamkeit. Außer dir kommt niemand zu Wort.«

Ich ließ sie einfach stehen. Was für eine Idiotin. Niemand hindert sie daran, im Unterricht etwas zu sagen. Hätte sie gelesen, statt mit Ernessa und Charley Dope zu rauchen und von Sex mit Mr. Davies zu träumen, hätte sie vielleicht auch was zu sagen.

Mr. Davies fragte zunächst, ob wir die Figur der Carmilla überzeugend fänden. »Erfüllt sie euch mit Furcht und Faszination?«

Alle Mädchen lachten laut. Mr. Davies wurde ganz rot.

Warum fragt er sie überhaupt? Sie interessieren sich doch bloß für Klamotten, Jungs und Make-up. Darüber würden sie nur zu gern reden. Außerdem haben sie die Geschichte wahrscheinlich gar nicht gelesen. Irgendjemand musste etwas sagen. Ich erklärte, dass ich die Figur von dem Moment an glaubwürdig fände, in dem der Verfasser begreift, was sie ist.

Mr. Davies wirkte verwirrt.

»Als die Figur, die er geschaffen hatte, für ihn echt wurde, wurde auch der Rest der Geschichte echt«, erklärte ich.

»Du stimmst also mit Coleridge überein, wenn er meint, der Autor würde hier freiwillig jegliche Skepsis aufgeben?«

»Das hat nichts mit Skepsis aufgeben zu tun. Ich spreche davon, dass hier etwas erschaffen wird, das existiert, so wie alles in diesem Raum hier existiert. Etwas lebendig gemacht.«

»Die Geschichte ist symbolisch«, sagte Mr. Davies. »Darum geht es doch. Nicht ob Dinge echt sind, sondern was sie bedeuten.«

Mir war klar, was er vorhatte. Er wollte mich davon überzeugen, dass das Übernatürliche nicht existiert. Das Ziel des Kurses besteht darin, uns klarzumachen, dass es nur in der Phantasie des Schriftstellers existiert, ein Ausdruck seines Unterbewusstseins ist. Wie ein Traum. Oder Erinnerungen.

Mein Vater hätte mich verstanden. Er hätte mir zugestimmt, dass Mr. Davies letztlich keine Phantasie besitzt. Ich musste ihm antworten.

»Symbole interessieren mich nicht. Mich interessiert, was *da* ist, auch wenn es nicht real aussieht. Ich will wissen, wie es ist, Carmilla zu sein. Leidet sie jemals? Ist es langweilig, ewig zu leben? Was empfindet man, wenn man sich an seinen eigenen Tod erinnert? So was eben. Wollen Sie keine Antworten? Will sonst niemand Antworten?«

Ich sah mich um, und alle Mädchen schauten mich grinsend an. Sie wirkten aalglatt, als wäre ihnen alles egal.

Sie folgen dem Minutenzeiger, der ums Zifferblatt wandert, warten auf die laute Klingel, die sie befreit. Sie springen von den Stühlen und rennen hinaus und denken nie wieder daran, sondern sagen höchstens: »Die ist wirklich seltsam, was?«

16. November

Ich bin es leid, über sie alle in meinem Tagebuch zu schreiben. Sie nehmen mehr Raum ein, als ihnen zusteht. Ich mag Ernessa nicht. Ich weiß nicht mal, ob ich Lucy noch mag.

Nach dem Abendessen waren wir zum Rauchen im Aufenthaltsraum. Sofia lag auf dem Sofa, den Kopf auf meinem Schoß, weil es ihr so schlecht ging. Sie hat furchtbare Blutungen und Krämpfe. Nachts steht sie auf, hat Durchfall und muss sich übergeben. Letzte Nacht weckte sie mich, und ich blieb stundenlang bei ihr, während sie auf der Toilette saß. Die Krankenschwester sagt, sie müsse sich untersuchen lassen, falls es nicht besser wird. Sofia fürchtet sich vor all dem Blut, mehr aber noch vor dem Krankenhaus. Lucy kam herüber und umarmte sie, Ernessa war natürlich dabei.

»Das ist ein echter Fluch«, stöhnte Sofia. »Muss ich das etwa dreißig Jahre lang ertragen, nur um Sex zu haben?«

»Sex kannst du immer haben«, meinte Ernessa. »Das hier ist dazu da, um Babys zu bekommen.«

Alle stöhnten.

Als Ernessa in Sofias Nähe kam, sah es aus, als würgte es Ernessa im Hals. Sie setzte sich rasch in die andere Ecke und rauchte, bis es klingelte. Lucy sah zu ihr hinüber. Wollte sie wissen, ob es ihr gut ging? Dabei war nicht sie es, die wie gelähmt vor Krämpfen war. Ernessa verwandelte sich in eine Rauchsäule. Wir anderen gingen zusammen nach oben. Sie kam erst nach, als alle weg waren.

Zu Lucy werde ich nichts sagen, sonst wird sie noch wütender. Sie wird sagen, ich sei wie besessen von Ernessa, so wie ich letztes Jahr von meiner Diät besessen war. Wann immer ich dieses Thema anspreche, wird Lucy sauer und sagt, sie wolle nicht über Ernessa reden. Sie tut, als redete ich von nichts anderem mehr.

Ich wette, Ernessa hat ihre Periode noch nicht und das Ganze stößt sie ab, genau wie Essen und »zur Frau werden«, wie es in der Gesundheitserziehung heißt. Titten hat sie auch so gut wie keine. Sie ist noch flachbrüstiger als Lucy, die im Grunde nur Hügelchen mit geschwollenen Brustwarzen hat. Selbst Charley ist weiter entwickelt als Ernessa, und ihre Periode hat sie auch.

Ich bekam meine Periode, als ich ein paar Monate hier war. Ich war gerade vierzehn geworden. Ich erzählte meiner Mutter erst davon, als ich in den Frühjahrsferien nach Hause kam.

»Ich hatte schon Angst, du würdest nach den traumatischen Erlebnissen im letzten Jahr deine Periode gar nicht bekommen«, sagte meine Mutter. »Wie fühlst du dich jetzt?«

Ich sagte nichts.

»Erwachsen?«

»Daddy hat mich nur als Kind gekannt«, sagte ich. »Er würde mich nicht erkennen.«

»Red nicht so«, meinte meine Mutter.

»Bist du etwa die Einzige, die so reden darf?«

Sie ging in ihr Atelier, schloss die Tür und sprach den Rest des Tages nicht mehr mit mir. Ich weiß nicht, warum ich sie verletzen musste. Ich habe mich immer so bemüht, nicht über Daddy zu sprechen.

Im Grunde macht es mir nichts aus, dass ich Brüste und Schamhaar und meine Periode habe. Es heißt nicht, dass ich eine Frau bin. Es heißt nur, dass ich wie die anderen Mädchen bin. Ich verstehe Sofia. Wenn ich meine Periode habe, blute ich manchmal so sehr, dass es mir vorkommt, als strömte gar nicht mehr genügend Blut durch meinen Körper. Es ist brutal. Mein Körper wehrt sich noch dagegen.

17. November

Sie hat sich in dieses Tagebuch gestohlen, wie sie sich in Lucys Leben gestohlen hat. Ich kann es nicht verhindern. Es soll darin nicht um sie gehen. Es soll um die Schule, meine Freundinnen, Lehrerinnen, Bücher gehen.

Sie hat auf mich gewartet. Als ich heute Morgen durch die Tür im Erdgeschoss der Residenz kam, hörte ich jemanden Klavier spielen. Ich schaute in den langen Flur, die Türen der Proberäume waren geschlossen. Die Musik drang aus dem Zimmer, in dem ich immer übe. Dort steht das beste Klavier, ich bin daran gewöhnt. Es gehört mir. Dann merkte ich, dass diese Person die Mozartsonate spielte, an der ich im letzten Jahr gearbeitet hatte. Wie sehr hatte ich mit dem Allegro gekämpft. Ich war nur ein paar Mal mit meinem Spiel zufrieden gewesen, dabei hatte ich sie fast ein Jahr lang geübt. Es lag auch am Klavier. Zu Hause spiele ich immer besser. Aber diesmal machte das Klavier keine Schwierigkeiten. Sie spielte das Allegro so präzise, dass es wie ein Militärmarsch klang. Sie zögerte nicht, jede Note klang perfekt. Ich wartete, bis der erste Satz zu Ende war.

Als ich die Tür aufstieß, nahm sie mich kaum zur Kenntnis. Ich sah keine Noten. Ich dachte, ich müsste heulen. Es war ein ungeheurer Witz auf meine Kosten.

»Ich wusste nicht, dass du Klavier spielst«, sagte ich. Ich zwang mich, nicht davonzulaufen, sondern zu tun, als wäre das alles ganz normal.

»Ich spiele kaum noch.«

»Aber du spielst unheimlich gut.«

»Mein Vater war Musiker«, sagte sie. »Ich habe alles von ihm geerbt. Genau wie du von deinem Vater.«

»Ich habe nichts von meinem Vater geerbt«, sagte ich.

Mir kam es vor, als wollte Ernessa nicht, dass ich ging. Sie wollte weiter mit mir reden. Über unsere Väter. Sie wollte, dass ich blieb. Ich machte die Tür zu und rannte weg. Sobald ich den Raum verlassen hatte, begann sie, das Adagio zu spielen. Ich wollte nicht hören, wie sie es spielte. Die Musik folgte mir durch den Flur. Sie spielt mühelos, klar, genau wie Miss Simpson es immer von mir verlangt. Das Allegro hat mir zu viel Wucht. Einmal angefangen, trägt es mich atemlos bis zum Schluss. Ich verstehe es nicht, nur die Bewegung. Ich weiß nicht, wohin es führt. Das Adagio ist anders. Ich lege die Hände auf die Tasten, und die Musik steigt aus ihnen auf und leitet meine Finger. Es winkt mich an einen unbekannten Ort. Ich gehe durch den Wald und sehe in der Ferne eine offene Wiese, auf der das Sonnenlicht ins hohe Gras strömt. Ich gehe darauf zu, halte inne, schaue mich um, gehe weiter, beginne zu hüpfen. Das Licht zieht mich an.

So kann das klapprige alte Klavier einfach nicht klingen. Vielleicht habe ich die Sonate im Gehen im Kopf weitergespielt. So könnte ich Mozart niemals spielen, selbst wenn ich bis zum Umfallen üben würde.

Warum will sie mir alles wegnehmen?

18. November

Was ist an Menschen wirklich echt? Gibt es einen Kern von »Echtheit«, der immer bleibt? Jemand wie Claire ist total unecht. Sie gibt sich liberal und raucht dauernd Pot, aber sie wird mal wie ihre Mutter – mit Mann, Kindern, zwei Autos, einem netten Haus im Vorort, Fernseher, Hi-Fi-Anlage und so weiter und so fort. Sie kann gar nicht anders. Sie ist die Art Frau, die über ihre Schulmädchenfotos lacht, weil sie den Menschen, der sie anschaut, nicht mehr erkennt. (Ein Bild vom falschen Augenblick?) Doch man kann auch auf eine Weise unecht sein, die tiefer geht als Äußerlichkeiten, die sich jederzeit ändern können. Wie bei einer Zwiebel pellt man Schale um Schale ab, bis nichts mehr übrig ist. Vielleicht ist man nicht einmal selber schuld daran.

Als Annie Patterson zu essen aufhörte, wurde sie ein völlig anderer Mensch. Von ihrem alten Selbst war gerade so viel übrig, dass man erkennen konnte, wie sehr sie sich verändert hatte. Es war nicht nur ihr Aussehen. Sie veränderte sich im Ganzen. Sie wurde ängstlich. Sie ging gebückt. Sie sah kleiner aus, wie ein verletzter Vogel. Es gibt nichts Erbärmlicheres als einen Vogel, der am Boden liegt und, vergeblich mit den Flügeln flatternd, in die Luft steigen möchte. Als sie die Schule verließ, konnte sie kaum noch die Arme heben. Sie sprach im Flüsterton. Vorher hatte sie immer so rund und glücklich gewirkt, doch in ihr drin steckte ein unglaublich trauriger Mensch. Welche Annie war nun echt? Selbst wenn ich traurig bin, habe ich nie das Gefühl, die Traurigkeit hätte alles an sich gerissen. Ein winziger Teil von mir bleibt immer unberührt, zu ihm kann ich zurückkehren.

Mein Vater las mir gerne Märchen von Menschen vor, die sich in Bäume, Löwen, Vögel oder Raupen verwandeln, von Menschen, die von den Toten zurückkehren. Verzauberte Menschen wurden niemals älter, daher konnte der Prinz unbekümmert weiterleben, sofern es ihm gefiel, ein Baum zu sein. Als ich klein war, wollte ich diese Geschichten nicht hören, obwohl sich der Prinz immer wieder zurückverwandelte, seine Prinzessin fand, König wurde und glücklich lebte auf immerdar. Ich schrie meinen Vater an, er solle mit dem Lesen aufhören, und zog mir die Decke über den Kopf. Er lachte mich immer aus und las weiter.

20. November

Ich habe mich wirklich bemüht, nicht über Ernessa zu reden und sie links liegen zu lassen, aber ich kann ihr nicht entkommen.

Nachdem ich heute Morgen Klavier geübt hatte, ging ich hintenherum zum Mittagessen und kam an Miss Roods Wohnung vorbei. Ich bemerkte Ernessa erst, als sie neben mir stand. Sie hätte ganz sicher im Unterricht sein müssen. Sie kommt immer zu spät, was anscheinend nur mir auffällt. Ich verstehe nicht, wie sie Tag für Tag damit durchkommt. Sie findet immer eine Entschuldigung.

Pater rannte gegen die Glastür der Wohnung, warf sich dagegen und bellte wie verrückt. Das macht er manchmal, wenn ich vorbeigehe, doch heute drehte er völlig durch. Wir schauten beide durch die Glastür mit den langen Samtvorhängen, die von dicken Kordeln gehalten werden, blickten in die dämmrige Diele mit den schweren, dunklen Möbeln und dem karminrot gemusterten Teppich. Dann sahen wir uns an und mussten lachen. Wir konnten nicht anders.

»Der Hund spinnt«, sagte ich, überrascht, dass ich mit Ernessa lachte. »Er springt gleich durch die Scheibe.«

»Ich hasse dieses Hecheln«, meinte sie. »Das Geräusch macht mich irre. Ich kann es einfach nicht ertragen.« Sie redete nicht wirklich mit mir.

Hinter uns hing eine Lampe, und unsere Gesichter spiegelten sich im Glas, schwebten über dem hechelnden Hund, dessen braunes Fell mich an Miss Roods Haare erinnert. Zum ersten Mal, und mit einem gewissen Schock, wurde mir klar, wie ähnlich wir uns sehen. Das ist wohl nicht weiter überraschend. Wir sind beide osteuropäische Jüdinnen, die einzigen echten Jüdinnen in der Klasse. (Dora zählt nicht.) Wir haben schwarze Locken, große Nasen, ganz dunkle Augen. Ich habe nie darüber nachgedacht, ob ich hübsch bin oder nicht, da sich die Jungen beim Tanztee sowieso nicht für mich interessieren. Sie finden Lucy hübsch. Aber Ernessas Gesicht ist unvergesslich. Neben ihr sehen die anderen Mädchen verwaschen aus. Sogar Lucy.

Jetzt verstehe ich auch, warum Betsy geglaubt hatte, Ernessa und ich würden uns bestimmt gut verstehen. Das hatte sie in der ersten Woche nach den Ferien gesagt. Wir seien derselbe Typ. Ich dachte, sie hätte es gesagt, weil Ernessa intelligent ist. Aber sie meinte jüdisch, als gehörte man zum selben Typ von Außerirdischen. Solche Sprüche bringen die Tagesschülerinnen, deshalb will ich auch nichts mit ihnen zu tun haben. Die Tagesschülerinnen sind wirklich viel schlimmer als die Mädchen im Internat. Sie reißen gerne Judenwitze. Warum haben Juden so große Nasen? Luft kostet nichts. Warum sind die Juden vierzig Jahre durch die Wüste gezogen? Jemand hatte einen Vierteldollar verloren. Dann tun sie verlegen, wenn ich sie anstarre. Ich habe keine Angst, sie anzustarren. Sie sind zu blöd, um zu wissen, was sie da sagen; sie plappern das bloß ihren Eltern nach. Sie stoßen sich an und kichern. Machen einen auf süß. Ich hasse dieses Wort. *Süß*. Es ist so abgegriffen. Irgendwann werden sie wütend, weil ich sie immer weiter anstarre. Ich habe kein Recht zu starren. »Mach ein Foto. Dann hast du länger was davon.«

Bis ich auf diese Schule kam, hatte ich noch nie eine antisemitische Bemerkung gehört. Miss Rood hat in beinahe zwei Jahren noch nie ein Wort mit mir gesprochen. Ich habe beim Abendessen nie an ihrem Tisch gesessen, obwohl ich an jedem anderen Tisch war. Ich bin die Klassenbeste, doch sie fragt mich nie, auf welches College ich möchte. Sie toleriert mich nur. Hätte ich meine Mutter darum gebeten, hätte sie mich wohl auf eine andere Schule geschickt. Doch ich blieb, weil ich mich mit Lucy angefreundet hatte.

An der Sache mit Ernessa bin allein ich schuld, weil ich eifersüchtig auf sie und Lucy war. Vielleicht hätten wir von Anfang an miteinander auskommen können. Vielleicht sind wir ja wirklich derselbe »Typ«.

21. November

Mein Vater saß auf meinem Bett. Er las mir eine Geschichte vor. Ich lag auf der Seite und folgte den Wörtern auf dem Papier. Das Buch war dick, der Titel prangte in goldenen und schwarzen Buchstaben auf einem seidigen, türkisen Einband. Die Seiten waren so dünn, dass die Buchstaben auf der anderen Seite durchschimmerten. Das Buch hatte er schon als kleiner Junge gehabt.

»Es war einmal eine arme Dienstmagd, die mit ihren Kisten durch den Wald zog, und als sie mitten drin war, wurde sie von einer Räuberbande überfallen …«

»Wieso haben sie eine arme Dienstmagd ausgeraubt?«, fragte ich meinen Vater. »Sie hatte sicher gar nichts, das sie ihnen geben konnte.«

Mein Vater sagte nichts. Er las weiter. »Was soll ich arme Dienstmagd nur tun: Ich habe mich im Wald verirrt, hier wohnt niemand, nun muss ich Hungers sterben.«

»Wieso hatte sie sich verirrt? Sie wusste doch, wohin sie ging, bevor die Räuber kamen. Wenn es so ist, brauchst du gar nicht weiterzulesen. Ich will die Geschichte nicht hören.«

Mein Vater las nicht die Wörter im Buch. Oder ich konnte durch die Seite hindurchsehen und nicht erkennen, wo er gerade las. Die Geschichte ging weiter. Die verzweifelte Dienstmagd gab sich in Gottes Hände. In genau diesem Moment flog eine weiße Taube herbei und rettete sie. Mit einem Zauberschlüssel verschaffte sie ihr Essen, Kleider, einen Platz zum Schlafen. Die kleine Dienstmagd lebte glücklich im Wald. Eines Tages bat die weiße Taube sie um einen Gefallen. Würde sie zu einem Häuschen gehen und einer alten Frau einen goldenen Ring stehlen? »Von ganzem Herzen«, antwortete sie. Das Mädchen ging geradewegs zu dem Häuschen, doch bevor sie den goldenen Ring stehlen konnte, kam die alte Frau mit einem Vogelkäfig aus der Tür gerannt. Das Mädchen lief ihr hinterher. Man konnte den goldenen Ring im Schnabel eines grünen Vogels erkennen. Der Vogel hielt ihn fest, ganz fest. Man lief der alten Frau lange hinterher. Man konnte sie nicht einholen, obwohl man selbst jung und stark war und die Frau alt und gebeugt. Wie sehr man sich auch bemühte, die alte Frau war einem immer ein paar Schritte voraus, lockte einen mit dem eingesperrten Vogel. Man bewegte die Beine, kam aber nicht voran. Schließlich holte man die alte Frau ein, streckte die Hand aus und berührte die Käfigstangen, doch die alte Frau lief um eine Wegbiegung und verschwand.

»So geht die Geschichte nicht aus«, schrie ich meinen Vater an. »Ich weiß, wie es gehen soll. Die Dienstmagd bekommt den goldenen Ring. Sie rettet den Prinzen, der von einer bösen Hexe in einen Baum verwandelt wurde. Jeden Tag wurde er für einige Stunden zu einer weißen Taube. Solange die Hexe den Ring hatte, konnte er sich nicht in einen Menschen zurückverwandeln. Auch seine Diener und Pferde hatte sie in Bäume verzaubert. Die Dienstmagd befreite den ganzen Wald. Und sie heiratete den Prinzen und wurde eine Prinzessin. So geht es immer aus.«

Mein Vater las die Geschichte weiter, während ich ihn anschrie. »Und am Ende«, las er, »war man im Wald verloren. Man lehnte sich an einen Baumstamm, gab sich in Gottes Hände und war entschlossen, dort zu bleiben, was immer auch geschah.«

23. November

Mein Tagebuch wird von Lügen ruiniert. Eigentlich müsste ich alles durchstreichen, was ich letzten Freitag über Ernessa geschrieben habe.

Nach der Schule gingen Dora, Charley und ich ins Café vom Brangwyn College. Ich bin gern dort. Wir trinken Kaffee, rauchen und tun, als wären wir College-Studentinnen. Nur dass wir ja Uniformen tragen müssen. Charley hat deshalb immer ihr Sporttrikot an, darin sieht sie aus wie zwölf. Dora rollt den Bund ihres grauen Rocks, den sie praktisch das ganze Jahr über trägt, hoch und zieht dazu schwarze Strümpfe und einen schwarzen Pulli an. Sie tauscht ihre Straßenschuhe gegen schwarze Stiefeletten. Sie trägt goldene Ohrringe und legt ein bisschen rosa Lippenstift auf. Wenn sie von der Toilette kommt, sieht sie aus, als gehörte sie dorthin. Die Uniform ist nicht mehr zu sehen. Wenn uns jemand aus der Schule entdeckte, bekäme Dora Schwierigkeiten, weil sie ohne Uniform draußen ist und Make-up und Ohrringe trägt. Im Grunde wäre es aber egal, weil wir ohnehin alle Probleme bekämen, weil wir außerhalb der Schule geraucht haben. Im Aufenthaltsraum ist es erlaubt, aber auch nur da. Was für eine Heuchelei. Man kann die Internatsschülerinnen nicht vom Rauchen abhalten, falls die Eltern es erlaubt haben, doch sollen wir wenigstens, wenn wir das Schulgelände verlassen, wie junge Damen aussehen. Wie anständige junge Damen, die nur Sex, Drogen und Zigaretten im Kopf haben.

Aus irgendeinem Grund hat noch keiner gemerkt, dass wir herkommen.

Natürlich hat Dora das Café entdeckt. Sie sitzt gern beim Kaffee, raucht und liest Philosophie. Sie ist so unecht. Als Dora ihre neue Nickelbrille bekam, war ich davon überzeugt, dass sie sie nur trug, um intellektueller zu wirken. Zu meiner Überraschung waren echte Gläser drin. Sofia hat eine Brille mit Fensterglas, vergisst aber immer, sie aufzusetzen. Sie hat nie ihre Brille und *Der Fremde* gleichzeitig dabei, doch das macht nichts, weil sie das Buch sowieso nicht liest. Zugegeben, Dora ist schön. Sie hat langes, dickes, rötlichbraunes Haar, eine richtige Pferdemähne, und dunkelgrüne Augen. Aber mit Brille sieht sie aus wie vierzig. Es ist alles nur Show. Wie das Verrücktsein. Ihr Vater ist Seelenklempner, also hält er alle Leute für verrückt. Er ermutigt Dora noch, unecht zu sein. Sie geht zum Seelenklempner, seit sie zehn ist. Wenn sie wirklich verrückt wäre, fände sie es sicher nicht mehr so lustig.

Dora will meine Freundin sein, weil mein Vater so verrückt war, dass er sich umgebracht hat. Eigentlich müsste ich ihr sagen, dass er geistig vollkommen klar war, als er sich für die Rasierklinge entschied. Sie sagte einmal, alle großen Künstler seien verrückt geworden oder hätten sich umgebracht oder beides.

»Dafür braucht man sich nicht zu schämen«, sagte sie. »Shelley ertrank im Hellespont. Keats beging im Grunde Selbstmord, indem er seinen tuberkulösen Bruder pflegte. Kleist, Trakl, Walser, Hölderlin … schon mal von denen gehört?«

Ich hielt mir die Ohren zu.

Bevor wir die Schule verließen, sagte ich zu Dora und Charley, dass wir Lucy und Ernessa eigentlich fragen müssten, ob sie mitkommen wollen. (Es kommt mir falsch vor, die beiden Namen zusammen zu nennen, doch das tun jetzt alle. Es bedeutet nichts mehr, dass wir mit meiner Zahl angrenzende Zimmer bekommen haben. Ich hätte auch eines der besten Einzelzimmer haben können, so wie Ernessa. Ich habe es zugelassen. Ich habe nicht einmal versucht, es zu verhindern. So wie ich nicht versucht habe, meinen Vater zu hindern.) Wir konnten sie nicht finden, doch als wir eine halbe Stunde im Café saßen, kamen sie natürlich herein. Ernessa sah uns nicht mal an. Lucy lächelte schwach. Sie hatte Angst, zu uns, ihren so genannten Freundinnen, zu gehen. Sie folgte Ernessa wie ein Schaf an einen weit entfernten Tisch. Sie ging gebückt. Ihr Rock hing wie ein Sack an ihr herunter. Ihr Haar war matt und ungekämmt. Dabei war es sonst immer perfekt frisiert. Sie achtet plötzlich nicht mehr auf ihr Aussehen. Sie wirkt fremd. Dabei war sie mir immer so vertraut.

Sie setzten sich hin. Ich hörte, wie Lucy einen Kaffee bestellte, beide zündeten sich eine Zigarette an. Als der Kaffee kam, umklammerte Lucy den Becher, als wollte sie ihre Hände wärmen. Draußen ist es gar nicht so kalt. Die Zigaretten lagen in dem schwarzen Plastikaschenbecher, der mitten auf dem Tisch stand. Ernessa und Lucy beugten sich zueinander, als unterhielten sie sich angeregt, und der Rauch kräuselte sich um ihre Köpfe. Genauso stelle ich mir die College-Studentinnen vor, die abends mit ihren Freunden herkommen. Mir war schlecht, aber ich musste einfach hinschauen.

Auch Ernessa hat sich verändert. Ihre Züge wirkten übertrieben und grob. Wie hatte ich jemals glauben können, wir sähen uns ähnlich? Ihre Augenbrauen waren so dick, dass sie beinahe in der Mitte zusammenwuchsen. Die Oberlippe stand vor. Sie reichte nicht ganz über die Zähne, die viel größer waren, als ich sie in Erinnerung hatte. Es waren Raucherzähne, krumm und gelb.

Ich begann unüberlegt zu reden, um das Schweigen zu füllen.

»Seht euch Ernessa an. Wenn ich mir vorstelle, dass ich sie mal schön gefunden habe. Sie sieht aus wie ein Tier. Irgendetwas stimmt nicht mit ihr.«

»Vielleicht wachsen ihr Haare auf den Handflächen«, sagte Charley. »Ich sehe mal nach.«

»Klappe«, sagte ich. Charley traue ich alles zu. Dann würde Lucy nie wieder mit mir reden. »Kommt euch ihr Interesse an Lucy nicht auch irgendwie … unnormal vor?«

»Das kann ich rausfinden«, meinte Charley. »Vielleicht ist sie eine Lesbe. Wäre nicht die Erste in der Schule. Schaut euch doch nur die Sportlehrerinnen mit den Schottenröcken und den kurzen Haaren an. Könnt ihr euch vorstellen, wie Miss Bobbie mit –«

»Ich glaube nicht, dass Lucy auf so etwas steht«, sagte Dora. »Sie ist doch Papas Liebling. Sie mag Jungs.«

»Nicht Lucy, du Trottel, Ernessa«, sagte ich. »Sie läuft Lucy nach wie ein Junge. Zu ihr ist sie so nett und zu allen anderen so fies.«

Dora nutzte die Gelegenheit, die Professorin zu spielen. »Zugegeben, sie ist außerordentlich fasziniert von Lucy, die, das wissen wir ja alle, ganz reizend und hübsch sein mag, aber nicht gerade überwältigend wirkt. Seien wir ehrlich. Lucy ist … ein Hohlkopf, und wenn ihr es genau betrachtet, hübsch, aber ohne Überraschungen. Glattes, blondes Haar, das sie wegen Daddy nicht abschneidet. Ich bitte euch. Ich dachte, Ernessa wäre mehr an philosophischen Diskussionen interessiert, doch damit wird sie bei Lucy nicht weit kommen. Sie fühlt sich wohl von ihr angezogen, weil sie reizend und hübsch ist. Lucy ist für sie, was Kant das ›Erhabene‹ nennt. Das kennen wir alle.« Sie sah mich an.

Und da wusste ich, dass sie hinter meinem Rücken über mich gesprochen hatten. Sie konnten es unmöglich verstehen.

»Ich habe meinen Vater vergöttert«, sagte ich.

Ich weiß nicht, wie diese Worte herauskamen. Ich hatte es nie zuvor jemandem eingestanden, und nun wussten es alle.

Ich rannte aus dem Café, ohne meine Jacke anzuziehen. Ich wollte nicht, dass mich jemand weinen sah. Vor allem nicht Lucy und Ernessa. Die anderen glaubten, ich wäre durcheinander wegen meines Vaters. Doch an ihn dachte ich gar nicht. Ich war wütend auf Dora, weil sie Lucy beleidigt hatte.

24. November

Ich weiß, die anderen mögen es nicht, wenn ich auf Lucy zu sprechen komme, aber ich kann nicht anders. Ihnen ist es egal, dass die Namen Ernessa und Lucy praktisch ein Wort geworden sind, obwohl sie nicht zusammengehören. Sie finden es höchstens lästig, dass ich diese Namen immer auseinander reißen will.

Ich fühle mich besser, wenn ich nur ihren Namen ausspreche. Dann ist sie mir näher. Ich besitze sie, wenn auch nur für wenige Sekunden, in denen die Laute auf meiner Zunge liegen. Ich merke, dass ich allen auf die Nerven gehe, aber ich rede weiter. Sie schauen weg und hören nicht mehr zu. Plötzlich interessieren sie sich ganz wahnsinnig für die Schüssel Haferflocken, die vor ihnen auf dem Tisch steht. Sie holen sich noch Kaffee. Wenn sie sich abwenden, verliere ich Lucy. Natürlich kommt sie nicht mehr zum Frühstück. Jemand anders trägt sie ein. Mich bittet sie nie darum.

Ich weiß genau, wie gewöhnlich sie im Grunde ist. Doch wenn ich könnte, würde ich endlos mit ihr reden.

25. November

Ich bin zu Hause. Meine Mutter hat mich für die Thanksgiving-Ferien abgeholt. Nun, wo die Türen zum Bad immer zu sind und wir kaum noch miteinander sprechen, konnte ich die Schule nicht mehr ertragen. Wir gehen uns aus dem Weg.

Ich saß unten in der Fensternische und schaute mir jedes Auto an, das vorüberfuhr. Meine Mutter kam natürlich zu spät, während Lucy als Erste abgeholt wurde. Immerhin verabschiedete sie sich von mir. Ich hatte Angst, sie würde ohne ein Wort wegfahren, dann hätte ich die ganzen Ferien daran denken müssen. Bald waren alle weg, ich blieb allein zurück. Ich hatte ein aufgeschlagenes Buch auf dem Schoß. Ich las wieder und wieder dieselben Worte, obwohl sie keinen Sinn mehr ergaben: »Er erlitt diese Qual durch die Liebe, der sie in gewissem Sinne vorherbestimmt ist, durch die sie geformt und angepasst werden muss.«

Ernessa las die Worte über meine Schulter. Ich spürte, dass sie da war, drehte mich aber nicht um. Ich erkannte ihr Atmen, noch bevor sie etwas sagte.

»Dieses Buch habe ich auch besonders gern. Proust. Es ist lange her, dass ich es gelesen habe. Auf Französisch. Aber ich habe es nie vergessen. Ich beneide dich, weil du gerade erst damit anfängst. Anfangen ist viel besser als sich erinnern.«

Wie lange kann es her sein, dass sie es gelesen hat? Sie ist erst sechzehn, höchstens siebzehn. Ich hasse solche Gemeinsamkeiten. Und natürlich hat sie es auf Französisch gelesen. Dann fuhr meine Mutter vor. Ich schnappte meine Tasche und rannte hinaus.

Ernessa kam hinter mir her. Sie trug einen schwarzen Mantel mit Samtkragen und ein Barett. Ich glaube, so etwas Elegantes könnte ich niemals tragen. Ich käme mir zu unbeholfen darin vor. Irgendwie gelingt es Ernessa, gleichzeitig wie eine schicke Frau und ein kleines Mädchen auszusehen. Der Mantel war wunderschön. So einen hätte ich auch gern. Stattdessen trage ich die alte Skijacke meiner Mutter. Sie sagt, wir hätten jetzt kein Geld für neue Kleider, weil sie seit einer Ewigkeit keine Ausstellung gehabt habe.

Beim Wegfahren drehte ich mich um und sah, wie Ernessa mit einem Mann, einem gut aussehenden, dunkelhaarigen Mann, in ein grünes Auto stieg. Er war ungefähr so alt wie meine Mutter. Ihr Vater ist tot, wer also ist dieser Mann?

Einmal ging ich auf dem Flur ans Telefon, und ein Mann mit starkem Akzent fragte nach Ernessa Bloch. Ich klopfte an ihre Tür und rief sie. Sie rannte mich beinahe um, als sie zum Telefon eilte. Auf dem Weg zu Sofias Zimmer kam ich nochmal an ihr vorbei, sie sprach sehr aufgeregt in einer mir unbekannten Sprache. Manche Wörter klangen ein bisschen wie Französisch, aber ich konnte überhaupt nichts verstehen.

Ein anderes Mal hörte ich sie auf Englisch telefonieren. Ich kriegte nur noch das Ende mit, bevor sie einhängte. Sie sagte gerade: »Ich glaube, das wäre ganz angenehm … Ich wünsche Ihnen einen guten Tag.« Sie hörte sich an wie eine Figur aus einem Buch.

27. November

Spätabends

Ich kenne den Geruch, der wie schmutziges Wasser unter ihrer Tür durch in den Flur sickert. So roch Milou, als er im Sterben lag, ein verdorbener Geruch, der sich mit dem allzu süßen Duft der Hyazinthen mischte, die meine Mutter in der Küche zog. Die beiden Gerüche waren für mich untrennbar verbunden.

Meine Mutter sagte, sein Körper verwese bereits, obwohl er noch nicht gestorben sei. Seine Augen tränten, die Lider waren verklebt. Getrocknetes Blut und brauner Schleim tropften ihm aus dem Maul und hafteten an den Schnurrhaaren. Meine Mutter wischte ihm mit einem feuchten Tuch das Gesicht ab und hielt ihn wie ein Baby im Arm. Sie küsste sein fauliges Gesicht und flüsterte ihm weinend etwas ins Ohr. Ich musste würgen, wann immer ich in seine Nähe kam.

Schließlich starb Milou in den Armen meiner Mutter. Wir wickelten ihn in ein weißes Laken und begruben ihn an einem warmen Wintertag im weichen Boden. Er lag unter der Erde, doch sein Geruch hatte das Zimmer durchdrungen. Wenn ich in die Küche kam, schaute ich in die Ecke, in der er gestorben war, und erwartete, ihn dort zu sehen. Die Hyazinthen waren verwelkt. Ihr Duft war verweht, doch sein Geruch war noch da, schwebte wie ein Geist über der Stelle. Er war nicht richtig tot, solange sein Geruch dort blieb.

28. November

Nachts wache ich mit einem Ruck auf und kann nicht mehr einschlafen. Ich liege ganz still, während mich die Leere aufsaugt. Meine Mutter schläft und schläft. Ich traue mich nicht, sie zu stören. Sie schläft Tag und Nacht. Je weniger ich schlafe, desto mehr schläft sie. Sie stiehlt mir den Schlaf.

Ich kam nach Brangwyn, nachdem mein Vater gestorben war.

In der ersten Nacht in der Schule gingen meine Augen mitten in der Nacht auf. Ich lag in einem schmalen, weißen Metallbett, in einem Käfig. Meine Mutter schlief nicht im Zimmer nebenan. Wenn ich mein Ohr an die Wand drückte, konnte ich den regelmäßigen Atem einer Fremden hören. Ich war vollkommen einsam. Doch als ich den Kopf vom Kissen hob, sah ich einen schmalen, gelben Lichtstreifen unter der Tür. Der gesprenkelte schwarze Linoleumboden im langen Flur war eiskalt. An einem Ende lag das Bad mit den hohen, weißen Waschtischen. Das war erlaubt. Am anderen Ende wachte Mrs. McCallum. Ihr runzliger Kopf mit dem Hundegesicht schoss aus der Tür, sobald ich nur mit den Laken raschelte. Wie ein Unhold versperrte sie mir den Fluchtweg die Treppe hinunter. Ich kannte die Parole nicht. Sie würde mich nie vorbeilassen.

In meinem Zimmer hinter verschlossener Tür war ich sicher. Das Lichtband unter meiner Tür tröstete mich. Ich schloss die Augen und schlief sofort ein.

29. November

Ich bin als Erste zurück. Ich bat meine Mutter, mich früh zu bringen. Ich sagte, ich müsste morgen ein Referat abgeben, für das ich Bücher aus der Schule brauchte. Vier Tage mit ihr waren mehr, als ich ertragen konnte. Etwas ist mit ihr geschehen, seit ich auf die Schule gekommen bin. Jetzt weiß ich, warum sie mich nie anruft. Sie ist nur noch im Atelier. Sie schläft sogar dort. Aber sie lässt mich nicht hinein. Früher saß ich bei ihr, wenn sie arbeitete. Ich kochte ihr Tee, reinigte die Pinsel, half dabei, Leinwände aufzuspannen. Wir plauderten stundenlang über dies und das, während sie malte. Dieses Wochenende verbrachte ich größtenteils auf dem Sofa und las Proust. Meine Mutter verließ das Atelier nur, um zu meiner Tante zum Thanksgiving-Essen zu gehen, und auch da schloss sie hinter sich ab. Sie sagt, endlich könne sie die Trauer über den Tod meines Vaters ausdrücken, und wolle noch nicht, dass jemand es sieht. Es sei noch zu roh. Vielleicht wird sie es niemals jemandem zeigen. Sie hegt ihre Trauer.

Nachdem ich mich entschlossen hatte, in der Schule zu bleiben, ließ ich mir von meiner Mutter alle meine Bücher schicken. Sie wollte nicht, musste aber. Sogar die Kinderbücher, die ich zu Tode gelesen hatte, die auseinander fielen und mit Buntstiftkritzeleien bedeckt waren. Ohne die Bücher fühlt sich mein Zimmer zu Hause so leer und kalt an. Es ist nicht mehr mein Zimmer. Ich halte mich ungern darin auf.

Das ganze Wochenende hörte sie dieselbe Musik, wieder und wieder. Wenn die Platte zu Ende war, hob sie einfach die Nadel und setzte sie wieder an den Anfang. Es machte mich verrückt. Ich wusste im Voraus, wo die Platte springen würde, sodass meine Mutter die Nadel wieder richten musste. Ich musste raus, spazieren gehen. Beim Frühstück am Samstag war ich es schließlich leid und fragte, weshalb sie ständig dieselbe Platte höre.

Sie sagte, es sei Mahlers Fünfte, die mein Vater unablässig gehört habe, bevor es geschah.

»Ich versuche zu verstehen, wie genau er sich gefühlt hat. Diese Musik hat das, was an ihm zehrte, genährt, noch hungriger gemacht. Ich hasse diese Musik. Doch sie hat ihm wohl auch die Kraft zum Schreiben gegeben, also muss ich sie hören.«

Ich versuchte, mich nicht aufzuregen, doch dann fing ich an zu weinen.

»Sei nicht traurig«, sagte sie. »Ich bin auch nicht mehr traurig. Er war vollkommen unglücklich, als er lebte. Jeden Morgen öffnete er ganz langsam die Augen und schaute sich zögernd im Zimmer um. Voller Entsetzen entdeckte er, dass er noch atmete. Ich dachte, er wäre wegen mir gegangen. Ich gab mir die Schuld daran und an dem Schmerz, den du erlitten hast. Doch jetzt verstehe ich, dass er nur den ersten Schritt von mir weg machte. Das hat Mahler mich gelehrt. Er musste zuerst mit uns brechen, den beiden Menschen, die ihn an diese Erde fesselten. Er musste mit einer anderen Frau weggehen. Mit welcher, war ihm egal. Es konnte jede sein. Und das wusste sie auch. Er wollte, dass wir ihn hassten. Er betrog uns im Kleinen, damit wir den ultimativen Betrug akzeptieren konnten. Nachdem er gegangen war, hörte er weiter Mahlers Fünfte; das hat sie mir gesagt. Unaufhörlich, nannte sie es. Es machte sie verrückt. Sie hat mir die Platte danach wiedergegeben. Und jetzt endlich verstehe ich alles. Ich verstehe, wie dumm ich gewesen bin, dass ich nicht begriff, was vor meinen Augen geschah. Es kam daher, dass ich nur an mich dachte. Ich dachte nicht an ihn. An sein Leiden.«

Das ist *ihre* Theorie.

Ich habe *meine* Theorie. Er war so unglücklich, dass er

nichts mehr fühlte. Er hasste das Leben. Er konnte sich nicht an die Liebe erinnern. Für ihn war alles gleich.

Ich weiß noch, wie ich einmal ins Arbeitszimmer meines Vaters ging. Er saß am Schreibtisch. Er hatte nicht mal ein offenes Notizheft oder Buch vor sich. Er betrachtete seine Bücher – die Regale mit Büchern, die quer gestapelt waren, die Haufen auf dem Boden. Er sprach mit der tiefen Stimme eines Vorlesers: »Früher pflegte ich zu sagen, Bücher seien meine Nahrung. Nun aber ist meine ganze Nahrung vergiftet.« Ich lachte darüber. Doch es war kein Witz.

Letzten Sommer am Strand glaubte ich, meiner Mutter ginge es besser, doch nun ist mir klar, wie sehr ich mich getäuscht habe. Sie will ihren Kummer pflegen, bis er allein leben kann. Er ist jetzt ihr Kind. Ich bin nur im Weg.

Schule, Bücher, Lucy. Mal sehen, ob sonst noch jemand zurück ist.

Niemand. Alle wollten bis zum allerletzten Moment wegbleiben. Hier ist es so still, stiller als mitten in der Nacht. Dann stelle ich mir vor, dass alle im Bett liegen, träumen, sich umdrehen. Selbst Mrs. Halton ist weg. Die Zeit hat sich schlafen gelegt.

Müssen Geister gruselig sein? Vielleicht sind sie auch tröstlich, wie die Berührung einer vertrauten Hand.

Als ich meinen Vater zum letzten Mal lebend sah, gingen wir im Botanischen Garten spazieren. Wir gingen gern dort, untergehakt, in Schweigen gehüllt. Nebel hing in der Luft, und ich zitterte. Alle Blätter waren von den Bäumen gefallen. Die Stämme waren dunkel vor Nässe. »Früher kam ich gern im Frühling her«, sagte mein Vater, »wenn alles bunt war und duftete. Eindrücke. Doch heute mag ich diese Jahreszeit am liebsten. Zwischen Herbst und Winter, wenn alles ohne Schmuck zu sehen ist. So, wie es ist. Es ist schwerer, Bäume an Rinde, Knospen und Form zu erkennen, aber dennoch wesentlich.«

Ich muss ihn fragen: Sind Menschen wie Bäume? Gibt es eine Jahreszeit, in der wir sie sehen können, wie sie wirklich sind?

Der Mann, den die Bäume liebten: Er verstand die Bäume, ihre Schutzbedürftigkeit, vor allem im Winter, wenn sich niemand sonst um sie kümmerte. Die Bäume wiederum liebten ihn so sehr, dass sie ihn mit ihrer Liebe verzehrten.

30. November

Pater ist tot!

Bis zum späten Vormittag wusste die ganze Schule Bescheid. Man hatte ihn am Sonntagmorgen mit durchgeschnittener Kehle auf dem oberen Sportplatz gefunden. Eine furchtbare Art, einen Hund loszuwerden. Eigentlich war es noch schlimmer. Betsy sagte, sein Kopf sei beinahe abgetrennt gewesen, man habe ihn aufgeschnitten wie einen Fisch.

Ich wusste genau, wie er aussah, als sie ihn fanden. In seinem ergrauten, rostfarbenen Fell klebten harte, dunkle Blutklumpen. Die Beinchen standen ab, so steif, dass sie den Boden nicht berührten. Schwarze Fliegen wimmelten um Augen und Schnauze, fraßen an den feuchten Öffnungen.

Während der Versammlung sagte Miss Rood nichts dazu, doch ihre Nase unter der dicken rosa Brille war gerötet. Offenbar war etwas nicht in Ordnung. So ist sie sonst nie.

Sie wird nicht mal krank. Immerhin hat sie Gefühle. (Ich hörte mal das Gerücht, sie sei mit jemandem verlobt gewesen, der im Krieg gefallen ist. Im Ersten Weltkrieg?) Sie tat mir Leid.

Keine Schülerin hatte das Wochenende in Brangwyn verbracht. Die Kinder aus der Gegend schleichen sich gern aufs Gelände, um Müll in der »Snob-Schule« abzukippen.

Niemand verdächtigt uns.

Pater läuft nie frei herum.

Ich weiß, es war Ernessa. Ich weiß es einfach. Ich erinnere mich an unsere schwebenden Spiegelbilder, dass der Hund hinter ihnen verschwand, dass nur sein wahnsinniges Gebell zu hören war. Sie konnte das Geräusch nicht ertragen, wie sie auch den Geruch des Bestattungsinstitutes nicht ertragen konnte, in dem ihr Vater im Sarg lag. Behauptet sie jedenfalls. Pater war nur ein lästiges Hündchen, doch sie hasste ihn, als wäre das Hecheln nur für ihre Ohren bestimmt, eine besondere Folter speziell für sie. Einen derartigen Hass kann ich nicht nachvollziehen. Ich erzählte Dora und Charley, was Ernessa damals vor Miss Roods Wohnung gesagt hatte und dass sie immer unerwartet dort auftaucht, wo sie nicht sein soll. Beide fanden es echt gruselig.

»Mein Vater würde sagen: ›Ernessa folgt nicht dir. Vielleicht folgst du ihr, aber auf große Distanz‹«, sagte ich.

Sie dachten gerade darüber nach, als Lucy mit ihrem Tablett auftauchte. Sie verbringt nur noch das Mittagessen mit uns. Das Frühstück lässt sie aus. Manchmal stürzt sie in letzter Minute herein, wenn gerade abgeräumt wird, und trinkt allein einen schwarzen Kaffee. Sie behauptet, sie wolle abnehmen, obwohl sie schon so dünn ist. »Mein Bauch«, sagte sie, als wir alle protestierten. Ich weiß noch, wie ärgerlich sie war, als ich letztes Jahr Diät machte. Aber damals tranken wir am Wochenende noch gemeinsam Tee. Jetzt sehe ich sie am Wochenende kaum noch. Selbst wenn sie in ihrem Zimmer Hausaufgaben macht, sind die Türen zu.

Wir verstummten gleichzeitig. Sie setzte sich ein bisschen

abseits. Nachdem sie einen Bissen gegessen hatte, fragte sie: »Was ist denn los? Störe ich bei einer privaten Unterhaltung oder was?« Sie hörte sich traurig an.

»Ach, nein, überhaupt nicht«, antwortete ich. Aber sie hatte uns bei etwas gestört. Wir wandten uns dem Essen zu, das inzwischen kalt geworden war, und sagten nichts mehr. Endlich bin ich nicht mehr allein mit meinem Verdacht. Wir wissen noch nicht, was sie ist.

Lucy ist meistens gegenüber bei Ernessa. Doch sie könnte ebenso gut am anderen Ende der Welt sein.

Dezember

1. Dezember

Heute wurden Listen für die Basketball-Probespiele ausgehängt. Fast hätte ich mich gar nicht eingetragen. Ich habe einfach nicht die Energie, es noch einmal zu versuchen und doch wieder nur in der D-Mannschaft zu landen, zusammen mit all den Trampeln, die sich überhaupt nicht für das Spiel interessieren. Und die D-Mannschaft wird immer von Miss Bobbie trainiert. Es ist völlig egal, wie gut ich spiele. Und dass ich die meisten Körbe erziele. Ich bleibe immer bei den Letzten. Als ich mich eintrug, habe ich gar nicht Lucys Namen auf der Liste gesehen. Letztes Jahr war sie in der B-Mannschaft, obwohl sie kein bisschen besser ist als ich, und in diesem Jahr kann sie es durchaus in die Junior-Schulauswahl schaffen. Beim Basketball ist es schwerer, in die A-Mannschaft zu kommen, weil die Teams kleiner sind. Ich frage sie nach dem Abendessen.

Nach dem Abendessen

Lucy sagte, sie nehme dieses Jahr nicht an den Probespielen teil. Es gehe zu viel Zeit für Training und Spiele drauf. Sie sei ohnehin schon müde. Und hinke in allen Fächern hinterher. Ich fragte sie, was sie stattdessen gewählt habe. Gymnastik. Das ist für die, die eigentlich auf gar nichts Lust haben, aber so tun müssen, als trieben sie Sport. Ich glaube ihr kein Wort. Sie hinkt immer hinterher. Lucy liebt Sport. Sicher hat sie nur wegen Ernessa Gymnastik gewählt. Sie sind unzertrennlich geworden. Lucy interessiert sich für nichts mehr, für das sie sich früher interessiert hat. Ernessa hat Besitz von ihr ergriffen. Sie verzehrt sie.

2. Dezember

Ich glaube, das mit dem Basketball überlege ich mir noch mal. Gymnastik kommt nicht infrage. Das würde ich nie machen – wie ein Hampelmann herumspringen und auf dem Rücken liegen und die Beine in die Luft strecken. Vielleicht wird Modern Dance bei Mrs. Harlan angeboten, wenn genügend Mädchen zusammenkommen. Sie ist die einzige Sportlehrerin, die nicht wie ein Kerl aussieht, obwohl sie wie alle einen Schottenrock trägt. Sie ist verheiratet. Und sehr nett zu mir. Als Miss Bobbie mich einmal ohne Bluse unter dem Pullover erwischt hatte, kam Mrs. Harlan im Studierzimmer auf mich zu und sagte: »Du solltest dich lieber an die Regeln halten, falls du nicht jeden Freitagnachmittag hier verbringen möchtest. Es ist doch nicht so schwer, die Uniformbluse zu tragen.«

Ich kann Miss Bobbies Nähe nicht ertragen. In diesem Jahr hasse ich sie mehr denn je. Und sie hasst mich, weil ich Jüdin bin. Das ist alles. Immerhin habe ich einen Grund, sie zu hassen. Ich mag ihre braunen, eingedellten Knie und die wabbligen Oberschenkel unter dem Schottenrock und die schlaffe Haut unter dem kurzen weißen Haar gar nicht ansehen.

Heute kam sie bei den Basketballproben ausgerechnet zu mir und erkundigte sich nach meiner Freundin Lucy. »Sie hätte dieses Jahr Chancen auf die Junior-Schulauswahl gehabt«, sagte sie.

»Sie hat keine Zeit«, antwortete ich. »Es läuft nicht so gut in der Schule.«

»Ich werde mal mir ihr reden.«

Ich belege definitiv den Modern Dance, falls er angeboten wird. Vielleicht kann ich Dora und Charley überreden, mitzumachen. Dora ganz sicher.

Die Judenbuche: »Die hebräische Schrift an dem Baume heißt: ›Wenn du dich diesem Orte nahest, so wird es dir ergehen, wie du mir getan hast.‹«

3. Dezember

Es ist früh für Schnee. Als ich heute Morgen aus dem Fenster sah, war alles weiß. Es schneite nicht stark, nur gerade so, dass alles bedeckt war. Es ist kalt, und der Schnee schmilzt nicht.

Es ist wohl Zeit, den Winterrock herauszuholen. Ich kann es nicht länger hinausschieben. Gibt es etwas Öderes als graue Wolle?

4. Dezember

Gestern Abend sind Charley, Dora und ich rausgeschlichen, als alles dunkel war. Das habe ich seit meinem ersten Jahr nicht mehr gemacht. Damals habe ich mich nachts mit Autumn rausgeschlichen und Flugzeug-Schnapsfläschchen getrunken, die sie ihrer Mutter geklaut hatte. Damals war mir alles egal. Ich ging mit Autumn raus und hatte nie Angst. Jetzt habe ich nichts mehr mit ihr zu tun. Seit über einem Jahr habe ich nicht mehr mit ihr gesprochen. Ich wurde sehr gut in der Schule und wollte mir nicht alles durch einen Rausschmiss verderben. Ich will nicht mehr sein wie früher. Es war zu traurig.

Gegen zwölf kam Charley zu mir und sagte, Ernessa sei nicht in ihrem Zimmer. »Ich habe angeklopft, und falls sie nicht wie eine Tote schläft, ist sie weg. Ich wollte die Tür aufmachen, aber sie war abgeschlossen. Ich weiß nicht, woher sie den Schlüssel hat. Sehen wir mal bei Lucy nach.«

Schon war ich im Bad und drehte den Türknauf. Lautlos stieß ich die Tür zu ihrem Zimmer auf und sah hinein. Ein leeres Bett mit zurückgeschlagener Decke hätte mich furchtbar unglücklich gemacht. Doch sie schlief tief und fest und wachte nicht auf.

»Irgendwie glaube ich nicht, dass Ernessa sich mit einem Jungen im Brangwyn College trifft«, meinte Charley.

»Das passt nicht zu ihr. Außerdem ist es draußen zu kalt.«

»Holen wir Dora«, schlug ich vor.

»Wir gehen raus und suchen Ernessa«, sagte Charley. »Ich habe Lust, high zu werden.«

Wir gingen in Nachthemd und Mantel hinaus. Ich weiß nicht, was wir erwarteten. Es ist einfach, die Alarmanlage mit einem Stock zu blockieren. Den Stock zwischen die Türen zu klemmen, damit sie nicht zufallen. Und so was nennt sich Alarmanlage. Jeder weiß, wo der Stock versteckt ist.

Wir gingen die Auffahrt bis zum hohen Eisentor hinunter. Die Torflügel stehen immer weit offen, selbst mitten in der Nacht. Dora und Charley drehten sich ständig um, als hörten sie Schritte hinter sich. Am Tor blickte ich zurück zur Residenz. Tagsüber parken immer die Wagen der Tagesschülerinnen in der Auffahrt, meist gelbe und grüne VW Käfer. Jetzt war sie fast leer. Der Schnee machte alles so still.

Ich wusste sofort, warum Ernessa hier draußen war und allein durch die Nacht lief. Sie wollte wissen, wie die Residenz und der obere Sportplatz und die Auffahrt ausgesehen hatten, bevor sie zu einer Schule für junge Damen wurden, als noch Gäste auf den breiten Veranden Tee tranken und in

Pferdekutschen vorfuhren. Sie stand irgendwo dort draußen, betrachtete die Veranden und malte sich alles aus.

Zu Dora und Charley sagte ich nichts. Ich folgte ihnen durch die Eisentore, obwohl ich lieber zurückgegangen wäre. Sie hätten nicht verstanden, wieso ich innerhalb der Tore bleiben wollte. Wenn ich in der Schule bin, vergesse ich, dass die Welt existiert. Ich muss nicht an sie glauben. Vor den Toren ist alles in Nebel gehüllt. Ich sehe die Umrisse, doch es gibt nichts Greifbares dort draußen.

Es war eine klare Nacht. Nur ein paar ausgefranste Wolken schimmerten silbern im Mondlicht. Der Mond stand hoch am Himmel und war so hell, dass er fast weiß aussah. Die Krater und Berge auf seiner Oberfläche traten so scharf hervor, als wären sie von Hand eingezeichnet. Jenseits des Eisenzaunes lag die Residenz, deren Türme sich zum Mond emporreckten, eine Kathedrale der Nacht. Lebe ich wirklich dort, gehe ich dort zur Schule? Oder ist es nur ein Traum?

Wir kamen nicht weit. Wir standen direkt vor dem Tor. Es war sehr kalt, und wir mussten mit den Füßen stampfen, damit sie nicht taub wurden. Das gefrorene, verschneite Gras knirschte bei jedem Schritt. Wir waren höchstens zehn Minuten draußen, standen an der Ecke der breiten Straße. Gelegentlich sausten Autoscheinwerfer vorbei. Ich frage mich, was die Fahrer sich gedacht haben: drei Mädchen in der Winternacht, die Mäntel über ihren weißen Nachthemden trugen. Vielleicht hielten sie uns für Geister.

Wir beschlossen umzukehren. Als wir die Auffahrt hinaufgingen, schaute ich über das glitzernde Feld zu der Stelle, an der die Büsche wachsen, an der Pater gestorben ist. Dort musste es sich befinden – ein langes, schwarzes Tier, riesige Schwingen, die sich in der Luft entfalten, ein schwarzer Streifen auf gefrorenem Boden. Wenn ich wartete, würde es sich im Mondlicht deutlich vom Schnee abheben. Die anderen rannten zur Tür. Riefen mir zu, ich solle mich beeilen. Doch sobald ich mich umdrehen wollte, glaubte ich wieder, etwas zu sehen. Ich musste die Dunkelheit beobachten, bis sie Gestalt annahm und sich enthüllte. Schließlich war das Mondlicht von Asche verschleiert, ein grauer Fleck vor meinen Augen. Da war nichts. So etwas gibt es nur in Büchern.

Charley hielt mir die Tür auf. »Himmel, warum hat das so lange gedauert?«, rief sie. »Ich friere mir den Arsch ab, außerdem stinkt es hier nach totem Fisch.«

»Klappe.«

Da war wieder der fürchterliche Geruch, schlimmer denn je. Gleich morgen würde ich den Hausmeister bitten, sich um den Keller zu kümmern. So kann ich nicht Klavier üben. Der Geruch klebt an allem.

Wir rannten die Treppe hinauf, und als wir auf dem ersten Treppenabsatz ankamen, schien mir, als hörte ich unter uns einen dumpfen Laut.

Als wir in unseren Flur kamen, wollten Dora und ich sofort in unsere Zimmer, doch Charley blieb vor Ernessas Tür stehen und hämmerte dagegen und brüllte so laut, dass ich fürchtete, sie würde alle wecken. »He, Ernessa, wo zum Teufel steckst du? Es ist mitten in der Nacht.«

»Hör auf!«, zischte ich. »Du bist ja verrückt!«

Doch sie hämmerte weiter. »Bist du irgendwo Stoff klauen? Dann musst du mir was abgeben.«

Keine Antwort.

»Du Arschloch«, sagte ich zu Charley, »die erwischen uns gleich.«

»Machst du im Brangwyn College Party?«

Ich packte Charley am Arm und zog sie zu ihrem Zimmer.

»Siehst du, sie ist nicht drin«, sagte sie.

Ich hörte ein Geräusch aus Lucys Zimmer, und die Tür ging auf, doch da war meine Tür schon zu, und ich lehnte mich von innen dagegen. Mein Herz schlug bis zum Hals. Hoffentlich hält Charley den Mund.

6. Dezember

Charley findet Ernessa ziemlich gruselig, weiß aber nicht, wieso. Sie ist noch nicht bereit, mir zuzuhören. Sie versteht nicht, dass Wahrheit das ist, was man nicht sieht, dessen man sich aber dennoch gewiss ist. Wir haben abgemacht, niemandem zu erzählen, dass sie mitten in der Nacht nicht in ihrem Zimmer war. Ich bin froh, dass ich mit jemandem darüber sprechen kann, der mich nicht ansieht, als wäre ich geistesgestört. Andererseits fürchte ich, dass Charley ihre große Klappe nicht halten kann und sich verplappert. Dann wäre Lucy endgültig gegen mich.

7. Dezember

Den ganzen Tag über hatte ich eine Idee, war mir aber nicht sicher, ob ich es wirklich tun würde. Charley konnte ich nichts davon sagen. Ich traue ihr nicht.

Kurz nach der Nachtruhe ging ich zu Dora. Ich wollte aus ihrem Fenster über die Dachrinne klettern und durch Ernessas Fenster sehen. Die Vorstellung, ihr nachzuspionieren, machte mir Angst. Ich hatte keine Ahnung, was ich machen würde, wenn sie in ihrem Zimmer war und mich entdeckte. Natürlich könnte ich tun, als wollte ich zu Carol im Zimmer nebenan. Aber sie würde mich durchschauen.

Dora hielt im Flur Wache, während ich das Fenster aufstieß und in die Rinne kletterte. Ich trug mein Nachthemd, und es rutschte mir über die Knie, als ich zu Ernessas Fenster kroch. Die kupferne Rinne war kalt und glitschig. Meine Hände waren so steif, dass ich mich nicht festhalten konnte. Es war nur ein kleines Stück, aber ich bewegte mich zentimeterweise vorwärts, und Dora rief dauernd: »Beeil dich.« Ich traute mich nicht mal, ihr zu sagen, sie solle den Mund halten. Ich fühlte den Mond hinter mir. Das Zimmer war durch die dünnen Vorhänge zu sehen. Das leere Bett war gemacht. Der Raum war so kahl wie zu Beginn des Herbstes, als Dora und ich gesehen hatten, wie sie die Frisierkommode allein durchs Zimmer trug, als sie noch irgendwie freundlich zu uns war. Die Kommode stand noch da und blockierte praktisch die Tür.

Ich kauerte mich in der Rinne nieder und drückte den Kopf an die Scheibe, um das Gleichgewicht zu halten. Das Mondlicht strömte in einem breiten Strahl ins Zimmer. Mein Schatten fiel auf den Zimmerfußboden, und um den Schatten herum schwebten im Lichtstrahl Millionen Staubpartikel in der Luft. Ein Windhauch wehte ins Zimmer, obwohl das Fenster fest geschlossen war. Jetzt sah ich, dass alles im Zimmer – der Schreibtisch, die Kommode, der Boden, sogar das Bett – mit einer dicken Staubschicht bedeckt war. Der Wind wehte den Staub ins Mondlicht empor. Plötzlich wirbelte so viel Staub durchs Zimmer, dass man kaum noch die Umrisse der Gegenstände ausmachen konnte. Ich hörte Dora aus ihrem Fenster rufen: »Komm zurück, schnell. Da ist jemand im Flur.«

Ich konnte nicht wegschauen. Meine Stirn klebte an dem eisigen Glas; es kühlte mein brennendes Gesicht. Die Rinne kam mir viel zu schmal vor. Wenn ich mich umdrehte, um zurückzukriechen, würde ich das Gleichgewicht verlieren und ins Nichts stürzen. Im Zimmer sammelten sich Millionen Staubpartikel, nahmen Gestalt an. Ein Schwarm kleiner brauner Motten flog zum Fenster, zum Licht des riesigen Mondes. Sie prallten vor meinem Gesicht gegen das Glas, trommelten mit ihren kleinen Körpern dagegen, wollten zum Licht. Der Lärm war ohrenbetäubend. Ich spürte das Flattern ihrer Flügel durchs Glas, wie den Atem aus tausend Mündern. Wenn ich mich zum Mond umwandte, würde ich die gleiche Sehnsucht nach dem Licht verspüren. Ich würde darauf zufliegen. Ich hörte den Mond von ferne wispern, er rief alle fliegenden Geschöpfe zu sich.

»Du *musst* jetzt kommen«, rief Dora.

Diesmal hörte ich sie aus der Nähe, sie zupfte an meinem Nachthemd. Sie hockte ebenfalls in der Dachrinne, und ich überlegte schon, ob ich sie mitnehmen sollte. Ich schob mein Nachthemd über die Taille hoch. Die brennende Kälte des Metalls war mir jetzt egal. Irgendwie schafften wir es zurück. Ich kletterte mit dem Kopf voran hinter Dora durchs Fenster. Wir versteckten uns unter der Bettdecke und lauschten auf die schlurfenden Schritte im Flur.

Ich musste ihr erzählen, was ich gesehen hatte. Dass Ernessa nicht in ihrem Zimmer war, dass sie nicht im Bett geschlafen hatte, dass das Zimmer leer und mit einer aschegrauen Staubschicht bedeckt war. Von den Motten, den Flügeln und dem Mond sagte ich nichts.

Vorsichtig öffnete ich die Tür und lief in mein Zimmer. Ich war ganz erleichtert, wieder in meinem Bett zu sein. Ich lag da, horchte auf mein Herzklopfen. Es war so laut, dass es sicher in den verlassenen Fluren und Treppenhäusern hallte. Schließlich beruhigte ich mich und schlief ein. Ich träumte, ich würde in der B-Mannschaft Basketball spielen. Im Traum war alles wie im wirklichen Leben, nur übertrieben, wie ein greller, lauter Film. Ich erwachte mit dem Gefühl, ich hätte nachts wirklich Basketball gespielt.

Ich sehe mich ständig um, weil ich sichergehen will, dass ich wirklich wach bin.

8. Dezember

Wenn ich Dora frage, wird sie mir sagen, dass ich letzte Nacht durch die Dachrinne gekrochen bin, dass das Mondlicht auf meinen Rücken schien, während ich mit der Stirn an Ernessas Fenster klebte. Aber was ich gesehen habe, war nicht real. Und auch kein Traum.

Fade braune Staubmotten, die im Lichtstrahl wirbeln und gegen die Scheibe trommeln. Sie umschwärmen mein Gehirn, mit flatternden Flügeln, verdrängen alles andere, prallen von innen gegen meinen Kopf.

Ich muss mich mit Schreiben ablenken.

Im Sommer saßen mein Vater und ich abends draußen und suchten mit Taschenlampen nach Motten. Manche hatten dunkle Streifen auf den Flügeln und tiefblaue, gelb geränderte Augen. Obwohl sie scheu waren, zeigten sie sich in unseren schmalen Lichtstrahlen. Eines Abends entdeckten wir in einem Gestrüpp aus wildem Geißblatt, das über den Zaun wucherte und uns unter seinem Duft begrub, eine blassgrüne Motte mit zwei langen Schwänzen, die wie die Haarbänder eines kleinen Mädchens flatterten. Die Luna-Motte war groß wie ein Vogel. Die gelben Augen auf ihren Flügeln schimmerten im Licht. Wir waren noch Stunden, nachdem die Motte weggeflogen war, ganz aufgeregt und richteten die Taschenlampen immer wieder auf die Stelle, an der wir sie gesehen hatten. Wir machten ein Spiel, während wir darauf warteten, dass sie zurückkam: Es bestand darin, die Farbe der Motte zu beschreiben. Ein Spiel für Dichter. Ich favorisierte die Farbe des Meeresschaums an einem grauen Tag, von unten aus dem Wasser betrachtet. Die Farbe nasser Flechten auf einem Felsen. Die Farbe weißer Hartriegel-Blüten, die sich gerade aus den Knospen entfalten. Die Farbe des Mondes, wenn man ihn in einem Raumschiff ansteuert. Die Farbe eines Kometenschweifs.

Schließlich gingen wir ins Bett, aber ich konnte nicht einschlafen. Ich lauschte den sirrenden Flügeln und den Insektenkörpern, die gegen den Fliegendraht prallten. Jeder Laut dort draußen stammte von der grünen Luna-Motte, die in mein Zimmer wollte, damit ich sie noch einmal sehen konnte.

Warum war das nicht genug für meinen Vater? Er hätte sich doch nur an das zerbrechliche Geschöpf erinnern müssen, das auf Schwingen aus Meeresschaum durch das weiße Geißblatt glitt. Das hätte ihm geholfen. Es war das Schönste, was ich je gesehen hatte. Schöner als ein Gedicht. Wie hatte er das vergessen können?

9. Dezember

Ich fragte Dora, ob Halluzinationen auch ohne Drogen möglich seien. Sie muss es wissen. Angeblich ist sie die Expertin für psychedelische Drogen. »Klar«, meinte sie. »Das nennt man dann Psychose.« Vielleicht erzeugt das Mondlicht Halluzinationen. Falls nicht, verliere ich den Verstand.

10. Dezember

»Il arriva chez nous un dimanche de Novembre 189...« So weit bin ich in *Le Grand Meaulnes* von Alain-Fournier gekommen. Morgen schreibe ich eine wichtige Französischarbeit über die ersten fünf Kapitel. So schwer kommt es mir gar nicht vor. Allzu viele Wörter werde ich nicht nachschlagen müssen. Schluss mit den nächtlichen Streifzügen mit Dora und Charley. Wenn ich lange aufbleiben muss, kann ich am Wochenende ausschlafen. Ich bleibe ungern lange auf und zwinge mich zur Arbeit, wenn mir eigentlich die Augen zufallen. Obwohl Dora angeblich so intellektuell ist, tut sie nicht viel für die Schule. Charley ist sowieso alles scheißegal. Sagt sie selbst. Ich bin froh, dass ich etwas zu tun habe. Ich werde mich jetzt zum Lesen zwingen.

11. Dezember

Heute Morgen schob Sofia einen Zettel unter meiner Tür durch: »Ich sehe dich gar nicht mehr. Du bist immer nur mit Charley und Dora zusammen. Ich bin traurig.«

Ich fühlte mich schrecklich, aber es geht nicht anders. Mit ihnen kann ich über Ernessa reden. Manchmal will ich über nichts anderes reden und an nichts anderes denken. Ich bin auch nicht mehr bei Mr. Davies gewesen. Ich wette, Claire freut sich.

Ich will Sofia nicht hineinziehen.

Beim Mittagessen stellte ich mich hinter sie, umarmte und küsste sie. Wir haben vor, am Samstag zusammen in die Stadt zu fahren. Wir wollen ins Museum und Mittag essen gehen. Eigentlich müsste ich mich darauf freuen. Sie ist eine meiner besten Freundinnen. Meine liebste Freundin. Aber ich muss mich zwingen, ihr zuzuhören.

Mit meiner Französischarbeit ist es ganz gut gelaufen. Immerhin hatte ich den Lesestoff von zwei Wochen in einer einzigen Nacht abgehakt, die Erinnerung war also noch frisch. Das Buch ist wie ein schöner, verwirrender Traum.

Die Kindheit – selbst eine traurige Kindheit – ist letztlich ein Ort, von dem wir glauben, wir hätten ihn geträumt oder wären zufällig auf ihn gestoßen. Wir wollen ihn wieder finden, doch es gelingt uns nicht. Darüber sollte ich schreiben, nichts über das Zeug, das Mr. Davies uns aufgegeben hat. Vielleicht später, wenn ich mehr Zeit habe und wieder klar denken kann. Ich versuche, das Buch in den Weihnachtsferien durchzulesen.

Sredni Vashtar: Das Kind teilte seine freudlose Kindheit mit Phantomen und wilden Tieren, und ein Gott erhörte seine grausamen Gebete.

12. Dezember

Im Zug in die Stadt habe ich zum ersten Mal seit einer Ewigkeit gelacht. Sofia erzählte mir, wie es ihr im letzten Jahr gelungen war, ihren Freund in der Stadt zu besuchen, ohne jemanden anzulügen. Sie trug sich für den Tag aus, und wenn sie zurückkam, schaute Miss Olivo sie an, wobei sie gefährlich den Kopf wiegte, und fragte, wo sie gewesen sei. Sofia sagte dann immer: »Ich habe mir das Museum angesehen.« Der Zug fährt nämlich am Museum vorbei, das wie ein griechischer Tempel über dem Fluss aufragt, und sie schaute immer aus dem Fenster und sah sich jedes Mal im Vorbeifahren das Museum an. »So war es nicht gelogen«, sagte Sofia. »Miss Olivo muss gedacht haben, ich wäre wirklich kunstinteressiert, da ich mir praktisch jedes Wochenende das Museum angesehen habe.«

Sofia ist ein Mensch, der überall Jungen kennen lernt: auf Bahnhöfen, in Restaurants … Ihr Freund war im zweiten Collegejahr. Insgeheim war ich neidisch, wenn sie von ihm erzählte. Ihre Beziehung kam mir so erwachsen vor. Sie saß die meiste Zeit auf seinem Schoß. Er wollte sie überreden, mit ihm zu schlafen, und sie wollte sich nicht überreden lassen. Letztlich hatte sie zu viel Angst, und er war es leid, auf sie einzureden.

Nachdem Sofia und ich etwa eine Stunde im Museum gewesen waren, fühlte ich mich ruhig wie schon lange nicht mehr. Plötzlich dachte ich an gar nichts. Die Ruhe in meinem Kopf zeigte mir, wie sehr ich mich schon an das lärmende Denken gewöhnt habe.

Am Ende ging ich noch zur Garderobe im Erdgeschoss, wo ein Gemälde von meiner Mutter hängt. Seit Thanksgiving war ich so wütend auf sie, doch als ich ihr Bild sah, verging meine Wut. Wenn sie nur diesen Teil ihrer selbst wieder finden könnte. Das Bild ist so schön. Irgendwie abstrakt, aber mit den beiden Elementen, die auf ihren Bildern immer wieder auftauchen: eine Eule vor einem silbrig gelben Himmel und ein Boot auf einem leuchtend roten Fluss. Ich weiß nicht genau, was sie bedeuten. Manchmal ist die Eule ein Vogel, und manchmal sitzt ein Eulenkopf auf einer menschlichen Gestalt, deren Körper mit dem Himmel verschmilzt wie die Engel ohne Füße auf alten italienischen Gemälden. Manchmal ist das Boot leer. Manchmal paddelt ein Mensch mit den Händen. Ich weiß, was mein Vater immer an ihr geliebt hat, selbst ganz am Ende, als er die Liebe praktisch vergessen hatte. Sie war für ihn wie die Luna-Motte, und das konnte er zuweilen nicht ertragen. Sie kann sich nicht verzeihen, dass sie ihn nicht gerettet hat. Aber er wollte nicht gerettet werden. Jetzt bin ich diejenige, die sie braucht.

Auf der Rückfahrt zur Schule kehrte das ängstliche Gefühl zurück wie eine Welle, die man erst bemerkt, wenn sie über einem zusammenschlägt und einen umwirft. Ich hatte es so eilig, in mein Zimmer zu kommen, zu meinem Tagebuch und alles zu prüfen. Es ist nichts geschehen, während ich weg war.

14. Dezember

Ich wusste die ganze Zeit, dass so etwas passieren würde. Nur hatte ich es mir nicht so schlimm vorgestellt. Gestern ist Charley mit Kiki, Betsy und Carol weggegangen. Sie hängt mit allen herum, die Pot rauchen wollen. Sie kamen aus der Stadt und landeten irgendwie auf dem falschen Bahnhof. Sie mussten zur Schule zurück, und es fuhr kein Zug, weil Sonntag war, also beschlossen sie, sich ein Taxi zu teilen. Der Fahrer stieg kurz aus, um zu telefonieren, und da sind sie einfach weggefahren. Sie haben das Taxi geklaut! Ich habe keinen Schimmer, warum sie so was Dämliches getan haben, und das kann mir auch niemand sonst erklären. Wer ist gefahren? Wer hatte die Idee? Ich glaube, zuerst war es nur ein Witz, aber dann fuhren sie einfach weiter.

Sie wurden verhaftet und am späten Abend in die Schule gebracht. Heute Morgen war keine von ihnen beim Frühstück.

Nach dem Abendessen

Von Claire erfuhr ich nur Bruchstücke: Sie waren alle total stoned und fürchteten, der Fahrer könnte die Polizei rufen, weil sie so herumschrien. Und deshalb haben sie ein Taxi geklaut? Im Grunde weiß niemand, was passiert ist. Oder aber sie wollen es nicht sagen.

Nach Mitternacht

Nachdem das Licht aus war, ging ich zu Dora. Charley war auch da. Wir mussten unheimlich vorsichtig sein, sonst hätten wir ernsthafte Schwierigkeiten bekommen. Charley ist davon überzeugt, dass sie diesmal fliegt, die anderen Mädchen aber nur suspendiert werden, weil sie Beziehungen haben. Sie sind alle reich, blond, aus bester Familie. Auch sieht es mit Charleys Noten nicht so toll aus, und sie hat dieses Jahr schon so viele Tadel und Strafen bekommen. Sie scheint sich nichts daraus zu machen. Sie sagt, sie sei das Internat ohnehin leid.

»Ich will raus aus diesem Loch«, sagte sie. »Und ihr solltet das Gleiche tun.«

Ich habe eine halbe Stunde mit ihr geredet und begreife noch immer nicht, was genau los war.

Ernessa ist mit ihnen in die Stadt gefahren.

Irgendwann nachmittags gab sie Charley eine Acid-Tablette. Sie sagte, sie habe nur genug für zwei. Charley hatte vorher noch nie Acid genommen. Als sie zum Bahnhof kamen, war sie total high.

Charley sagte: »Die Fassade bewegte sich, sie pulsierte irgendwie vor und zurück. Feuerzungen kamen aus dem Dach, und die Säulen zuckten und wanden sich. Es war cool, aber auch unheimlich. Sie müssen mich praktisch in den Bahnhof und zum Zug getragen haben. Ich weiß noch, ich wollte da nicht rein.«

»Was war mit Ernessa?«, fragte ich.

»Ich glaube, sie ist mit uns ausgestiegen. Ganz bestimmt war es ihre Idee, das Taxi zu nehmen, damit wir nicht zu spät kommen. Sie sagte, sie hätte genügend Geld. Sie hat sogar das Taxi gerufen. Aber ich kann mich nicht erinnern, dass sie dringesessen hat. Natürlich weiß ich nicht mehr alles. Ich weiß nur, dass ich immer weiter gefahren bin, als die Polizei uns anhalten wollte. Ich habe gelacht, und es war, als wären meine Hände mit dem Lenkrad verschmolzen.«

Im Grunde ist Charley schon völlig durchgeknallt.

15. Dezember

Betsy, Carol, Kiki und Charley sind zu Hause. Eine zusätzliche Ferienwoche. Sie wissen, dass ihre Eltern sie rauspauken. Um Charley tut es niemandem Leid. Alle geben ihr, dem Potkopp, die Schuld. Als sie nach einer sehr kurzen Verfolgungsjagd von der Polizei angehalten wurden, saß Charley am Steuer des Taxis. Jetzt behaupten sie, es sei von Anfang an ihre Idee gewesen. Zum Glück hatten sie kein Dope bei sich, denn sie wurden auf der Wache durchsucht. Sie hatten es im Park in der Stadt geraucht.

Niemand wundert sich, wohin Ernessa verschwunden war.

Ernessa war sogar pünktlich in der Schule. Dora hat die Liste der Eintragungen fürs Wochenende überprüft. Sie hat sich am Sonntag um Viertel vor sechs eingetragen. Miss Olivo schaut dabei immer auf die Uhr.

16. Dezember

Gestern Abend hat Dora mich gebeten, nach dem Lichtausschalten in ihr Zimmer zu kommen. Sie hatte am Nachmittag versucht, Charley anzurufen, doch Charleys Mutter ließ sie nicht ans Telefon.

»Ihre Mutter hat getan, als wäre es meine Schuld«, sagte Dora. »Dabei war ich nicht mal mit im Taxi. Ich wollte sie die ganze Zeit davon abhalten, Dope zu rauchen. Wäre sie bei uns geblieben, wäre das alles nicht passiert.«

»Ich möchte Charley etwas wegen Ernessa fragen«, sagte ich.

»Sie ist an allem schuld«, meinte Dora. »Sie hält sich für so klug und glaubt, dass sie alles kann, dass ihr nichts passiert.

Vielleicht ist es Zeit, dass sie mal erwischt wird. Wenn rauskäme, dass sie dealt, würde sie auf der Stelle fliegen.«

»Ich weiß nicht, wie sie es immer schafft, mit allem durchzukommen«, sagte ich.

»Ich habe sie gefragt, ob sie mein Manuskript lesen möchte«, sagte Dora. »Sie antwortete, sie sei nicht interessiert. Romane langweilten sie. So viele öde Details. ›Ich lese nur Gedichte‹, meinte sie. Sie ist so selbstgerecht. Und von Nietzsche hat sie überhaupt keine Ahnung.«

Ich bin so müde. Ich habe genug von diesem Spiel oder was es auch sein mag. In zwei Tagen beginnen die Weihnachtsferien. Dann muss ich es drei Wochen mit meiner Mutter aushalten. Zu Dora habe ich nichts weiter gesagt. Ich hoffte, sie würde das Thema wechseln.

»Ich will herausfinden, was sie nachts treibt.«

»Ich nicht«, sagte ich.

»Aber ich.«

Sie öffnete das Fenster. Wir sahen hinaus. Es war kalt und windig. Der Mond war ganz hinter dunklen Wolken versteckt, und ich konnte in dem schwachen grünen Licht, das von unten heraufschien, kaum die Dachrinne erkennen.

»Es ist zu dunkel«, sagte ich. »Du kannst überhaupt nichts sehen.«

»Ich könnte mich vortasten«, meinte Dora.

»Lass es. Letztes Mal bin ich beinahe runtergefallen. Das mache ich nie wieder. Es ist zu schrecklich. Falls ihr Zimmer leer ist, kannst du trotzdem nicht –«

»Sieh mal«, sagte Dora und stieß mich mit dem Ellbogen an.

Die Dachrinne war nur ein dicker, grüner Streifen. Der Wind peitschte mir die Haare in die Augen. Am anderen Ende des Gebäudes sah ich etwas an Claires Fenster. »Ist das Claire?«, flüsterte ich.

Die Gestalt stand auf und kam über die Dachrinne auf uns zu. Sie ging, als hätte sie festen Boden unter den Füßen, ohne zu zögern, ohne zu stolpern, so wie sie auch Klavier spielt. Als sie an ihrem Fenster war, trat sie ins Glas hinein.

Dora knallte das Fenster zu.

»Meinst du, sie hat uns gesehen?«

»Ich weiß nicht.«

Heute Morgen beim Frühstück fragte ich Dora, ob das letzte Nacht wirklich so passiert sei.

»Ich glaube schon. Aber vielleicht war es nicht, was wir gedacht haben. Vielleicht hat sie das Fenster weit offen gelassen.«

Was haben wir denn gedacht?

Eines verstehe ich nicht. Warum will Ernessa mir zeigen, dass sie anders ist als wir?

Ich werde bis zum Abendessen schlafen.

Nach dem Abendessen

Heute hätte ich beinahe das Abendessen verpasst!

Ich habe mich während der Ruhezeit hingelegt und bin sofort in einen unglaublich tiefen Schlaf gefallen. Ich spürte selbst, wie schwer er war, so als drückte mich eine schwere Hand in die Matratze. Ich war mit meinem Vater zusammen. Zuerst lagen wir nur auf meinem Bett in der Schule, flach auf dem Rücken, die Hände sorgfältig über der Brust gefaltet, mit geschlossenen Augen. Ich lag da, stand aber gleichzeitig neben dem Bett und betrachtete die beiden Körper. »Sind wir beide tot?«, fragte ich sie. Keine Antwort. Plötzlich zupfte etwas an meinem Arm und zog an mir. Ich drehte mich um und sah den Rücken des Menschen, der mich zog. »Was machst du da, Daddy?«, fragte ich. Er antwortete nicht. Er zog nur, fester und fester. Ich musste mich an der Metallstange am Kopfende festhalten und die Füße auf den Boden drücken, damit er mich nicht wegzog. Ich schaute mich um, suchte etwas, womit ich meinen Vater schlagen konnte, damit er mich losließ. Dabei spürte ich, wie unerträglich das alles war und wie dringend ich aus diesem Traum erwachen musste. Ich lag wieder auf meinem Bett, diesmal allein. Mein Vater war weg. Ich konnte mich flach auf dem Bett liegen sehen, bemüht, den Kopf zu heben, mich hinzusetzen, aufzustehen. Mit unendlicher Anstrengung gelang es mir, den Kopf zu heben, nur ein wenig, dann fiel er wieder aufs Kissen, und ich musste wieder von vorn beginnen. Und wieder. Ich war so erschöpft. Meine Lider waren schwer, sie drückten gegen meine Augen. Ich glaubte, ich könnte nie mehr aufwachen. Ich beugte mich über das Bett, um mein schlafendes Selbst zu betrachten. Plötzlich gingen die Augen auf, und meine beiden Ichs starrten einander verwundert an. Ich war hellwach. Meine Augen waren offen. Doch ich war gelähmt wie in einem Traum.

Ich stand erst nach dem letzten Klingeln auf. Das Abendessen wurde bereits aufgetragen. Ich hörte das Klappern von Geschirr, als die Serviererinnen die Wagen brachten, auf denen sich Teller mit Essen türmten. Ich war nicht einmal angezogen. Ich trug noch mein verschwitztes Sporttrikot. Ich zog Strümpfe mit riesigen Laufmaschen und ein Kleid an. Als ich die Tür aufmachte, stand Ernessa davor. Sie hatte die ganze Zeit auf mich gewartet.

»Hast du auch verschlafen?«, fragte sie mit falscher Fürsorge. »Wir beeilen uns besser, sonst gibt es einen Tadel.«

Ich rannte den Flur entlang.

Nach dem Abendessen saßen Dora und ich in der Ecke des Aufenthaltsraums, in der sich Lucy gewöhnlich mit Ernessa verkriecht. Ich fragte sie, ob sie an das Übernatürliche glaube, »die physische Manifestation des Unbewussten in unseren Wachzuständen«, wie Mr. Davies es ausdrückt. Damit wir wissen, dass es wirklich und unwirklich zugleich ist.

»Die Geisterwelt«, sagte ich. »Was wir letzte Nacht in Ernessas Zimmer haben gehen sehen.«

»Das ist doch Kinderkram«, meinte Dora. »Ich glaube nicht an Geister oder Untote oder so etwas. Das sind Märchen. Sie machen einem Angst, trotzdem will man sie hören. Nietzsche sagt: ›Lieber will noch der Mensch das Nichts, als nicht wollen.‹ Es ist nur eine andere Form der Religion.«

»So habe ich das auch gesehen«, sagte ich. »Aber ich habe mich verändert.«

»Im Grunde gibt es für alles eine rationale Erklärung.«

»Aber letzte Nacht hattest du Angst, oder nicht? Als wir aus dem Fenster geschaut haben.«

»Nachts gewinnt alles eine falsche Bedeutsamkeit«, sagte Dora. »Am Tag wäre es uns vollkommen normal erschienen. Ernessa ist ein eigenartiger, unangenehmer Mensch mit bizarren Schlafgewohnheiten und hält sich für allwissend. Vielleicht schlafwandelt sie die ganze Nacht.«

»Doch nicht über die Dachrinne.«

Nun waren wir diejenigen, die flüsterten.

Ernessa kam in den Aufenthaltsraum, und ich versuchte, sie nicht anzusehen. Sie setzte sich zu den anderen, hielt sofort ein Streichholz an ihre Zigarette und wedelte den Rauch zu einer Wolke. Ihr Kopf war in unsere Richtung geneigt. Sie schien zuzuhören. Sie nickte sogar, als Dora sprach.

»Ich werde es dir beweisen«, sagte Dora. »Komm in mein Zimmer, wenn das Licht aus ist.«

»Nein, mir reicht es. Das habe ich dir letztes Mal schon gesagt. Geh bitte nicht.«

»Sei doch nicht so melodramatisch«, meinte Dora. »Das passt nicht zu dir. Ich werde herausfinden, was mit ihr los ist.«

»Das finde ich wirklich dämlich.«

Ich stand unvermittelt auf und ging hinaus. Ich spürte Ernessas Blick im Rücken, der sich durch die Rauchwolke in meine Haut brannte. Heute Nacht werde ich mein Zimmer nicht verlassen.

17. Dezember

Fünf Uhr morgens

Eigentlich war Dora nie meine Freundin. Sie hat auf mich herabgesehen. Das habe ich immer gewusst. Sie hat getan, als wäre sie meine Freundin, weil sie Ernessa auch nicht mochte. Diese Abneigung verband uns.

Draußen ist es noch dunkel. Ich warte darauf, dass der Himmel hell wird, damit die Nacht vorüber ist. Der Krankenwagen ist weg. Die Polizeiautos sind weg. Dora ist weg. Von meinem Fenster aus habe ich gesehen, wie sie die Trage wegbrachten. Ihr Gesicht war mit einem weißen Tuch bedeckt.

Plötzlich waren alle auf. Die Residenz war wachgerüttelt. Alle Lichter gingen an. Ich saß im Bett, als hätte eine Hand mich hochgerissen, mein ganzer Körper vibrierte. Sirenen ertönten; ein Krankenwagen und Polizeiautos rasten die Auffahrt herauf. Blitzende rote Lichter fegten durch mein Zimmer. Und draußen vor der Tür kreischten und schrien Mädchen. Ich konnte den Lärm nicht ertragen. Männerstimmen dröhnten durch den Flur, ich hörte schwere, eilige Schritte. Ich war erschrocken. Dann flossen die Laute zu Wörtern zusammen. »Das hier ist ihr Zimmer.« »Aus diesem Fenster ist sie nicht geklettert.« »Es muss nebenan gewesen sein.«

Ich hörte, wie sie an Ernessas Tür hämmerten. Sie würde in einem langen, weißen Nachthemd, das ihre Arme und Beine vollständig bedeckte und bis zum Kinn reichte, an die Tür kommen. Sie würde langsam öffnen und tun, als wäre sie eben erst aufgewacht. Ihr Zimmer würde frei von Staub und dem Atemgeräusch der Mottenflügel sein.

»Und du hast wirklich nichts gehört? Eine deiner Klassenkameradinnen hatte direkt unter deinem Fenster einen Unfall. Sie ist gestürzt.«

»Ich habe einen sehr festen Schlaf«, würde sie sagen. »Wenn ich einmal schlafe, weckt mich nichts mehr auf. Ich schlafe wie eine Tote. Warum fragen Sie nicht die anderen Mädchen?« Ihre Stimme würde flach klingen. Sie würde die Polizisten bitten, sie in Ruhe zu lassen. Es würde wie ein Befehl klingen.

Ich öffnete die Tür und sah, wie die Krankenschwester Lucy und Sofia wegbrachte. Sie weinten. Ihre Schultern bebten, als sie den Flur entlanggingen. Ich stand da, sah ihnen nach. Mitten in der Nacht ist alles schlimmer, vor allem, wenn man aus dem Tiefschlaf gerissen wird. Man weiß nicht, wo man ist oder wo die Träume enden und die Welt beginnt.

Dora ist unter Ernessas Fenster von der Dachrinne gestürzt. Niemand hat den Sturz gehört. Die Köchin hat sie im Hof gefunden, als sie um vier Uhr morgens kam, um Frühstück zu machen. Sie lag auf dem Pflaster, die Arme ausgebreitet, den Kopf hinter der Schulter verdreht. Der Wind zauste ihr Nachthemd, das bis zur Taille hochgerutscht war. Ihre weißen Beine waren reglos. Sie sah tot aus.

Ich hätte sie von dieser Dummheit abhalten können. Ich hätte ihr sagen können, was sie sehen würde, sodass sie es sich nicht selbst anschauen musste. Ich hätte ihr sagen können, dass man noch lange nicht vor etwas geschützt ist, nur weil man nicht daran glaubt. Ich hätte ihr von den Motten erzählen können, die aus Staub und Mondlicht schwärmten und in meinem Kopf umhersausten.

Ich blieb in meinem Zimmer.

Sie war nie meine Freundin.

Morgen beginnen die Ferien.

Ich werde mich aufs Bett legen und versuchen, mich auszuruhen. Es tut weh, die Augen offen zu halten, doch wo werde ich sein, wenn ich sie schließe?

Zehn Uhr morgens

Bei der Versammlung teilte Miss Rood uns mit, Dora sei tot. Damit war es offiziell. Die Tagesschülerinnen hatten gemerkt, dass etwas nicht stimmte, weil alle Internen mit roten Augen dasaßen. Als Miss Rood zu uns sprach, fingen alle wieder an zu weinen. Ich wusste, dass sie tot war, doch als Miss Rood es aussprach, wurde mein Gesicht richtig heiß, und ich zitterte am ganzen Körper, innen und außen. Mein Körper weiß Bescheid, aber mein Kopf versteht es noch nicht. Ich bin in einer riesigen Blase gefangen. Meine Arme und Beine sind so schwer. Ich kann sie kaum heben. Was immer ich tue geschieht fast nicht. Ich warte, dass die Blase platzt, mich wieder in die Welt entlässt. Aber so läuft es nicht. Es ist, als warte man, dass die Wirkung einer Spritze nachlässt. Ganz plötzlich merkt man, dass man nicht mehr betäubt ist.

Miss Rood wiederholte die Worte, es sei ein »furchtbarer, bedauerlicher Unfall« gewesen, wie ein Gebet. Sie sei »betroffen und entsetzt«, weil einige Mädchen über die Dachrinnen der Residenz gekrochen seien. Dann bat sie uns, zu ihr zu kommen, falls wir letzte Nacht etwas Ungewöhnliches bemerkt hätten. Ich werde kein Wort darüber verlieren. Ich habe Angst vor Ernessa. Ich traue niemandem.

Heute Morgen fiel der Unterricht aus. Miss Brody, die Psychologin, wird später mit den Internen sprechen. Aber was soll sie uns sagen? »Also, Mädchen, ich verstehe, dass ihr ein traumatisches Erlebnis hattet, doch nun muss der Heilungsprozess beginnen …« Sie kann meine Blase nicht sprengen. Alle um mich herum weinten. Ich dachte, Lucy würde durchdrehen. Diesmal mussten sie sie in die Krankenstation tragen. Ich ging sofort auf mein Zimmer. Ich will alles in mein Tagebuch schreiben. Die Einzige außer mir, die nicht weinte, war Ernessa. Aber das hat nichts zu bedeuten. Sie ist ein Mensch, der lachen kann, ohne glücklich zu sein. Also kann sie auch weinen, ohne traurig zu sein. Ich soll in meinem Zimmer bleiben, bis wir uns mit der Psychologin in der Bibliothek treffen, aber ich muss allein zurechtkommen.

Zehn Uhr dreißig

Die Stelle ist direkt unter Ernessas Fenster, aber weiter im Hof. Sie hat das Dach der Veranda verfehlt, das ihren Sturz hätte aufhalten können. Stattdessen landete sie auf dem Pflaster. Sie ist gesprungen. Wollte wegfliegen. Man hat die Stelle mit Seilen abgesperrt. Auf dem Zement war ein rotbrauner Fleck. Er ist jetzt getrocknet. Ich hatte damit gerechnet, dass das Pflaster geborsten oder ein Loch an der Stelle wäre, an der ihr Körper aufgeschlagen ist, so wie wenn ein Meteorit mit der Erde zusammenstößt. Ich stand hinter dem Seil und schaute hoch zum Fenster im ersten Stock. Die Sonne schien, und das schwarze Glas spiegelte den blauen Himmel und die Wolkenfetzen wider, die über ihn hinwegzogen. Ich suchte nach einem Gesicht hinter dem Himmel, das nach mir suchte.

Wie soll ich jemals wieder mit Lucy sprechen? Ich wäre froh, wenn ich sie nie wieder sehen müsste.

Ruhezeit

Ich glaube, ich habe mich noch nie so erschreckt.

Sie holten mich aus dem Matheunterricht. Ich geriet sofort in Panik. Meiner Mutter musste etwas Furchtbares zugestoßen sein. Als ich meine Bücher zusammenpackte und aus dem Klassenzimmer ging, dachte ich dauernd: »Wie kannst du mir das antun? Wie kannst du mir das antun?«

Aber es ging gar nicht um meine Mutter. Mrs. Halton erklärte mir, ein Kriminalbeamter wolle sich mit mir über Dora unterhalten. Ich hatte sie schon ganz vergessen.

»Kein Grund, nervös zu sein. Der Herr möchte dir nur ein paar Fragen stellen. Ich bleibe die ganze Zeit dabei.«

Doch die Art, wie sie es sagte, dass sie mit mir wie mit einem kleinen Kind sprach, das man zu etwas Unangenehmem überreden will, machte mir Angst. Sie war so selbstzufrieden. Sie lächelte die ganze Zeit, als sie mich durch den Übergang in die Residenz und in die Bibliothek im ersten Stock führte.

Der Beamte wartete auf mich. Er trug keine Polizeiuniform, sondern einen normalen Anzug wie ein Versicherungsvertreter oder ein Geschäftsmann. Sein Mantel hing ordentlich über einem Stuhl, die Aktentasche lag offen auf dem Tisch. Er stellte mir viele Fragen und machte sich dabei Notizen auf einem gelben Block. Noch nie hatte mich jemand so befragt.

»Es dauert nicht lange«, begann er. »Ich will dir nur einige Fragen stellen. Eine deiner Klassenkameradinnen hat gesagt, dass du und das Mädchen, das heute Morgen in den Hof gestürzt ist, über die Dachrinnen gekrochen seien. Sie sagte, sie habe dich vor ihrem Fenster gesehen.«

»Das haben wir alle getan«, antwortete ich. Ich hörte Mrs. Halton keuchen, das war für den Beamten gedacht. »In diesem Herbst habe ich es nur einmal gemacht. Glaube ich.«

»Wann war das?«

»Vor ungefähr einer Woche. Vielleicht ist es auch etwas länger her.«

»Und wo genau warst du?«

»Ich bin aus Doras Fenster gestiegen. Ich bin nur bis zum nächsten Fenster gegangen.«

»Und dann?«

»Habe ich umgedreht. Es war zu kalt.«

»War Dora damals auch draußen auf der Dachrinne?«

»Nur ganz kurz. Sie hörte jemanden im Flur und kam raus, um mich zu holen.«

»Und letzte Nacht? Warst du mit Dora zusammen?«

»Nach dem Lichtausschalten bin ich ins Bett gegangen. Ich bin erst aufgewacht, als ich die Sirenen in der Auffahrt hörte. Ich hatte Dora gesagt, dass ich nicht mehr über die Dachrinne laufen wollte.«

»Was hatte Dora wohl vor?«

»Vermutlich wollte sie zu Carol. Oder zu Claire, die wohnt an der Ecke.«

»Du meinst also nicht, sie wollte ins Zimmer nebenan? Wie heißt das Mädchen doch gleich? Ich habe vorhin mit ihr gesprochen.«

»Ernessa?«

»Genau, wollte sie in Ernessas Zimmer?«

»Ganz sicher nicht. Sie waren nicht befreundet.«

»Manchmal entwickeln Mädchen in diesem Alter sehr starke … Gefühle … füreinander, gute und schlechte Gefühle. Da können Dinge wichtiger erscheinen, als sie eigentlich sind. Hat sie jemals erwähnt, dass sie unglücklich sei oder sich umbringen wolle? Auch wenn es sich wie ein Scherz anhörte?«

»Nein. Niemals.«

Ich beantwortete alle Fragen, und er ließ mich gehen. Ich sagte immer das Richtige, er hat mir wohl geglaubt. Den Rest des Nachmittags verbrachte ich in meinem Zimmer. Ich machte Französisch und Sport blau. Mir war alles egal. Ich kann immer noch sagen, ich sei zu durcheinander gewesen wegen Dora. Ich würde gern auch das Abendessen ausfallen lassen, aber das geht nicht. Dann merkt Ernessa, wie durcheinander ich bin. Sie hat die Polizei zu mir geschickt.

Als der Polizist mich befragte, schämte ich mich für jeden schlimmen Gedanken, den ich je gehabt habe. Ich sagte mir immer wieder, dass die Tatsache, dass ich Dora nicht immer gemocht und mir manchmal gewünscht hatte, ich wäre ihr nie begegnet und müsste sie nie wieder sehen, noch lange nicht bedeutet, dass ich ihr den Tod gewünscht hätte.

18. Dezember

Zu Hause. Fürs Erste sicher. Im Auto geriet ich in Panik, weil ich glaubte, ich hätte mein Tagebuch in meinem Zimmer gelassen, wo es jeder finden kann, aber es steckte in meiner Büchertasche. Meine Mutter holte mich ab, zur Abwechslung sogar mal pünktlich. Wenn es wirklich sein muss, ist sie da. Sie spürt, wenn ich sie brauche. Ich konnte nicht in der Schule bleiben, nachdem alle weg waren. Nur die tote Dora ist noch da.

Letzte Nacht schliefen Sofia und Claire in meinem Zimmer. Wir wollten nicht allein sein. Lucy war wie betäubt. Sie hatten ihr in der Krankenstation Valium gegeben. Sie konnte kaum aufrecht stehen. Sie wollte bei ihren Stofftieren in ihrem Zimmer schlafen, ließ aber die ganze Nacht die Badezimmertüren offen und das Licht im Bad an.

Claire sagte, Ernessa sei zu Miss Rood gerufen worden, Mrs. Halton und die anderen Fluraufsichten seien auch dort gewesen. Ich bin froh, dass Claire nicht in meinem Mathekurs ist. Sie weiß das mit mir noch nicht.

»Warum haben sie das getan?«, fragte Sofia. Manchmal ist sie schwer von Begriff.

»Doras Zimmer war direkt neben Ernessas, und sie ist unter ihrem Fenster gestürzt. Ich nehme an, sie wollten wissen, ob sie etwas gehört hat«, meinte Claire.

»Oder getan hat«, fügte ich hinzu. Sie achteten nicht darauf. Ich beließ es dabei, weil Lucy in ihrem Zimmer war.

Mitternacht

Ich schreibe erst jetzt darüber, weil ich nachdenken musste.

Irgendwie fand ich den Mut, Ernessa nach dem Abendessen im Aufenthaltsraum anzusprechen. Es ärgerte mich, dass sie so ruhig blieb, während alle anderen, sogar die Mädchen, die Dora nicht besonders gemocht hatten, verstört waren.

Ich ging zu ihr hin und fragte: »Warum lässt dich die Sache mit Dora so kalt?« Es war Wochen her, dass ich mit ihr gesprochen hatte.

Ich dachte, sie würde richtig sauer, aber nein. Sie war nicht mal überrascht. Stattdessen zündete sie sich eine Zigarette an und bot mir auch eine an. Ich lehnte ab. Sie sprach sehr langsam, als redete sie mit jemandem, der ihre Sprache nicht gut beherrschte.

»Warum sollte ich traurig sein? Jeder muss mal sterben. Wenn man erst in einem Körper steckt, ist es zu spät für Tränen. Nur Beerdigungen kann ich nicht ausstehen.«

Es stimmt, vor dem Sterben fürchte ich mich auch gar nicht so sehr.

Ich bin nicht bereit, wie Ernessa zu werden. Ich habe mein Tagebuch, meine Bücher, meine Musik, meine Freundinnen, meine Mutter.

Als ich zu den anderen aufs Sofa zurückkam, starrten sie mich an, als hätte ich etwas Furchtbares getan. Sofia hatte den Arm um Lucy gelegt. Lucy wimmerte. Ich bin zu müde und verwirrt, um aus ihnen schlau zu werden. Ich möchte die nächsten beiden Wochen nur schlafen.

20. Dezember

Heute Abend habe ich mich gezwungen, Charley anzurufen. Irgendjemand musste es ihr sagen.

»Dora ist tot«, sagte ich. »Sie ist von der Dachrinne gestürzt.«

»Das ist doch ein Witz, oder?«, meinte Charley.

»Nein. Mittwochnacht ist es passiert.«

»Du willst mir sagen, Dora ist ins ewige Land der Träume abgezischt?«

»Ja. Dora ist tot, das habe ich doch gesagt.«

»Scheiße, ich kann nicht glauben, dass sie von der Dachrinne gefallen ist. Wie dämlich.«

»Ich wollte sie davon abhalten. Ich wusste, dass es ein Fehler war, dass Ernessa ...«

Was Charley danach sagte, konnte ich nicht hören. Der Fernseher lief, ziemlich laut sogar. Charley musste ihn lauter gestellt haben. Das war das Erste, was sie machte, wenn sie in der Schule ins Fernsehzimmer kam. Das Gelächter aus der Konserve übertönte ihre Worte.

Ich hätte brüllen müssen, um mich verständlich zu machen. Mir fehlte die Energie, Charley zu erklären, dass Ernessa Dora losgeworden war. Ich weiß nicht, ob sie sie gestoßen hat, jedenfalls steckt sie hinter dem Sturz.

»Ich bin raus«, schrie Charley. »Als Einzige. Kiki, Betsy und Carol kommen wieder. Meine Eltern sind total sauer, aber mir kommt es vor, als hätte man meine Zellentür geöffnet und den Schlüssel weggeschmissen.«

»Was hast du jetzt vor?«, brüllte ich.

»Ich geh auf eine Tagesschule in der Nähe.«

Jetzt sind Charley und Dora weg. Nur ich bin übrig. Der Feigling. Ich werde nie wieder nachts durch dieses Fenster sehen. Ernessa weiß, dass ich ihr nicht zu nahe komme.

Ich hätte Charley überreden können, den Fernseher abzuschalten, und ihr von Ernessa erzählen, aber es scheint sie nicht mehr zu interessieren. Im Grund macht es ihr nicht mal was aus, dass Dora tot ist. Sie ist aus der Schule, aus unserer Welt verschwunden. Ernessa kann jede Nacht wegbleiben. Ernessa kann sein, was immer sie sein will. Nichts davon zählt mehr. Sie werden keine Joints mehr zusammen rauchen, also Scheiß drauf, wie Charley zu sagen pflegt.

24. Dezember

Heute Abend ist meine Mutter auf eine Party gegangen. Sie wollte mich mitnehmen, aber ich sagte, mir sei nicht danach. Ich war müde und wollte früh schlafen gehen. Ich wollte, dass sie geht, aber sobald sie die Tür hinter sich geschlossen hatte, wurde es in allen Zimmern ganz still. Ein Wind pfeift durch die leeren Räume. Ich wünschte, Milou wäre noch hier, läge neben mir auf dem Kopfkissen, schnurrte sanft und maunzte leise, damit ich weiß, dass er glücklich ist. Ich bin ganz allein.

Ernessa ist ein Vampir.

Erst heute Abend kann ich diese Worte aufschreiben. Ich konnte meine Befürchtungen bislang nicht bewusst formulieren. Sie will, dass ich, und nur ich, es erkenne. Ihre Hand führt meine, während ich diese Worte schreibe.

25. Dezember

Hätte ich nur die Gelegenheit gehabt, Doras Leiche zu sehen. Ihre Eltern waren in Paris, sie wurde sofort eingeäschert. Sie wollten nicht mal ihre Leiche sehen. Ich wünschte, ich hätte sie gesehen. Ich hätte ihren Körper auf Zeichen untersucht. Ein Mal an der linken Brust nahe beim Herzen oder zwischen den Augen. Dort müsste es sein. Die Haut wäre kaum verletzt, es sähe aus wie ein blauer Fleck. Aber sie wollen nur die eine Todesart.

Was werden sie mit ihrem unvollendeten Roman tun, dem Dialog zwischen Nietzsche und Brahms? Vermutlich taugt er sowieso nichts. Dennoch ist es schade, die ganzen Seiten voller Wörter werden verschwinden, ohne dass jemand sie gelesen hat. Irgendjemand muss sie lesen. Ich weiß, ihre Eltern werden es nicht tun. Ihr Vater war immer so kritisch mit ihr.

Vielleicht sollte ich ihr Buch lesen.

Sicher war Dora manchmal nett zu mir, aber ich konnte ihre Belehrungen nicht ertragen. Ich habe ihr nie verziehen, dass sie mich so abgetan hat. Ich war nur ihre Freundin, weil sie sich für Ernessa interessierte. Und sie interessierte sich nur für Ernessa, weil Ernessa so mit ihr umging, wie Dora mit allen anderen umging. Dora konnte einfach nicht anders. Ihre Eitelkeit war verletzt.

Warum schreibe ich so gemeine Sachen über jemanden, der gerade gestorben ist?

Ihr Buch würde mich vergiften.

Eine Fliege summte – als ich starb –
Im Raum die Stille schwoll
So wie die Stille in der Luft –
Wenn ein Sturm Atem holt –

Die Augen rings – schon ausgepresst –
Der Puls harrte gefasst
Des letzten Akts – da Er im Raum
Sich Fürstlich – offenbart –

Andenken hatte ich – vermacht
Und von mir überschrieben
Was übertragbar war – da schob
die Fliege sich dazwischen

Mit Blauem – taumelndem Gebrumm –
Zwischen das Licht – und mich –
Die Fenster schwanden mir – und dann
Verlor mein Sehn die Sicht –

Emily hätte verstanden, was sich zwischen Dora und ihren Tod schob, aber ich verstehe es nicht.

27. Dezember

Gestern Abend habe ich ein paar interessante Dinge erfahren, als ich in den Büchern meines Vaters blätterte. Ich wusste, dass ich dort etwas finden würde. Ein Mensch kann auf unterschiedliche Weise zum Vampir oder Wiedergänger (von französisch *revenant*) werden: (a) ein schlechter Mensch begeht unter gewissen Umständen Selbstmord (Was ist ein schlechter Mensch? Welche gewissen Umstände?); (b) ein Vampir besucht jemanden im Schlaf; (c) eine Fledermaus fliegt über eine Leiche, eine Katze oder ein Hund springt über eine Leiche, ein Mensch beugt sich über eine Leiche; (d) ein Mensch stirbt unbemerkt; (e) einem Menschen wird zu Lebzeiten der Schatten gestohlen; (f) der Mund einer Leiche steht offen; (g) ein Mensch stirbt eines gewaltsamen Todes; (h) eine Leiche wird unbewacht gelassen, nicht ordentlich bestattet oder nicht tief genug begraben; (i) ein Vampir beißt jemanden; obwohl das Opfer manchmal stirbt, ohne selbst ein Vampir zu werden.

Das mit dem offenen Mund finde ich unfair. Es ist unfair, jemanden (oder dessen Seele) für etwas zu bestrafen, das passiert, nachdem der Mensch die Kontrolle über seinen Körper verloren hat. Ich musste lachen, als ich von Menschen las, die mit zwei Herzen geboren werden, von denen eines nur nach der Zerstörung der Menschheit strebt.

Mein Vater wollte unbemerkt sterben wie ein Tier, das wegläuft und sich irgendwo zum Sterben zusammenrollt. Milou brauchte sich nicht vor uns zu verstecken. Er schämte sich nicht, dass er starb. Es muss einen letzten Atemzug geben, wie das letzte bisschen Luft, das man aus einem Schlauchboot quetscht, das letzte Keuchen des Sturms, dann gibt der lebendige Körper auf, und die unsterbliche Seele wird befreit. Vielleicht braucht man dabei einen Zeugen.

31. Dezember

Ich glaube, ich habe meine Mutter überredet, mich zu Hause zu lassen, mich nicht mehr in die Schule zu schicken. Ich habe ihr gesagt, dass ich mir eine gewisse Schuld an Doras Tod gebe und nicht darüber hinwegkomme. Trauer, Schuld, Reue, darauf springt sie an.

Januar

1. Januar

Ich glaube nicht, dass mein Vater in anderer Gestalt noch da ist. Ich glaube nicht, dass ich mit ihm kommunizieren kann. Das hasse ich an meiner Mutter. Sie nimmt ihre Träume wörtlich und meint, sie hätte noch Verbindung zu ihm. Selbst wenn er ihr zornerfüllt erscheint. Hauptsache, er hat sie nicht vergessen.

Ich bin eifersüchtig auf Ernessa. Ich bin eifersüchtig auf ihre Freundschaft mit Lucy. Ich bin eifersüchtig auf ihren perfekten Körper. Ich bin eifersüchtig auf ihr Klavierspiel. Ich bin eifersüchtig, weil sie niemals Angst hat. Dennoch ist sie bloß ein Mensch, den ich nicht leiden kann. Nein, das ist zu schwach. Selbst das Wort Hass ist zu schwach. Wenn ich sie mit Lucy sehe, ekelt es mich.

Alles, was ich über Ernessa geschrieben habe, hat mein Tagebuch ruiniert. Es ist nicht so geworden, wie ich es haben wollte. Ich bin nicht der Mensch, der ich sein wollte.

Nach dem Mittagessen

Ich habe einen Strang Knoblauch um mein Bett gewickelt und vor dem Schlafengehen Weihrauch verbrannt. Es hat funktioniert. Ich habe viel besser geschlafen. Falls ich zurück in die Schule muss, werde ich es weiter so machen. Dann glauben alle, ich wollte mit dem Weihrauch den Geruch von Hasch überdecken.

Nach dem Abendessen
Lucy hat eben angerufen und mir ein gutes neues Jahr gewünscht. Endlich haben wir uns richtig unterhalten. Es gab keine geschlossenen Türen zwischen unseren Zimmern. Dora ist aus der Dachrinne gestürzt. Es hätte jeder von uns passieren können. Das mit den Motten habe ich nur geträumt. Ich sagte zu Lucy, dass ich nach den Ferien vielleicht nicht wieder komme. Sie konnte es nicht verstehen.

»Wenn wir wieder da sind, wird es uns gar nicht mehr so schlimm vorkommen«, sagte sie. »Dann haben wir es schon ein bisschen vergessen. Ich habe es schon jetzt vergessen, weil ich nicht mehr in der Schule bin. Es kommt mir allmählich wie ein Albtraum vor. Wir werden einfach in den alten Trott fallen. Es wird nicht mehr sein wie direkt vor den Ferien, als wir an nichts anderes denken konnten.«

»Kann schon sein«, sagte ich.

»Du musst zurückkommen«, sagte Lucy. »Ich würde dich furchtbar vermissen.«

Ich werde nichts mehr über Vampire lesen. Mr. Davies hätte uns diesen Dingen nicht aussetzen sollen, selbst wenn er nicht dran glaubt.

Ich könnte ein paar Seiten herausreißen und von vorn anfangen.

4. Januar

In den Ferien habe ich viel weniger als erwartet ins Tagebuch geschrieben. So übel waren die Ferien gar nicht. Morgen ist wieder Schule. Ich fahre zurück.

8. Januar

Andere Mädchen sind in die Zimmer von Dora und Charley eingezogen, man merkt gar nicht mehr, dass sie mal auf diesem Flur gewohnt haben. Lucy war beim Frühstück und hat mit uns allen gegessen. Die Türen zwischen unseren Zimmern stehen offen, und sie ist während der Ruhezeit zu mir gekommen. Es ist nie etwas passiert. Sie bemüht sich so, nett zu mir zu sein. Wir sind jetzt seit drei Tagen hier, und ich habe Ernessa kaum gesehen. Sie ist nicht mal zum Rauchen in den Aufenthaltsraum gekommen. Sie schließt sich dauernd in ihrem Zimmer ein. Vermutlich raucht sie da drin. Sie weiß, Mrs. Halton würde nie wagen, sie zu stören. Auch Lucy scheint ihr aus dem Weg zu gehen. Sie wartet jetzt auf mich, bevor sie zum Essen hinuntergeht.

Ein neues Jahr.

Ich habe mal eine Sonnenfinsternis erlebt. Die Sonne verdunkelte sich nach und nach, bis es mitten am Tag dämmrig wurde. Ich wusste, wenn ich zur Sonne hochsähe, würde sie schwarz wirken, in Wirklichkeit aber so grell scheinen wie immer. Ihr Licht würde mich blenden. Ich musste mein Gesicht festhalten, um nicht in die Sonne zu gucken. Man hatte mich wiederholt gewarnt, aber ich wollte es trotzdem tun. Die Sonne sah nur dunkel aus, so wie der Tag nur scheinbar Nacht war. Die schwarze Sonne brannte.

Charley hat weder geschrieben noch angerufen. Ich bin beinahe froh, dass sie nicht mehr da sind, dass alles vorbei ist.

9. Januar

Heute Morgen fragte Claire mich beim Frühstück, ob ich nachmittags mit ihr zu Mr. Davies gehen wolle. Sie wollte ihn anrufen und fragen, ob wir ihn besuchen könnten.

Das würde ich mich nie trauen. Ich sagte, ich käme mit, obwohl wir in den nächsten Wochen Prüfungen haben. Ich habe schon viel gelernt. Sie hat mich nur gefragt, weil sie weiß, dass er sich niemals allein mit ihr verabreden würde.

Als wir aus dem Zug stiegen, wäre ich am liebsten wieder in die Schule gefahren, aber Claire schleppte mich zu seinem Haus. Es war nur einige Straßen entfernt. Ein kleines weißes Holzhaus, nichts Besonderes. Claire klingelte, und während wir warteten, mussten wir vor lauter Nervosität loslachen. Ich bin es gewöhnt, Mr. Davies in der Schule zu sehen, wusste aber nicht, wie es sein würde, ihn in seinem eigenen Haus zu erleben. Vielleicht würde er dort zu gewöhnlich wirken.

Seine Frau Charlotte (wir brauchen sie nicht Mrs. Davies zu nennen) öffnete uns die Tür. Zuerst war sie etwas verwirrt, und wir konnten ihr vor lauter Lachen gar nicht sagen, wer wir sind.

»Mr. Davies –«, fing Claire an.

»Ach ja«, meinte sie. »Nicks Schülerinnen. Er erwartet euch schon.«

Nick. Ich weiß, dass er mit Vornamen Nicholas heißt, aber Nick klingt zu flapsig für ihn. Zu Hause muss er wohl ein anderer Mensch sein.

Charlotte hatte ich mir ganz anders vorgestellt. (Wie, weiß ich nicht. Beeindruckend, intellektuell?) Sie ist ein bisschen mollig, aber sehr hübsch. Hellbraunes Haar, das sie mit einer Spange hochsteckt, graue Augen, runde, rosige Wangen. Sie lächelte dauernd und war unheimlich nett zu uns. Noch netter als Mr. Davies. Sie brachte uns Tee und echt gute Plätzchen: Waffeln mit Karamellfüllung. Ich aß zu viele, weil ich so nervös war. Als ich von der Tasse, die ich auf dem Schoß balancierte, hochblickte, schaute Mr. Davies mir fest in die Augen. Er fing an zu lachen – weil ich so viele Plätzchen aß oder weil ich meinen Tee verschüttete? Ich sah Claire an, die neben mir auf dem Sofa saß (einem alten Sofa von der Heilsarmee, darüber eine Decke mit Indien-Druck). Die Haare fielen ihr in die Augen, reichten bis zu ihrer knochigen Nase. Sie hat ein ganz langes, schmales Gesicht und dicke, kraftlose Lippen. Sie ist hässlich. In sie könnte Mr. Davies sich nie verlieben.

Alles ist perfekt. Seine Frau arbeitet in der Familienberatung. Claire fragte sofort nach ihrem Beruf. Sie haben zwei Katzen: eine Schildpattkatze und eine grau-weiße. Ihr Haus hat was von einer Mini-Kommune. Oben wohnt Charlottes Schwester mit Mann und Baby. Wir haben nur das Baby gesehen. Sie teilen sich Einkaufen, Kochen und Putzen. Mitten im Wohnzimmer steht ein alter Friseurstuhl. Echt cool. Das Baby war meistens bei uns, zog sich am Couchtisch hoch und biss in jedes Plätzchen. In der Schule könnte niemand verstehen, wie wunderbar es bei ihnen ist. Sie verstehen nur was von schicken Häusern, neuen Autos, Stereoanlagen, tollen Möbeln …

Ob sie wohl samstags nachmittags hier Tee trinken und über Gedichte reden? Vermutlich reden sie dauernd über Gedichte.

Wir redeten nicht über Gedichte. Charlotte wollte etwas über die Schule wissen und wie es ist, im Internat zu leben.

»Wie kommt ihr nach dem, was passiert ist, denn klar? Nick hat mir alles erzählt«, sagte Charlotte. »Es war so traurig.«

»Was?«, fragte Claire.

»Der Unfall eurer Freundin.«

»Ach das«, meinte Claire. Charlotte begreift nicht, wie schnell man in der Schule unangenehme Dinge vergisst. »Für die Mädchen von unserem Flur war es extrem traumatisch. Aber wir versuchen, es hinter uns zu lassen.«

Das Reden überließ ich Claire. Ich war glücklich damit, Charlotte zu beobachten, die mit untergeschlagenen Beinen dasaß, den Kopf in die Hand gestützt. Sie wirkte so entspannt.

Dann fragte sie, ob wir unsere Familien sehr vermissten. Claire erzählt gern, wie sehr sie ihren Stiefvater hasste und wie seltsam es ist, nach North Carolina zu kommen, wenn man im Norden zur Schule geht. Dass ihre Stiefbrüder Bemerkungen machen wie: »Ich zieh jetzt los und such mir einen Nigger zum Überfahren.«

Mr. Davies und Charlotte waren entsetzt.

»Es ist nur Gerede«, meinte Claire. »Das machen sie nie. Sind eben blöde Teenager.«

»Aber ich finde diese Haltung so beunruhigend«, sagte Charlotte. »Diese Kinder werden Rassisten wie ihre Eltern, sie denken gar nicht über das nach, was sie tun.«

»Darum halte ich es auch nicht aus«, sagte Claire. »Mein Stiefvater ist genauso.«

Das ist alles nur Pose. Sie steht halt gern im Mittelpunkt.

Es war spät, wir mussten zurück in die Schule. Die Mini-Kommune mit den Möbeln von der Heilsarmee, der indischen Decke, den beiden Katzen und dem Baby war viel realer. Zu Hause habe ich auch ein reales Leben geführt. Wie erträgt Mr. Davies es nur, jeden Morgen von hier in die Residenz zu fahren?

Charlotte holte unsere Jacken. Dabei ließ sie den purpurroten Schal fallen, den meine Mutter mir in den Ferien geschenkt hatte. Mr. Davies hob ihn auf, schlang ihn um meinen Hals und legte die Enden übereinander. Es wirkte spielerisch, doch seine Bewegungen waren präzise, als hätte er sie sorgfältig geplant. Ich musste an einen Priester oder Rabbi denken, der ein Ritual vollzieht. Er hielt den Schal noch fest, nachdem er ihn mir so bedachtsam umgelegt hatte. Er zog mich näher heran. Ich wich zurück. Er zog fester. Die kratzige Wolle legte sich enger um meinen Hals, und er lächelte wie im Unterricht. Hätte er losgelassen, wäre ich hintenübergefallen. Er tat es vor aller Augen, und ich spürte, wie ich in ihn hineinfiel. Ich konnte mich kaum zurückhalten. Das Baby war aufs Sofa gekrabbelt, saß da und starrte uns an. Charlotte und Claire standen an der Haustür und sprachen noch immer über den Süden. Charlotte erzählte, sie sei während ihres College-Studiums mit den Freedom Riders nach Mississippi gefahren. Ich konnte ihnen nicht zuhören. Mr. Davies' Gesicht war meinem so nahe, dass ich seinen warmen, feuchten Atem an der Wange spürte.

Als Charlotte die Tür zumachte, sagte sie noch: »Ihr könnt jederzeit herkommen. Ehrlich. Es hat Spaß gemacht mit euch.« Doch hinter ihrer Fröhlichkeit verbarg sich eine andere Stimme.

Hinter ihr erklang die Stimme von Mr. Davies. Genau so hörte sie sich an, wenn er uns am Ende der Stunde entließ. »Denkt dran, wir können über alles reden, was in der Schule passiert.«

Claire und ich gingen in der Kälte zum Bahnhof. Es war dunkel. Ich war schweißnass. Der Wind blies durch meine Jacke, und mich überkam ein unkontrollierbares Zittern. Claire redete unaufhörlich. Seine Frau sei ja nett, aber ziemlich dick, und das Haus chaotisch, und als sie zur Toilette gegangen sei, habe sie in sein Arbeitszimmer geschaut und den Schreibtisch gesehen, an dem er seine Gedichte verfasst, und sie wolle ihn wieder besuchen und ob ich dann mitkäme?

Sein Haus ist nicht das Haus eines Dichters.

10. Januar

Lucy war sauer auf mich, weil ich gestern den ganzen Nachmittag weg war. Daher versprach ich, am Sonntag etwas mit ihr zu unternehmen. Nach dem Mittagessen fuhren wir mit dem Zug aufs Land und liefen auf dem Crumb Creek Schlittschuh. In der letzten Woche ist es so kalt geworden, dass der Bach zugefroren ist. Letztes Jahr sind wir fast jeden Tag hier Schlittschuh gelaufen. Wir konnten ziemlich weit den Bach hinunterlaufen. Als wir über das schwarze Eis glitten, sah ich hinauf zum frischen blauen Winterhimmel und dachte, diesen Augenblick muss ich mir merken. Meine Schlittschuhe sitzen ein bisschen eng, sodass mir die Füße wehtun. Meine Finger und Zehen sind praktisch taub, doch die Sonne scheint so grell, dass ich in meiner Jacke schwitze. Genau jetzt bin ich vollkommen glücklich.

Wir kamen zu einer Biegung, an der der Bach breiter wird und ein steiler Hang zum Wasser hin abfällt. Auf der anderen Seite streifen die schwarzen Zweige der Trauerweiden das Ufer. Zwei Jungen rutschten auf einem Pappkarton und etwas, das ich für ein Tablett aus einer Cafeteria hielt, den Hang hinunter. Wir rutschten ein paar Mal mit, was mit Schlittschuhen an den Füßen gar nicht so einfach war.

Lucy rutschte mit dem einen Jungen auf dem Karton, ganz unten fielen sie dann runter. Er lag auf ihr, und sie blieben eine Weile so liegen, küssten sich nicht, lagen nur zusammen im Schnee. Als sie aufstand, war sie ganz rot im Gesicht. Auf dem Rückweg schien der Tag schon ganz fern.

Ich glaube, selbst als meine Mutter noch mit meinem Vater verheiratet war, hatte sie Affären. Sie macht sich immer über mich lustig und fragt, wann ich mir einen Freund zulege. Ich sage dann, dass sich beim Tanztee noch nie jemand für mich interessiert habe. Sie wollen immer mit Mädchen wie Lucy tanzen, die blond sind und helle Augen haben. »Sie hat so etwas Passives. Sie ist nicht ganz da«, hat meine Mutter mal über Lucy gesagt. »Die wahre Schönheit bist du mit deinem dunklen Haar und der wunderbaren Haut. Irgendwann werden die Jungen erwachsen, dann merken sie es.«

Außerdem will ich gar keinen Freund. Letztes Jahr beim Tanz in den Mai lud Linda Cates mich und Carol für ihren jüngeren Bruder und dessen Freund ein. Ich bekam den Freund. Ich war überrascht, dass Linda mich überhaupt gefragt hatte. Ich hatte keine Ahnung, wieso. Ich bin ganz anders als Carol mit ihren dunkelblonden Naturlocken und der Himmelfahrtsnase. Ich nahm an, die Jungen wären so erwachsen wie Linda, und war schon Wochen vor dem Ball ganz aufgeregt. Ich kaufte mit Lucy in einem schicken Laden ein grünes Seidenkleid mit großen rosa und gelben Blumen. Es war mein erstes langes Kleid. Die Jungen kamen übers Wochenende, und wir holten sie vom Bahnhof ab. Meiner hatte ein fettiges, rotes Pickelgesicht. Ich konnte seinen Anblick kaum ertragen. Und hatte ihm absolut nichts zu sagen. Wir gingen vom Bahnhof zum Hotel, das ungefähr eine Meile entfernt lag, und er trug seinen Koffer auf dem Kopf wie eine Afrikanerin ihren Früchtekorb. Carol und ich schauten uns heimlich an und schnitten Grimassen. Als die Jungen die Koffer nach oben brachten, prusteten wir los. Das war unsere Rettung, sonst hätten wir bei dem Gedanken, zwei Tage mit ihnen zu verbringen, geweint.

Nachdem ich in der neunten Klasse auf die Schule gekommen war, wartete ich aufgeregt auf den ersten Tanztee mit der Schule aus Pottersville. Da interessierte ich mich noch für Jungen. Ich trug ein blau kariertes Kleid, das mir meine Mutter bei Saks gekauft hatte. Damals hatte ich es nicht gewollt, weil ich so wütend war, dass sie mich auf diese Schule schickte. Doch an diesem Abend war ich froh, dass ich es hatte. Ich stand da in der Gruppe der Neuntklässlerinnen und wartete ungeduldig auf den Bus mit den Jungen. Endlich marschierten sie in den Speisesaal und reihten sich an der gegenüberliegenden Wand auf, sodass wir einander über die weite Fläche hinweg betrachten konnten, während die Namen aufgerufen wurden. Die Jungen und Mädchen betraten allein das Niemandsland und verließen den Raum als Paare, die nach Größe zusammengestellt worden waren. Man scheint es für wichtig zu halten, dass wir uns beim Tanzen in die Augen schauen können. Es gilt die unausgesprochene Regel, dass man eine halbe Stunde mit seinem ersten Partner zusammenbleibt. Danach ist man frei. Ich hörte meinen Namen, dann den eines Jungen. Matthew Soundso. Als ich in die Mitte ging, hörte ich ein Murmeln, alle Mädchen sahen mich an. Matthew war älter, mindestens im ersten Collegejahr, und sah ziemlich gut aus. Ich hatte keine Ahnung, warum alle so hämisch guckten, bis mir Charley ins Ohr flüsterte: »Pass auf, das ist Jill Ackleys Freund.«

Obwohl ich erst zwei Wochen in der Schule war, kannte ich Jill Ackley. Sie war eine ältere Schülerin mit blondierten Haaren und großen Brüsten, ungefähr das, was ich mir unter einer blonden Sexbombe vorstellte. Ich sah mich nach ihr um, konnte sie aber nicht entdecken. Darum hatte ich heute Abend auch ihren Freund abgekriegt. Beim ersten Tanz konnte ich mein Glück kaum fassen. Im Vergleich zu mir hatten alle anderen Mädchen aus meiner Klasse Babys erwischt.

Sie schauten mich an, als hätte ich etwas Furchtbares getan, doch das war mir egal.

Matthew tanzte den ganzen Abend mit mir. Wir tranken rosa Punsch und aßen Plätzchen. Und obwohl er eine Freundin hatte, ging er mit mir auf die schattige Veranda, wo sich Pärchen unter den missbilligenden Blicken der Anstandsdamen küssten. Dann küsste er mich auch.

Ich weiß nicht, ob ich so aufgeregt war, weil mein erster Tanztee so toll lief oder begriff, dass er mich vergessen würde, sobald seine Freundin auftauchte. Jedenfalls beugte ich mich vor, als er mich geküsst hatte und mich noch festhielt, und biss ihn in die Wange, knapp unter dem Auge. Sein Fleisch war fest. Meine Zähne verletzten nicht die Haut, sie hinterließen nur einen roten Striemen und Bissspuren. Überrascht wich er zurück.

»Hey, was soll das?«

Ich war so verlegen, dass ich kein Wort herausbrachte. Ich wollte weglaufen. »Ich weiß nicht. Ehrlich nicht.«

Ich weiß wirklich nicht, warum ich es getan habe.

Als ich klein war, lief ich mal zu meiner Mutter, die gerade auf dem Sofa saß, und grub meine Zähne in ihren Oberschenkel. Ich biss so fest zu, dass es blutete. Der blaue Fleck war monatelang zu sehen. Ich hob lachend den Kopf und sah entsetzt die Tränen auf den Wangen meiner Mutter. Ich wollte ihr nicht wehtun, war nur so aufgedreht gewesen, dass ich mich einfach nicht stoppen konnte. Den gleichen Impuls hatte ich bei Matthew verspürt.

Ich bekam nie wieder einen guten Partner beim Tanztee ab. Letztes Jahr bin ich oft hingegangen, war aber immer enttäuscht. Noch schlimmer war es, wenn wir in die Jungenschulen eingeladen wurden, wo die Jungen auf den Bus warteten und wir diejenigen waren, die in den Saal gehen und ihre Blicke ertragen mussten.

Letztes Jahr hatte Lucy einen wirklich netten Freund namens Juan, den sie beim Tanztee in St. Andrew's kennen gelernt hatte. Sie waren nur Freunde, weil Lucy sich nicht mehr traute, aber sie hatte immer einen Partner bei den großen Bällen. Er machte seinen Abschluss, und in diesem Jahr ist keine von uns mehr zum Tanzen gegangen.

11. Januar

Einmal bin ich mit Lucy übers Wochenende nach Hause gefahren. Es war ein totaler Schock.

Wir kamen abends an, von ihrem Vater war nichts zu sehen. Ihre Mutter ist unheimlich lieb, genau wie Lucy. Als wir im Dunkeln zum Haus fuhren und ich den beiden zuhörte, wünschte ich auf einmal, sie wäre meine Mutter. Sie ist so offen und unkompliziert. Lucy kann mit ihr über alles reden. Ihre Mutter mäkelt nie und macht sich nicht über sie lustig, so wie meine Mutter. Bei ihr weiß ich nie, woran ich bin.

Dann war da Lucys Vater. Als wir am nächsten Morgen zum Frühstück runterkamen, saß er in Boxershorts und Unterhemd am Tisch. Er hatte ein dickes, rotes Gesicht, und ihm standen Schweißtropfen auf der Stirn. Vor ihm auf dem Tisch lag neben der Milch und den Cornflakesschachteln ein Gewehr. Er beugte sich darüber, schien es zu reinigen. Ich hatte noch nie eine Waffe gesehen.

Er schaute mich wortlos an. Dann umarmte er Lucy lange und wollte einen Kuss. Ich weiß nicht, wie sie es ertragen konnte, dieses dampfende, rote Gesicht zu küssen. Danach wandte er sich dem Hund zu, einem kleinen, weißen Pudel, der auf dem Stuhl neben seinem saß, und fütterte ihn mit Frühstücksspeck. Dabei keuchte er. Ich konnte jeden einzelnen Atemzug hören. Ich zählte mit. Er sog die Luft ein, hielt inne und stieß sie aus, verbraucht und schmutzig. Wenn er sie herausgequetscht hatte, begann er von vorn. Er verbrauchte die ganze Luft im Zimmer und würde uns nichts übrig lassen. Schließlich stemmte er sich stöhnend hoch, nahm das Gewehr und ging hinaus. Ich war zu verlegen, um Lucy anzusehen oder etwas zu sagen. Ich wollte ihr sagen, dass es mir egal sei, wie ihr Vater war, aber es ging nicht, weil sie jetzt schon nicht mehr normal war, außer man betrachtete einen solchen Vater als normal. Ich sehnte mich nach meinem Vater, weil ich ihr zeigen wollte, wie ein echter Vater ist. Im Grunde tat sie mir Leid.

Den Rest des Wochenendes haben wir ihn kaum gesehen. Als wir im nahe gelegenen Wald spazieren gingen, erzählte Lucy, dass er eine Freundin in der Stadt habe und meistens bei ihr sei. Ihre Mutter sei froh darüber. Das Problem sei nur, dass er keine Scheidung wolle. Als ihre Mutter das Thema einmal ansprach, hielt er ihr eine Waffe an den Kopf und drohte, sie umzubringen. Lucy stand daneben und sah, wie sich die Mündung in die Haut ihrer Mutter bohrte.

»Er hat nur Spaß gemacht. Sie war nicht geladen«, meinte Lucy.

Aber ich weiß, dass Lucy Angst hatte. Sie dachte, ihr Vater wollte sie beide töten.

Ich erinnere mich genau an diesen Nachmittag im Wald. In der Schule blühte schon alles, doch die Bäume hier sahen tot aus. Kein Anzeichen von Frühling. Die Welt wirkte plötzlich düster, kraftlos. Ich ging hinter Lucy her, betrachtete ihr langes blondes Haar, das sie nach dem Willen ihres Vaters nicht abschneiden durfte, und musste dauernd denken: »Warum habe ich sie für so normal gehalten?«

Ist es möglich, dass Lucy all das durchgemacht hat? Ich sehe sie an und entdecke keine Spuren dieses Schreckens. Sie beharrt darauf, sie sei nur ins Internat gegangen, weil sie aus einem winzigen Ort kommt, in dem nie was passiert. Aber das ist nicht der wahre Grund. Mir wird schlecht, wenn ich an ihn denke, an den ungeheuren Bauch, der ihm über die Hose quillt. Ich weiß nicht, wie er damit Sex machen kann. Und wer könnte es ertragen, ihn zu berühren? Ich betrachte meinen Stift, nachdem ich das hier geschrieben habe, und kann ihn einfach nicht mehr festhalten.

Dora hat Lucy mal als Papakind bezeichnet. Ihr Vater zwingt sie, etwas zu sein, was sie eigentlich nicht sein will.

Bin ich die Tochter meines Vaters?

Schluss jetzt: Ich glaube, Lucy ist gerade in ihr Zimmer gekommen.

Licht aus

Ich drücke die Daumen, dass alles so bleibt.

Eigentlich hätte ich heute Abend lernen sollen, statt so viel in mein Tagebuch zu schreiben. Ich habe Lucy versprochen, dass ich sie deutsche Vokabeln abhöre.

Prüfungen. Prüfungen. Prüfungen. Prüfungen. Prüfungen. Die ganze Woche über.

Carol, Betsy und Kiki sind seit Sonntag wieder hier, damit sie ihre Prüfungen machen können. Alles ist praktisch normal.

16. Januar

Ich rauche nie wieder Dope.

Die schwarze Spinne: »Sorglich und freundlich barg es brave Leute in süßem Schlummer, welche Gottesfurcht und gute Gewissen im Busen tragen, welche nie die schwarze Spinne, sondern nur die freundliche Sonne aus dem Schlummer wecken wird.«

Was trägt Lucy im Herzen? Kann ich das wirklich wissen?

17. Januar

Es war als Feier geplant.

Lucy, Carol, Kiki und ich schlichen uns spät am Freitagabend in Claires Zimmer und rauchten Hasch, das Claire von zu Hause mitgebracht hatte. Sie hat es von ihrer Kusine. Ernessa war auch da. Ich weiß nicht mehr, wer sie eingeladen hatte. Ich hatte schon ein paar Mal geraucht, kann mich aber nicht entspannen, wenn ich stoned bin. Ich komme mir immer vor, als würde ich bei einem Quiz mitmachen, von dem ich keine Ahnung habe, bei dem sich die Fragen verändern, bevor ich die Antworten hinschreiben kann. Aber dass es so schlimm sein könnte, hätte ich nicht gedacht, ich war nämlich nicht stoned, sondern halb tot.

Claire stopfte die Pfeife. »Dieses Zeug schießt euch geradewegs ins Kaninchenloch«, sagte sie. Sie klang wie Charley.

Sie hielt ein Streichholz an die Pfeife, inhalierte tief und gab sie weiter. Dann stellte sie ein paar Räucherstäbchen in einen Halter, der wie ein Elefant aussah, und zündete sie an. Ernessa, die neben ihr saß, blies die Flamme aus. »Lass das«, sagte sie.

»Was?«, fragte Claire.

»Das mit dem Weihrauch.«

»Was für eine Pille hast du denn genommen?«, fragte Claire. »Du bist wie Alice, wenn sie so groß ist. Oder ganz klein. Es überdeckt den Geruch.«

Claire lachte über ihren eigenen Witz und nahm das Streichholzbriefchen. »Denk dran, was die Haselmaus gesagt hat.«

Doch Ernessa hob die Hand. »Ich meine es ernst. Ich ertrage den Geruch nicht. Dann kann ich nicht im Zimmer bleiben. Der Rauch erstickt mich. Er ist unerträglich süß.«

Claire zuckte die Achseln. »Na schön. Leute, macht die

Fenster auf und haltet die Pfeife raus. Dann frieren wir uns eben den Arsch ab.«

Wir rauchten ein bisschen. Ich wollte gerade sagen: »Ich kann nicht mal fühlen …«, brachte den Satz aber nicht zu Ende. Die letzten Worte waren Millionen Meilen entfernt, ich konnte nur mühsam heranrobben. Ich stand auf und lief durchs Zimmer, wollte diesem Gefühl entkommen, doch das Zimmer war nicht groß genug, und mir stand dauernd jemand im Weg.

»Hör auf«, sagte Claire, »du machst mich wahnsinnig. Du bist wie der verrückte Hutmacher.«

»Ich kann nicht«, sagte ich. »Ich kann nicht. Ich kann nicht. Mir gehen alle Wörter verloren.«

Mein Herz raste. Ich konnte mich nicht beruhigen. Carol stand auf und legte den Arm um mich, doch ich stieß sie weg und lief weiter auf und ab.

»Sie wird echt seltsam«, meinte Carol, und ich merkte, dass sie sauer war.

»Was sollen wir mit ihr machen? Die erwischen uns noch wegen ihr«, sagte eine Stimme.

Lucy saß mit Ernessa auf dem Bett. Lucy hatte eine Decke um die Schultern, obwohl es trotz des offenen Fensters nicht kalt war. Sie steckten die Köpfe zusammen, schwarzes Haar neben hellem, sie flüsterten. Sie waren allein. Ich konnte nichts hören. Alle Geräusche verhallten.

»Ich kann dieses Gefühl nicht mehr ertragen.« Meine Worte klangen gedämpft. Sie kamen aus einem anderen Zimmer, durch eine verschlossene Tür.

Ernessa sah zu mir hoch. Ihr Körper schwoll an und schrumpfte. Ihre Zähne waren groß und verfärbt, die Lippen reichten nicht darüber. Über den Zähnen sah man das rote Zahnfleisch. Ihre Brauen lagen wie ein schwarzes Band über der Stirn. Ihr Gesicht war aschgrau. Als sie ihr dichtes Haar zurückschob, konnte ich die weißen Ohren und die dunklen Haare auf ihren Händen sehen. Überall waren dunkle Haare, auf den Wangen, um den Mund. Sie lächelte mich ganz ruhig an. Sie kümmerte sich gar nicht darum, was mit ihr geschah.

»Was geht hier ab?«, fragte ich. Aber ich muss geflüstert haben, denn mir hörte keiner zu, und keiner bemerkte, was mit ihr passierte. Sie lachten alle und aßen Kekse. Wenn jemand die Hand in die Tüte steckte, erscholl das ohrenbetäubende Knistern des Zellophans.

Ich hörte Ernessas Stimme, noch bevor sie durchs Zimmer gegangen war und den Kopf gesenkt hatte, sodass ich ihr Gesicht nicht mehr sehen konnte. »Du kannst mich hören. Ich muss dir erzählen, wie es war, als ich herkam. Auf dem Schiff schaute ich auf die grauen Wellen hinunter und sagte mir dauernd: ›Spring doch. Spring doch.‹ Aber es war zu kalt. Ich kam so an wie du, mit dem gleichen Geheimnis. Die Leere führte mich herein. Die Dämmerung begleitete mich. Ich kam in mein Zimmer mit eigenem Bad und Kamin. Es war Herbst. Der 10. Oktober. Strahlender Sonnenschein. Das Brangwyn Hotel. An den wärmsten Tagen tranken wir auf der Veranda Tee. Bald wurde es zu kühl. Man musste in meinem Zimmer Feuer machen. Aber mir war noch immer kalt. Ich lag mit Wärmflaschen im Bett, doch meine Füße waren Eisklötze. Ich bekam sie einfach nicht warm. Meine Mutter und ich kamen her, damit mindestens ein Ozean uns von ihm trennte. Meiner Mutter gelang es, sich zu erholen. Sie fand hier sogar einen neuen Ehemann. Doch für mich war ein Ozean gar nichts. Er streckte den Arm aus und nahm mich mit. ›Hier gibt es nichts für dich.‹ Ich konnte seine Worte hören –«

Ernessa ist alt, ganz alt. Ihr Leben wiederholt sich genau wie Lucys furchtbare Erlebnisse, springt immer an derselben

Stelle zurück, wieder und wieder. Der Mondschatten. Sie wartet, bis auch mein Leben so festgefahren ist.

Ich stürzte aus dem Zimmer, den Flur entlang, die Hintertreppe hinunter und hinaus in den Schnee. Carol muss mir nachgekommen sein, denn sie war bei mir draußen, wollte mich überreden, ein Sweatshirt überzuziehen. Ich trug nur Schlafanzug und Pantoffeln. Es war kalt, auf dem Boden lagen mehrere Zentimeter Schnee, aber ich wollte kein Sweatshirt. Ich wollte den Frost spüren, überall auf der Haut. Wenn es kalt ist, tun mir immer Hände und Füße weh, doch jetzt brauchte ich die Kälte. Ich rannte die Auffahrt hinunter. Als Carol mich eingeholt hatte, rieb ich mir gerade Gesicht, Hals und Brust mit Schnee ein. Ich wollte etwas wegreiben, das an meiner Haut haftete: Haschgeruch.

Wir gingen zum unteren Sportplatz, um den Schuppen herum und wieder die Auffahrt hinauf. Die Wirkung des Haschischs ließ nach. Ich zitterte und zog das Sweatshirt über. Carol sagte nichts. Sie hielt mich nur am Arm fest. Sie sah erschrocken aus.

Als wir vor der Tür standen, wollte ich nur noch in mein Zimmer laufen, mich ins Bett legen und ewig schlafen. Ich wusste, es würde Stunden dauern, bis mein durchgefrorener Körper wieder warm war. Ich konnte kaum aufrecht stehen. Aber die Tür war zu.

»Scheiße«, sagte Carol. »Ich hatte das Holz dazwischengeklemmt. Ich kann nicht glauben, dass der Nachtwächter sie einfach zugemacht hat. Das tut er doch nie.«

»Tut mir Leid, tut mir Leid«, murmelte ich. »Ich wollte nicht, dass du so sterben musst.«

»Was redest du da, verdammt nochmal? Ich habe wirklich keine Lust, hier erwischt zu werden. Nicht gerade jetzt. Das ist doch albern.«

Ich weiß nicht, wie lange wir draußen standen, mit den

Füßen aufstampften und fluchend im Kreis liefen. Schließlich kam Claire, um nach uns zu sehen, und machte die Tür auf.

Ich schlief. Doch als ich am nächsten Morgen aufwachte, fühlte ich mich noch immer stoned. Konnte mich auf nichts konzentrieren. Ich bin noch nicht auf dem Boden. Ich kann es nicht ertragen, wenn ich die Kontrolle über mich verliere. Ich hatte vor, an diesem Wochenende *Bleakhaus* zu lesen, kann aber nicht richtig denken. In dem Hasch muss noch was anderes gewesen sein. Von Haschisch bekommt man doch keine Halluzinationen.

Ich weiß, was in dem Stoff war – die Zukunft. Das Hasch war mit Zukunft getränkt. Der Zukunft, in der sich alle verändern und in jemand anders verwandeln. Ich werde ein Mensch, der mir gar nicht gefällt. Doch das ist egal, weil dieser Mensch mich völlig vergessen haben wird. Ich werde nicht länger existieren. Es ist schlimmer als sterben. Es heißt, dass mein jetziges Leben gar nicht wirklich geschieht.

Werde ich verrückt? Wie kann ich feststellen, ob ich den Kontakt zur Realität verliere oder Dinge sehe, die tatsächlich über die Realität hinausgehen? Alles geht über die Realität hinaus. Niemand hier kann es mir erklären.

Letztes Jahr habe ich erlebt, wie Annie Patterson die Kontrolle über sich verlor. Danach war sie nicht mehr wie vorher. Es war bei einem Chorkonzert. Sie stand in der hintersten Reihe, weil sie so groß war. Sie trat von einem Fuß auf den anderen, konnte nicht stillstehen. Sie hatte beim Singen den Kopf zur Seite geneigt. Es war zu mühsam, ihn gerade zu halten. Ihr langes schwarzes Haar, das früher so dicht gewesen war, bedeckte nicht mal mehr die Ohren. Ein Ohr ragte daraus hervor. Ihr Gesicht war farblos, bis auf die rote, geschwollene Nase. Sie sah aus wie ein krankes Tier. Nach dem Konzert stieg sie vorsichtig von ihrem Podest, schwankte dabei. Sie war unglaublich dünn geworden. Ich hätte nie gedacht, dass jemand so kleine Knochen haben kann. Die alte Annie war verschwunden. Verschwunden mit dem Fleisch, den Muskeln, dem Fett. Doch wohin verschwinden diese Dinge, wenn die Energie im Universum erhalten bleibt?

Sie war in ein riesiges schwarzes Loch gestürzt und kam nicht mehr heraus. Es war ein Unfall. Sie hatte neugierig hineingestarrt, und dann ist sie gestürzt. Ich habe sie nie wieder gesehen. Beim Frühstück hörte ich, wie eine ihrer Freundinnen sagte: »Sie lebt ihr Leben, als wäre es ein Roman, den sie eines Tages schreiben will.«

Nach dem Abendessen

Als ich zum Abendessen herunterkam, lachten alle darüber, dass ich so ausgeflippt war. Ich wollte weglaufen und weinen, doch dazu war ich zu hungrig. Ich hatte das ganze Wochenende nichts gegessen. Ich war am Samstag und Sonntag in meinem Zimmer geblieben und hatte gesagt, ich sei krank. Ich war so erschöpft, dass ich fast nur geschlafen habe. Am Sonntagabend gab es wie immer ein Büfett, sodass ich schnell essen und abhauen konnte. Ich aß gierig. Ich konnte mir das Essen gar nicht schnell genug in den Mund stopfen und dann nicht mal ruhig kauen, bevor ich es schluckte. Mein Hunger war unnatürlich. Ich aß zwei gehäufte Teller, ohne ein Wort zu sagen. Dann rannte ich wieder in mein Zimmer. Ich ging nicht in den Aufenthaltsraum, obwohl wir am Sonntagabend eine Stunde länger bleiben dürfen und alle hingehen. Ich verkroch mich in meinem Zimmer. Ich bin überzeugt, dass etwas in dem Haschisch war. Allerdings verstehe ich nicht, warum ich als Einzige so reagiert habe. Aber sie sind gerne stoned, das kann ich nicht begreifen.

Lucy hat gerade hereingeschaut, um zu sehen, ob es mir besser geht, und ich sagte, ich wolle allein sein. Ich liege auf dem Bett, das Tagebuch unter der Decke. Ich kämpfe gegen das Erbrechen. Wenn ich ganz still liege und die Wellen der Übelkeit über mich hinwegrollen lasse, geht es vorbei. Ich will tief in meinen Schrank klettern und mich hinter den Kleidern verstecken, wie ich es als kleines Mädchen getan habe.

Darum wollte ich nicht zurück in die Schule. Ich hatte Angst, es würde wieder anfangen. Ich kann nicht die Augen zumachen und es wegwünschen.

Ich möchte unsichtbar sein.

19. Januar

In dieser Schule gibt es keine Geheimnisse. Irgendjemand findet es immer heraus. Oder jemand denkt sich etwas aus und redet den anderen ein, es sei wahr. Letztlich ist es also gleich, ob es wahr ist und ob es überhaupt ein Geheimnis gegeben hat.

Als ich zum Abendessen ging, wartete Claire auf mich. Sie sagte, sie müsse nach dem Essen mit mir reden, wir sollten uns im Aufenthaltsraum treffen. Die Art, wie sie sich dramatisch die Löckchen aus der Stirn strich, verriet mir, dass es um Mr. Davies ging. Ich wollte nicht hingehen.

»Ich weiß, du wirst mir nicht glauben«, sagte sie. Sie war mir zu nahe, ich spürte ihren heißen Atem am Ohr. Ich wollte sie wegstoßen. »Gerade du nicht. Ihr redet ja nur über Gedichte.«

»Natürlich«, sagte ich.

»Ich kann dir nicht verraten, wie ich es herausgefunden habe, aber es ist wahr, ganz bestimmt. Mr. Davies und seine Frau schreiben Pornographie. Zusammen.«

»Stimmt«, sagte ich, »ich glaube dir nicht. Ich finde, du machst dich total lächerlich.«

»Frag doch Mr. Davies, wenn du mir nicht glaubst.«

»Was soll das heißen, sie schreiben Pornographie?«

»Für eine Zeitschrift«, antwortete Claire. »Natürlich unter Pseudonym. Er ist ja nicht blöd. Er will seinen Job nicht verlieren.«

»Aber woher willst du das wissen?«

»Wie gesagt, das kann ich dir nicht verraten. Vertrau mir.«

»Warum sollte ich dir vertrauen? Das musst du mir erst beweisen.«

»Nur Geduld«, meinte Claire. »Ich habe den Beweis.«

Ich konnte sie nicht einfach stehen lassen und weggehen. »Hast du die Zeitschrift gesehen?«

Claire wand sich; beantwortete meine Frage nicht. »Meinst du, er und seine Frau probieren es vorher im Bett aus?«

»Falls ja, dann nur für Geld. Mir ist egal, ob er so was tut.«

Doch es ist mir nicht egal.

20. Januar

Die Tagesschülerinnen berühren einander nie. Sie finden es abartig, wenn Interne Arm in Arm den Flur entlanggehen. Aber so sind wir eben. Die Tagesschülerinnen finden die Vorstellung, ein anderes Mädchen zu berühren, abstoßend. Sie quatschen jeden Abend am Telefon. Reden über Jungs, Klamotten und Make-up. Wir Internen sind abends und nachts zusammen. Wir hassen das Telefon. Keine von uns möchte daran erinnert werden, dass sie eine Familie hat. Keine Nachrichten sind gute Nachrichten. Alle wissen, dass die meisten Sportlehrerinnen und auch viele andere Lehrerinnen lesbisch sind, aber dagegen sagt niemand etwas. Die Tagesschülerinnen schwärmen für die neue Hockey-Lehrerin, die jung und hübsch ist. Dabei wissen alle, dass sie mit einer Frau zusammenlebt. Egal. Ich rede fast nie mit den Tagesschülerinnen. Dora war eine Ausnahme, als sie noch nicht im Internat wohnte. Sie lebte nur dieses Jahr hier bei uns, weil ihr Vater das Sabbatjahr in Paris verbrachte. Sie war anders, nicht dumm und blond. Sie war immer eher wie eine Interne, obwohl sie nicht der Typ Mädchen war, mit dem man gerne Arm in Arm gegangen wäre. Sie war kalt und steif. Die wenigen Male, bei denen wir Arm in Arm gingen, fühlte ich mich unbehaglich und verlegen.

Ich versuche, nicht an Dora zu denken.

Man merkt, wenn zwischen zwei hässlichen, übergewichtigen Mädchen etwas läuft. Zum Glück sind meine Freundinnen alle hübsch – vermutlich mag ich Claire deswegen nicht.

Gestern Abend nach dem Baden lag ich auf Lucys Bett. Wir waren beide am Lesen. Ich hatte den Arm um sie gelegt, ihr Kopf lag an meiner Schulter. Ich spielte mit ihren Haaren.

Immerhin klopfte sie diesmal an, bevor sie reinkam.

Ich las ungerührt weiter. Aber Lucy war schon vom Bett gesprungen und zur Tür gegangen. Ernessa interessierte sich gar nicht für sie. Sie schaute unmittelbar zu mir, wie ich auf Lucys Bett lag, im Nachthemd, ein Buch auf der Brust. Es machte mir Angst. Lucy wollte nach ihrem Arm greifen, doch Ernessa war wortlos gegangen, und die Tür fiel zu, bevor Lucy sie berühren konnte.

Danach sahen wir uns verlegen an.

Charley hat mal versehentlich Ernessas Hand berührt, als sie ihr eine Zigarette gab. Ernessa wich zurück.

»Was ist los?«, fragte Charley. »Ich bin keine Lesbe.«

»Ihre Hand war kalt«, erzählte mir Charley später.

»Total kalt. Sie macht mir Angst. Von mir schnorrt die keine Zigarette mehr.«

Ich merkte, Charley war wirklich wütend. Sie wusste, dass manche sie für eine Lesbe hielten, weil sie so drahtig und jungenhaft aussah.

Ernessa kann uns nicht verstehen.

Es ging nicht nur um Lucy und mich. Auf *mich* ist sie wütend. Ich wollte mir an dem Abend ihre Geschichte nicht anhören. Ich bin weggerannt. Ich wollte nicht zuhören.

21. Januar

In dieser Schule gibt es Orte, an denen ich mich langsam unsicher fühle, an denen ich früher immer allein war. Rational betrachtet hat sie keinen Grund, dort zu sein. Doch sie hat ihre eigenen Gründe.

Ich stand im dritten Stock vor Miss Norris' Wohnung und wollte gerade zum Griechisch-Unterricht. Sie war genau hinter mir. Tauchte einfach so auf.

»Ich habe überlegt, ob ich wieder mit Griechisch anfangen soll«, sagte sie. »Aber die Situation passte nicht.«

Ich hatte keine Ahnung, wie sie das meinte, doch ihr Tonfall klang alles andere als nett.

»Ich habe früher Griechisch und Latein gelernt. Ich wollte Altphilologie studieren. Schon als kleines Mädchen war ich sehr ernsthaft. Aber dann – kam etwas dazwischen.«

Ich glaube ihr kein Wort.

»Ich weiß nicht, ob du mitten im Schuljahr anfangen kannst. Frage doch Miss –«

»Nein, dafür ist es zu spät. Ist dir klar, dass Doras Tod mich in große Schwierigkeiten gebracht hat? Er kam sehr ungelegen. Ich musste lange Diskussionen mit der Direktorin und der Psychologin und der Polizei führen. Sie wollten wissen, warum sie genau unter meinem Fenster gestürzt ist, aber ich wusste nichts darüber.«

»Dich hat es in große Schwierigkeiten gebracht? Was ist denn mit den Schwierigkeiten, in die du mich gebracht hast? Du hast mich verraten. Hast die Polizei zu mir geschickt.«

»Sie haben mich gefragt, ob ich schon mal jemanden da draußen gesehen hätte. Ich sagte, du und Dora wärt gern über die Dachrinne gegangen. Das war nicht gelogen.«

»Dora wollte vermutlich zu Carol. Wir haben das seit Jahren gemacht«, sagte ich gewollt beiläufig.

»Durch den Flur geht es schneller«, sagte sie. »Über die Dachrinne würde ich nie gehen. Das ist viel zu gefährlich. Sieh dir an, was mit Dora passiert ist.«

»Es war ein Unfall. Das wissen alle.«

Miss Norris' Wohnungstür ging auf, und sie steckte den Kopf mit dem feinen weißen Haar heraus. »Ah, meine kleine Übeltäterin. Dachte ich doch, dass ich dich gehört habe, Liebes.«

Das Licht strömte aus der offenen Tür und fiel auf uns beide. Ich hörte die Vogelstimmen hinter Miss Norris, ein dissonanter Chor. Ihr weißes Haar schimmerte wie ein Heiligenschein. Ernessa trat aus dem Licht. Ich ging eilig auf Miss Norris zu, und sie zog mich zu sich herein.

Sie gibt mir die Schuld an Doras Tod und der Tatsache, dass der Unfall oder was es auch gewesen sein mag, die Aufmerksamkeit auf sie gelenkt hat. Dabei hatte ich Dora davon abhalten wollen, aber sie hat nicht auf mich gehört.

Diesen Satz fand ich zu Hause in einem der Bücher meines Vaters: »Der Vampir kennt alle Geheimnisse und die Zukunft.« Sie braucht kein Hasch. Wir brauchen es, damit wir in ihre Zeit eintreten können.

Jemand ist an der Tür. Ich lege Stift und Tagebuch weg.

22. Januar

Mr. Davies passte mich im Flur ab. Ich glaube, er hatte nach mir gesucht.

»Du hast dich nicht für meinen Lyrik-Kurs eingetragen«, sagte er, als beschuldigte er mich eines furchtbaren Verbrechens.

»Mir ist im Moment nicht danach, Gedichte zu schreiben«, sagte ich. Dabei hatte ich nie vorgehabt, in diesen Kurs zu gehen. »Ich habe ›Die Verantwortung in der Literatur‹ gewählt.«

»Was liest du dafür?«

»*Daniel Deronda* und *Bleakhaus.* Mir ist zur Abwechslung mal nach richtig dicken Büchern. Und nach Realismus.«

»Aber du hast doch im Kurs so überzeugend dargelegt, dass Schriftsteller ihre Geschichten immer real werden lassen. So leicht kannst du dich dem Übernatürlichen nicht entziehen. Der Schriftsteller erfindet immer, er glaubt an die Wahrheit des Unsichtbaren«, sagte Mr. Davies. »Dickens war vom Übernatürlichen fasziniert.«

Zu meiner Überraschung kam ich mir vor, als hätte ich Mr. Davies enttäuscht. »Tut mir Leid«, murmelte ich. »Ich konnte Ihren Kurs nicht wählen. Er passte nicht in meinen Stundenplan.«

»Die Bücher werden dir ganz bestimmt gefallen. Miss Watson hat Glück, dich in ihrem Kurs zu haben. Aber denk an mich, auch wenn du keinen Unterricht mehr bei mir hast. Besuch mich, dann reden wir über Gedichte, wenn du schon keine schreiben möchtest.«

Ich lächelte.

»Das meine ich ernst. Du fehlst mir.«

Ich war ihm aus dem Weg gegangen.

An jenem Tag war ich wie ein Kreisel, der aufhört, sich zu

drehen, auf seiner Achse wankt. Ich spürte, wie ich auf Mr. Davies zukippte, dann zurückprallte.

Meine Lehrerinnen haben mich alle auf dem Kieker. Miss Simpson war sauer, weil ich unvorbereitet zur Klavierstunde erschien. Früher kassierte ich mühelos Einsen, jetzt komme ich nicht mehr mit. Ich würde lieber Tagebuch schreiben, statt Hausaufgaben zu machen.

Lucy war drei Tage nicht bei der Versammlung und hat eine Woche Nachsitzen bekommen. Sie sagt, sie sei morgens zu müde zum Aufstehen. Sie verschläft das Klingeln. Sie versteht nicht, wieso sie ständig müde ist. Heute Morgen wollte ich sie wecken und bekam sie nicht aus dem Bett. Als wäre sie unter Drogen. Als ich sie an der Schulter rüttelte, rollte ihr Kopf auf dem Kissen hin und her. Ihre Augenlider flatterten wie graue Motten. Sie konnte sie nicht öffnen. Ich ging zum Frühstück und trug sie ein. Danach ging ich nach oben und zerrte sie aus dem Bett, damit sie nicht schon wieder die Versammlung verpasste. Ich hatte einen Doughnut dabei, aber sie hat ihn nicht gegessen. Als ich vor einer Stunde bei ihr hineinschaute, lag er noch immer in eine Serviette gewickelt auf der Kommode. Sie hatte ihn nicht angerührt. Auch beim Mittagessen tauchte sie nicht auf. Vermutlich hat sie in ihrem Zimmer Hausaufgaben gemacht. Sie sagt, sie hinke wirklich hinterher, und nächste Woche steht eine große Chemiearbeit an. Ich werde mit ihr üben müssen. Aber ich will nicht.

23. Januar

Gestern habe ich gar nicht erwähnt, dass wir die Noten fürs erste Halbjahr bekommen haben. Ich habe lauter Einsen. Lucy hat so schlecht abgeschnitten, dass sie es mir gar nicht sagen wollte. Ich glaube, sie hat eine Fünf in Chemie. Es tut mir so Leid. Ich wüsste gern, was Ernessa bekommen hat.

Ich spürte nicht die übliche Aufregung, als ich mein Zeugnis aus dem Umschlag holte und das steife Papier auseinander faltete. Ich hatte diese Einsen nicht verdient. Meine Lehrerinnen haben sie mir gegeben, weil sie einfach erwarten, dass ich gut bin, so wie sie bei Lucy damit rechnen, dass sie schlecht ist. Die Kommentare waren gar nicht so toll. Alle außer Mr. Davies schrieben, ich müsse mich mündlich mehr beteiligen. Als ich Mr. Davies' Kommentar las, wurde ich ganz verlegen. Ich wurde rot, obwohl ich allein im Zimmer war. Es stimmt nicht, aber meine Mutter wird sich freuen.

25. Januar

Heute Morgen verlas Miss Rood in der Versammlung die Namen der Mädchen, die am Freitagnachmittag Sport nachholen müssen. Lucy und Ernessa standen auf der Liste. Lucy, das brave Papakind, das nie Probleme hat, schien gar nicht zu merken, dass Miss Rood sie aufgerufen hatte. Ernessa war stinksauer. Sie drehte sich um und starrte Miss Bobbie an. Lucy musste Ernessa anstoßen, damit sie aufhörte. Das hat sie sehr wohl gemerkt.

Ich betrachtete sie von hinten: Ernessas dunkles, welliges Haar neben Lucys glattem blonden.

Ernessa kommt mit allem durch, nur Blaumachen in Sport geht nicht. Miss Bobbie ist die Einzige, bei der sie sich an die Regeln hält. Das kommt daher, dass Miss Bobbie sie hasst.

Meistens sind es die Tagesschülerinnen, die Jüdinnen hassen. Ich weiß immer, wer lieber nicht neben mir sitzen möchte, weil ich Jüdin bin. Die Stühle links und rechts von mir bleiben frei, bis eine Interne die Klasse betritt. Ich erinnere mich genau an den Schock, als ich so etwas zum ersten Mal erlebte. Ich wollte zum Drugstore neben dem Bahnhof, um mir nach der Schule Cola und Pommes zu holen. Auf dem Bahnsteig standen ein paar Mädchen aus meiner Klasse und einige Jungen. Alle Mädchen hatten schulterlanges blondes Haar, blaue Augen, kleine Nasen – der Typ, der dumm, aber sportlich ist und ganz kurze Trikots trägt, um seine gebräunten, muskulösen Beine zu zeigen, die sich von den weißen Söckchen abheben. Ein Junge schrieb mit Filzstift etwas an einen Pfosten, alle sahen ihm dabei zu. Der Junge hatte krauses rötliches Haar und dunkle Sommersprossen auf der Nase. Er schaute nicht zu mir hin, doch ich fing den Blick eines Mädchens auf, das mich mit leeren blauen Augen anglotzte, während die anderen lachten. Als ich zurückging, war der Bahnsteig leer. Sie waren alle mit dem Zug nach Hause gefahren. Ich sah mir an, was der rothaarige Junge geschrieben hatte. Er hatte ein Hakenkreuz gemalt und die Buchstaben J-U-D-E an die vier Enden geschrieben. Darum war ein Kreis, durch den ein schwarzer Strich ging. Schwarze Zeichen an einem braunen Pfosten, genau da, wo die rissige Farbe abblätterte und das silberne Metall durchkam. Ich zupfte die Farbe ab.

Früher habe ich heimlich Hakenkreuze gezeichnet, um zu sehen, ob ich mich dazu zwingen konnte. Dann zerriss ich das Papier in winzige Fetzen und warf es weg.

Jetzt sind diese Mädchen hübsch, doch später sehen sie aus wie ihre Mütter: dicke Taille, dunkle, ledrige Haut, sie laufen jede Woche in den Schönheitssalon, um sich das Haar aufnorden zu lassen, fahren in holzverkleideten Kombis durch die Gegend und backen Plätzchen für das nächste Hockeyspiel. Ich werde noch immer dünn und jung aussehen wie meine Mutter und keine Familie haben.

Ich habe nie wieder mit diesen Mädchen gesprochen.

28. Januar

Lucy hat ihre Chemiearbeit vergeigt, obwohl wir jede Formel durchgegangen sind.

Wir haben beim Lernen viel Zeit in ihrem Zimmer verbracht. Es war genau wie letztes Jahr, nur machte es diesmal keinen Spaß. Ich musste dauernd denken, dass Lucy mich benutzt. Sie ist nur nett zu mir, weil sie meine Hilfe braucht. Danach existiere ich nicht mehr für sie, jedenfalls nicht so, wie ich es gern hätte. Ich sah, wie sie mit dumpfem Blick auf das Arbeitsblatt starrte, an ihrem Stift kaute und versuchte, in den Wörtern und Zahlen einen Sinn zu erkennen. Sie versteht es nur, wenn ich es ihr erkläre. Danach vergisst sie es sofort wieder. Ich will raus. Ich tappe ungeduldig mit dem Fuß. Ich mache den Mund auf, um ihr zu sagen, dass ich das hier nicht kann. Dass es nicht wie letztes Jahr ist. Dass sie so etwas nicht mehr von mir erwarten kann. Aber wie soll ich ihr erklären, dass ich ihr nicht helfen will, weil Miss Rood am Montag ihren und Ernessas Namen zusammen aufgerufen hat?

Gestern ist sie nach dem Mittagessen eingeschlafen und hat zwei Unterrichtsstunden verpasst. Zum Glück war es Englisch und Französisch, und als sie ihren Lehrerinnen erklärte, was passiert war, zeigten sie sich sehr verständnisvoll. Ich habe sie beim Frühstück eingetragen. Jetzt muss ich dafür sorgen, dass sie nach dem Mittagessen zum Unterricht geht. Sie dürfte eigentlich nicht so müde sein, auch wenn sie vor der Chemiearbeit ziemlich lange aufgeblieben ist. Jetzt hat sie Angst, auch durch die Nachprüfung zu fallen.

Endlich haben auch die anderen was gemerkt. Wir (Sofia, Claire und ich) haben beschlossen, am Samstag mit Lucy durch die Stadt zu bummeln. Wir wollen nach Klamotten und Platten schauen und vielleicht ins Kino gehen. Hauptsache, sie kommt hier raus. Heute Abend rufe ich Charley an und frage, ob wir uns treffen sollen. Gerade hat es zum Abendessen geläutet, und ich bin noch nicht umgezogen. Ich muss mich beeilen. Alle meine Strümpfe haben riesige Laufmaschen, und meine Sachen sind schmutzig.

Nach dem Abendessen

Heute Abend mache ich etwas, das ich selten tue. Ich verbringe die Arbeitsstunde in der Bibliothek. Obwohl sie voll ist mit alten Büchern, Eichentischen und -stühlen und Leselampen mit grünen Glasschirmen, lese ich nie hier. Meist sitzen viele Mädchen herum und reden, dabei kann man sowieso nicht arbeiten. Doch heute Abend ist es leer.

Ich mache meine Hausaufgaben gern auf dem Bett, aber ich wollte weg von Lucy. Hier wird sie mich nicht finden. Soll sie ihre Formeln doch allein lernen. Vermutlich sitzt sie am Schreibtisch, starrt ins Leere und wartet, dass ich ihr helfe.

Ich bin sauer, weil sie keinen Nachtisch gegessen hat.

Ich habe lange die verblichenen Rücken der Bücher betrachtet und den staubigen Papiergeruch eingeatmet. Ich bin glücklich. Lucy ist in ihrem Zimmer, weit weg von mir. Ich kann über sie schreiben, ohne zu fürchten, sie könnte mein Tagebuch lesen.

Eigentlich ist der Nachtisch nicht so wichtig. Sie hat überhaupt aufgehört zu essen und stark abgenommen. Wir sitzen zusammen an Miss Meinekes Tisch. Bei weitem der beste Tisch. Miss Meineke ist wie wir. Sie wohnt im dritten Stock neben der Krankenstation. Sie läuft im Schlafanzug durch den Flur, und ihr Zimmer sieht chaotisch aus. Auf dem Boden stapeln sich Bücher und unkorrigierte Englischarbeiten, sie macht auch nie ihr Bett. Mac wird verrückt, kann aber nichts sagen. Beim Abendessen macht Miss Meineke sich über die Fluraufsichten lustig und kichert ständig. An ihrem Tisch haben Lucy und ich uns angefreundet. Als ich letzte Woche die Tischordnung in der Garderobe hängen sah und unsere Namen am selben Tisch entdeckte, freute ich mich einen Moment lang. Ich dachte, ich muss es sofort Lucy sagen. Aber dann habe ich es doch nicht getan. Heute Abend gab es unseren Lieblingsnachtisch: Karamell-Cornflakes-Ringe mit Mokkaeis. Zuerst sagte Lucy, sie wolle nichts davon, sie habe keinen Hunger. Miss Meineke fragte: »Wie kannst du da bloß widerstehen?« und stellte ihr trotzdem einen Teller hin. Lucy aß wie ein Vögelchen. Das Eis zerlief zu einer Pfütze. Demonstrativ aß ich meine Portion auf, obwohl mir bei ihrem Anblick der Appetit vergangen war. Sie ist an nichts –

Sie ist lautlos in den Raum gekommen und hat sich neben mich gesetzt, als wären wir verabredet. Und das waren wir wohl auch, irgendwie. Wir sagten lange Zeit kein Wort, und ich blickte nicht von meinem Tagebuch hoch. Ich legte den Arm über die Seite, damit sie nicht lesen konnte, was ich geschrieben hatte. Ich wollte nicht, dass sie die Buchstaben L-U-C-Y dort sah. Die schwarze Tinte war noch feucht. Ich spürte sie am Unterarm. Meine Haut verschmierte die Tinte. Ich legte meinen Füller auf den Tisch, ohne ihn zuzuschrauben, obwohl ich es absolut nicht mag, wenn die Feder austrocknet. Aus dem Augenwinkel hinter der Brille konnte ich erkennen, dass sie den Arm neben meinen auf den Tisch gelegt hatte, mich aber nicht berührte. Sie hat lange schwarze Haare auf dem Arm, und die Haut darunter ist ganz weiß. Aber dick. Man sieht keine Adern.

»Meinst du, wir sehen irgendwann auch so aus?«, fragte Ernessa und schaute auf die Porträts der Schulgründerin und ihrer ersten Nachfolgerinnen, die vor uns an der Wand hingen. Sie tragen alle Dunkelbraun und Grau und Grün, wirken düster und streng. Kein Lächeln könnte sie weicher machen. Dann würde die Farbe von den leblosen Gesichtern blättern.

»Das möchte ich bezweifeln«, lachte ich nervös. »Ist nicht mein Stil.«

»Ich meine nicht die Kleidung. Ich meine, dass man erwachsen und vertrocknet aussieht, so wie Miss Rood und die anderen Frauen hier. Eigentlich wollte ich nie erwachsen werden. Ich war zufrieden, ein Kind zu sein.«

»Ich auch. Aber so wird man nicht über Nacht. Außer man ist so geboren. Wie Miss Rood. Vermutlich ist das Altern weniger schmerzhaft, als wir glauben. Es trifft jeden.« Ich war überrascht, dass ich mich tatsächlich mit Ernessa unterhielt.

»Es geht schneller, als du denkst«, meinte sie mit der Gewissheit, die sie immer zeigt, wenn sie über Leben und Tod und solche Dinge spricht, über die andere Leute nicht reden können.

»Es ist so weit weg«, fügte ich sanft hinzu.

»Du wachst eines Tages auf und bist genau wie sie – und staunst, dass du nicht das Leben geführt hast, das du immer führen wolltest. Glaubst du, dass irgendjemand am Ende zufrieden ist?«

Ernessa wartete auf eine Antwort, die ich ihr nicht geben wollte. Ich sah zur Tür und betete, jemand möge hereinkommen und mich befreien. Warum war die Bibliothek heute Abend so leer? Ihre Fragen waren wie die Mottenflügel.

»Ich würde mich umbringen, wenn ich so würde«, sagte ich schließlich.

»Sie haben zu lange gewartet«, sagte Ernessa. »Sie dachten, sie würden ewig leben.« Sie schob den Stuhl zurück, stand auf und ging hinaus. In dem Moment, bevor sich die Tür schloss, sah ich sie zum ersten Mal an.

Die Worte, die mich in jener Nacht in meinem Haschrausch in den Schnee hinausgetrieben haben: »Ich sagte mir dauernd: ›Spring, spring.‹ Aber es war zu kalt.«

31. Januar

Unsere Expedition in die Stadt gestern ist nicht so gelaufen, wie wir es uns vorgestellt hatten. Es war eine Katastrophe, ähnlich wie eine Fahrt in einem gestohlenen Taxi. Wir trafen Charley am Bahnhof. Zuerst waren alle aufgeregt, sie wieder zu sehen. Es war eine neue Charley. Sie trug eine schmutzige Jeans mit Schlag, eine verblichene Jeansjacke mit einer aufgenähten amerikanischen Flagge auf dem Rücken und ein rotes Bandana um den Kopf. Mir kam es vor, als hätte sie sich die Haare nicht mehr gewaschen, seit sie die Schule verlassen hat, so fettig und strähnig sahen sie aus.

Als sie uns sah, hob sie die Faust und schrie: »Alle Macht dem Volk – auf zu Wanamaker's.« Wir brüllten und hüpften über die breiten Gehwege der Broad Street.

Unterwegs kamen wir an einem großen Plattenladen vorbei. Charley rief: »Kommt, wir werfen einen Blick rein«, und war schon drin, bevor jemand widersprechen konnte. Wir gingen hinterher. Ich hielt mich im Hintergrund, während die anderen die Platten in den Kisten durchgingen. Plötzlich wirkte Lucy lebhaft. Sie schaute sich die Alben an und sang vom Mondschein, der sie verfolge. Schon wieder Cat Stevens. Sie wiederholte die Worte ständig, sang in einem leisen Summton, der wie eine Beschwörung klang. Moon shadow moon shadow moon shadow.

Im Kaufhaus quetschten wir uns mit Sofia in eine Umkleidekabine. Lucy ließ sich erschöpft in eine Ecke fallen. Vielleicht lag es an der seltsamen Beleuchtung in der Kabine, die einen so furchtbar aussehen lässt. Lucys Haut war richtig grau, ihre Augen blickten stumpf.

Wir hatten Charley vor Weihnachten das letzte Mal gesehen. Sie erzählte uns Geschichten über ihre neue Schule, vor allem über die vielen verschiedenen Drogen, die sie im vergangenen Monat ausprobiert hatte. »Ich habe ein ganz neues Alphabet gelernt«, sagte sie. »LSD, MDA, DMT, PCP, THC. Der totale Gehirnfick.«

Ich glaube, wir alle waren enttäuscht, dass sie uns und die Schule überhaupt nicht vermisste. Wir sagten wenig. Nur Claire wollte mehr über die Drogen hören. Sie wollte wissen, wie sie sich welche beschaffen konnte.

»Ich würde dieses Zeug nicht in der Schule ausprobieren«, meinte Charley. »Da ist es zu gruselig. Die Sache mit Dora war echt hart. Sie hat immer davon geredet, sich umzubringen, aber ich habe das nie ernst genommen. Ihr wisst doch, wie sie immer über Philosophie und Bücher und so gequatscht hat. Ich hab einfach nicht mehr hingehört. Ich meine, es ist eine Sache, darüber zu reden, und eine andere, es wirklich zu tun. Die Notbremse zu ziehen.«

Lucy war weiß geworden, sie atmete ganz schnell. Ich wartete, dass etwas passierte.

»Niemand will über … über ihren Unfall reden«, sagte ich.

»Sorry«, sagte Charley, »ich wollte euch nicht runterziehen. Die neue Schule ist cool. Ich muss keinen Strich was tun. Aber der Stoff ist nicht so klasse wie früher bei uns.«

Dann sah sie sich die Kleider an, die Sofia an den Haken gehängt hatte. Sie wollte sie im Frühling zum Tanztee anziehen. »Das sind total kapitalistische Oma-Fummel. Wenn die Revolution erst da ist, lauft ihr rum wie ich!«

Wir lachten über sie.

Sofia probierte die Kleider an, fand sie aber zu kurz, sie

sehe fett darin aus. Sie schaute in den Doppelspiegel und beklagte sich über die Zellulitis an ihren Oberschenkeln. Was ist Zellulitis überhaupt? Gibt es das wirklich? Sofia reibt sich die Beine immer mit einer italienischen Creme ein, damit sie glatt und fest werden, doch man sieht gar keinen Unterschied. Sie wurde halt mit Dellen in den Beinen geboren. Sie drehte sich hin und her, wandte den Kopf, als stellte sie sich vor, sie wäre drei Monate älter und zehn Kilo leichter.

»Gehen wir«, meinte Sofia. »Das sind wirklich Omakleider.«

Wir zogen Lucy vom Boden hoch und schleppten sie aus der Umkleidekabine. Sofia und Claire wollten sich BHs ansehen, aber Lucy wollte nicht mehr im Kaufhaus bleiben. »Ich werde in Kaufhäusern immer so müde«, jammerte sie. »Mir tut der Kopf weh.«

Wir gingen mit Lucy raus und standen auf dem Gehweg. Wir überlegten, was wir mit dem Tag noch anfangen sollten. Plötzlich hatten wir nichts zu tun.

»Ich brauche einen Kaffee«, sagte Lucy. Wir gingen in ein Café, wo Lucy zwei Tassen schwarzen Kaffee ohne Milch und Zucker trank.

Wir beschlossen, in den Park zu gehen, wo wir die Leute beobachten konnten. Er lag nur zehn Straßen weiter, aber wir hatten noch nicht die Hälfte geschafft, als Lucy sich ausruhen musste.

»Ich bin zu müde. Ich glaube, ich fahre zurück in die Schule. Ich will einfach nur zurück.«

Ich bestand darauf, mit ihr zurückzufahren, und sie setzte sich auf den Gehweg und fing an zu weinen. »Lass mich allein fahren. Ich will euch nicht alles verderben. Charley ist so weit gefahren, um euch zu sehen.«

Ich weigerte mich, sie allein gehen zu lassen. Ich wusste

nicht, ob sie es schaffen würde. Letztlich wollten alle in die Schule zurück, und Charley fuhr früh nach Hause.

Auf dem Rückweg zum Bahnhof nahm Charley mich beiseite und erkundigte sich nach Ernessa.

»Die Sache ist vorbei«, log ich. »Ich sehe sie kaum noch. Es ist, als wäre sie gar nicht mehr in der Schule.«

Sicher, Lucy geht nicht mehr in Ernessas Zimmer. Sie ist zu müde und kann nur auf ihrem Bett liegen.

»Sie ist total spießig, aber sie hat mir zwei Riesengefallen getan«, meinte Charley. »Sie hat mir tollen Stoff besorgt und dafür gesorgt, dass ich fliege. Sonst wäre ich wie Dora aus dem Fenster gesprungen. Kopfüber ins Ozon.«

»Ernessa wollte dich loswerden«, sagte ich. »Sie dachte, du könntest nicht die Klappe halten.«

»Klar, aber es war ja nun kein Geheimnis, dass sie Drogen vertickt.«

»Hast du mal erlebt, dass Ernessa beim Rauchen komisch wurde?«

»Was meinst du mit komisch?«

»Keine Ahnung. Irgendwie verändert, anders.«

»Ich glaube, sie war gegen das Zeug immun. Es schien überhaupt keine Wirkung auf sie zu haben. Vermutlich, weil sie es ständig geraucht hat. Immun gegen Pot, kannst du dir das vorstellen? Ein Leben ohne Spaß.«

Ich wollte ihr noch mehr erzählen, aber Charley hatte das Interesse verloren. Sie und Claire waren schon bei einem anderen Thema.

Ich sah, wie Lucy sich an Sofias Arm den Gehweg entlangschleppte. Ihre Augen wirkten kälter und konzentrierter, als ich es für möglich gehalten hätte. Sie konnte unser Gespräch nicht gehört haben.

Schließlich war ich erleichtert, als ich mich von Charley verabschiedete und wieder in die Schule fuhr.

Im Zug sagte Lucy kein Wort. Als wir wieder in der Schule waren, schloss sie sich in ihrem Zimmer ein und kam den ganzen Tag nicht mehr raus. Ich habe sie erst heute beim Mittagessen wieder gesehen. Sie ist seit Wochen nicht mehr in der Kirche gewesen, auch heute Morgen nicht. Früher habe ich sie damit aufgezogen, aber jetzt, wo sie nicht mehr hingeht, ärgert es mich.

Ich habe nicht dauernd nach ihr gesehen. Wenn sie essen würde, wäre sie nicht ständig müde. Als wir wieder in der Schule waren, fragte ich sie, ob sie ihre Tage habe. Sie antwortete, die habe sie schon seit Monaten nicht mehr.

Februar

1. Februar

Wenn ich mich Lucy nähere, stößt sie mich weg. Gehe ich ihr aus dem Weg, kommt sie im Traum zu mir.

Lucy lag im Bett. Ich hatte sie holen wollen, bekam sie aber nicht wach. Sie lag auf der Seite, und ich rüttelte sie mehrmals an der Schulter, aber sie fühlte sich wie Holz an. Schließlich schlug ich die Decke zurück. Sie war nackt, und ihre Nacktheit war mir peinlich; sie war nicht wie sonst. Lucy war völlig steif und hatte die Beine an die Brust gezogen. Ich musste ihre Beine gerade biegen und spreizen, um sie aus dem Bett zu bekommen. Sobald ich sie auseinander zwang, drückte sie sie wieder zusammen. Endlich gelang es mir, sie auf den Rücken zu drehen. Zwischen ihren Beinen entdeckte ich einen Rosenstamm mit grünen Blättern, rötlichen Knospen und langen, braunen Dornen. Sie hielt ihn fest zwischen den Oberschenkeln, und ich musste ihn ausreißen, wobei ich ihr Fleisch verletzte. Blut rann über ihre Schenkel und sickerte ins Laken.

2. Februar

Gestern Nacht wurde Lucy auf dem Weg ins Bad ohnmächtig. Ich hörte den Aufprall und rannte in ihr Zimmer. Sie lag auf dem Boden und war kaum bei Bewusstsein. Sie wollte nicht, dass ich sie mitten in der Nacht auf die Krankenstation brachte, und beharrte am nächsten Morgen darauf, dass es ihr viel besser gehe. Ich schickte sie trotzdem hin. Falls sie nicht ginge, würde ich der Krankenschwester sagen, was passiert war. Sie war richtig wütend auf mich, ist aber hingegangen. Ich bin froh, dass ich sie dazu gezwungen habe.

Die Krankenschwester behielt sie da. Morgens wurde sie vom Arzt untersucht, der erklärte, ihr fehle nichts, das ein bisschen Ruhe nicht heilen könne. Sie muss ein paar Tage dort bleiben. Er wollte sichergehen, dass sie vernünftig isst. Mrs. Halton wird mit ihren Lehrerinnen sprechen.

Nach der Schule bin ich zum Blumengeschäft gelaufen und habe Lucy einen Strauß rote Tulpen gekauft. Ich habe die leuchtendsten Blumen genommen, die ich finden konnte. Sie haben ein Vermögen gekostet, aber ich weiß, wie sehr Lucy Blumen liebt. Die werden sie aufmuntern. Sie war wirklich ärgerlich, als der Arzt sagte, sie müsse auf der Krankenstation bleiben. Ich durfte nur zehn Minuten zu ihr. Keine Ahnung wieso, sie ist doch nicht richtig krank. Sie kann sich ausruhen, während ich da bin. Sie sagten, es »strenge sie an«.

Immerhin hat sie sich über die Blumen gefreut und war nicht mehr wütend auf mich.

3. Februar

Heute konnte ich Lucy erst spät besuchen, eine halbe Stunde vor der Ruhezeit. Mr. Davies hatte nach dem Unterricht nämlich eine Lesung mit den Schülerinnen arrangiert und mich dazu eingeladen. Er trug auch zwei eigene Gedichte vor, die ich ziemlich gut fand. Sie waren schlicht, ganz anders, als ich erwartet hatte. Ich hatte überlegt, wie seine Gedichte wohl sein würden. In einem ging es um einen Zaunkönig, der in einem abgestorbenen Baum singt: das unvermittelte und völlig unerwartete Erscheinen der Schönheit mitten im Alltag. Was ist real: das Lied des Vogels oder der tote Baum, denn nicht beide können real sein.

Ich bin sicher, dass ich die Einzige war, der seine Gedichte gefallen haben. Sie sind zu ruhig. Die Bedeutung ist nicht offensichtlich. Die anderen Mädchen wollen Schmerz und Angst, sogar von einem Mann. Davon steckte viel in ihren Gedichten. Man stürzt kreiselnd in dunkle Teiche der Verzweiflung, wird hinuntergezogen, erstickt. Alle fühlen sich unverstanden und jammern wegen eines dämlichen Jungen oder eingebildeter Schmerzen. Das Leben ist ein Riesenklischee. In ihren Gedichten wird selbst die Todessehnsucht zum Klischee.

Ich bin so froh, dass ich nicht in diesen Kurs gegangen bin. Schlimm genug, wenn man die ganze Zeit über sich nachdenken muss, aber Gedichte an sich selbst zu verschwenden ist eine Sünde. Es gibt so viele Dinge, über die man schreiben kann, so viele reine Dinge, darum sollte es in der Poesie doch gehen. Aber alle wollen sich in ihren Gedichten bloß selbst enthüllen und eine Show abziehen. »Ich« schreibe ich nur in meinem Tagebuch, wo niemand es sieht.

Als ich zu Lucy kam, wurde es gerade dunkel. Ich hatte zwei Hershey-Schokoriegel und Hermann Hesses *Demian* dabei, vielleicht langweilte sie sich ja. (Sie sagte, sie wolle es lesen, aber da bin ich mir nicht so sicher.) Ich machte die Tür auf und ging leise hinein. Zuerst dachte ich, sie würde schlafen, weil sie so still auf dem Bett lag, doch als ich mich an das Licht gewöhnt hatte, sah ich, dass ihre Augen weit geöffnet waren. Sie zwinkerte nicht mal. Sie lag auf dem Rücken, die Arme seitlich an den Körper gepresst, und ihr Gesicht war so weiß wie das Laken. Sogar ihre Lippen waren weiß. Sie verbleicht. Vielleicht lag es am Zwielicht, jedenfalls flüsterten wir nur.

»Ich habe dir Schokolade und ein Buch mitgebracht.«

»Danke.«

Ich bemerkte ein Buch, das zugeklappt neben ihrer Hand lag. Es war eine Ausgabe von *Jane Eyre* in blassgrünem Einband mit Goldbuchstaben. Ich schlug es auf und sah den Namen Ernessa Bloch auf der Titelseite, die mit schwarzen, bräunlich verblichenen Tintenflecken gesprenkelt war. Selbst ihre Handschrift ist altmodisch und steif: das E und das B waren groß und elegant, die übrigen Buchstaben winzig und kaum zu entziffern. Es erinnerte mich an die Bücher in der Bibliothek meines Vaters, alte Bücher, die andere Menschen vor Jahren gekauft, signiert und gelesen hatten, ohne daran zu denken, was nach ihrem Tod aus ihnen würde. Früher habe ich oft die Namen betrachtet und an die Leute gedacht, die die Bücher besessen hatten, wie sie sie in der Hand gehalten hatten und nie daran gedacht, dass sie eines Tages sterben und die Bücher in meine Hände gelangen würden.

»Ernessa hat es mir gebracht. Aber ich bin zu müde zum Lesen. Das Buch ist so schwer.«

»Geht es dir denn gar nicht besser?«

»Ein kleines bisschen.«

»Lucy, Lucy.«

»Ich fühle mich nicht krank«, sagte sie. »Mir tut nichts weh. Es ist nicht schlimm, wenn man so schwach ist. Ich habe keine Angst. Ich brauche nur hier zu liegen und ans Atmen zu denken. Ich höre, wie der Atem aus meinem Mund kommt. Dann warte ich eine Sekunde, bevor ich mich entscheide, weiterzuatmen. Eigentlich entscheide ich mich gar nicht …«

Ihre Stimme erstarb. Eine Weile sagten wir gar nichts. Ich hatte Lucy noch nie so reden hören. Es machte mir Angst. Als es so dunkel geworden war, dass ich ihr Gesicht nicht mehr vom Kopfkissen unterscheiden konnte, machte ich die

Lampe neben dem Bett an. Das Lampenlicht war nicht hell, dennoch wandte Lucy sich ab und legte die Hand über die Augen. Neben der Lampe standen die Blumen, die ich ihr mitgebracht hatte. Das leuchtende Rot war zu Rosa geworden. Die Stängel und Blätter waren verblasst, aber nicht welk.

»Was ist mit deinen Blumen passiert?«, fragte ich. »Sie sind ganz ausgeblichen.«

Ich stand auf und schaute nach, ob die Farbe irgendwie in die Vase gelaufen war. Aber das Wasser war klar.

»Sie haben wohl angefangen zu welken«, sagte Lucy.

»Dabei waren sie gestern noch so frisch.«

In diesem Moment klingelte es zur Ruhezeit, und die Krankenschwester kam herein. Ich wusste, ich durfte nicht länger bleiben, also küsste ich Lucy und ging.

Im Flur merkte ich, dass ich die Riegel noch in der Tasche hatte und das Buch in der Hand hielt, das ich Lucy hatte geben wollen. Ich fand es furchtbar, Lucy dort allein zu lassen, wo sie über jeden einzelnen Atemzug nachdachte.

4. Februar

Lucy hat nur noch Kraft zum Atmen. Sie wird schwächer, und Ernessa wird stärker. Ernessa zehrt von Lucys Kraft. Sie ist ihre Nahrung. In der Krankenstation zwingt man Lucy zu essen, aber sie wird dahinschwinden, während Ernessa ungeheuer groß und stark wird. Beim Abendessen beobachte ich Ernessa. Sie schiebt das Essen nur auf dem Teller hin und her. Dennoch sieht sie so gesund aus. Ich muss sie von Lucy fern halten. Zum Glück lassen die Schwestern niemanden lange zu ihr.

5. Februar

Im Grunde ist es mir viel lieber, wenn Lucy auf der Krankenstation ist. So muss ich nicht die ganze Zeit auf sie aufpassen. Das erledigen die Schwestern. Dort ist sie sicherer. Ich liebe Lucy, aber es wurde mir allmählich zur Last, sie im Zimmer nebenan zu haben. Bis auf die kurze Zeit nach den Weihnachtsferien war ich nicht mehr gern mit ihr zusammen. Und selbst da war jedes nette Zusammensein irgendwie verdorben.

In der letzten Woche war ich sehr entspannt. Ich habe jeden Tag zwei Stunden Klavier geübt, alle Hausaufgaben gemacht, den zweiten Proust-Band gelesen. Ich kann jederzeit in mein Tagebuch schreiben. Es war wundervoll. Nachts schlafe ich gut und mache mir keine Sorgen. Meist bin ich allein oder mit Sofia zusammen. Wenn Lucy nicht da ist, kann ich mit Sofia zusammen sein. Morgen machen wir nach dem Mittagessen einen langen Spaziergang. Wir laufen gern an den großen Häusern mit den Swimmingpools und Tennisplätzen vorbei, vor denen schicke Autos parken. Manche Tagesschülerinnen leben in solchen Häusern.

Gestern habe ich mich nach der Schule gut mit Mr. Davies unterhalten. Ich dachte immer noch an seine Gedichte und wie überrascht ich war, dass sie mir gefallen. Es war mir nicht unangenehm, mit ihm allein zu sein. Er fragte mich, was ich gerade lese, und ich antwortete, ich wolle alles von Proust lesen.

»Wie wäre es mit *Dracula*?«, fragte er. »Mein Lieblingsbuch, seit ich zehn war.«

Ich muss wohl angewidert ausgesehen haben.

»Ich verspreche dir, es ist so gut wie Proust und dazu noch viel kürzer. Ein vollkommenes Buch. Du würdest kein einziges Wort ändern wollen.«

»Ich kann solche Bücher nicht mehr lesen. Sie haben mir den ganzen Herbst verdorben.«

Mr. Davies guckte so enttäuscht, dass ich hinzufügte: »Vielleicht wenn ich mit Proust durch bin.«

Ich erzählte ihm von der Proust-Ausgabe meines Vaters, die ich nach den Ferien mitgebracht habe. Ich habe die zwölf Bände auf meinen Schreibtisch gestellt: kleine blaue Bücher mit türkis-weißem Einband. Ich lese sie, weil mir die Bücher so gut gefallen. Es ist schon ein Unterschied, wenn ich ein Buch lese, das ich gern anfasse und ansehe. Es muss ein echtes Buch sein, meistens alt, mit einem ganz bestimmten Geruch, staubig und pflanzlich. Ich mag keine neuen Sachen.

Ich liebe es, die Bücher meines Vaters zu lesen, die Seiten zu berühren, die er berührt hat. Er hat Zellen von seinen Fingerspitzen auf den Seiten hinterlassen, sie sind noch da. Manchmal sagt meine Mutter, sie wolle seine Bücher allesamt loswerden. Sie musste mir versprechen, sie für mich aufzuheben, aber ich traue ihr nicht. Sie könnte glatt eines Morgens aufwachen und entscheiden, dass sie sie nicht mehr ertragen kann. Dann würde sie jemanden kommen lassen, der sie abholt.

Ich war damals so angespannt, weil das Baby uns vom Sofa aus beobachtete und ich genau merkte, dass seine Frau mich ansah, während sie sich mit Claire unterhielt. Er machte nur Spaß, aber ich konnte mich nicht entspannen. Ich hätte mich nicht von Claire zu diesem Besuch überreden lassen sollen.

6. Februar

Ich habe Lucy jeden Tag auf der Krankenstation besucht. Heute (am Samstag) bin ich nach dem Frühstück hingegangen und werde sie nachher noch einmal besuchen, wenn

Sofia und ich unseren Spaziergang gemacht haben. Sie sagte, sie langweile sich nicht und habe nichts dagegen, dort zu sein. Ich weiß nicht, womit sie die Zeit verbringt. Wenn ich komme, liegt sie immer nur da und starrt an die Decke. Ihr geht es wohl etwas besser, obwohl sie mir eigentlich unverändert vorkommt. Ihre Augen sind rot, als würde sie ständig weinen. Wahrscheinlich kommt sie morgen raus. Ich habe ihr heute alle Schulbücher mitgebracht, weil sie am Wochenende ihre Hausaufgaben nachholen soll. Sie wird hoffnungslos hinterherhinken. Wenn sie raus ist, braucht sie eine Weile nicht in Sport zu gehen.

Ich habe ihr die Schokoriegel gegeben, vermutlich hat sie sie nicht angerührt. Dabei war sie praktisch süchtig nach Schokolade und musste jeden Tag nach der Schule welche essen. Sofia wurde fast wahnsinnig, weil Lucy essen konnte, was sie wollte, ohne zuzunehmen. Sie sagte, sie habe wenig Appetit, werde aber gezwungen, jede Mahlzeit zu essen.

Es ist Mittag. Ich verhungere. Ich schreibe später weiter.

Nach dem Mittagessen

Ich bin vielleicht sauer. Sofia und ich können nicht spazieren gehen. Ich weiß nicht, was ich bis zum Abendessen machen soll. Ich hatte auf Sofia gezählt.

Nach dem Mittagessen hat sie mitten in ihrem Zimmer einen Riesenberg Pullover, Taschen, Schuhe, Bücher und schmutzige Unterwäsche gefunden. Sie ist kaum zur Tür reingekommen. In den letzten Monaten hat sie ihr Zimmer nicht jeden Morgen aufgeräumt. Sie stopft einfach alles unters Bett und zieht die Tagesdecke davor. Irgendwie hat Miss Fraser, ihre Fluraufsicht, es heute Morgen entdeckt und das ganze Zeug rausgeholt. Jetzt muss Sofia ihr Zimmer aufräumen. Miss Fraser wird es nachher überprüfen. Es ist wirklich unglaublich, wie viel Zeug sie unter ihr Bett gestopft hat.

Keine Ahnung, wie sie noch was zum Anziehen finden konnte. Claire und ich standen staunend in der Tür. Sofia hockte im Schneidersitz auf dem Berg und lieferte eine perfekte Imitation von Miss Fraser mit ihren langen schlaffen Fingern und der schleppenden Stimme: »Meine Liebe, einem künstlerischen Temperament wie dir fällt es gewiss schwer, sich mit den banalen Dingen des täglichen Lebens abzugeben. Das verstehe ich durchaus. Aber es muss sein. Vorschrift ist Vorschrift.«

Wir lachten alle, aber Sofia muss aufräumen, und mein Nachmittag ist im Eimer. »Ich bin nicht sauer auf sie«, gab Sofia zu. »Es ist wirklich ein Chaos.«

Sie hat Mitleid mit Miss Fraser. Sie sagt, Miss Fraser habe davon geträumt, eine moderne Tänzerin zu werden, und glaubte nun, sie habe ihr künstlerisches Potenzial nie ausgeschöpft. Miss Fraser sei eine frustrierte Künstlerin.

Ich glaube, sie ist eher sexuell frustriert. Ist Purpur nicht die Farbe des Begehrens? Sofia behauptet, bei Italienern stehe sie für Unglück und Tod. Egal, jedenfalls ist Miss Frasers Wohnung ganz in Purpur eingerichtet. Die Bettdecke hat einen rosigen Purpurton. Die Vorhänge sind bläulich angehaucht. Der Überwurf auf dem Sofa ist lavendelfarben. Der Teppich purpurschwarz. Ich bin mal dort gewesen, als Sofia einen Erlaubnisschein unterschreiben ließ. Miss Fraser saß am Schreibtisch. Ihr enger schwarzer Rock war über die Knie hochgerutscht. Sie trug schwarze Ballettslipper und hatte ihr rötliches Haar zu einem Knoten aufgesteckt. Ihr Haar ist so dünn, dass die Kopfhaut rosa durchschimmert. Und die Wurzeln sind immer weiß. Sie färbt ihre Haare wohl dann und wann nach, aber die Farbe sieht immer rausgewachsen aus. Als sie nach ihrem Füller griff, bemerkte ich, dass ihre perfekt lackierten Nägel (ein blasser Lavendelton) so lang waren, dass sie sich vorne hochbogen. Sie sahen aus, als gehörten sie gar nicht zu ihrem Körper. Man konnte mit diesen schimmernden Nägeln unmöglich einen Füller halten. Vermutlich schrieb sie deswegen auch so unglaublich langsam. Sie malte jeden Buchstaben auf den kleinen weißen Zettel und flüsterte ihn laut vor sich hin. S-O-F-I-A C-O-N – Sie hielt inne und schaute durch ihre Halbbrille auf das Blatt. Dann packte sie es mit den Nägeln der anderen Hand, zerknüllte es, warf es in den Papierkorb und nahm einen neuen Zettel. Sie begann zu schreiben, wobei sie ausladende Kreisbewegungen mit der Hand machte. Jeder Buchstabe musste mit seinem Vorgänger und Nachfolger verbunden sein. War ein Wort zu Ende geschrieben, fügte sie sorgfältig die i-Punkte und T-Striche hinzu. Nach drei Versuchen überreichte sie Sofia schließlich den Zettel.

Sofia wird wütend, wenn ich mich über Miss Fraser lustig mache. Sie hält sie für nett und harmlos, die beste Fluraufsicht überhaupt. Wäre Sofia auf unserem Flur, hätte Mrs. Halton nichts gemerkt. Wir sind uns einig, dass Miss Fraser traurig ist.

Nach dem Abendessen

Heute Nachmittag war ich kurz bei Lucy und habe ihr bei den Hausaufgaben geholfen. Morgen kommt sie endgültig raus. Eigentlich will ich sie gar nicht zurückhaben.

8. Februar

Lucy ist wieder da, sie wirkt viel kräftiger. Sie ist heute Morgen aufgestanden und hat sogar richtig gefrühstückt. Sie ist wieder ein bisschen wie früher.

Vielleicht kommt Charley am Samstag. Wir überlegen, was wir unternehmen können. Ich glaube, Lucy ist auch dabei.

Beim Frühstück hörte ich, wie Lucy und Kiki sich unterhielten. Ich saß am anderen Ende des Tisches und tat, als redete ich mit Carol, hörte aber die ganze Zeit zu, was Lucy sagte. Carol musste alles wiederholen. Lucy beklagte sich, Miss Bobbie sei ständig hinter Ernessa her; sie verwendete das Wort »verfolgen«. Ein gewaltiges Wort für sie.

»Ernessa geht es in letzter Zeit nicht so gut. Nach zehn Minuten Gymnastik ist sie total erschöpft. Sie kann sich kaum bewegen. Aber Miss Bobbie lässt nicht zu, dass sie sich auch nur fünf Minuten ausruht, nicht ohne Attest.«

»Warum geht sie nicht auf die Krankenstation und holt sich ein Attest? Das machen doch alle.«

»Sie will nicht dahin. Sie hat Angst, sie könnten sie dabehalten. Sie ist ja nicht krank oder so. Sie fühlt sich nur schlapp.«

»Na ja, Miss Bobbie ist eben hart. Sie mag Ernessa einfach nicht.«

Ich glaube nicht an dieses Gerede von wegen Erschöpfung. Ernessa ist unglaublich stark. Sie will sich bloß vor Sport drücken. Aber Miss Bobbie fällt nicht drauf rein. Lucy glaubt Ernessa jedes Wort. Alle anderen auch. Es ist lächerlich. Lucy macht sich Sorgen, weil Ernessa müde ist, dabei hat sie selbst eine Woche im Bett gelegen und sich noch immer nicht richtig erholt.

Lucy ist nicht mehr das hilflose Opfer, das in seinem weißen Bett auf der Krankenstation liegt, jeden Atemzug zählt und weint. Sie braucht sich nichts von Ernessa wegnehmen zu lassen. Sie kann sich wehren. Und falls Ernessa sich etwas nimmt, hat Lucy es ihr angeboten.

11. Februar

Die Nacht ist so lang. Mitten in der Nacht bin ich mir sicher, dass sie niemals enden wird. Meistens schlafe ich ein, wenn der Himmel heller wird. Wenn es zum Frühstück läutet, bin ich im Tiefschlaf. Mein Kopf fühlt sich den ganzen Tag schwer und dumpf an, ich kann ihn kaum aufrecht halten.

Lucy geht es gut. An manchen Tagen wirkt sie kräftiger als an anderen, ist aber im Grunde okay. Es macht mich nervös, dass sie im Zimmer nebenan ist. Ich bin die ganze Nacht auf, horche, drehe mich hin und her, versuche ruhig zu werden. Unmöglich. Ich muss nachts fünfmal pinkeln. Ein nervöser Tick.

Wenn ich als kleines Mädchen nachts aufwachte und Angst hatte, holte ich meinen Vater. Ich stellte mich neben sein Bett. Er lag immer auf dem Rücken. Im Schlaf sah er so friedlich aus, dass ich ihn nicht stören wollte. Nach einer Weile machte er die Augen auf, setzte sich ganz langsam auf und folgte mir leise in mein Zimmer. Seine Füße schlurften über den Teppich im Flur, weil er noch im Halbschlaf war. Wenn er sich neben mich ins Bett legte, war ich sofort beruhigt und schlief wieder ein. Ich machte es nicht zu oft, nur wenn ich ganz verzweifelt war. Ich hatte Angst, er würde es tagsüber erwähnen. Mich vielleicht aufziehen, ich sei ja ein Baby. Doch das tat er nie. Und wenn ich morgens aufwachte, war er weg, lag wieder in seinem Bett. Nur die Kuhle, die sein kräftiger Körper hinterlassen hatte, bewies, dass er wirklich da gewesen war.

Jetzt ist nicht mal eine Kuhle da.

Nachdem mein Vater gestorben war, ging meine Mutter ein paar Mal mit mir zu einem Psychiater. Ich erklärte, am meisten fehle mir, dass mein Vater nachts nicht mehr zu mir kommen könne, wenn ich ihn brauche. Obwohl ich ihn seit

Jahren nicht aus dem Bett geholt hatte, fehlte mir die Gewissheit, es jederzeit zu können. Der Psychiater sagte, er finde es unangebracht, dass mein Vater das Bett mit mir teile. Er sprach über ihn, als lebte er noch und als hätte sein wahres Verbrechen nicht in seinem Selbstmord bestanden, sondern darin, mir beim Einschlafen zu helfen. Als der Arzt das sagte, frage ich mich, ob er den Grund für mein Kommen vergessen hatte. Er hatte so viele Patienten, dass er ihre Probleme womöglich verwechselte. Danach wollte ich nicht mehr mit ihm sprechen. Ich weigerte mich, meiner Mutter den Grund zu nennen. Ich weiß nicht, ob ihr jemals aufgefallen ist, dass mein Vater nachts manchmal das Bett verließ. Jedenfalls schickte sie mich ins Internat. Ich wollte nie wieder daran denken, wie mein Vater im Bett neben mir schlief. Der Arzt hatte mir die Erinnerung daran verdorben.

Letztes Jahr um diese Zeit bereitete ich mich auf den Frühlingsball vor und träumte insgeheim davon, mich in meinen Tanzpartner zu verlieben. Ich habe niemandem davon erzählt. Er war unglaublich langweilig und pickelig. Ich dachte die ganze Zeit, was für eine Verschwendung, dass ich mir so ein schönes Kleid gekauft habe. Trotzdem war ich damals glücklicher.

12. Februar

Kennt jemand den genauen Punkt, an dem die Realität endet und etwas anderes, völlig Unergründliches beginnt? Betrachtet man zwei parallele Linien, so weiß man, dass man nie die Stelle sehen wird, an der sie sich tatsächlich berühren, sondern nur den Punkt, an dem sie zu verschmelzen scheinen. Dennoch existiert diese Stelle in der Theorie, denn in der Theorie ist alles möglich.

Heute Morgen sollten wir in die Bibliothek gehen, um für unser Geschichtsreferat zu recherchieren. Ich beschloss, lieber Klavier zu üben. Wenn ich mich in einen der bequemen Sessel in der Bibliothek setze, schlafe ich sofort ein. Im Musikraum könnte ich mich höchstens auf den Boden legen. Ich spielte eine Weile, doch der Geruch aus dem Keller störte mich. Schon wieder. Ich hatte ihn vergessen, doch heute konnte ich es nicht ertragen, im Zimmer zu bleiben. Ich beschloss, den Hausmeister zu suchen, und hatte gerade die Tür aufgemacht, als ich am Ende des Flurs einen Blick auf einen marineblauen Pulli und einen langen grauen Rock erhaschte. Ich wusste, wer es war, bevor ich das Gesicht sah. Sie ging schnell an mir vorbei, wobei sie nicht rannte, sondern eher über den Boden hinwegstrich. Ihr Gesicht war dunkelrot und verquollen. Nass und glitschig. Sie wischte mit dem Ärmel darüber. Es war furchtbar.

Als sie weg war, ging ich durch den Flur zur Kellertür. Ich hatte Angst, den Knauf zu berühren. Ich hatte Angst, mir die Haut zu versengen. Die Tür war abgeschlossen. Ich bin mir sicher, dass ich sie aus dem Keller habe kommen sehen. Sie hat sich irgendwie einen Schlüssel besorgt. Oder jemand hat die Tür offen gelassen. Doch das ist keine Erklärung.

Im letzten Herbst habe ich mich in Geschichten hineinziehen lassen, und diese Geschichten haben Dora getötet. Das lasse ich nicht mehr zu. Ich werde keine Dinge glauben, die ich für unmöglich halte. Ich machte die nächste Stunde blau und verkroch mich unter meiner Bettdecke. Ich musste in meinem eigenen Zimmer, meinem eigenen Bett sein, umgeben von meinem eigenen Geruch, nicht dem elenden Kellergestank. Wenn Mrs. Halton reingekommen wäre, hätte ich einfach gesagt, ich hätte furchtbare Krämpfe. Als ich mich ein bisschen beruhigt hatte, zwang ich mich zum Lesen. Ich klappte das kleine türkisfarbene Buch unter der Decke auf und betrachtete die Wörter auf der Seite. Ich merkte überhaupt nicht, was ich las.

Als ich sie nachmittags kurz vor dem Abendessen sah, wirkte sie ganz normal. Ich schaute sie demonstrativ an und begegnete ihrem Blick. Sie tat wie immer, beachtete mich kaum, also hat sie wohl nicht mitbekommen, dass ich sie heute Morgen gesehen habe.

13. Februar

Heute bin ich nicht mit den anderen in die Stadt gefahren, um Charley zu treffen. Mir war nicht danach. Ich war müde und hatte Kopfschmerzen, wie ich sie manchmal vor meiner Periode bekomme. Ein Spannungsgefühl im Kopf, meine Zunge ist dick und geschwollen. Ein eigenartiges Gefühl, für das es keine Worte gibt. Früher machte es mir Angst.

Ich muss mich dann in ein dunkles, ruhiges Zimmer legen. Ich kann nicht mal lesen. Nur über meine Kopfschmerzen nachdenken. Die Welt besteht nur aus meinem pochenden Schädel. Manchmal ist es so schlimm, dass ich mich übergeben muss. Ich schlafe stundenlang und wache müde auf. Wenn die Kopfschmerzen nachlassen, kann ich die Müdigkeit fast genießen. Meine Arme und Beine sind so schwer, dass ich sie nicht anheben kann. Alles fließt aus mir hinaus. Wenn ich Kopfschmerzen habe, träume ich nie.

Sobald ich mich im Bett hinsetzen und etwas Licht hereinlassen konnte, holte ich Tagebuch und Stift. Ich fühle mich so allein mit meinen Kopfschmerzen.

Lucy schien es egal zu sein, dass ich nicht mitgefahren bin.

Ich habe nicht die Kraft, gegen Ernessa zu kämpfen. Sie geht, wohin sie möchte. Sie erscheint unverhofft, ungerufen. Sie bewegt sich durch Türen, Wände und Fenster. Ihre Gedanken bewegen sich durch fremde Köpfe. Sie dringt in Träume ein. Sie verschwindet und ist doch da. Sie kennt die Zukunft und sieht durch Fleisch hindurch. Sie fürchtet sich vor nichts.

14. Februar

Heute sind meine Kopfschmerzen noch schlimmer, und ich bleibe wieder im Bett. Sofia hat mich besucht und mir etwas vom Mittagessen mitgebracht. Sie trifft in den Frühjahrsferien ihren Vater. Er macht mit den Kindern Skiurlaub in Vermont. Skiurlaub in Vermont – das klingt so normal, obwohl ihre Eltern geschieden sind und dreitausend Meilen voneinander entfernt leben. Immerhin befinden sie sich auf demselben Planeten. Sie ist ganz aufgeregt wegen ihres Vaters. Ich kann nicht weiterschreiben.

15. Februar

Gestern kam Lucy nach dem Abendessen zu mir.

»Sofia hat gesagt, du seist wirklich krank. Geht es dir besser?«

»Ein bisschen. Immerhin habe ich endlich meine Tage bekommen. Es sind eher Krämpfe als Kopfschmerzen.«

»Ich hatte noch nie Krämpfe«, sagte Lucy, als würde ihr damit etwas entgehen. »Wenn ich meine Tage habe, blute ich kaum. Außerdem habe ich sie im Herbst zuletzt gehabt.«

Lucy setzte sich auf die Bettkante und streichelte meine Wange. Am liebsten hätte ich gesagt, sie solle gehen, ich sei zwei Tage krank gewesen, ohne dass es ihr aufgefallen sei, und sie sei nur gekommen, weil Sofia es ihr gesagt habe. Ich wollte sagen, es interessiere sie doch eigentlich nicht, wie es mir gehe. Ich bin so schwach. Ich habe nicht ausgesprochen, was ich fühlte. Ich ließ sie im Dunkeln meine Wange streicheln.

17. Februar

Erst jetzt komme ich zu meinem Tagebuch. Ich habe das Mittagessen sausen lassen und bin sofort in mein Zimmer gegangen. Ich habe Angst, etwas von dem zu vergessen, was letzte Nacht geschehen ist. Es kommt mir schon wie ein Traum vor. Ich werde verrückt. Die Krämpfe waren wirklich schlimm, anders als alles, was ich bisher erlebt habe. Das Blut strömte aus mir heraus. Ich schlug die Bettdecke zurück. Auf dem weißen Laken breitete sich ein riesiger dunkler Fleck aus. Ich stolperte ins Bad und setzte mich auf die Toilette. Da ich mich dort besser fühlte, blieb ich eine Weile sitzen und ließ einfach das Blut aus mir hinausfließen. Ich legte den Kopf auf eine Stuhllehne und döste. Aus Lucys Zimmer drang ein leises Summen. Zuerst achtete ich nicht darauf, doch es wurde lauter und eindringlicher. Es trennte sich von der Stille der Nacht. Es schwoll an und ab, einfach so. Als ich aufstand, war mir schwindlig. Ich musste mich an die Wand lehnen, als ich den Türknauf drehte. Die Tür zu Lucys Zimmer schwang auf. Mondlicht strömte herein, die Jalousien waren hochgezogen, ich konnte alles deutlich erkennen. Lucy lag auf dem Rücken auf ihrem Bett. Ihre Haut war silbern. Ich konnte sehen, dass sie die Augen geschlossen und die Lippen leicht geöffnet hatte, sodass ihre weißen Zähne und die Zungenspitze hervorblitzten. Sie lag so still, als schliefe sie, aber die Geräusche kamen von ihr. Es war ihr Stöhnen, das mit ihrem Atem an- und abschwoll. Ernessa lag neben ihr. Die beiden Körper gingen ineinander über. Sie berührten einander von Kopf bis Fuß. Ernessa hatte sich auf den Ellbogen gestützt. Sie neigte den Kopf, legte die Lippen um Lucys Brustwarze und saugte fest daran, zog das Fleisch in ihren Mund. Lucys Nachthemd war bis zur Taille aufgeknöpft, die andere Brust ebenfalls nackt, die Haut straff, die Warze nur ein rotes Hügelchen. Ernessa hatte den Arm um Lucys nackte Taille geschlungen. Ihre Körper, ihre Haare mischten sich, schwarz und silbrig-gold. Der Mond zog hinter dicken Wolken vorüber, das Zimmer versank in Dämmerlicht. Ich fürchtete, ohnmächtig zu werden. Ich konnte mich nicht länger auf das Bett konzentrieren. Es verschwand in der Nacht. Ich machte leise die Tür zu und eilte in mein Zimmer.

Genau darüber haben Lucy und ich uns immer lustig gemacht. Wir haben immer darauf geachtet, nicht so zu werden. Mädchen, die zu weit gehen. Mädchen, die tun, als gäbe es die Welt um sie herum nicht. Mädchen, die nicht erwachsen werden können.

Sind sie glücklich? Kann man sie mit diesem Wort beschreiben? Selig? Ekstatisch? Selbstvergessen?

Was ist Liebe?

Nach dem Abendessen

Lucy ist heute Morgen nicht aus dem Bett gekommen. Ich kam auch zu spät zum Frühstück. Mrs. Halton brachte sie auf die Krankenstation. Sie war so schwach, dass sie nicht gehen konnte. Sie mussten sie auf die Krankenstation tragen. Als wir später im Unterricht waren, kam eine Ambulanz und fuhr sie ins Krankenhaus. Claire hatte natürlich alles herausgefunden und erzählte es mir. Ich schaffte kaum das Abendessen. Ich war zu durcheinander. Sicher, ich hätte mir Sorgen um Lucy machen sollen. Aber ich kann nur an die beiden denken, in Mondlicht gebadet, wie Staub. Ernessa sah beim

Abendessen prima aus. Ihr Gesicht war ein wenig gerötet. Danach kam sie zum Rauchen in den Aufenthaltsraum, setzte sich aber abseits und sprach mit niemandem. Wir saßen alle auf dem Sofa und redeten über Lucy. Ernessa hielt sich die Zigarette an den Mund und paffte in einem fort, als wäre sie zu aufgedreht, um auch nur eine Sekunde aufzuhören. Sie war allein mit ihren Zigaretten. Ernessa hat Lucy krank gemacht. Das ist so offensichtlich. Es war von Anfang an Ernessa.

Ich habe niemandem gesagt, was ich letzte Nacht gesehen habe. Sie würden mir nicht glauben. Es ist ohnehin nicht wichtig. Wichtig ist nur, dass Lucy im Krankenhaus liegt. Ich las nochmal in meinem Tagebuch. Es ist nur eine Woche her, dass ich geschrieben habe, Lucy gehe es besser.

18. Februar

In der Ruhezeit ging ich zu Mrs. Halton und fragte, ob sie etwas Neues gehört habe und ob ich Lucy im Krankenhaus besuchen dürfe. Sie sagte, Lucy sei sehr schwach, man werde zahlreiche Untersuchungen durchführen. Besuch sei zurzeit nicht erlaubt. Ihre Mutter ist bei ihr. Sie hat versprochen, mir Bescheid zu sagen, sobald sie etwas erfährt. Aber sie tat nur so nett.

Mitternacht

Heute scheint kein Mond. Es sind keine Wolken zu sehen. Der Himmel ist schwarz. Aber das Mondlicht strömte in Lucys Zimmer. Es war so hell, dass ich die Poren ihrer Haut erkennen konnte.

19. Februar

Noch immer nichts von Lucy. Ich habe schon überlegt, bei ihr zu Hause anzurufen, will aber nicht mit ihrem Vater sprechen.

Ich weiß, etwas hat Pater getötet. Ich weiß, dass ich eine Wolke aus Motten in Ernessas Zimmer gesehen habe. Ich weiß, jemand war auf der Dachrinne in der Nacht, bevor Dora starb. Ich weiß, dass Charley und Dora weg sind. Eine nach der anderen. Ich weiß, dass die Person, die sich über Lucy gebeugt hat, real war.

Das sind Tatsachen.

Nach der Chemiestunde schneite es heftig, und alle wollten durch den Schnee zurücklaufen. Ernessa ging in die entgegengesetzte Richtung, zum Übergang. Kiki rief ihr zu, sie solle doch mitkommen. Sie ist außer Lucy die Einzige, die mit ihr zurechtkommt und etwas mit ihr unternimmt. Jetzt, wo Charley Geschichte ist, dröhnt Ernessa sich immer mit Kiki zu. Sie scheint auf blonde, oberflächliche Typen zu stehen.

Ernessa drehte sich nicht mal um und antwortete: »Nein, mir ist nicht danach.« Dann stieß sie die Tür zum Übergang auf. Niemand fand es seltsam.

Ich habe Ernessa selten draußen gesehen. Lucy erwähnte mal, ihre Haut sei extrem sonnenempfindlich. Sie hat irgendeine seltsame Hautkrankheit. Aber es schneite. Niemand bekommt bei Schneefall Sonnenbrand.

Ich wollte ebenfalls zum Übergang gehen, doch Sofia packte meine Hand, und ich ging mit den anderen in den Schnee.

Wir gruben mit den Händen im eisigen Schnee und stopften ihn einander kreischend von hinten in die Jacke. Wir legten uns auf den Rücken und machten mit Armen und Beinen Engel. Der Schnee war dick und weich, die Engelsflügel waren absolut perfekt. Wir dachten uns Schneetänze aus. Alles war weiß, dämmrig, verschleiert.

Als ich aufstand, klebte der Schnee in nassen Klumpen an meinen Kleidern. Mir wurde klar, dass ich Lucy beim Spielen im Schnee völlig vergessen hatte.

Im Übergang drückte sich ein Gesicht an die Scheibe. Sie sah zu, wie wir im Schnee spielten. Durch das dicke Glas müssen wir wie Geister ausgesehen haben.

Ich weiß noch, wie sie sich von der Sonne abwandte, als Miss Norris die Tür öffnete.

20. Februar

Endlich hat Mrs. Halton etwas von Lucy gehört. Sie haben alle möglichen Untersuchungen durchgeführt, aber man weiß bisher nur, dass sie unglaublich anämisch ist. Sie halten es für eine Art Blutkrankheit, bei der das Immunsystem die roten Blutkörperchen bekämpft. Mrs. Halton sagte, Lucys Blutkörperchen seien unreif. Das klingt eher wie eine Charakterschwäche als wie eine Krankheit. Sie hat eine Menge Bluttransfusionen bekommen. Sie ersetzen praktisch ihr gesamtes Blut. Sobald sie stabil ist, will ihre Mutter sie in ein Krankenhaus bringen, das näher an zu Hause ist. Sie darf im Moment keinen Besuch haben. Und das nicht nur, weil sie schwach ist und Ruhe braucht. Es hat damit zu tun, dass sie ganz durcheinander ist und ständig weint.

Lucy ist nicht der Typ für einen Nervenzusammenbruch. Dafür ist sie zu unkompliziert. Und vor diesem Schuljahr war sie immer glücklich und zufrieden. Eigentlich bin ich diejenige, die immer besorgt und durcheinander ist. Selbst wenn sie weiß, dass ich sie mit Ernessa gesehen habe, kann die Scham darüber doch nicht ihre Blutkörperchen angreifen.

Ich wünschte, ich könnte sie noch einmal sehen, bevor sie nach Hause fährt. Vielleicht kommt sie nie wieder in die Schule. Ich muss sie noch ein einziges Mal sehen, ihr ins Gesicht schauen, ob dort irgendein Zeichen oder nur Leere ist.

21. Februar

Wordsworth: »›Wär Lucy …‹, rief ich selbst mir zu, ›Erbarmen, wär sie tot!‹«

Als ich diese Zeile zum ersten Mal las, musste ich an Lucy denken.

Heute habe ich Mrs. Halton angefleht, mich Lucy im Krankenhaus besuchen zu lassen. Ich sagte, ich mache mir solche Sorgen um sie, dass ich mich auf nichts mehr konzentrieren könne. Ich könne weder schlafen noch essen. Ich merkte, dass sie ein bisschen nachgab, und bohrte weiter.

»Sie ist meine beste Freundin, seit ich hier bin. Sie hat mir immer geholfen, wenn ich Probleme hatte.« Dann brach ich in Tränen aus. Sie sagte, sie wolle morgen mit Lucys Mutter reden.

Es stimmt; ich kann mich auf nichts konzentrieren. Ich verbringe die meiste Zeit in meinem Fenstersitz und schaue hinaus. Ich denke an gar nichts. Ich betrachte die kahlen Äste der Eiche, die vor meinem Fenster wächst; die Astgabeln, die verdrehten Schösslinge, die sich ins Nichts schlängeln, die dunklen Furchen in der grauen Rinde. Das Glas im Fenster ist sehr alt, wie alles in der Residenz, und es verzerrt, was auf der anderen Seite ist. Es ist, als wäre man unter Wasser und schaute von unten in die Welt hinauf. Durch grünes Wasser sehe ich hoch zu Bäumen und Himmel. Die Geräusche sind gedämpft. Das Licht ist flüssig.

Ich habe mein Interesse an Büchern verloren. Früher

konnte ich ohne sie nicht leben. Jetzt ist eine Glasscheibe zwischen mir und allem.

22. Februar

Eigentlich hätte ich Lucy besuchen dürfen, aber ihr Zustand hat sich letzte Nacht stark verschlechtert. Jetzt ist es unmöglich. Nach dem, was Mrs. Halton mir erzählt und was ich im Übrigen nicht so ganz glaube, wissen die Ärzte nicht genau, was mit ihr los ist. Sie tun immer wieder dasselbe, geben ihr neues Blut und hoffen, dass es hilft. Eine Zeit lang geht es ihr besser; dann wird sie wieder schwächer. Heute wurde mir klar, dass Mrs. Halton es genießt, mir schlechte Neuigkeiten zu überbringen. Dabei kommt sie sich wichtig vor.

Ich muss sie sehen. Wer weiß, wer sie jetzt ist, wenn das Blut so vieler Menschen durch sie fließt. Jedenfalls nicht mehr Lucy. Ich versuchte mir vorzustellen, wie es sich anfühlt. Blut ist etwas ganz Persönliches, Intimes. Jetzt wird sie vom Blut anderer Leute am Leben erhalten.

23. Februar

Wann kann ich Lucy sehen? Mehr will ich gar nicht wissen.

24. Februar

Jeden Tag das Gleiche: Ich darf nicht zu Lucy. Ich brauche gar nicht mehr zu fragen. Wenn Mrs. Halton mich in ihrem Wohnzimmer warten sieht, schüttelt sie bloß den Kopf und sagt: »Noch nicht. Du musst Geduld haben.«

»Aber wann kann ich sie sehen?«
»Bald, hoffe ich. Sie wird jeden Tag ein bisschen kräftiger.«

25. Februar

Allmählich gebe ich die Hoffnung auf, Lucy vor den Ferien noch zu sehen. Ich weiß ganz genau, dass sie nicht mehr in die Schule kommt. Sie bringen sie vom Krankenhaus sofort nach Hause. Ich müsste also zu ihr, wo der Vater mit dem Hund ist. Ich weiß nicht, ob ich das ertragen kann.

26. Februar

Ich starre auf das leere Blatt und lasse es leer. Nichts Neues. Keine neuen Gedanken. Mein Tagebuch hat mich im Stich gelassen, als ich es am meisten brauchte. Ich habe nicht den Wunsch zu schreiben.

27. Februar

Ich habe keine Geduld mehr. Ich habe seit zehn Tagen nur an Lucy gedacht. Ich muss sie sehen.

28. Februar

Vielleicht sollte ich einfach zum Krankenhaus fahren und mich in Lucys Zimmer schleichen. Ich glaube nicht, dass Mrs. Halton mich jemals zu ihr lässt.

März

1. März

Am liebsten würde ich Mrs. Halton umbringen. Wenn ich sie das nächste Mal sehe, lege ich ihr die Hände um den Hals und drücke zu, bis ihr die Augen hervorquellen. Während ich sie angebettelt habe, mich zu Lucy zu lassen, durfte Ernessa sie die ganze Zeit besuchen. Heute Morgen beim Frühstück habe ich gehört, wie Kiki Claire und Sofia erzählte, Lucy gehe es viel besser. Ich fragte Kiki, woher sie das wisse. Offensichtlich war es nicht für meine Ohren bestimmt gewesen.

»Keine Ahnung«, meinte Kiki. »Ich habe es eben gehört.«

»Hör doch auf. Sie hat es von Ernessa. Sie hat Lucy im Krankenhaus besucht«, sagte Sofia.

Nun musste Kiki damit herausrücken: Ernessa war in der letzten Woche mehrfach bei Lucy gewesen, weil sie, wie Mrs. Halton sich ausdrückte, »eine ganz besonders gute Freundin von Lucy« sei. Mrs. Halton hat doch keine Ahnung.

»Sie macht bei Mrs. Halton auf die Mitleidstour«, sagte ich. »Darum darf sie auch alles. Mrs. Halton lässt ihr alles durchgehen. Mein Vater ist auch gestorben. Haben das eigentlich alle vergessen?« Ich schrie die letzten Worte heraus. Diese Art zu manipulieren kennen sie alle. Es war mir so peinlich, dass ich in mein Zimmer rannte und die Tür zuknallte. Ich setzte mich aufs Bett und weinte.

2. März

Es ist zu spät, um Lucy zu besuchen.

Ich glaube, ich kann nicht mehr weinen. Es sind keine Tränen übrig.

Als Mrs. Halton herauskam, um zu prüfen, ob wir die Ruhezeit einhielten, wartete ich vor ihrem Wohnzimmer. Zuerst wollte sie abstreiten, dass jemand bei Lucy gewesen war. Als ich sagte, ich wüsste, dass Ernessa im Krankenhaus gewesen sei, gab sie es zu. Sie sei aber nur zweimal dort gewesen und das auch nur ganz kurz. »Lucy hat nach ihr gefragt.« Wie gehässig sie das sagte. Sie wusste, dass sie mich damit kränkte. Als ich darauf bestand, dass sie auch mich zu Lucy lassen müsste, sagte sie: »Falls wir dieses Gespräch fortsetzen müssen, sollten wir das in meinem Zimmer tun.«

Sie machte die Tür hinter uns zu. »Es ist nicht angebracht, dass du in diesem Ton mit mir redest«, sagte sie. »Bei all dem geht es doch nicht um dich.«

Ich erklärte, sie sei unaufrichtig gewesen, und dass ich die Absicht hätte, mit Miss Rood darüber zu sprechen.

»Das hat keinen Sinn. Ich wollte dich schonen, weil ich weiß, wie emotional du reagierst, aber Lucys Zustand hat sich verschlechtert. Sie ist sehr, sehr krank. Die Ärzte glauben, sie werde die nächsten Tage nicht überstehen, so schwach ist sie. Die Schule ist ausgesprochen besorgt.«

»Dann muss ich sie noch ein letztes Mal sehen. Um mich von ihr zu verabschieden. Das muss unbedingt sein«, schrie ich.

»Vollkommen unmöglich. Nur die Angehörigen dürfen zu ihr.«

Sie lächelte, als sie mir das sagte.

Ich nahm die Porzellanschäferin mit dem rosa Kleid, den langen blonden Haaren und dem Schäferstab vom Tisch und knallte sie, bevor Mrs. Halton einschreiten konnte, vor der Tür auf den Boden. Sie zerbrach vor unseren Augen, nur der unversehrte Kopf rollte zur Teppichkante. Ich hätte alles hinterhergeworfen, was auf dem Tisch stand, doch Mrs. Halton packte mich, verdrehte mir den Arm und brüllte: »Du schamloses Mädchen! Man sollte dich von der Schule verweisen!«

Ich rannte aus dem Zimmer und den Flur entlang. Drei Stunden lang habe ich nur geweint. Ich bin nicht zum Abendessen gegangen. Was kümmert es mich, wenn ich noch mehr Probleme bekomme. Mrs. Halton hat nicht nach mir gesucht. Sie hat sich fern gehalten. Sie glaubt, ich wolle mit Miss Rood sprechen.

Ernessa tötet Lucy. Sie will sie in etwas verwandeln, das ihr gleicht, um sie ganz und gar zu verzehren. Das Töten macht ihr nichts aus. Es ist nur Mittel zum Zweck. Sie führt sie in den Tod. Und Mrs. Halton hält ihr dabei die Tür auf.

3. März

Lucy liegt im Krankenhausbett. Sie hat nicht mehr die Kraft, die Hand zu heben oder die Augen zu öffnen, aber das ist egal, weil es auch keinen Anlass dafür gibt. Ihr ist alles egal. Sie ist absolut ruhig. Sie ist bereit.

Ich warte auf die Nachricht, Lucy sei gestorben. Bisher habe ich noch nichts gehört. Vielleicht hat Mrs. Halton es nur gesagt, um mich zu quälen, ein geschmackloser Scherz.

Lucy muss noch am Leben sein, sonst hätte jemand etwas gehört. Irgendjemand hätte es herausgefunden. Sie können es nicht geheim halten.

4. März

Ich bin nicht dafür bestraft worden, dass ich die Porzellanschäferin zerbrochen habe. Wenn ich im Flur an Mrs. Halton vorbeigehe, wendet sie sich ab. Sie weiß, was ich weiß. Sie hat Angst, mich anzuschauen.

Ich kann sie nicht nach Lucy fragen. Ich kann nur warten.

5. März

Ich habe lange auf sie gewartet. Habe das Frühstück sausen lassen. Ich hatte Angst, sie zu verpassen. Die anderen Mädchen vom Flur kamen und gingen, ich stand nur still in der Tür. Niemand sprach mit mir. Dann läutete es zur Versammlung, doch sie tauchte noch immer nicht auf. Sie ist ein Mensch, der alles in letzter Sekunde macht, noch über die letzte Sekunde hinaus wartet und es gerade, bevor die Tür zugeht, zur Versammlung, zum Abendessen oder zum Unterricht schafft.

Als die Tür aufging und sie herauskam, war ich trotzdem überrascht, obwohl ich eine Stunde auf sie gewartet hatte.

Sie sah mich an, während sie die Tür hinter sich zuzog. »Hast du verschlafen?«

»Warum sie?«, fragte ich.

Sie antwortete nicht.

»Warum nicht Kiki, Carol oder Betsy?«

»Das Gleiche könnte ich dich fragen.«

»Weil sie meine Freundin ist.«

»Warum stehst du hier rum und wartest auf mich, wenn sie deine Freundin ist?«

»Du und Mrs. Halton versucht, mich von ihr fern zu halten.«

»Mrs. Halton? Was kann die denn schon tun? Dich einschließen und den Schlüssel wegwerfen?«

»Ich habe schon genügend Probleme mit ihr.«

»Niemand hält dich auf. Du kannst tun, was du willst.«

Ernessa ging ein Stück den Flur entlang. »Wie sieht sie aus?«, rief ich ihr nach. Meine Stimme klang so verzweifelt, dass ich sie nicht erkannte.

»Die Versammlung fängt an. Ich bin spät dran. Du auch.«

Sie ging weiter. Ich lief ihr nach und packte sie am Arm. Ich wollte, dass sie stehen blieb und meine Frage beantwortete. Sie kommt und geht, wie es ihr gefällt. Niemand kann sie zu etwas zwingen, das sie nicht will. Sie schleuderte mich weg. Ich prallte so heftig gegen die Wand, dass es mir den Atem nahm. Sie schob den Pulloverärmel hoch und deutete auf ihren Arm. »Sieh nur, was du gemacht hast«, brüllte sie.

Ich konnte den Abdruck meiner Hand auf ihrem Unterarm erkennen, als hätte ich in Lehm statt in Fleisch gegriffen. Die Haut war rot und geschwollen. Als ich sah, was ich getan hatte, wurde mir schlecht.

Sie schaffte es zur Versammlung, aber ich bin nicht hingegangen. Ich werde furchtbare Schwierigkeiten bekommen.

6. März

7. März

8. März

Ich habe gerade mit Lucy gesprochen! Falls jemand mit Toten reden kann, dann habe ich das soeben getan. Sie klang wie jemand, der ganz weit weg ist. In einem hat Mrs. Halton jedenfalls nicht gelogen. Sie war wirklich krank, und die Ärzte glaubten, sie würde sterben. Ihr Herz und ihre Lungen waren mit Flüssigkeit gefüllt, sie mussten eine Drainage legen. Bis gestern wurde sie über einen Schlauch beatmet. Selbst heute am Telefon konnte sie kaum sprechen.

Carol rief mich ans Telefon. Sie sah ganz komisch aus, als ich im Flur an ihr vorbeikam. Vermutlich meine Mutter, dachte ich, die mir sagen will, dass sie mich am Freitag nicht abholen kann. Ich will nicht mit ihr reden, ihr etwas vorspielen. Ich nahm den schwarzen Hörer, der wie ein kleines Tier auf dem Telefontischchen lag.

»Hi, ich bin's«, erklang die Stimme aus der Leitung. Ich musste mich anstrengen, um sie zu verstehen, und sie musste nach jedem Wort Luft holen. Ihre Stimme klang anders. Ich erkannte sie gar nicht. Ich starrte ungläubig auf das Telefon, als würde ich dadurch mit der Geisterwelt kommunizieren. Mir wurde klar, dass ich Lucy schon als tot betrachtet hatte, obwohl sie gar nicht gestorben war. Mir kam der Gedanke, dass ich mit diesem kleinen schwarzen Telefon auch meinen Vater anrufen könnte.

Wirklich?, dachte ich dauernd. Wirklich?

»Ich wollte dich besuchen«, sagte ich, »aber Mrs. Halton hat mich nicht gelassen. Ernessa schon, mich nicht.«

»Ernessa war nicht da. Schon länger nicht«, sagte Lucy.

»Du klingst gar nicht wie du selbst.«

»Das Atmen fällt mir schwer. Ich muss die Luft in meine Lungen zwingen. Die Ärzte halten mich für ein Wunder.«

»Na ja, wenn man bedenkt, dass sie nicht wussten, was überhaupt mit dir los ist.«

»Ich vermisse dich. Ich vermisse die Schule«, sagte Lucy.

»Du klingst so weit weg.«

»Ich bin so weit weg. Sag mir, dass ich wiederkommen kann.«

Langes Schweigen, nur unterbrochen von Lucys schwerem Atem.

»Hattest du Angst?«, fragte ich.

»Nur am Anfang. Ich habe mich dran gewöhnt.«

Sie will, dass ich eine Tasche mit ihren Schulbüchern und Hausaufgaben packe. Ihre Mutter holt sie morgen oder übermorgen ab. Falls sie weiterhin Fortschritte macht, wird sie zum Ende der Woche in ein Krankenhaus verlegt, das näher an zu Hause ist.

»In einem Krankenwagen. Die ganze Strecke«, sagte sie. »Meinst du, sie machen die Sirene an?«

Nicht Ernessa soll ihre Sachen packen, sondern ich. Das würde ich Mrs. Halton gern sagen.

Ich habe schon allen erzählt, dass es Lucy besser geht. Wir sind so froh darüber.

11. März

Ich habe jetzt keine Zeit zum Schreiben. Es ist zehn Uhr, und ich habe noch eine Menge Hausaufgaben zu erledigen. Außerdem muss ich für morgen packen. Ich kann alles in den Ferien nachholen.

12. März

Frühjahrsferien. Ich bin zu Hause. Ich bin müde.

Ich hinke in allen Fächern hinterher und habe letzte Woche nur gelernt.

Am Dienstag hat Lucys Mutter ihre Sachen abgeholt. Erst

als ich sie sah, konnte ich wirklich glauben, dass ich mit Lucy telefoniert habe. Sie drückte mich an sich. Lucy ist schon viel kräftiger. Ihre Mutter konnte kaum glauben, dass die Ärzte vor einer Woche noch gesagt haben, sie werde sterben. Sie würde Lucy am nächsten Tag in das andere Krankenhaus bringen, wo sie vielleicht nur ein paar Tage würde bleiben müssen. Danach käme sie nach Hause. Sie will versuchen, in den Ferien ihre ganzen Hausaufgaben nachzuholen. Und wenn sie sich vollständig erholt hat, kommt sie wieder in die Schule.

Ich erzählte, dass ich meine Fluraufsicht angefleht hätte, mich zu Lucy zu lassen, sie sich aber geweigert hätte.

»Lucy war wirklich zu krank, um jemanden zu sehen«, meinte ihre Mutter.

»Aber Ernessa durfte zu ihr.«

»Das war ein Fehler«, sagte ihre Mutter. »Ich hätte mich nicht von ihr überreden lassen dürfen. Die Besuche haben sie völlig erschöpft, aber Lucy bestand darauf, Ernessa würde ihr gut tun. Mit Ernessa habe sie nicht so große Angst. Immer Ernessa. Schließlich habe ich nachgegeben. Ich wollte sie nicht aufregen. Doch Lucy hat nach jedem Besuch stundenlang geweint und wurde immer kränker. Es war einfach zu viel …«

Ich sagte nichts. Es hatte keinen Sinn. Sie können mit ihren Mikroskopen nach Viren suchen, solange sie wollen. Sie werden keine finden.

Lucy, Ernessa und ich sind diese Woche nach Hause gefahren und würden uns am besten nie wieder sehen. Ich würde Lucy sogar aufgeben, wenn Ernessa sie nur in Ruhe ließe.

Ich muss ins Bett. Ich werde die nächsten zwei Wochen nur schlafen.

13. März

Ich muss alles aufschreiben, falls ich später einmal zurückschauen muss … Ich muss einen präzisen Bericht hinterlassen. Ich kann mich nicht auf mein Gedächtnis verlassen.

In den beiden Nächten, bevor ich nach Hause fuhr (Mittwoch und Donnerstag) bin ich mitten in der Nacht aufgewacht. Ich habe mich im Bett aufgesetzt, plötzlich hellwach, doch als ich aufstand, war mir, als läge ich noch im Bett und träumte nur, dass ich durchs Zimmer ginge. In der Auffahrt vor dem Fenster knirschten trockenes Laub und Eicheln. Ich sah hinaus. Jemand ging unter Lucys und meinem Fenster auf und ab. Das macht sie also jede Nacht, dachte ich. Sie schaut uns beim Schlafen zu. Als ich ans Fenster trat, hörten die Geräusche auf, jedenfalls hörte ich nichts mehr. Sie bewegte sich wie ein Tier im Käfig, zehn Schritte in die eine Richtung, genau zehn Schritte in die andere Richtung. Für Ernessa ist die ganze Welt zu klein. Sie ist darin gefangen. Warum ist sie in dieses Internat gekommen? Lauter Kästen in anderen Kästen – der eiserne Zaun, die Residenz, der zweite Stock, Mrs. Haltons Flur, das Zimmer, das Bett. Kästen für Mädchen, die noch nicht bereit sind, der großen Welt mit Männern und Sex zu begegnen. Ich weiß, wie unwirklich es ist. Ich bin doch kein Idiot.

Sie wollte meine Aufmerksamkeit erregen. Sie tat mir beinahe Leid. Hätte sie nur nicht mein Leben zerstört. Ich sah sie zwei Nächte auf- und ablaufen, stundenlang. Sie bewegte sich mit derselben nervösen Energie, mit der sie ihre Zigaretten inhaliert. Sie lässt niemals nach. Und dann ging die Sonne auf. Ich schloss ein paar Sekunden die Augen, und sie war weg.

Ich sitze am Schreibtisch meines Vaters. Umgeben von seinen Büchern. Sie kennen die Antwort auf ihre Geheimnisse.

14. März

Sie verändert alle um sich herum. Sie findet heraus, wer sie sind und verwandelt sie in etwas anderes.

Im September, gleich nachdem die Schule begonnen hatte, kamen Dora und ich ganz gut mit Ernessa klar. Wir verbrachten sogar einen Abend miteinander. Lucy war nicht dabei. Es war ein Samstag. Sie war wohl übers Wochenende nach Hause gefahren. Damals fuhr sie fast jedes Wochenende nach Hause, um bei ihrer Mutter zu sein. Ich blätterte mein Tagebuch durch, konnte aber keinen Eintrag zu dem Abend finden. Das ist seltsam, weil ich mich ganz gut daran erinnere, worüber wir gesprochen haben. Ernessa fragte uns nach Miss Bobbie, die sie nach nur zwei Wochen bereits auf dem Kieker hatte. Ich sagte, ich nähme ihr ihren Antisemitismus gar nicht so furchtbar übel. Ich hätte nichts dagegen, ausgegrenzt zu werden. Immerhin bedeute es, dass ich anders sei als die Übrigen.

Ernessa lachte mich aus. »Deine sentimentalen Gefühle für das Jüdischsein kann ich nicht teilen. Diese Religion ist eine Last, ein kosmischer Scherz. Falls die Juden *tatsächlich* auserwählt sind, dann nur für eine besondere Bestrafung. Für sie ist die ganze Welt ein Friedhof. Und jeder Jude, der anders denkt, ist geistesgestört.«

»Kannst du es deshalb ertragen, Deutsch zu sprechen?«, fragte ich. »Die Sprache von Mördern?«

»Du kannst doch auch etwas Deutsch. Die Sprache Rilkes und Heines«, sagte Ernessa. »Der größten lyrischen Dichter. Außerdem ist jede Sprache die Sprache von Mördern. Es ist nur passend, dass die Sprache mit den meisten Toten auch die grandiosesten Gedichte hervorbringt.«

Ich war entsetzt. Damals kannte ich sie kaum. Sie war ein Mädchen aus einem fremden Land, das aus dem Nichts aufgetaucht und im Zimmer gegenüber von Lucy und mir gelandet war. Sie und ich waren die einzigen echten Jüdinnen in unserer Klasse. Ich sah zu Dora hinüber. Sie runzelte die Stirn. Für sie war das Jüdischsein nur eine intellektuelle Pose. Sie ließ sie fallen, sobald es ihr lästig war. Sie entjudete sich. War Dora mit Ernessa zusammen, wollte sie sich jüdisch fühlen, obwohl Ernessa ihr eigenes Jüdischsein gar nicht ernst nahm. Letztlich hasste Miss Bobbie uns alle drei.

Die Beschreibung ist immer gleich: ein langes, schwarzes Tier, das einer Katze ähnelt, einen Meter bis einen Meter fünfzig lang. Das Tier schreitet immer schneller durchs Zimmer, während alles umherwirbelt und sich verdunkelt. Es ist wie eine Furcht erregende Karussellfahrt in einem Vergnügungspark.

Aber das stimmt nicht.

Wer hat je einen echten Vampir gesehen?

Kann man seinen Anblick ertragen?

Ernessa zeigt sich mir immer in menschlicher Gestalt. Und doch habe ich den Eindruck, sie will mich verwirren, täuschen. Das habe ich auch empfunden, als mein Vater starb. Warum sollte ich mir etwas vormachen?

15. März

Ich bin feige. Als Dora vor Weihnachten starb, hatte ich alle Beweise in der Hand, wollte aber aus lauter Angst nichts unternehmen. Ernessa ist nur an Lucy interessiert. Uns Übrige sieht sie gar nicht. Wir sind ihr lästig. Unser Leben ist nicht mehr wert als das einer Fliege, die man achtlos totschlägt. Sie will eine Gefährtin in ihrem Dasein. Eine Gefährtin, die nur ihr gehört, für immer.

Merke: Es ist keine Liebe. Es ist Leidenschaft. Und der Vampir benötigt die Zustimmung seines Opfers.

16. März

In den Büchern steht es immer falsch. Die meisten Schriftsteller glauben nicht an Vampire. Sie suchen immer nach einer wissenschaftlichen Erklärung. Es ist, als schriebe man ein Buch über Jesus und gelangte zu dem Schluss, dass er unmöglich existiert haben kann, weil er keine Adresse in Nazareth hatte. Wozu also die Mühe? Montague Summers spricht sogar von einer »Philosophie des Vampirismus«. Philosophie?

Ich muss einen Weg finden, um Lucy zu beschützen. Wenn sie nur das Schuljahr zu Ende bringt, wird alles gut. Noch drei Monate. Vielleicht gibt Ernessa auf und geht dorthin zurück, woher sie gekommen ist. Ich weiß nicht, ob ich stark oder tapfer genug bin. Daddy habe ich auch nicht gerettet.

17. März

Lucy sollte besser nicht mehr in die Schule kommen, selbst wenn ich sie hier im Auge behalten kann. Gestern Abend habe ich sie angerufen. Sie sagt, es gehe ihr gut. Sie hat beinahe schon vergessen, wie krank sie war. Sie war beim Arzt, es ist alles in Ordnung. Sie haben so viele Blutuntersuchungen gemacht, dass kaum noch Blut aus ihrem Arm kommt. Er ist schwarz und blau von den ganzen Einstichen. Keine Anzeichen einer Bluterkrankung oder eines Virus. Der Arzt meint, sie habe womöglich unter einem schweren Fall von Drüsenfieber gelitten, das er als »Kusskrankheit« bezeichnete. »Ich weiß nicht, wie ich die hätte bekommen sollen, schließlich habe ich seit Jahren keinen Jungen geküsst. Und ich hatte auch nie Fieber«, meinte Lucy. Sie war mit ihrer Mutter einen ganzen Nachmittag lang einkaufen und fühlte sich überhaupt nicht müde.

Ich muss wachsam bleiben.

18. März

Daran hat mein Vater also gedacht, bevor er uns verließ. Wie lange ging das schon so? Er hat sämtliche Passagen, in denen es um Selbstmord ging, angestrichen. Und davon gibt es viele. Bei all unseren Spaziergängen dachte er daran, wie und wann er Schluss machen würde. Das Mädchen an seinem Arm hatte er ganz vergessen.

Selbstmörder wurden nicht auf Friedhöfen beerdigt, weil man fürchtete, sie könnten von den Toten zurückkehren und andere mit sich ins Grab ziehen.

Mein Vater hinterließ ganz genaue Anweisungen, was meine Mutter nach seinem Tod tun sollte. Er wollte eingeäschert werden, und zwar gründlich (dieses Wort hatte er unterstrichen, ich habe es selbst gesehen), und er bat uns, auf den Gipfel des Mount Washington zu fahren (wo man die stärksten Winde auf dem Planeten gemessen hatte, so schrieb er) und dort seine Asche zu verstreuen. »Sorgt dafür, dass die Asche im Wind verweht.« Und wir sollten keinen Trauergottesdienst abhalten. (Ebenfalls unterstrichen.) Meine Mutter tat alles, was er verlangt hatte. Das hatte er gewusst.

Wer nicht ordentlich begraben wird und seine Zeit auf Erden nicht zu Ende gelebt hat, gerät in Gefahr. Wenn man zu früh stirbt, Selbstmord begeht oder getötet wird, bleibt der Geist womöglich auf Erden, bis man sein zugedachtes Alter erreicht hat. Ich weiß nicht, ob die Einäscherung den Geist vor der Wiederkehr bewahrt, bin aber froh, dass sowohl Dora als auch mein Vater eingeäschert wurden.

In Montague Summers' Buch gibt es eine Stelle, die mit blauer Tinte eingerahmt ist. Mein Vater hätte nie mit Tinte in ein Buch geschrieben, höchstens mit Bleistift. Gewöhnlich kaufte er Bücher gar nicht erst, wenn sie mit Tinte markiert waren. Vermutlich hat der Vorbesitzer die Passage über die Baganda (einen zentralafrikanischen Stamm) angestrichen:

> Die Leiche eines Menschen, der sich selbst zerstört hat, muss so weit wie möglich von aller menschlichen Behausung entfernt werden, ins Ödland oder an eine Straßenkreuzung gebracht und dort vom Feuer vollständig verzehrt werden. Dann muss das Holz des Hauses, in dem die furchtbare Tat geschah, zu Asche verbrannt und in alle Winde verstreut werden; hat sich der Mensch an einem Baum erhängt, so wird dieser gänzlich gefällt und mit Stamm, Wurzeln, Ästen und allem den Flammen übergeben. Selbst dies kann kaum als ausreichend gelten. Dieses Verbrechen wird als so entsetzlich empfunden, dass seltsamerweise irgendwo die Vorstellung lauert, der Geist eines Selbstmörders könnte die Einäscherung seines Körpers überleben. Daher muss der Makel dieser furchtbaren Tat von Grund auf getilgt werden.

Was den Selbstmord meines Vaters betrifft, hatte meine Mutter vollkommen Unrecht, aber ich lasse sie glauben, was sie möchte.

Durch seine Bücher kann ich endlich mit meinem Vater direkt kommunizieren. Mein eigenes schwarzes Telefon in die Geisterwelt. Er sagt mir Dinge, die er mir zu Lebzeiten nie gesagt hätte. Ich sollte sie nur erfahren, wenn es unbedingt nötig ist.

19. März

Heute Morgen kam ich in die Küche und fand meine Mutter schluchzend vor Cornflakesschale und Kaffeetasse. Ich setzte mich neben sie und legte ihr den Arm um die Schultern.

»Ich weine nicht um mich, Liebes. Ich weine um ihn.«

»Warum?«

»Er hat mich jede Nacht im Traum besucht. Ich glaube, er ist einsam. Und letzte Nacht war er so wütend. Er konnte nicht mal sprechen. Er hielt mir nur das Gesicht hin, damit ich seine Wut sehen konnte.«

»Es war nur ein Traum«, sagte ich.

»Ist er wütend, weil ich noch hier bin? Oder begreift er jetzt, dass er einen Fehler gemacht hat?«

»So darfst du nicht reden.«

Ich hielt meine Mutter im Arm, bis sie sich beruhigt hatte und frühstücken konnte. Ich muss wieder in die Schule. Ich erinnere meine Mutter an ihn.

Wenn ich ihr erzählen würde, was in der Schule vorgeht, wäre sie bestimmt sauer und würde sagen, ich solle nicht so daherreden. Die Begegnungen anderer Menschen mit der Geisterwelt zählen nicht. Nur ihre sind echt.

20. März

Gerade hat Lucy mich angerufen und nach Chemie gefragt. Wir haben ewig telefoniert. Ich habe versucht, ihr das Orbitalmodell zu erklären. Ich glaube, sie hat es kapiert. Sie erzählte mir von den neuen Kleidern, die ihre Mutter ihr gekauft, und den Stofftieren, die sie im Krankenhaus bekommen hat. Sie hört sich wieder genau wie Lucy an. Das ärgert mich. Wenn man dem Tod so nahe war, muss man doch ein anderer Mensch geworden sein. Man hat etwas erblickt (niemand weiß, was es ist, ein Lichtblitz oder die Erinnerung daran), das wir anderen unmöglich verstehen können. Dieses Wissen ist schon von ihr abgetropft. Vielleicht hatte Dora Recht, und ich habe mir jahrelang eingeredet, Lucy sei anders, als sie wirklich ist – kein leeres Blatt. Sie ist nicht das Mädchen aus dem hellblauen, sonnendurchfluteten Zimmer.

Die Christen sind uninteressant, weil bei ihnen alle auferstehen.

21. März

Heute ging es meiner Mutter viel besser. Kein Schluchzen über den Cornflakes. Das war gestern. Heute Morgen beim Frühstück fragte sie mich, warum ich mich nicht mehr mit meinen alten Freundinnen treffe.

»Wir haben nicht mehr so viel gemeinsam«, sagte ich. »Ich habe sie seit Jahren kaum gesehen.«

»Letzten Sommer hast du sie noch angerufen.«

»Ich habe jetzt bessere Freundinnen in der Schule. Sei doch froh.«

»Es wäre gut für dich, mal rauszukommen, das ist alles. Du verbringst den ganzen Tag im Arbeitszimmer deines Vaters.«

»Ich habe an einem Projekt für die Schule gearbeitet. Ich habe in den Ferien eine Menge zu tun.«

Ich muss alles vor ihr verbergen, vor allem mein Tagebuch. Sie würde es nicht verstehen. Es macht mir Angst, Dinge vor ihr zu verbergen. Jetzt tue ich genau das, was sie auch macht.

Heute oder morgen Abend gehen wir mit meiner Tante ins Kino. Ich glaube, meine Mutter will mich aus dem Haus holen.

Ich dachte, sie existiere nur innerhalb der Schultore. Hier habe ich mich sicher gefühlt.

Nach dem Mittagessen bin ich ins Metropolitan Museum gegangen, damit sich meine Mutter keine Sorgen machen musste, dass ich mich wieder mit den Büchern meines Vaters verkrieche. Ich lief durch das Museum, bis ich zu den flämischen Malern kam. Ich las die Namen unter den Bildern – Dieric Bouts, Petrus Christus, Hans Memling, Jan van Eyck, Quentin Massys. Als mich meine Mutter vor Jahren nach der Schule durch die Galerien schleppte, hatte ich mir bei den harten Silben die Zunge verdreht. Eine Zeit lang gingen wir praktisch jeden Tag hin. Die Namen klangen so christlich und devot. Ich betrachtete die Federn der Engelsflügel und die traurigen, resignierten Gesichter der Frauen.

Ich ging an all diesen Gemälden vorbei. Die vertrauten Gesichter langweilten mich. Stattdessen blieb ich vor dem Porträt einer jungen österreichischen Prinzessin stehen, das mir noch nie aufgefallen war. Ich schaute angestrengt in ihr Gesicht, das von einem kunstvollen Tuch und einem braunen Pony eingerahmt wurde, auf ihre gewölbte Stirn, die knochige Nase und den roten Schmollmund. Sie stand vor einem Fenster, das den Blick auf eine weite Landschaft mit Burgen, Baumgruppen und blauen Hügeln freigab, doch ihr Blick war irgendwo zwischen der Landschaft und mir gefangen. Ich dachte an Ernessa, die im Übergang aus dem Fenster starrte, als wären das Naturwissenschaftsgebäude und die Mädchen, die über den mittleren Sportplatz rannten, und die Autos, die jenseits des eisernen Zauns entlangfuhren, nur eine Illusion, die sie mühelos durchschaute. Hingabe, Besessenheit – wer kann sie unterscheiden.

Auf der Treppe vor dem Museum sah ich Ernessa. Sie trug den schwarzen Mantel mit dem Samtkragen, auf den ich so neidisch gewesen war, als sie ihn zum ersten Mal anhatte. Im letzten Herbst war ich auf alles, was ihr gehörte, eifersüchtig gewesen. Sie trug ein marineblaues Barett, von ihrer Schulter hing ein kleines braunes Täschchen. Ich entdeckte sie sofort in der Menge. Sie drehte den Kopf gerade so weit, dass ich ihr Gesicht erkennen konnte. In diesem Moment gab sie mir zu verstehen, dass sie auf dieser Welt ist, und zwar immer dort, wo ich selbst gerade bin.

Ich möchte wissen, ob sie mir durchs Museum gefolgt ist und hinter mir gestanden hat, während ich den Kopf der jungen Prinzessin betrachtete und an Ernessa dachte.

Als ich nach Hause kam, ging ich sofort in mein Zimmer. Ich wollte nicht ins Kino, musste mich aber zusammenreißen. Sie durften nicht sehen, wie durcheinander ich war. Ich spritzte mir kaltes Wasser ins Gesicht, doch meine Wangen verbrannten mir weiter die Fingerspitzen.

Wir schauten uns *Tisch und Bett* an, den neuen Truffaut-Film. Meine Mutter und ich sehen uns unheimlich gern zusammen solche Filme an. Das ist unsere romantische Seite. Wir vergöttern Jean-Pierre Léaud als Antoine Doinel. In diesem Film hat er einen Job, bei dem er weiße Nelken färbt. Er mischt Farbe in Eimern und stellt die Blumen rein. Die Farbe steigt durch die Stängel bis in die Blüten hoch. Die Pflanzen trinken und werden von innen verwandelt. Ich wüsste gern, wie lange es dauert, bis eine weiße Blume flammend rot wird.

Ich musste während des ganzen Films an Ernessa denken.

23. März

Soweit ich weiß, kann man apotropäisch (vom griechischen Verb für abwehren) wirkende Mittel in drei Kategorien einteilen: (1) Kreuze, (2) scharfe Gegenstände, (3) starke Gerüche.

Knoblauch, Weihrauch, Parfum, die Schalen unreifer Nüsse, Kuhmist, Kot, Wacholder. Sie alle wehren Vampire ab. Man kann ein silbernes Messer unter die Matratze oder einen scharfen Gegenstand unters Kopfkissen legen und Kreuze über die Türen malen. In meiner Schublade fand ich eine Kette aus getrockneten Wacholderbeeren, die mir mein Vater vor Jahren aus New Mexico mitgebracht hat. Er sagte, sie würde Albträume abwehren. Dafür haben die Indianer sie benutzt.

Kann ich Lucy davon überzeugen, etwas davon zu benutzen? Wohl kaum.

Die Worte, mit denen man Vampire beschreibt, sind unendlich traurig: ein »trostloser Mensch«, der »keiner Erlösung zugänglich« ist. Warum sollte Ernessa Lucy in so ein Wesen verwandeln wollen? Trotz allem ist Lucy immer ein glücklicher Mensch. Schlimme Dinge hinterlassen bei ihr keine Spuren. Darum ist sie bei allen so beliebt. Warum verwandelte sie nicht mich? Ich wäre ein viel besseres Opfer. Ich bin schon fast so weit. Aber mich rührt sie nicht an.

Es hat überall und zu jeder Zeit Vampire gegeben, schon in der Frühzeit: in ganz Europa, Assyrien, dem alten Irland, Russland, Ungarn, Transsylvanien, Griechenland, Indien, China, Java usw. Erfinden Menschen überall die gleichen Geschichten, weil sie die gleichen Ängste haben?

24. März

Heute habe ich Lucy angerufen. Eigentlich wollte ich nicht, aber ich konnte nicht anders. Ich nahm den Hörer und wählte ihre Nummer. Sie meldete sich. Alles in Ordnung. Wir konnten nicht lange reden, weil sie zu ihren Kusinen musste. Der fröhliche Mensch war wieder da. Sie schiebt die Hausaufgaben vor sich her, dabei fängt in ein paar Tagen die Schule an. Bevor sie auflegte, fragte ich sie betont beiläufig, ob sie wisse, was Ernessa in den Ferien gemacht habe. Es dauerte lange, bis sie antwortete.

»Nein. Wieso?«

»Ich glaube, ich habe sie vor ein paar Tagen auf der Treppe vor dem Met gesehen. Ich dachte, sie hätte vielleicht davon gesprochen, nach New York zu fahren.«

»Keine Ahnung«, meinte Lucy. »Vielleicht hat sie Verwandte dort. Hast du mit ihr geredet?«

»Nein, ich hab sie nur von weitem gesehen.«

»Vielleicht war es jemand anders.«

»Ich bin mir ziemlich sicher, dass sie es war. Ich könnte nie –«

»Ich muss jetzt los. Meine Mutter ruft nach mir.«

Sie hängte ein, ohne dass ich mich verabschieden konnte.

Nach außen tut sie freundlich, ist aber misstrauisch. Sie will Ernessa vor mir schützen. Was habe ich Ernessa denn je getan, außer mich bei Mrs. Halton über ihr stinkendes Zimmer zu beschweren?

25. März

Heute habe ich Strohkreuze gekauft, die wie Weihnachtsbaumschmuck aussehen. Das machte es ein bisschen weniger unheimlich, dennoch kam ich mir blöd vor, als ich sie kaufte. Das ist viel schlimmer, als bei der Versammlung Kirchenlieder zu singen. Es ist bestimmt eine Sünde, wenn eine Jüdin ein Kreuz kauft. Ich werde mich unbehaglich fühlen, wenn ich in mein Zimmer gehe. Ich muss mir immer wieder sagen, dass ich nicht versuche, eine Christin zu sein. Das habe ich an den Mädchen in der Schule immer gehasst, sogar an Lucy: ihre aalglatte Überlegenheit, weil sie Christen sind, so als ob ich mich insgeheim danach sehnte, wie sie zu sein. Kein Mensch, der dieser Religion angehört, glaubt wirklich daran. Sich als Christ zu bezeichnen ist nicht anders, als sich zu bestimmten Kleidern zu bekennen. Die Kirchen sind wie Mrs. Haltons Wohnzimmer: man traut sich nicht, sich hinzusetzen oder etwas anzufassen, Schweiß oder Fingerabdrücke zu hinterlassen. Am liebsten mag ich Kirchen, die nur noch Ruinen sind, mit einem Boden aus Gras und Erde und dem Himmel als Decke.

26. März

Am meisten bedauere ich die Kinder, die ohne eigenes Verschulden zu Vampiren werden. Sie sind unwissende Opfer – weil sie in der Karwoche empfangen wurden, die unehelichen Nachkommen unehelich geborener Eltern sind, als siebtes Kind oder mit einem roten Wehmutterhäublein oder einem anderen Makel geboren werden. Kinder, die an Weihnachten geboren werden, sind verdammt, Vampire zu werden, um für die Eitelkeit ihrer Mutter zu büßen, die sie am selben Tag empfangen hat wie die Jungfrau Maria.

Warum sollten Kinder für die Sünden ihrer Eltern bezahlen? Ist es nicht schlimm genug, überhaupt geboren zu werden?

Lucy gibt jedem nach. Sie ist schwach, und ich muss nun auf sie Acht geben.

27. März

Gibt es etwas Schlimmeres als die Leute, die in die Kirche gehen und zur Heiligen Dreifaltigkeit beten? Zu Geistern? Christus ist von den Toten erstanden. An etwas zu glauben, das sich nicht beweisen lässt, macht es noch schöner. Man fühlt sich frei, auch wenn es erschreckend ist. Man hat sich entschieden.

28. März

Ich bin so wütend auf meine Mutter. Ich wollte als Erste in der Schule sein. Sie hatte noch etwas zu erledigen, einen Anruf, alle möglichen blöden Kleinigkeiten. Als ich ankam, waren alle da, einschließlich Lucy. Es war zu spät. Ihr Zimmer war voller Mädchen. Alle wollten zu ihr. Ernessa hielt sich fern. Ich weiß nicht, ob sie schon zurück ist. Wissen sie, dass ich sie in jener Nacht zusammen gesehen habe? Kümmert es sie überhaupt?

Als ich in ihr Zimmer kam und sie von Mädchen umringt auf dem Bett sitzen sah und hörte, wie sie über die dummen Witze lachte, dachte ich, sie ist genau wie immer. Doch als sie aufstand und ins Bad ging, begriff ich, wie sehr ich mich geirrt hatte. Sie scheint nur dieselbe zu sein. Alles an ihr ist verblichen. Ihre Haut ist so blass und glatt, dass sie bläulich schimmert. Sie hat keinen einzigen Pickel. Sie bewegt sich langsam und mit Bedacht, als müsste sie vor jedem Schritt überlegen, wohin sie den Fuß setzt. Ich wurde ungeduldig vom Zusehen.

Ich konnte ihr nur die Kette aus getrockneten Wacholderbeeren geben. Sie schien sich gar nicht dafür zu interessieren, aber ich bestand darauf, dass sie sie an ihr Bett hängte. Ich hängte sie selbst auf. Wenn ich nicht betont hätte, dass sie ein Geschenk meines Vaters sei, hätte sie mich vermutlich sogar davon abgehalten.

Ich blieb in ihrem Zimmer, damit sie die Kette nicht wieder abnahm.

30. März

Der Frühling ist verdorben. Nichts kann ihn retten, nicht mal die japanischen Zierkirschen.

Letztes Jahr habe ich mich den ganzen Winter auf die blühenden Kirschbäume am oberen Sportplatz gefreut. Das war das Glück meines ersten Jahres: der Frühling. Ich ließ mich von ihm erfreuen. Mein Vater hätte es so gewollt. Die Natur war seine Religion. Eines Morgens kam ich nach dem Frühstück nach draußen, und die Kirschbäume standen in voller Blüte. Über Nacht hatten sich die festen Knospen entfaltet. Nachmittags setzte ich mich unter die Bäume und las stundenlang. Ich wollte so viel Zeit wie möglich unter diesem rosa Schleier verbringen. Jeden Tag saß ich dort, bis alle Blüten abgefallen und die dicke rosa Matte faulig braun geworden war. An einem Tag ging ein Wind, und die Blütenblätter rieselten wie rosiger Schnee auf mich herunter.

Letztes Jahr holte Lucy mich um sechs Uhr aus dem Bett, um vor dem Frühstück Lacrosse zu trainieren. Sie war davon überzeugt, dass ich es mit ihr zusammen in die A-Mannschaft schaffen würde, weil ich so schnell laufen kann. Ich verstand nie, dass jemand wie ich, der morgens normalerweise so schwer aus dem Bett kommt, einfach aufspringen und die Treppe runterlaufen konnte, um in der Dämmerung Zielübungen zu machen. Wie zerbrechlich und unbeholfen Lucy geworden ist. Ich kann mir nicht mehr vorstellen, dass sie jemals mit ihrem Lacrosse-Schläger und wehendem blonden Haar über den Platz gelaufen ist.

Jetzt ist das ganze neue Blut in ihrem Körper. Sie hat sich von einem sportlichen, gesunden Menschen in jemanden verwandelt, der schwach und zögerlich ist. Alle haben sich an die neue Lucy gewöhnt. Sie begreifen nicht, wie sehr sie sich verändert hat.

April

1. April

Jetzt verändert sich auch Sofia. Beim Skifahren in Vermont hat sie einen Jungen namens Chris kennen gelernt. Sie sagt, sie sei nicht in ihn verliebt, wolle aber bei ihm ihre Jungfräulichkeit verlieren. Er kommt übers Wochenende, und sie will ihn drüben beim College treffen und die Nacht mit ihm verbringen. Sie hat mich gefragt, ob ich mitkommen und aufpassen will. Carol ist auch dabei.

Ich konnte nur nicken. Hoffentlich ist sie bald drüber weg. Sie war immer so prüde. Jetzt redet sie von nichts anderem mehr. Ich bin von ihr enttäuscht.

Ich wache erschöpft auf.

Ich kann nachts nicht schlafen. Ich brauche eine Tablette, die alles vertreibt.

In meinem ersten Jahr drängten wir uns nach der Arbeitsstunde in der Badekabine, stopften ein Handtuch in den Türspalt und drehten kochend heißes Wasser auf. Weiße Dampfwolken stiegen von der Wanne zur Decke hinauf. Wenn der ganze Raum voller Dampf war, zündeten wir eine Zigarette an und ließen sie rumgehen. Der Dampf fraß den Zigarettenrauch. Wir rauchten, bis uns schwindlig wurde. Dann machten wir nacheinander die Tür auf und rannten in unsere Zimmer. Ich kroch ins Bett, mir war noch immer schwindlig. Sobald ich die Augen schloss, schlief ich ohne einen weiteren Gedanken ein. Es war, als nähme man eine Vergessenspille.

2. April

Heute Morgen bekam ich ungewollt Streit mit einer Tagesschülerin. Diese ätzende Art Streit, bei dem der andere nicht mal richtig zuhört.

Ich stand mit einigen Mädchen vor dem Matheraum. Wir warteten, dass Miss Hutchinson die Tür aufmachte und uns hineinließ. Da sagte Megan Montgomery plötzlich: »Ich glaube, wir sollten einfach reinmarschieren und sie rausbomben! Wir könnten Hanoi in wenigen Tagen platt machen.«

Megan sprach einfach in die Runde, vielleicht meinte sie aber auch mich. Wie konnte ich da den Mund halten?

»Wie schrecklich, wie kannst du so was sagen? Dabei würden viele unschuldige Menschen sterben.«

»Wir oder die«, sagte sie. »Die Wahl dürfte nicht schwer fallen. Wir bomben sie zurück in die Steinzeit und holen unsere restlichen Truppen raus.«

»Du redest nur nach, was deine Eltern sagen.«

»Du mit deinen roten Eltern … deiner roten Mutter, besser gesagt. Vermutlich ist sie gerade bei einem Protestmarsch.« Megan lachte über ihren Witz, und ich merkte, dass die anderen sich das Lachen verbeißen mussten.

Mein Gesicht wurde heiß – nicht vor Verlegenheit, sondern vor Zorn. »Immerhin hasst meine Mutter, meine rote Mutter, jegliche Form von Mord. Was ist es denn für ein Gefühl, wenn man andere Menschen töten will?«

Meine Stimme wurde lauter, die Mädchen entfernten sich von mir. In diesem Augenblick öffnete Miss Hutchinson die Tür und steckte ihren grauen Kopf heraus. »Was ist das für ein Lärm hier draußen?«

Alle eilten in die Klasse, weg von mir. Ich blieb im Flur, wollte mich beruhigen, aber ich konnte Megan und ihr glattes, selbstzufriedenes Grinsen einfach nicht vergessen.

Eigentlich dürfte ich Leute, die nicht selbst denken können und in den dummen Ansichten ihrer Eltern gefangen sind, nur bemitleiden. Explodierende Bomben sind für sie genauso unwirklich wie für mich ein buddhistischer Priester, der sich selbst verbrennt. Ich hatte gesehen, wie die durchscheinenden Flammen an seinen Gewändern nagten und dann unvermittelt in die Höhe schossen. Er brach zusammen, und der schwarze Rauch von brennendem Fleisch wogte um die reglose Gestalt des Priesters. Ich war nicht mal traurig; es passierte ja nur im Fernsehen. Nur deshalb können wir derartige Szenen ertragen.

Zum ersten Mal seit Monaten vermisste ich Dora. Die Einzige, die meine Gefühle, meine moralische Entrüstung hätte verstehen können, war tot.

Vielleicht rufe ich meine Mutter nach dem Abendessen an. Immerhin hat sie mich hierher geschickt, wo es solche Mädchen gibt.

4. April

Der Sonntag ist ein verlorener Tag. Ich weiß nicht, ob die Woche mit ihm anfängt oder endet. Sogar als kleines Mädchen haben mich Sonntage heruntergezogen. Heute ist es noch viel schlimmer. Ich weiß nie, was ich sonntags machen soll.

Ich habe schon lange daran gedacht, es zu tun.

Es war mitten am Nachmittag, keiner war da. Der Flur wirkte verlassen. Es war ganz still. Ich saß in meinem Zimmer und starrte aus dem Fenster. Darauf hatte ich gewartet.

Niemand antwortete auf mein Klopfen. Als ich den Türknauf drehte, schwang die Tür ein Stück auf. Niemand vertrat mir den Weg. Falls Ernessa mich überraschte, würde ich sagen, ich hätte Lucy gesucht. Die Kommode stand noch immer direkt an der Tür. Ich ging ins Zimmer und schloss die Tür.

Nichts hatte sich verändert, seit ich das letzte Mal hier gewesen war. Das Zimmer war kahl. Keine Bücher, kein Papier, keine Stifte, keine Haarbürste, kein Shampoo, keine Fotos oder Briefe. Nur Bett, Kommode, Schreibtisch, Stuhl, Lampe, das Grundmobiliar aus der Broschüre. Hätte Ernessa über Nacht gepackt und die Schule verlassen, würde es genauso aussehen. Ich merkte nichts mehr von dem furchtbaren Geruch, der immer in den Flur gedrungen war. Das Fenster war zu. Es war sehr stickig. Die stickige Luft wurde drückender. Jemand sog die Luft aus dem Zimmer.

»Sie atmet nicht dieselbe Luft wie wir«, zitierte ich laut, um mich daran zu erinnern, dass ich noch sprechen konnte.

In mir breiteten sich Müdigkeit und Schwere aus. Luden mich ein. »Là, tout n'est qu'ordre et beauté, / Luxe, calme et volupté.« Ich überlegte, ob ich die Kraft finden würde, bis zur Tür zu gehen und den Knauf zu drehen. Sosehr ich auch nach Luft schnappte, ich brauchte immer mehr. Ich hatte es mir ganz anders vorgestellt.

Ein leises Murmeln erklang, ich drehte mich um. Es wurde lauter, Wasser ergoss sich über die Steine in einem Flussbett, wirbelte weißen Schaum auf.

Das Zimmer war voller Menschen. So dicht gedrängt, dass sie miteinander verschmolzen. Sie waren substanzlos, drückten sich aber gegen mich. Ich erkannte kein Gesicht. Mir war schwindlig, alles verschwamm in ihrem Lärm. Ich war mir nicht sicher, ob sie Gesichter oder wenigstens Körper hatten. Sie verströmten eine Verzweiflung, die so stark war wie der Schweißgeruch im Umkleideraum. Es waren so viele, und sie kamen auf mich zu.

So würde auch Lucy enden. Mein Vater war vielleicht

schon hier, hieß mich willkommen. Ich hatte keine Angst mehr, warum also warten? Ich war unter ihnen. Ich hörte die Stimme meines Vaters ganz deutlich: »Ich glaubte nicht, dass Tod so viele abgetan schon hätte.« Er lachte immer, wenn er die Worte zitierte. Es war eine seiner Lieblingsstellen bei Dante.

Ich zwang mich, durchs Zimmer zu gehen, durch die drängenden Körper, und fiel gegen die Tür. Draußen im Flur sog ich die Luft gierig, in riesigen Atemzügen ein. Ich schloss mich im Bad ein und blieb lange auf den kalten Fliesen sitzen. Ich sah mein Gesicht im Spiegel, es war immer noch rot, und meine Ohren schmerzten, weil das Blut so laut durch meinen Kopf rauschte.

6. April

Mr. Davies sprach mich im Flur an, er wollte wissen, wie es mir ging. Ich sollte ihn besuchen. Ich fragte warum. Er sah gekränkt aus und meinte: »Zum Reden. Über Bücher.«

Um mich herum im Flur standen Mädchen in Gruppen, unterhielten sich, ließen ihre Büchertaschen baumeln, aßen und tranken. Niemand bemerkte Mr. Davies und mich, wir standen abseits. Niemand merkte, wie er mich ansah.

8. April

Ich zwang mich, in Mr. Davies' Zimmer zu gehen. Claire lungerte vor der Tür herum, weil sie wissen wollte, worüber wir geredet hatten. »Tod.« Mehr sagte ich nicht. Sie rümpfte angeekelt ihre lange, knochige Nase.

Die Tür war zu, also konnte sie unmöglich gesehen haben,

wie Mr. Davies sich vorbeugte und seine Hand auf meine legte.

Wenn ich wollte, könnte ich dafür sorgen, dass er sich in mich verliebt. Ich könnte alles von ihm verlangen. Er schaut mich lange an. Er kann nicht aufhören, mich anzuschauen. Wonach sucht er?

Heute Nachmittag hat er mir gesagt, sein Lyrik-Kurs lese Emily Dickinson.

»Warum?«, fragte ich verärgert. »Sie hat ihre Gedichte nicht für dumme Mädchen geschrieben. Das sind genau die Mädchen, die mich meiden, weil ich sie an etwas Unangenehmes erinnert habe. Ich mache ihnen Angst.« Ich stellte mir vor, wie die Mädchen die Worte lasen und verlegen lachten. »Sollen sie doch Sylvia Plath und Anne Sexton lesen. Wahnsinn, gescheiterte Liebe, Selbstmord. Für sie reicht das alle Mal.«

»Für wen hat sie die Gedichte denn geschrieben?«, fragte er. Dabei legte er seine Hand auf meine. Er drückte fest zu; er wollte mich zurückhalten.

»Für mich.«

»Nur für dich?«

»Ja. Nicht mal für Sie. Es sind meine.«

Beim Rausgehen war ich durcheinander. Ich hätte stundenlang weinen können. Stattdessen musste ich mich mit Claire herumschlagen.

Wenn ich ihn das nächste Mal sehe, sage ich ihm, dass ich Emily Dickinsons Gedichte nicht mehr brauche. Er soll sie ruhig haben. Selbst die dummen Mädchen können sie haben.

9. April

Heute Morgen in der Versammlung hat Miss Rood wieder Ernessas Namen vorgelesen, weil sie vier Wochen nacheinander Sport blaugemacht hat. Miss Bobbie hat es auf Ernessa abgesehen. Miss Rood toleriert Jüdinnen, obwohl sie sie nicht mag, aber Miss Bobbie hasst sie. Sie wird bei Ernessa nicht lockerlassen. Das Gleiche hat sie auch mit Dora und mir gemacht. Eine Zeit lang trug Dora keinen BH, und Miss Bobbie schlich sich von hinten an und fuhr ihr mit dem Finger über den Rücken, um den Verschluss zu suchen. Sie hat so viele Tadel dafür bekommen. Dabei existiert vermutlich keine Regel, die das Tragen von BHs vorschreibt. Einmal hatte ich keine saubere weiße Bluse und trug nur einen Pullover. Das machen viele Mädchen. Gleich morgens erwischte sie mich und verpasste mir einen Tadel wegen unvollständiger Uniform. Und montags morgens hat sie mir schon eine Menge Tadel wegen schmutziger Schuhe erteilt. Das ist ihr Leben.

Vielleicht sorgt Miss Rood dafür, dass immer ein paar Jüdinnen auf der Schule sind, damit Miss Bobbie beschäftigt ist.

Ich schaute Ernessa an, nachdem Miss Rood ihren Namen aufgerufen hatte. Wie üblich funkelte sie Miss Bobbie an, die immer neben der Tür zum Versammlungsraum sitzt. Sie war außer sich. Glotzte immer weiter. Nach der Versammlung nahm Mrs. Halton sie beiseite. Ich konnte nicht hören, was sie zu Ernessa sagte.

10. April

Niemand spricht über Ernessa, wenn ich dabei bin. Manchmal hören sie sogar auf zu reden, wenn ich ins Zimmer komme. Ich weiß genau, worüber sie gesprochen haben. Als ich heute Nachmittag bei Sofia war, hörte ich, wie sich Sofia und Carol über Ernessa unterhielten. Ich las in Sofias großem Sessel, sie lagen nebeneinander auf dem Bett. Sie hatten ganz vergessen, dass ich im Zimmer war. Ich steckte den Kopf tiefer ins Buch und hielt die Luft an. Ich hatte Angst, sie würden sich an mich erinnern und aufhören zu reden.

»Ernessa muss nächste Woche jeden Tag nach der Schule mehrere Bahnen schwimmen, dazu hat Miss Bobbie sie verdonnert«, sagte Carol. »Lucy sagt, sie hasse Schwimmen. Es sei eine Qual für sie.«

»Warum sagt Ernessa nicht einfach, sie habe ihre Tage und könne nicht schwimmen?«, fragte Sofia. »Das mache ich auch immer.«

»Sie will sich keinen Schein bei der Krankenschwester holen. Dann müsste sie mit der auch noch diskutieren. Außerdem würde Miss Bobbie es nur verschieben, sie kann ja nicht ewig ihre Tage haben.«

»Dann soll sie doch sagen, sie könne nicht schwimmen.«

»Aber sie hat im Herbst die Prüfung bestanden. Sonst hätte sie einen Schwimmkurs belegen müssen.«

»Sie könnte sagen, sie sei nicht so gut.«

»Anscheinend hat Miss Bobbie zu Ernessa gesagt: ›Wenn du eine Bahn schwimmen kannst, schaffst du auch zehn. Das ist eine gute Übung für dich.‹ So ein Miststück!«

Miss Bobbie hat mich oft gequält; jetzt ist Ernessa dran. Aber ich kann es nicht genießen. Lucys Mitgefühl macht mich ganz wild.

Ich stellte mir vor, wie Ernessa in den Umkleideraum neben dem Schwimmbecken geht, wo die Badeanzüge nach Größe geordnet in Regalen liegen. Es ist egal, welche Größe man nimmt, weil die Baumwolle im Wasser sofort die Form verliert und lose runterhängt. Manche Anzüge sind neuer, ihr Blau ist dunkler, während andere fast weiß vom vielen Waschen sind, doch alle sind wie Säcke, man sieht die Brüste durch und die blasse Haut unter den Armen.

Im Umkleideraum sind immer Mädchen, die sich gerade umziehen. Man kann sich nirgendwo verstecken. Sie muss sich vor deren Augen umziehen und ihnen zeigen, dass sie unter den langen Ärmeln, langen Röcken und Strümpfen einen echten Körper hat. Sogar ihr Sporttrikot reicht bis zu den Knien. So was trägt sonst niemand. Sie muss, wenn auch nur kurz, ihre Nippel, ihr Schamhaar, ihren Bauch, ihren Arsch entblößen, während sie den Badeanzug überstreift. Gewiss wird jemand ihre Nacktheit sehen, wenn sie den Badeanzug mühsam hochzieht. Es ist eine Qual für sie. Die anderen sehen, dass ihre Brüste ganz flach sind, wie bei einem kleinen Mädchen. Nicht mal die Brustwarzen erheben sich über die umliegende Haut. Sie sind kaum zu erkennen; nur ein Schatten auf der Haut. Es wird nicht länger ein Geheimnis sein. Sie werden zugeben müssen, dass sie eigenartig ist.

Als ich mich in der neunten Klasse mit älteren Mädchen zum Schwimmen umzog, musste ich immer hinstarren. Meine Augen wanderten stets zu dem dunklen, krausen Haarfleck zwischen ihren Beinen, über dem weichen Fleisch der Oberschenkel. Bei einem kleinen Mädchen ist die glatte Hautfalte nicht anders als ein Augenlid. Erst die Haare verwandeln sie. Das grobe Haar verbirgt den Eingang zu einem geheimen Ort. Meine Brüste waren jämmerliche Hügelchen, während einige der großen Mädchen große, gerundete Brüste mit riesigen Nippeln hatten, rosa, purpurn und braun. Sie hatten Frauenkörper. Sie ertappten mich und warfen mir vor, ich hätte sie angestarrt. Dann sahen alle zu mir hin und bemerkten meinen kläglichen Körper.

11. April

Es ist der zweite Tag des Passah-Festes, und ich esse kaum etwas. Ich habe es niemandem erzählt. Ich sage einfach, ich sei nicht hungrig. Außer mir würde höchstens Ernessa Passah beachten, und sie isst ohnehin nie etwas. Schon gar nichts Süßes wie Zimtbrötchen und Angel Cake mit Schlagsahne. Auf etwas zu verzichten, das man gern hätte, ist auch irgendwie befriedigend. Mein Vater hielt immer die Regeln des Passah-Festes ein und fastete an Jom Kippur. Er folgte gerne Ritualen, obwohl er nicht gläubig war.

Ich trinke viel Kaffee und Wasser.

12. April

Neue Sitzordnung. Zum ersten Mal sitze ich mit Ernessa an einem Tisch, und zwar bei Miss Bombay. Sie haben an Passah die beiden Jüdinnen an einen Tisch gesetzt.

13. April

Nach dem Abendessen

Wieder ein Abendessen mit Ernessa. Es fällt mir schwer, nicht die ganze Zeit hinzustarren. Entweder muss ich sie ansehen oder Miss Bombay, die das Essen in sich hineinschaufelt. Sie ist noch dicker als früher, wie ein gestrandeter Wal. Nach dem Essen dauert es ewig, bis sie vom Tisch hochkommt und zum Aufzug geht. Ohne Aufzug würde sie es gar nicht in ihr Zimmer schaffen. Während sie isst, schaut sie sich ständig um, ob wir auch gut essen und Milch dazu trinken. Heute Abend fiel ihr auf, dass Ernessa nur tat, als äße sie, und ihre Milch nicht angerührt hatte.

»Stimmt etwas nicht mit deinem Essen, Ernessa?«, fragte sie. »Schmeckt es dir nicht?«

»Ich habe heute Abend überhaupt keinen Hunger.«

»Aber wir müssen essen, um bei Kräften zu bleiben. Vor allem heranwachsende Mädchen. An diesem Tisch haben wir es nicht eilig. Wir warten, bis du fertig bist.«

»Ich möchte nichts mehr«, sagte Ernessa.

»Aber du musst essen, außer dir ist schlecht. In diesem Fall musst du dich nach dem Essen auf der Krankenstation melden.«

»Was ist mit ihr?«, fragte Ernessa und zeigte auf mich.

Miss Bombay folgte ihrem ausgestreckten Finger, alle sahen zu mir her. Sie schauten auf meinen Teller, auf dem sich noch Spaghetti türmten. Ich hatte die Fleischbällchen gegessen und meine Milch ausgetrunken.

»Nun, was ist mit dir? Auf dich warten wir auch.«

»Ich habe einen Grund, das nicht zu essen«, sagte ich ganz leise.

»Und der wäre?«

»Es ist Passah.«

»Ja …«

»Ich darf an Passah keine Spaghetti essen. Es ist verboten. Sehen Sie, die Fleischbällchen habe ich gegessen.«

Es war mir peinlich, es vor allen anderen einzugestehen. Ich wurde glühend rot, doch niemand achtete auf mich. Sie konzentrierten sich auf Miss Bombays Bemühungen, die Ernessa dazu bringen wollte, etwas zu essen und Milch zu trinken. Ernessa nahm ein paar Bissen und nippte an der Milch, was Miss Bombay zufrieden zu stellen schien, die einfach Nahrung in ihr verschwinden sehen wollte. Ernessa legte die Gabel hin. Miss Bombay wies die abräumenden Mädchen an, die Teller mitzunehmen. Geschirr und Besteck klapperten, da nun alle schnell aufaßen. Die meisten anderen Tische waren bereits entlassen, die Mädchen tranken Kaffee. Wir standen nicht länger im Mittelpunkt der Aufmerksamkeit. Ich schaute zu Ernessa hin. Zum ersten Mal hatte ich sie essen und trinken sehen.

»Geht es dir jetzt besser?«, wollte Miss Bombay wissen.

»Nein«, antwortete Ernessa. »Ich hatte keinen Hunger.«

Ich sah sie an, während sie sprach, ihr standen Schweißtropfen auf der Stirn. Ich sah, dass ihr Mund von innen blauschwarz war, sogar unter der Zunge, und ihre Zähne waren ähnlich verfärbt, vor allem an den Spitzen. Sie sah aus wie wenn wir im Sommer frischen Blaubeerkuchen essen.

14. April

Nach dem Abendessen

Heute Abend war Ernessa nicht bei uns am Tisch. Sie hat es geschafft, mit einer Zehntklässlerin zu tauschen, die bei Mrs. Halton saß. Ich habe noch nie erlebt, dass jemand die Sitzordnung hätte ändern können. Das geht nicht mal, wenn man Sport macht und spät noch ein Spiel hat. Allerdings hat es wohl auch noch niemand versucht. Ich wüsste gern, mit welcher Entschuldigung es ihr gelungen ist. Keiner hat ein Wort darüber verloren. Die anderen Mädchen taten, als wäre es völlig normal. Ich fragte die Zehntklässlerin, weshalb sie mit Ernessa getauscht hätte, und sie erzählte etwas von einem »Konflikt«.

Sie sah heute Abend nicht gut aus. Ich beobachtete sie, als sie den Speisesaal verließ. Sie erinnerte mich an Annie Patterson.

Es liegt am Schwimmen. Ganz sicher. Heute war der dritte Tag.

Heute Nachmittag nach der letzten Stunde habe ich gesehen, wie Ernessa in den Umkleideraum beim Schwimmbecken ging. Ich habe am Wasserspender gewartet und getan, als würde ich trinken, dann ging ich hinterher. Sie war schon weg. Ich ging durch die Duschen, über den feuchten, schimmeligen Zementboden bis zu den Stufen, die zum Becken führen. Wenn es kalt ist oder regnet, gehen wir schon mal durchs Schwimmbad, wenn wir zu den Umkleideräumen bei der Turnhalle wollen. Das ist nicht ungewöhnlich. Der Chlorgeruch war in den Duschraum gedrungen, doch als ich die Tür zum Schwimmbad öffnete und in die warme, feuchte Luft trat, musste ich würgen. Ernessa stand am Fenster und legte gerade ihr winziges weißes Handtuch behutsam auf die Fensterbank.

»Duschen!«, brüllte Miss Bobbie.

Wir müssen vor den Augen der Sportlehrerin duschen, bevor wir ins Becken dürfen. Ich hasse den unvermittelten kalten Wasserstrahl. Ich laufe immer unter der Dusche hin und her, ohne richtig nass zu werden. Ernessa ging zur Dusche, zog an der Kette und stellte sich ungerührt unter den Wasserstrahl. Das Wasser rann von ihrem Körper auf den Boden, und ihr verblichener Badeanzug färbte sich dunkelblau. Sie wäre noch länger stehen geblieben, doch Miss Bobbie unterbrach sie: »Und jetzt ins Becken!«

Ernessa ließ die Kette los und ging langsam ans Ende des Beckens. Sie hatte die Arme fest um den Körper geschlungen. Lucy hatte Recht. Irgendetwas stimmt nicht mit ihr. Ihr Gesicht war dunkelrot, aber die Haut an Oberarmen und

Oberschenkeln sah ganz weiß aus, als wäre sie noch nie mit der Sonne in Berührung gekommen, und war mit kleinen braunen Flecken übersät. Sie sah aus wie Schlangenhaut.

Ernessa schaute mich nicht an, als ich am Becken entlangging. Da war nur das Wasser.

»Ins Wasser. Wir haben nicht den ganzen Nachmittag Zeit«, bellte Miss Bobbie, obwohl sie direkt neben Ernessa stand. Ihr Stimme hing in der Luft. Ich wartete auf den schrillen Pfiff aus der silbernen Pfeife, die sie an einer Kette um den Hals trug.

Ernessa ließ sich vom Rand ins Wasser fallen. Sie hatte die Arme noch immer fest überkreuzt; ihre Finger gruben sich in die Haut der Oberarme. Die Wasseroberfläche kräuselte sich kaum. Ihr Körper sank bis auf den Boden und blieb lange reglos liegen. Zu lange. Miss Bobbie sah ungerührt zu, wie Ernessa langsam, ganz langsam, auftauchte, als steckte sie in dickem, schwerem Öl. Ich dachte schon, sie würde nie mehr an die Oberfläche kommen, doch schließlich hob sich ihr Kopf mit der weißen Badekappe aus dem Wasser. Sie neigte ihn zur Seite, um Luft zu holen. Nach wenigen Sekunden bewegte sie sich vorwärts. Sie schlug mit den Armen und warf den Kopf hin und her. Schwimmen war das nicht. Sie geriet in Panik. Miss Bobbie tat, als wäre nichts geschehen. Sie ging über den glatten grünen Fliesenboden, trat näher an den Rand. Wasser spritzte auf ihre weißen Turnschuhe, doch sie beugte sich einfach vor und rief nutzlose Anweisungen hinunter: »Beine hoch. Kopf runter. Ellbogen beugen. Zehen strecken.« Ernessa strampelte weiter.

Ist das etwa ihre Schwachstelle? Ist Wasser das Medium, das ihr die Kraft nimmt? Sie ist es gewöhnt, im Vorteil zu sein. Dora besaß keine Flügel und begegnete jemandem, der welche hatte. Im Wasser sind Flügel nutzlos.

15. April

Heute hat Sofia Geburtstag. Sie wird siebzehn. Ich habe ihr eine geschnitzte indische Holzdose geschenkt, die mit purpurrotem Samt ausgekleidet ist. Ich hatte sie in den Ferien zu Hause gekauft. Carol hatte in der Konditorei in der Stadt eine wunderschöne Geburtstagstorte mit Blumen bestellt. Sie fragte Mrs. Halton, ob wir in der Küche während der Ruhezeit Tee trinken und Torte essen dürften. Sofia wollte die Torte nicht. Sie sagte, sie würde ihre Diät ruinieren. Sie knabberte an der weißen Torte und ließ einen Riesenhaufen Zuckerguss mit rosa Rosen und grünen Stängeln auf dem Teller. Ich sah mich um und merkte, dass keines der Mädchen, die eng gedrängt um den Tisch saßen, von der Torte aß. Immerhin habe ich eine Entschuldigung. Ich aß eine von Sofias rosa Rosen. Sie war zu süß und buttrig. Niemand sagte etwas. Alle wirkten müde und verdrießlich. Was geschieht nur mit uns?

16. April

Ich bin geschwommen. Das Becken war lang und schmal, und am Ende fiel das Sonnenlicht durch die hohen Fenster und tauchte ins Wasser. Die Oberfläche war angewärmt, doch in der Tiefe darunter blieb es kalt. Ich könnte ewig schwimmen, ohne müde zu werden. Das Wasser trug meinen schwimmenden Körper wie eine Hand. Ich konnte unmöglich darin versinken. Ich öffnete die Augen und sah, wie die Lichtpfeile die trübe, grüne Flüssigkeit durchdrangen und Schatten auf dem Boden hinterließen. Meine Arme hatten den Rhythmus verinnerlicht. Ich brauchte einfach nur dahinzutreiben. Ich brauchte mich vor nichts zu fürchten.

18. April

Früher Morgen
Als ich die Augen aufmachte, summte ich »Morning has broken« vor mich hin. Schon wieder Cat Stevens. Allmählich ergeben seine Texte einen Sinn. Nur bin ich nicht davon überzeugt, dass jeder Morgen ein neuer Anfang ist wie der erste Morgen im Garten Eden. Diese Unschuld habe ich verloren. An ihre Stelle ist die Erinnerung getreten.

Gestern um Mitternacht sind Carol und ich endlich mit Sofia zum College rübergeschlichen. Es war dunkel, wir stolperten über Wurzeln und Steine. Chris wartete auf uns wie verabredet, und die beiden zogen davon. Es war so dunkel, dass ich ihn nicht richtig erkennen konnte. Wir hatten alle Schlafsäcke dabei. Carol und ich legten uns unter eine Trauerweide. Bevor wir einschliefen, riss Carol eine Menge schmutziger Witze über Sofia und Sex. »Sie liebte Tiere und war auch gut zu Vögeln«, und wir mussten furchtbar lachen. Ich dachte dauernd, jetzt verändert sich ihr ganzes Leben, und wir lachen nur darüber.

Als wir heute am frühen Morgen zur Schule zurückgingen, fragte ich Sofia, wie es gewesen sei.

»Nicht das, was ich erwartet hatte.«

»Wie meinst du das?«

»Na ja, irgendwie war es gar nichts. Ich fühle mich genau wie vorher, nur habe ich jetzt Angst, schwanger zu werden. Und ich weiß genau, dass ich ihn nicht liebe.«

»Hat es denn wenigstens Spaß gemacht?«, wollte Carol wissen.

»Eigentlich nicht. Vielleicht, wenn ich mich daran gewöhnt habe.«

Eine Weile sagten wir gar nichts.

»Ich bin froh, dass ich es hinter mir habe«, meinte Sofia. »Ich bin froh, dass es für uns beide das erste Mal war.«

Vermutlich sind Lucy und Ernessa jetzt die einzigen Jungfrauen auf unserem Flur, außer mir natürlich.

Als wir in Englisch *Iphigenie in Aulis* lasen, konnte niemand verstehen, weshalb die Griechen den Göttern schöne Jungfrauen opferten. Mitten in der Diskussion rief Kiki: »Die Mädchen müssen förmlich losgestürmt sein, um ihre Jungfräulichkeit zu verlieren, wenn wieder Opfer gefordert wurden.« Alle lachten, sogar Miss Russell. Aber Sofia stürmte auch los, um ihre Jungfräulichkeit zu verlieren, als hätte sie vor etwas Angst.

Ist es wert, sein Leben zu opfern, um rein zu bleiben?

Ich schreibe später weiter.

Vielleicht schreibe ich auch nie mehr.

Nach dem Abendessen

Ich bin bereit. Hier kommt es. Ich tue das für Sofia.

Gestern Nacht bin ich sofort eingeschlafen. Ich war müde und wollte ihnen nicht zuhören. Sie waren nicht weit entfernt, gleich auf der Anhöhe hinter dem Baum. Ein paar Stunden später wachte ich auf. Es war kalt und feucht geworden. Ich bibberte. Überall war Nebel, der vom Boden aufstieg und davontrieb. Ich fragte mich, wie wir zur Schule zurückfinden sollten. Ich bin mir sicher, dass ich wach war, inzwischen war mir auch viel zu kalt zum Schlafen. Ich wollte Carol wecken und ihr sagen, dass ich in die Schule zurückgehen würde, doch sie schlief tief und fest.

Ich muss eingedöst sein, obwohl ich mich aufgesetzt hatte. Ich stand neben Sofia und Chris, aber sie konnten mich im Nebel nicht entdecken. Viel zu sehen gab es auch nicht. Sie steckten im Schlafsack, und Chris lag auf ihr und bewegte sich langsam vor und zurück. Dann raschelte es leise, und Ernessa tauchte neben mir auf. Sie lächelte verschwörerisch.

»Du musst genauer hinsehen«, sagte sie laut. Ich war sicher, sie konnten uns hören und würden sich beobachtet fühlen. »Siehst du nicht, wie sich ihre schwebenden Geister umschlingen? In alle Ewigkeit, wie in einem Gedicht. Siehst du sie immer noch nicht? Ich glaube nicht an Geister, aber ich glaube an die Ewigkeit. Sicher spüren sie jetzt die Ewigkeit.«

Ich wollte sagen, sie solle leise sein und nie wieder mit mir reden, aber sie war schon weg.

Sie hatten den Schlafsack weggeschoben und lagen auf der feuchten Erde, völlig nackt. Noch immer schienen sie nicht zu merken, dass ich praktisch über ihnen stand. Sofia lag unten, wimmerte und schlug mit den Händen, grub dann die Fingernägel in seinen Rücken, und Chris erhob sich und stürzte auf sie nieder, wobei er ihre Schultern auf den Boden drückte, zuerst mit den Händen, dann mit den Knien, als er auf ihrem Körper nach oben rutschte. Er sah zu mir herüber, als er sich in ihren Mund gezwängt hatte, und ich konnte ihn genau erkennen: das kurze blonde Haar, die feuchten blauen Augen, das rosige Gesicht mit den Pickeln auf der Stirn. Er sah aus, wie Sofia ihn beschrieben hatte.

Seine Knie hoben und senkten sich, er stützte sich mit den Händen ab. Sofia stieß erstickte Schreie aus. Wenn seine Knie herunterstießen, drückte er Sofia jedes Mal ein bisschen tiefer in die Erde. Der Boden barst unter ihrem Gewicht. Die Erde lockerte sich. Zerbröselte. Sofia versank, bis sie nicht mehr zu sehen war, nur ihre Hände griffen noch in die Luft. Sein breiter Rücken hob sich weiß von der schwarzen Erde ab.

Mitternacht

Ich fragte Sofia: »Hat er dir sehr wehgetan?«

»Ein bisschen«, sagte sie und hakte mich unter. »Es war ungemütlich, aber nicht richtig schmerzhaft. Er war ganz süß. Ich glaube, ich habe nicht sehr geblutet. Ich wollte es einfach so schnell wie möglich hinter mich bringen. Es ist nicht so schlimm, wie ich gedacht habe. Du brauchst keine Angst davor zu haben.«

»Und sonst hat er nichts getan?«, fragte ich.

»Wie meinst du das?« Sofia sah mich misstrauisch an.

»Keine Ahnung. Vergiss es.«

19. April

Diese Schule ist wirklich am Ende. Viele Tagesschülerinnen sind heute zu Hause geblieben. In den Pausen waren die Flure ganz leer. »Es steht an der Wand geschrieben« – wie man Vater zu sagen pflegte.

Miss Bobbie ist tot.

Es ist am Wochenende passiert, aber die Tagesschülerinnen hatten irgendwie schon davon erfahren. Miss Rood hat es heute Morgen in der Versammlung bekannt gegeben. Sie wollte es geheim halten, doch so etwas lässt sich nicht verbergen. Hunderte Mädchen keuchten wie aus einem Mund, sahen sich an und begannen zu flüstern. Es war wie ein Traum. Sofort zischte die Reihe der Lehrerinnen ganz hinten im Saal los, um uns zur Ruhe zu bringen.

»Ruhe, Mädchen. Die Versammlung ist noch nicht vorbei. Ich habe euch noch nicht entlassen«, sagte Miss Rood.

Die Versammlung wurde fortgesetzt, als stünde nicht das Ende der Schule bevor. Das war auch ihre Absicht. Wir sollten die Neuigkeit verarbeiten, bevor sie uns gehen ließ. Miss

Rood sagte uns nicht mehr über Miss Bobbie. Sie wirkte weniger erschüttert als bei Paters Tod. Diesmal hatte sie keine rote Nase. Sie blieb vollkommen ruhig. Ich fragte mich schon, ob ich sie missverstanden und sie nur die Namen der Mädchen verlesen hätte, die sich nach der Versammlung bei Miss Bobbie melden sollten.

»Wir singen Lied einundfünfzig«, sagte Miss Rood und gab der Musiklehrerin ein Zeichen, mit dem Klavier einzusetzen. Die ersten Takte gingen unter, als wir geräuschvoll nach unseren Gesangbüchern griffen. Ohne zu zögern sang ich mit den anderen los: »O Gott, du Stütze der Vergangenheit, du Hoffnung für die künftige Zeit.« Dieses Kirchenlied mag ich am liebsten. Miss Rood sucht es immer aus, wenn etwas Schlimmes passiert ist. Sie ließ uns sämtliche Strophen singen. Eine Wildheit legte sich über ihr Gesicht, als sie sang: »Die Zeit fließt immerdar dahin, trägt ihre Söhne fort: Vergessen fliehn sie, wie ein Traum, den weht der Morgen fort.«

Nach dem Lied verlas Miss Rood die Ankündigungen für die nächste Woche und sagte dann wie am Ende jeder Versammlung: »Ihr könnt jetzt gehen.« Die Lehrerinnen standen alle gleichzeitig auf und wollten uns hinausführen. »Nicht rennen! Nicht reden! Alle in einer Reihe!», riefen sie. Aber wir waren nicht zu bremsen. Sobald wir den Saal verlassen hatten, stürmten wir los und rannten geradewegs zur Tür, die in den Übergang führt. Das Stimmengewirr schwoll an und riss alle mit. Mir dröhnen noch immer die Ohren.

Im Übergang holte ich Claire ein. Sie hatte schon etwas aus einer älteren Schülerin herausbekommen, die jemanden kannte, der aus erster Hand Bescheid wusste. Sie sagte, man habe Miss Bobbies Leiche auf dem oberen Sportplatz gefunden. Ihr Oberkörper war zerfetzt. Genauso drückte sie sich aus. Zerfetzt. Nur Blut und Fleischfetzen, aus denen Knochensplitter ragten. Ihr Unterkörper mit dem Schottenrock, den marineblauen Kniestrümpfen und braunen Schnürschuhen war unversehrt. Daran hatte man sie auch erkannt. Ein wildes Tier hatte sie gejagt und angegriffen. Sie wollte weglaufen. Man stelle sich Miss Bobbie wegrennend vor. Es hatte sie gegen die eisernen Zaunpfähle gedrückt. Es war hungrig.

Wir sind hier nicht in der Wildnis. Das Wildeste, was ich je gesehen habe, war ein Eichhörnchen.

Eigentlich müsste ich Angst haben, aber nein, ich fühle mich geschmeichelt. Ernessa hat etwas anderes mit mir vor. Sie hat mich erwählt, alles mit anzusehen. Das könnte Lucy nie. Sie ist das Opfer und spielt ihre Rolle wunderbar. Iphigenie, die Jungfrau, die von ihrem Vater der Artemis geopfert wurde, um einen Krieg zu gewinnen. Lucy rettet uns alle.

Früher dachte ich, meine Eltern könnten mich vor allem beschützen. Wenn ich ein Boot bestieg, erinnerte mich das sanfte Wogen der Wellen an eine Wiege. Jetzt prallen die gleichen Wellen seitlich gegen das Boot, stoßen es umher wie ein Spielzeug.

Danke, Daddy, dass du mich darauf vorbereitet hast, Ernessas Zeugin zu werden. Danke, dass du mir ihren vergifteten Apfel gebracht hast.

Ich bin nicht mehr der Mensch, der ich war. Jener Mensch hätte Mitleid mit Miss Bobbie gehabt. Vielleicht ist sie tatsächlich auf so furchtbare Weise gestorben. Als ich durch den Übergang zum Unterricht ging, stellte ich mir vor, man risse mir die Kehle auf, ich ertränke in meinem Blut, während das Ding, das mich angriff, nicht innehielt, unablässig, unpersönlich zuschlug. Doch ich verspüre kein bisschen Mitleid. Ich sehe noch, wie Ernessa im Wasser hochsteigt, sich durch die schwere Flüssigkeit kämpft, sich den Weg hinausgräbt, während Miss Bobbie sie nicht beachtet, am Beckenrand entlanggeht und Anweisungen brüllt. Bei jedem Schritt wabbelt die schlaffe Haut an ihren Knien. Ihre marineblauen Kniestrümpfe rutschen bis zum Knöchel herunter. Nach einer Woche Schwimmen war Ernessa so geschwächt, dass sie kaum noch laufen konnte. Sie ertrank vor aller Augen. Sie konnte friedlich unter einer schweren Decke aus Erde schlafen, aber im Wasser war sie lebendig begraben. Sie sank ganz schnell nach unten und kam jedes Mal kaum wieder hoch. Sie ist so stark. So schwach.

20. April

Alle haben ihren Eltern von Miss Bobbie erzählt. Ich bin gar nicht auf die Idee gekommen, meine Mutter anzurufen. Miss Rood schickt Briefe an alle Eltern, in denen sie erklärt, es gebe keinen Grund zur Sorge, obwohl in diesem Schuljahr zwei Menschen und ein Hund zu Tode gekommen sind. Einer nach dem anderen. Sie wird schreiben: »In der Brangwyn School hat es eine Reihe unglücklicher Vorfälle gegeben, doch die Verwaltung hat die Lage vollkommen unter Kontrolle. Sie können darauf vertrauen, dass Ihr Kind bei uns sicher aufgehoben ist.« Doch das wird diesmal nicht reichen. Niemand will nächstes Jahr wiederkommen, und im Versammlungssaal sieht man täglich mehr leere Stühle. Wir werden immer weniger.

Als ich heute nach dem Sport über die Auffahrt zur Residenz ging, sah ich Betsy mit ihrer Mutter die Treppe herunterkommen. Sie trug einen Koffer. Sie stellte ihn ab und lief auf mich zu.

»Meine Mutter holt mich nach Hause. Ich habe gesagt, ich wolle hier bleiben, aber sie hat mich gezwungen. Ich hätte sie gestern Abend nicht anrufen sollen, aber ich war so durcheinander.«

»Du bist bestimmt nächste Woche wieder da«, sagte ich.

Ich sah, wie sie in den gelben Kombi mit der Holzverkleidung stieg. Ihre Mutter setzte zurück, und als sie wegfuhren, drehte Betsy sich noch einmal um und winkte. Sie ist bisher die einzige Interne, die abgeholt wurde, aber die meisten wollen nächstes Jahr nicht wiederkommen. Jetzt haben sie einen neuen Grund, die Schule zu hassen. Sie glauben, ihnen könnte hier etwas Schreckliches zustoßen. Ich weiß, dass niemandem von uns etwas passieren wird, nicht einmal mir. Nur der bedauernswerten Lucy. »›Wär Lucy …‹, rief ich selbst mir zu, ›Erbarmen, wär sie tot!‹«

Nach dem Abendessen

Heute Abend sprachen alle nur über Betsys Abreise. Sie wussten nicht, ob es wirklich dumm war oder ob sie im Grunde selbst nach Hause fahren wollten. Beth, das Mäuschen, das nie ein Wort sagt und für einen Monat nach Hause geschickt worden war, nachdem sie sich das Handgelenk zerschnitten hatte, verkündete, am Sonntag sei ein Polizist über den oberen Sportplatz gelaufen.

»Scheiße«, rief Carol, »wenn sie uns nun verhören, so wie damals bei Dora? Sofia, du bestehst nie im Leben einen Lügendetektortest. Dann wissen alle, was du Samstagnacht gemacht hast.«

»Meinst du, wir müssen alle an einen Lügendetektor?«, fragte Sofia. Sie war den Tränen nahe.

»Hör auf«, sagte ich. »Hier wird niemand verhört. Miss Bobbie hatte vermutlich einen Herzinfarkt und ist im Schlaf gestorben. Oder sie ist ausgerutscht, hat sich den Kopf gestoßen und ist ins Schwimmbecken gefallen.« Jetzt sah ich Ernessa, die am Beckenrand stand und zusah, wie Miss Bobbie unterging. »Warum wollen alle die Sache so aufbauschen?«

Sofia wirkte völlig verwirrt. »Wir müssen lügen, sonst fliegen wir.«

»Nein«, sagte ich, »wir werden als Einzige übrig bleiben.«

Ich würde alles tun, um nicht zu fliegen. Selbst wenn ich die Einzige wäre. Ich will niemals hier weg. Ich gehöre hierher.

Licht aus

Sie nähren sich gegenseitig von ihrer Angst und können nie genug kriegen. Niemand will an etwas anderes denken. Sie sind wie Kinder, die sich mit einer Taschenlampe unter die Decke kuscheln und Gruselgeschichten erzählen. Heute Abend hat Sofia vor dem Lichtausschalten geweint. Sie sagte, sie sei zu durcheinander, um zu schlafen. Carol saß auf ihrem Bett und wollte sie trösten. Sie schob sich ständig die blonden Haare aus den Augen, warf sie über die Schulter und drehte den Kopf zur Seite. Es machte mich wahnsinnig. Am liebsten hätte ich ihre Hand gepackt und auf den Rücken gedreht.

Ich habe das Versprechen gebrochen, nie wieder ihren Namen zu erwähnen. Es wird Zeit, dass alle verstehen, was hier geschieht. Sie müssen den Unterschied zwischen Wirklichkeit und Einbildung erkennen. Sie ist gleich um die Ecke, hinter ihrer Tür. Das müssen sie begreifen.

Carol stand sofort auf und ging aus dem Zimmer. Sogar Sofia sah mich eigenartig an.

»Sie isst nichts«, beharrte ich. »Habt ihr je gesehen, dass Ernessa sich Essen in den Mund gesteckt hätte?«

»Ach, keine Ahnung«, meinte Sofia ungeduldig. »Ich kann mich nicht erinnern. Was hat das denn mit dieser Sache zu tun?«

»Wie überlebt sie? Sie muss irgendwelche Nahrung zu sich nehmen.«

»Nur weil ich sie nie essen sehe, heißt das noch lange nicht, dass sie nichts isst. Und denk mal an Annie Patterson, wie lange sie durchgehalten hat, nichts zu essen. Monatelang hat keiner was gemerkt.«

»Und am Ende war sie ein Skelett. Seht euch Ernessa an –«

»Ich bin von ihr nicht so fasziniert wie du. Ich studiere auch nicht ihre Essgewohnheiten. Im Übrigen isst du selbst nichts.«

»Meinst du nicht, ich würde essen, wenn ich etwas fände, das mir schmeckt?«

»Ich kann nicht mehr darüber reden«, sagte Sofia. »Ich muss jetzt schlafen.«

Endlich hatte ich ihre Aufmerksamkeit erregt. Mit dem Thema Essen funktioniert das immer.

21. April

Mittagszeit

Lucy hat heute das Frühstück verschlafen und gesagt, sie wolle sich bei der Krankenschwester eine Entschuldigung für den Sportunterricht holen. Ich kann das alles nicht noch einmal ertragen. Ich sagte, sie solle ihre Mutter anrufen und ihr sagen, sie fühle sich nicht wohl. Lucy tobte.

»Meine Mutter würde mich noch heute Nachmittag abholen. Ich bin nicht krank und muss nicht nach Hause. Ich will nicht nach Hause. Ich bin nur ein bisschen daneben. Wie alle.«

Seit den Ferien hatten wir keine Probleme miteinander. Ich bin ihr aus dem Weg gegangen. Ich mag nicht mal in ihrer Nähe sein. Ich war viel mit Sofia und Carol zusammen. Ich dachte, es würde immer so weitergehen.

Ernessa hat nur ein Spiel gespielt, das wir alle spielen. Sie genießt es, sich etwas zu versagen, so wie wir einen Teller voller Angel Cake mit Schlagsahne wegschieben. Wir können es ein paar Mal durchziehen, doch letztlich geben wir nach und stopfen uns voll. Man spürt, dass man ohne dieses Stück Kuchen nicht leben kann.

Manchmal stand Ernessa aus ihrem Sessel in der Ecke des Aufenthaltsraums auf und wollte zu Lucy gehen, die inmitten einer Gruppe Mädchen saß. Lucy tat, als sähe sie Ernessa nicht, doch darauf fiel ich nicht herein. Etwas stimmte nicht an der Art, wie Ernessa sich bewegte. Sie wurde förmlich von Lucy angezogen. Und dann, mitten im Zimmer, hob sie die Hände, als wollte sie sich bremsen, und ging zur Tür hinaus. Das Spiel ist vorbei.

Falls Lucy wieder krank wird, rufe ich ihre Mutter an. Es ist mir egal, wenn sie dann nie wieder mit mir redet. Ich will sowieso nicht mehr mit ihr reden.

Jemand ist in Lucys Zimmer. Ich muss das hier weglegen.

Ruhezeit

Ich holte mir *Seltsame und phantastische Geschichten* aus der Bibliothek. Ich wollte eine Passage aus *Carmilla* abschreiben, damit ich sie genauer studieren kann.

> Vampire fühlen sich häufig mit einer der Liebesleidenschaft ähnlichen Heftigkeit von bestimmten Menschen fasziniert. Dann verfolgen sie ihr Ziel mit unerschöpflicher Geduld und List, denn oft stellen sich ihnen zahlreiche Hindernisse in den Weg. Sie geben nie auf, bevor sie nicht ihre Leidenschaft gestillt und ihrem Opfer den letzten Blutstropfen aus den Adern gesaugt haben. In solchen Fällen genießen und verlängern sie mit der Raffinesse eines Epikureers ihr mörderisches Vergnügen und erhöhen es dadurch, dass sie alle Stadien einer klug durchdachten Werbung durchlaufen. Dabei sehnen sie sich sogar nach Sympathie oder Zustimmung. Gewöhnlich aber gehen sie

ihr Opfer ohne Umschweife an, und oft überwältigen, würgen und vernichten sie es in einem einzigen Blutrausch.

Jemand war mir zuvorgekommen. Sie hatte etwas an den Rand geschrieben: »LÜGEN!«

Ich bin ein Hindernis, ein Baum, der über die Straße gefallen ist und entfernt oder übersprungen werden muss.

22. April

Hat ein Vampir Gefühle?

Kann man böse sein, wenn man allein auf der Welt ist?

Was bedeutet der Tod für jemanden, der gestorben ist und an dieser Erinnerung festgehalten hat?

Kann man etwas begehren, wenn man alles kennt?

Ich schaue in mich hinein und weiß, dass ich nicht fühlen kann, was Ernessa fühlt, nicht einmal einen Bruchteil davon. Und ich liebe Lucy.

Lucy ist an allem schuld. Sie ist schuld, weil sie so schwach ist. Sie hätte Ernessa vor all dem bewahren können. Und jetzt bin ich gezwungen, Lucy zu retten.

Die Wacholderbeerenkette ist weg. Ich muss Lucy beschützen, ohne dass sie es merkt.

Im Rumänien misst man auf Baustellen den Schatten, den ein Mensch an eine Wand wirft, und nagelt den Schatten dort, wo der Kopf ist, an die Wand, um das Gebäude vor Erdbeben zu schützen. Doch wenn ein Mensch seinen Schatten verliert, wird er zum Vampir. Wie grausam, einem den Schatten zu stehlen. Selbst die Griechen, die junge Mädchen opferten, um die Götter zu beschwichtigen, nahmen ihnen nie den Schatten, nur das Leben.

Heute ist es warm draußen. Zum ersten Mal steht mein Fenster offen. Alles ist voller Leben, wenn der Wind durch die Welt weht.

Später
Es ist ein falscher Frühling. Ich schloss das Fenster und legte mich aufs Bett, um ein Nickerchen zu halten. Es war so still, dass ich hören konnte, wie sich die Luft durch meine Kehle bewegte. Doch das Geräusch, das lauter wurde, war nicht in mir drin. Es umgab mich von allen Seiten. Das Zimmer war voller Fliegen, ihr Summen war überall. Dicke schwarze Fliegen prallten gegen die Fensterscheiben, dumme Insekten, die wieder und wieder gegen das Glas flogen. Bündel von Fliegen, dick wie Trauben. Ich weiß nicht, woher sie kamen. Sie haben die Winterstarre überstanden. Jetzt hat das Sonnenlicht sie wild gemacht. Als ich die Augen zumachte, war das Fliegengeräusch da und verdrängte alle anderen Gedanken.

23. April

Nach dem Frühstück
Ich möchte, dass jemand Lucys Mutter anruft. Ich möchte, dass sich jemand um sie kümmert. Alle sagen, ich solle mich nicht einmischen. Mit ihr sei alles in Ordnung. Niemand will mit mir reden. Niemand will beim Essen neben mir sitzen. Sogar Sofia, die mich noch nie im Stich gelassen hat. Von jetzt an gehe ich nicht mehr zum Mittagessen. Seit Passah habe ich keinen richtigen Appetit mehr gehabt. Nach dem Unterricht gehe ich sofort auf mein Zimmer und hole mein Tagebuch heraus. Ich weiß, dass mich niemand stören wird. Alle sind unten und essen. Im Speisesaal ist so viel Lärm, Kauen und Tellergeklapper und laute Stimmen, dass ich meine eige-

nen Gedanken nicht hören kann. Nach dem Abendessen sitze ich im Aufenthaltsraum allein in einer Ecke und rauche.

Nur Lucy kann mich ertragen, weil ihr alles egal ist. Sie verschläft das Morgenklingeln und kommt kaum aus dem Bett, wenn ich sie wecke. Heute Morgen sagte sie: »Ich bin zu müde zum Frühstücken. Ich habe nicht die Energie, den Mund zu bewegen.« Ich schleppte sie runter und zwang sie, Kaffee zu trinken. Tagsüber geht es ihr viel besser, sie muss nur erst mal aus dem Bett kommen. Obwohl sie sagt, sie schlafe nachts, ist sie beim Aufwachen erschöpft.

Sind denn alle völlig blind?

Ich konnte nicht glauben, was ich beim Frühstück gehört habe. Ich gehe noch frühstücken, weil ich den Kaffee brauche, um den Morgen zu überstehen. Aber nicht die Brötchen. Dieses Essen ist zu klebrig. Die ganzen Mädchen machen mich krank. Ich bin von Menschen umgeben, die ich nicht kenne. Sie haben entschieden, dass Miss Bobbie umgebracht wurde. Und jetzt müssen sie glauben, ein Mann hätte es getan. Sie erfinden alle möglichen blöden Geschichten über den alten schwarzen Hausmeister, der keinen Namen hat, und den Nachtwächter, der auch als Leichenbestatter arbeitet und hinten in der Küche seine Kräcker isst.

Ich weiß, dass sie getötet wurde, kann ihnen aber unmöglich erklären, wie es passiert ist. Sie sollen lieber glauben, was sie wollen.

Sie erkennen nicht, was vor ihren Augen geschieht. Sie müssen alles erfinden. Es ist genau wie letztes Jahr mit Ali O'Malley. Zuerst wurden die Reifen ihres grünen VW Käfer aufgeschlitzt, dann tauchten am schwarzen Brett der Sportabteilung Tag für Tag irgendwelche Hasszettel auf. Als sie eines Morgens ihren Spind öffnete, fiel ein Glas Säure heraus und verätzte ihr die Hände. Sie wäre beinahe blind geworden. Man musste die verdrehte Irre finden, die das getan hatte. Ihre

Freundinnen, lauter Tagesschülerinnen, verdächtigten sofort alle, die anders waren als sie. Ali saß während der Versammlung auf der Bühne, die Hände weiß verbunden, und lächelte selbstzufrieden, während Miss Rood über ihren Peiniger sprach. Ich betrachtete ihr sommersprossiges Gesicht, das braune Haar, das sie zu einem straffen Pferdeschwanz gebunden hatte, die etwas vorstehenden Zähne, und mir wurde übel. Ich wusste, was kurz darauf alle erfuhren. Sie hatte das alles selbst getan. Sie musste einen Monat vor der Abschlussprüfung die Schule verlassen. Und die Freundinnen, die nach einem Psychofreak gesucht hatten, sprachen jetzt nur noch darüber, wie sie sich grundlos ihr Leben zerstört hatte.

Ich muss zur Versammlung. Es hat vor fünf Minuten geläutet.

Mittagszeit

Nun komme ich zum erbärmlichsten Teil des heutigen Frühstücksgesprächs. Ich wollte gerade aufstehen, als ich Claire sagen hörte: »Was ist mit Mr. Davies?« Sie saß am anderen Ende des Tisches, doch ich wusste, dass die Frage an mich gerichtet war. Ich machte mir nicht die Mühe zu antworten, sondern schob meinen Stuhl zurück.

»Was soll mit ihm sein?«, fragte Carol.

»Na ja, er ist ein Mann«, meinte Claire. »Und er ist irgendwie … seltsam. Kein Wunder bei dem Zeug, das er schreibt.«

Ich hatte gewusst, dass das Gespräch letztlich bei Mr. Davies landen würde. Es gibt keine anderen Männer, über die man sich auslassen kann.

»Man muss also seltsam sein, wenn man Gedichte schreiben will«, sagte ich. Sie wollte mich provozieren, aber ich konnte einfach nicht den Mund halten.

»Das nicht. Ich meine das andere Zeug, das Zeug für die Pornohefte.«

»Das hast du dir bloß ausgedacht«, antwortete ich. »Und selbst wenn er so was schreiben sollte, was er nicht tut, ist es doch völlig egal.«

»Von wegen«, sagte Claire. »Wenn man sich so einen kranken Mist ausdenken kann, kann man ihn auch umsetzen. Und ich glaube, er steht nicht mal auf Frauen. Tief in seinem Innern hasst er sie. Ihm geht einer ab, wenn er sie leiden lässt.«

»Das ist doch lächerlich.«

»Wusste ich doch, dass du ihn verteidigen würdest«, sagte Claire. »Offen gesagt, möchte ich nicht allein mit ihm in einem Zimmer sein.«

»Warum tust du das?«, schrie ich. »Ich könnte kotzen!«

Ich stand auf und rannte hinaus. Noch ein Wort, und ich hätte ihr das Gesicht zerkratzt.

24. April

Heute Nachmittag bin ich in den Proberaum gegangen. Ich habe so lange nicht am Klavier gesessen. Ich brauche die Musik mehr denn je.

Ich war allein. Niemand außer mir traut sich allein hinunter. Manche Mädchen weinen im Unterricht. Sie wollen für Sport nicht länger in der Schule bleiben. Und wenn, gehen sie zusammen zum Bahnhof. Sogar Sofia, die die Schule immer geliebt hat, redet vom Weggehen. Es wird immer schlimmer. Das kommt daher, weil sie niemals finden werden, was sie suchen.

Es hat viel geregnet, und die Proberäume sind feuchter denn je. Meine Hände sind so steif, dass sie beim Spielen wehtun. Ich bemühte mich sehr, mich zu konzentrieren und Miss Simpsons Anweisungen zu folgen. Sie sagt, ich mache

Fehler, weil ich mich nicht konzentriere. Ich müsse meinen Willen einsetzen, um die Fehler zu überwinden. Wenn ich spiele, müsse es möglich sein, dass jemand sich anschleicht und mir auf den Rücken schlägt, ohne dass mein Spiel sich verändert. So machen sie es am Konservatorium.

Ich gab auf. Ich konnte nicht spielen.

Die Kellertür stand offen. Der Knauf drehte sich. Noch werde ich nicht hineingehen.

Jede Tür ist meine Tür, nur für mich. Letztlich gehe ich immer hindurch, ob sie nun verschlossen ist oder nicht. Ich musste fest mit der Schulter gegen die Badezimmertür drücken, um sie zu öffnen. Das Bein meines Vaters blockierte sie. Die weißen Fliesen waren mit dunklem, klebrigem Blut bedeckt. Sein Kopf war auf die Brust gesunken. Er konnte das Bein nicht bewegen. Er saß und saß. Ein Atemzug war übrig, nur für mich. Das letzte bisschen Luft, das mit einem schwachen Zischen aus dem schlaffen Schlauchboot entweicht. Er wartete auf mich. Das Sonnenlicht strömte in den Raum, und es war so warm. Ich wollte mich einrollen und dort neben ihm schlafen. Stattdessen musste ich schreien und schreien und schreien, obwohl mich niemand hören konnte. Und das Geräusch ging ins Nichts; es wirbelte wieder und wieder durch den kleinen Raum.

Eins weiß ich: Ich bin kein Opfer. Opfer kennen die Bedeutung ihres Leidens nicht. Ich bin eine Feindin oder Kollaborateurin, kein Opfer.

25. April

Zehn Uhr morgens

Manchmal vergesse ich, dass andere Leute meine Gedanken nicht lesen können. Ich sitze beim Frühstück und trinke Kaffee, dann schaue ich mich in Panik um. Alle Mädchen am Tisch wissen, was ich von ihnen halte, spüren meine völlige und grenzenlose Verachtung. Ich kann sie nicht verbergen.

Claire hat sie mit ihrer Besessenheit von Mr. Davies angesteckt. Sie reden nicht mehr über Bob oder den Hausmeister. Nur noch über Mr. Davies. Er ist ihr Lieblingsmonster. Sie flüstern miteinander und starren mich an, wenn ich mich allein irgendwohin setze. Ich weiß, was sie sagen. »Meinst du, er hat es vorher mit Miss Bobbie gemacht? Oder hat er sie erst zerfetzt und es dann getan?«

Ich werde ihn nicht mehr verteidigen.

26. April

Heute bin ich nach der Schule zu Mr. Davies gegangen.

Ich wollte ihm sagen, was man über ihn erzählt, konnte es aber nicht. Stattdessen redete ich über die Mädchen.

»Sie werden sich wieder beruhigen«, meinte Mr. Davies. »Irgendwann läuft in der Schule alles wieder normal.«

»Sie können sich nicht beruhigen. Sie können es nicht, weil der Mensch, der das getan hat, noch nicht fertig ist. Sie hat noch ein Opfer, wegen dem sie hergekommen ist. Die anderen waren ihr bloß im Weg.«

»Der Mensch, der das getan hat?«, fragte er. Ich glaube, seine Verwirrung war gespielt.

»Ernessa Bloch.«

»Noch ein Opfer?«

»Lucy Blake.«

Er wartete ab. Ich wusste, dass er wusste, was ich ihm erzählen würde.

»Lucy wird wieder krank. So wie vor den Frühjahrsferien. Sie ist sehr schwach. Morgens kommt sie nicht aus dem Bett.

Sie kann nichts essen. Letztes Mal wäre sie beinahe gestorben. Ernessa lässt nicht zu, dass sie ihr Lucy noch einmal wegnehmen. Ich möchte Lucys Mutter anrufen, aber die anderen sagen nein. Sie sagen, ich solle mich nicht in fremde Angelegenheiten einmischen. Sie glauben, Lucys Tod gehe nur sie selbst etwas an. Ihnen ist egal, was danach aus ihr wird.«

Ich hätte den Mund halten sollen. Aber ich konnte nicht. Die Worte drängten aus mir heraus, als wären sie lebendig. Er sah verängstigt aus. Ich bin sicher, er verstand mich, auch wenn er es nicht zugab.

»Du weißt, dass das unmöglich stimmen kann«, sagte er ganz ruhig. »Mag sein, dass Ernessa ein durch und durch widerlicher Mensch ist – für dich ist sie es gewiss –, aber sie ist auch nicht mehr. Sie ist ein Mädchen wie du, kein Geist. Du darfst dich nicht in solchen Phantasien verfangen. Du bist so kreativ. Nutze das aus. Schreibe. In dir steckt Poesie. Lass dir von ihr helfen.«

»Ich weiß, es klingt verrückt«, flehte ich. »Aber ich muss es glauben.«

»Du hast ein schweres Jahr hinter dir. Du musst noch verarbeiten, was deinem Vater zugestoßen ist, wobei das Chaos in der Schule nicht gerade hilfreich war. Zwei Menschen sind gestorben; deine beste Freundin ist krank geworden. Aber du kannst einem Menschen, den du nicht magst, nicht an allem die Schuld geben. Wäre es nicht Ernessa, wäre es jemand anders.«

»Es ist aber Ernessa. Ich habe Miss Bobbie auch gehasst, aber deshalb musste ich sie nicht gleich in Stücke reißen.«

»Für dich existiert Ernessa gar nicht. Sie ist zu deinem Gedicht über den Tod geworden.«

»Meinem was?«

»Du musst versuchen, an andere Dinge zu denken. Du bist zu jung, um ständig an so etwas zu denken.«

Er glaubt nicht an eine andere Ebene der Wirklichkeit. Er glaubt nicht an die Phantasie. Er ist kein echter Dichter.

»Woran sollte ich sonst denken? An Jungen? Klamotten? Essen?«

Das Gespräch schien beendet, verbraucht. Ich würde nie wieder zu Mr. Davies gehen. Die Stunden, in denen wir in dem leeren, sonnendurchfluteten Klassenzimmer über Bücher gesprochen hatten, waren vorbei. Ich stand auf, um zu gehen, rührte mich aber nicht. Mr. Davies trat direkt vor mich. Langsam und bestimmt öffnete er die drei oberen Knöpfe meiner weißen Bluse, die ich unter dem Sporttrikot trug. Dann streifte er die Träger meines BHs herunter, ganz sanft und rücksichtsvoll, und legte seine Hände auf meine Brüste. Seine Hände lagen so kühl und glatt auf meiner heißen Haut. Er wollte mich beschwichtigen, beruhigen. Jede Hand bedeckte eine Brust. Darunter raste mein Herz. Ich konnte nicht anders. Dann beugte er sich über mich und nahm meinen Mund in seinen. Er küsste mich lange.

Mich überkam eine unglaubliche Lethargie. Ich würde mich nie mehr bewegen, mich von ihm befreien und durch den Raum zur Tür, in den Flur hinaus und nach draußen gehen können. Claire hatte sich vor der Tür aufgepflanzt und versuchte, durch die Milchglasscheibe zu gucken. Wenn ich dort hinausging, würde ich nicht verbergen können, was geschehen war. Ich würde ihr Beweis gegen Mr. Davies sein, obwohl es im Grunde genau umgekehrt war.

Der Kuss dauerte lange. Er war süß. Würde niemals enden. Irgendwie schaffte ich es aus dem Raum. Ich brauchte meine ganze Kraft dafür.

Eine Stunde später ist es schon verschwommen. Ich zog einen grauen Pullover über meine weiße Bluse, die schweißnass war, und knöpfte ihn bis oben zu. Die Wolle kratzte auf der feuchten Haut. Ich bin sicher, ich habe es nur geträumt, auch dass ich es genossen habe. Seine Hände. Ist es nicht schlimmer, von so etwas zu träumen?

Ich habe Mr. Davies nie getraut. Er wollte nur über mich an meinen Vater herankommen. Etwas von meinem Vater muss an mir hängen geblieben sein, und er wollte sich diesem Etwas so weit wie möglich nähern. Was ist hängen geblieben? Hat er bekommen, was er wollte?

Ich kann mir nicht vorstellen, was passieren würde, wenn jemand mein Tagebuch fände und das hier läse. Ich will nicht, dass Mr. Davies etwas zustößt.

Ich habe die Kommode vor die Tür geschoben und das Bad abgeschlossen.

Nach dem Abendessen

Heute habe ich keine Zeit für Hausaufgaben, nur fürs Schreiben.

Gott sei Dank habe ich Mr. Davies nicht viel erzählt, aber es reichte, um ihn zu verärgern. Ich spürte, wie er sich gegen meine Worte sträubte, noch bevor er sie gehört hatte. Das alles kommt in mein Tagebuch. Mein Tagebuch wird mich beschützen.

Am Sonntagmorgen (gestern) bin ich gegen halb neun aufgestanden. Ich schaute bei Lucy rein, und da sie noch schlief, ging ich auf eine Tasse Kaffee nach unten. Als ich wieder heraufkam, schlief sie noch immer. Ich beschloss, sie nicht zu wecken, obwohl sie Berge von Hausaufgaben zu machen hat. Früher war sie sonntags immer als Erste auf und schon in der Kirche, bevor wir es auch nur aus dem Bett geschafft hatten. Sie war keine Langschläferin. Jetzt muss sie ihre ganze Kraft für die kommende Woche aufsparen. Ich ging in mein Zimmer, räumte ein bisschen auf und machte mein Bett. Dann setzte ich mich an mein Geschichtsreferat.

Ich ging ins Bad, putzte mir die Zähne, wusch mir das Gesicht. Ich schrieb ein bisschen Tagebuch, aber das machte mich zu traurig. Ich stand immer wieder auf und öffnete die Tür zu ihrem Zimmer einen Spaltbreit, schaute sie an. Schließlich ging ich rein und setzte mich neben sie aufs Bett. Ihr Gesicht war farblos, und sie atmete so flach, dass ihre Brust sich kaum hob und senkte. Ihre Hand lag auf der Decke, und als ich sie berührte, war die Haut kalt wie Marmor. Sie hatte sich nicht gerührt, seit ich zum ersten Mal nach ihr gesehen hatte. Ich geriet in Panik. Sie war tot. Doch als ich ihr die Hand aufs Herz legte, fühlte ihre Brust sich warm an, und etwas flatterte unter meiner Handfläche. Sie hatte noch ihren Geruch, den Geruch von feuchtem Puder.

Ich musste raus. Mit einem Stapel Bücher und meinem Notizheft trat ich durch die Schwingtür in die Bibliothek. Sonntagmorgens ist es hier still. Alle waren sonst wie beschäftigt. Ich war ganz allein. Weg von Lucy. Das Licht fiel in Streifen durch die hohen Fenster.

Die anderen wären überrascht, wenn sie wüssten, dass sie sich mir anvertraut. Sie hat keine Freundinnen und braucht auch keine, aber mir erzählt sie alles. Am meisten überrascht wäre wohl Mr. Davies, der nicht an Bücher glaubt und sie als böse Träume abtut. Ich hatte meine Bücher nicht mal aufgeschlagen. Ich wartete ab. Es gab noch eines, was sie mir sagen wollte.

»Bücher werden dich nicht retten«, sagte Ernessa. »Dein Schreiben wird dich nicht retten. Die Vergangenheit wird dich nicht retten. Mr. Davies wird dich nicht retten. Daddy wird dich nicht retten. Du könntest es mit einem Kruzifix versuchen. Der Davidstern hat noch niemanden gerettet.«

»Mein Vater wollte mich retten«, sagte ich. »Daran werde ich bis zuletzt glauben. Es wird mein letzter Gedanke sein.«

»Durch ihn bist du überhaupt erst in diese Lage geraten.

Eltern vererben einem eine Krankheit; sie infizieren einen mit dem Leben. Dein Vater hat es möglich gemacht, dass du mich so siehst, wie ich bin, und meine Worte hörst.«

»Das stimmt nicht. Das ist dir passiert. Es war dein Tod. Die Spaziergänge, die Gedichte, die Suche nach der Motte im Dunkeln mit der Taschenlampe. Das alles ist wirklich geschehen. Wir waren zusammen, jedenfalls für eine Weile.«

»Er hat dir auch noch andere Märchen vorgelesen, die du vergessen hast.«

Sie begann leise zu summen, dann zu singen, im Flüsterton, ein vertrautes Lied.

Mein Mutter der mich schlacht,
mein Vater der mich aß,
mein Schwester der Marlenichen
sucht alle meine Benichen,
bindt sie in ein seiden Tuch,
legt's unter den Wacholderbaum.
Kiwitt, kiwitt, wat vör'n schöön Vogel bün ik!

Ich hielt mir die Ohren zu, wie ich es immer getan hatte, wenn mein Vater dieses Lied sang. Ich war dann erleichtert, dass ich nicht den kleinen Bruder bekommen hatte, den ich mir so wünschte. Ich könnte nie wie Marlenichen sein und ihn auf die Ohren hauen und seinen Kopf abfallen und in die Ecke rollen sehen. Mein Vater würde nie sein Kind essen und um Nachschlag bitten. Meine Mutter wäre niemals eine Hexe.

»Zeit, dich zu befreien«, sagte sie.

»Ich bin frei.«

Ich erwartete, sie würde wütend werden, weil ich ihr widerstand, aber nein.

Ernessa schob den schweren Holzstuhl zurück, der über

den Boden schabte, als säße ein richtiger Mensch darauf. Mit einer einzigen langen Bewegung holte sie etwas aus der Tasche und zog es über ihr linkes Handgelenk. Sie hielt es mir hin, als böte sie mir etwas an. Ein Moment verging. Nichts geschah. Dann barst die Haut, entblößte das rote Fleisch, eine Wunde wie ein lachender Mund. Blut spritzte heraus wie Wasser aus einem Schlauch. Es durchnässte ihre Kleider, bildete Teiche auf dem Boden, regnete in dunklen Tropfen vor mir auf den Tisch, auf meine Bücher und mein Notizheft. Es strömte einfach heraus. Es ließ sich nicht stillen.

Sie ließ die Rasierklinge auf den Tisch fallen. Als sie sich aufrichtete, verdeckte sie das Licht, das durch die hohen Fenster fiel. Der Raum wurde vorübergehend dämmrig; draußen hatte sich plötzlich eine dichte Wolke vor die Sonne geschoben. Ihre Haut sog das Licht auf, das sich über sie ergoss, wie ein Schwamm eine Flüssigkeit aufsaugt. Als ihr Körper so viel aufgenommen hatte, wie er konnte, fiel das Licht mitten durch ihr Fleisch und begann es aufzulösen, von den Fingerspitzen durch die Hände bis hoch in die Arme. Die Umrisse verweilten noch in der Luft wie ein schwacher Heiligenschein, dann verschwanden sie zusammen mit dem Blut.

Ich wandte mich ab. Wollte den Rest nicht mit ansehen. Die Brüste, der Hintern, die Beine, ihr Gesicht. Als ich wieder hinschaute, war sie in den Staubpartikeln der Luft verschwunden. Eine Fliege begann zu summen und prallte gegen die Fensterscheibe.

Sublimation: unmittelbarer Übergang eines festen Stoffes in den Gaszustand.

Sublimieren: einen Trieb oder Impuls von der primitiven Form in eine sozial oder kulturell akzeptablere umsetzen.

Sublim: von erhabenem geistigen, intellektuellen oder moralischen Wert.

Ich nahm die Rasierklinge mit in mein Zimmer. Es war kein Blut daran. Ich legte sie in meine Schreibtischschublade zu den Fotos und Briefen. Ich zog die Kommode von der Tür weg. Sie würde nichts nützen.

27. April

Sechs Uhr morgens
Ich stehe unter einem riesigen Baum. Der Stamm ist so dick, dass ich nicht mit den Armen herumreiche. Der Wind stöhnt in den Wipfeln, verfängt sich in den Nadeln. Er klingt wie heftiger Regen, aber ich bin trocken. Ich lege den Kopf zurück, kann aber den Wipfel des Baums nicht sehen. Ich zähle die weichen Nadeln in jedem Bündel: Es sind fünf. Ich untersuche die langen, geschwungenen braunen Zapfen und die graue, gefurchte Rinde. Es ist eine Mastbaumkiefer. Ich drehe mich um, will es meinem Vater erzählen. Er wird sich freuen, dass ich es weiß.

Mittagszeit
In der Pause habe ich mich oben ins Schulbüro geschlichen und bin den Ordner mit den Stundenplänen sämtlicher Schülerinnen durchgegangen. Ich wartete im Flur, bis Miss Weiner aus dem Büro kam. Meine Hände zitterten so sehr, dass ich kaum die Seiten umblättern konnte. Sie hat jeden Tag erst ab elf Uhr Unterricht. Sie muss vorher in die Versammlung, doch danach hat sie zweieinhalb Stunden frei. In dieser Zeit schläft sie. Sie braucht nicht viel Schlaf.

Ruhezeit
Ich bin den ganzen Tag durch die Flure gelaufen und habe nur direkt vor mir auf den Boden geschaut. Ich wollte ihn

nicht sehen. Wenn sich unsere Blicke begegneten, würde er alles aufgeben: seine fröhliche Frau, die bei der Familienberatung arbeitet und gegen die Rassentrennung demonstriert hat, die graue und die Schildpattkatze, die Möbel von der Heilsarmee, das Baby, das uns vom Sofa aus zusah, seine Gedichte. Er würde es aufgeben und mich mitnehmen.

28. April

Mittagszeit

Als ich nach dem Frühstück mein Bett machte, kam Mrs. Halton ins Zimmer und sagte, ich solle nachmittags direkt nach dem Unterricht zu Miss Brody kommen. Mrs. Halton stand jenseits der Schwelle, sehr darauf bedacht, keinen Fuß in mein Zimmer zu setzen. Sie sah wütend und angewidert aus. Sie machte sich keine Mühe, es zu verbergen.

Sie wollen seit Jahren, dass ich mit Miss Brody rede, doch bisher habe ich mich immer geweigert. Jetzt befehlen sie es mir. Sie ist ein totaler Reinfall. Sie gibt nur Platitüden von sich, von wegen wir müssten unser innerstes Selbst berühren, obwohl sie keine Ahnung hat, was das sein soll. Warum ist sie überhaupt Schulpsychologin? Sofia ist der einzige Mensch, der sie leiden kann, aber sie würde mit jedem Erwachsenen über ihre Probleme sprechen. Miss Brody hat es unheimlich gern, wenn Mädchen sich ihr anvertrauen. Dabei hört sie ihnen gar nicht richtig zu.

Ruhezeit

Zuerst lief es wie erwartet. Miss Brody wollte mit mir über den Selbstmord meines Vaters sprechen, über meine unverarbeiteten Gefühle für ihn. Sie schien begierig, etwas darüber zu erfahren. Wie hatte er es getan? »Er hat sich die Pulsadern aufgeschnitten. Auf beiden Seiten.« Wie hatte ich mich gefühlt? »Seltsam.« Es gab eine andere Frau, oder? »Nein.« Und wer hatte ihn gefunden? »Meine Mutter.« Hatte ich ihn gesehen? »Man hielt mich fern.«

Lügen, Wahrheit. Sie konnte sie nicht unterscheiden.

Dann fragte sie mich nach meinen anderen Besuchen bei Psychiatern. Einer fand unmittelbar nach dem Tod meines Vaters statt, der andere, als ich noch klein war. Woher weiß sie das? Meine Mutter hätte es der Schule niemals erzählt. Ich wollte nicht über die anderen Dinge sprechen. Ich hatte ihr schon genug gesagt. Sollte sie doch selbst durchs Schlüsselloch gucken. Ich wollte sowieso nie mit den Ärzten reden. Ich sagte immer wieder, ich sei nur etwas angespannt, alles sei in Ordnung. Aber sie gab sich nicht damit zufrieden. Fragte immer weiter.

Miss Brody ist ein durch und durch konventioneller Mensch. Sie trug schwarze Pumps, ein marineblaues Kleid mit Goldknöpfen und ein blaugolden geblümtes Halstuch. Ihr dunkles Haar ist immer perfekt frisiert, und sie spricht ganz langsam und sorgfältig, als könnte ihr Gegenüber die einfachsten Dinge nicht verstehen.

»Wir müssen mit unseren tiefsten Gefühlen zurechtkommen, sie auch dann akzeptieren, wenn sie uns Schmerz zufügen. Es ist harte Arbeit, doch nur so können wir sie überwinden. Sonst verfangen wir uns immer wieder darin.«

Im Grunde waren ihr Gefühle, in denen man sich »verfing«, völlig egal.

»Uns ist zu Ohren gekommen, besser gesagt, mehrere Mädchen haben uns berichtet, dass du etwas Unangemessenes getan haben sollst. Etwas Inakzeptables. Du hast … Exkremente vor die Tür deiner Zimmernachbarin gelegt. Stimmt das?«

Niemand hatte mich dabei gesehen. Da war ich mir sicher. Es war mitten in der Nacht. Und hatte kaum gerochen. Man merkte es kaum. Nur eine Spur, mehr war nicht nötig. Um den Türrahmen, über den Holzboden, alles musste bedeckt sein. Nur jemand mit einem überentwickelten Geruchssinn hätte es merken können. Selbst das Ammoniak, mit dem sie es entfernt hatten, roch schlimmer. Alle haben sich die Nase zugehalten, als sie an Lucys Zimmer vorbeikamen. Ich schaute zu Boden und lächelte verlegen. Ich wollte mich genauso verhalten, wie sie es von mir erwartete.

»Es war ein Scherz. Zwischen Lucy und mir«, sagte ich ganz leise. »Ich hätte es nicht tun sollen.«

»Ein Scherz? Was für ein Scherz soll das sein?«, fragte Miss Brody.

»Ich habe einen Fehler gemacht«, sagte ich.

»Wenn du solche Impulse verspürst, musst du versuchen, sie zu sublimieren und dich in einer sozial akzeptablen Weise zu verhalten.«

Perlenketten statt Rosenkränze, das ist die eigentliche Religion dieser Schule. Ich sagte ihr nicht, dass mir spät am Abend klar geworden war, dass ich Lucy nur retten konnte, indem ich etwas ganz Extremes tat. Und dass sie dem niemals zustimmen würde. Wie sollte ich vor mir selber bestehen, wenn ich zu feige war, um das Äußerste zu ihrem Schutz zu unternehmen? Selbst wenn es so widerlich war, dass ich mein Tagebuch nicht damit beschmutzen wollte. Und es wirkte. In den beiden Tagen, in denen die Sperre an ihrer Tür war, ging es Lucy gut. Am Montag und Dienstag stand sie morgens auf, frühstückte, ging zum Unterricht. Sie war wieder lebendig. Niemand sagte, wie gut sie aussah, weil es ihnen auch nicht auffällt, wenn sie sich mit eingefallenen Augen, grauer Haut und ungekämmten Haaren durch die Schule schleppt. Ihnen fällt nie etwas auf.

Ich lächelte Miss Brody an und beantwortete ihre Fragen

mit einem Nicken. Ich gestand meine Schuld ein. Warum auch nicht? Ich gab sogar zu, dass ich den Schmerz um meinen Vater nie verarbeitet hatte. »Trauern ist harte Arbeit«, sagte sie. »Härter als das Lernen vor einer Prüfung.« Sie sprach mit dumpfer, eintöniger Stimme. Ich verlor das Interesse. Meine Gedanken schweiften ab. Dann sprach sie nicht mehr über Schuld oder Trauer. »Manche Leute genießen die Aussicht auf den Tod«, sagte sie. »Schon der Gedanke daran tröstet sie, so als legte man sich ins Bett und zöge sich die Decke über den Kopf. Es ist keine Angst einflößende, sondern eine befreiende Erfahrung. Der Augenblick des Todes ist ekstatisch, ein unendlicher Genuss. Man wird in eine neue Existenz hineingeboren.« Zuerst dachte ich, sie machte Witze. Ich verstand nicht, was sie mir damit sagen wollte. Aber sie fuhr fort.

»Du liest viel. Es ist, als läse man ein Buch und blätterte bis zum Ende weiter, weil man unbedingt wissen will, wie es ausgeht. Die Spannung ist unerträglich. Ich bin sicher, das hast du manchmal getan, hast einen Blick aufs Ende geworfen. Dieses Wissen kann eine solche Erleichterung sein.«

Sie hielt inne und fragte dann: »Was hältst du davon? Hilft es dir weiter?«

Schließlich blickte ich hoch. Sie saß seitlich, hatte mir eine Gesichtshälfte zugewandt. Ich konnte den Puder erkennen, der die Poren ihrer Haut bedeckte, die feinen Fältchen im Mundwinkel, die erschlaffende Haut unter dem Kinn. Sie war älter, als ich gedacht hatte. Dann nahm sie einen Stift und einen Schreibblock und wandte mir die andere Seite zu. Sie war so glatt und rosig, dass sie gar nicht wie Fleisch aussah. Dieses Gesicht war ohne Falten, Makel und Härchen. Ihre Gesichtshälften waren total verschieden, und ich wusste gar nicht mehr, wie sie zuerst ausgesehen hatte. Wie die linke Seite? Oder eher wie die rechte? Ich kam einfach nicht mehr drauf.

»Meinst du, dein Gespräch mit Mr. Davies war lediglich der Ausdruck tief sitzender Ängste? Du glaubst doch nicht wirklich, was du ihm gesagt hast, oder?«, fragte Miss Brody.

»Ich glaube kein Wort davon«, murmelte ich. »Ich war durcheinander. Wie alle. Mir geht es gut. Wirklich.«

»Ich werde mit dem Arzt darüber sprechen. Vielleicht würde Valium dich beruhigen, dir durch diese schwierige Zeit helfen.«

Wie sollte ich mich verteidigen, wenn ich keine Geheimnisse mehr hatte? Ich wollte nur raus hier, weg von Miss Brody, damit sich ihre beiden Gesichtshälften wieder zusammenfügten, damit alles wieder normal aussah. Ich durfte gehen. Ich rannte in mein Zimmer, legte mich ins Bett, zog mir die Decke über den Kopf und legte mein Kopfkissen oben drauf. Über das Zittern und Weinen war ich hinaus. Ich war erstarrt.

29. April

Mittagszeit

Ich muss einen Monat nachsitzen: keine Wochenendprivilegien mehr. Mrs. Halton sagte es mir heute Morgen nach dem Frühstück. Sie lächelte dabei und fügte hinzu: »Du kannst von Glück sagen, junges Fräulein, dass du so milde davonkommst. Anscheinend möchtest du das Elend an unserer Schule noch vergrößern.«

Alle gehen mir aus dem Weg, sogar Sofia, wenn auch auf ihre nette Art. Ich spüre es. Sie wissen alle, was passiert ist, wollen aber nichts sagen. Natürlich finden sie es ekelhaft. Aber es hat auch sein Gutes, denn jetzt denken sie nicht mehr an Mr. Davies und Miss Bobbie. Nur noch an mich.

Sofia hat endlich abgenommen, genau die neun Kilo, von

denen sie die Dellen an den Beinen bekam. Sie macht irgendeine makrobiotische Diät und isst nur gerösteten braunen Reis, den sie am Wochenende in der Küche zubereitet. Nach einem Monat hat sie den Appetit verloren. Jetzt ist sie dünn, so wie sie immer sein wollte. Sie sieht hager und ängstlich aus.

Heute Morgen bekam ich Lucy wieder nicht aus dem Bett. Ich gab es auf und ging allein zum Frühstück.

»Was ist los?«, fragte Kiki.

Ich schaute hoch, überrascht, dass mich jemand ansprach. »Mit mir?«

Alle starrten mich an, obwohl ich gar nichts machte. Es gab mal ein Mädchen namens Margaret Rice, das steif wie ein Brett durch die Gegend lief. Sie schaute immer geradeaus, mit leerem Gesichtsausdruck. Ich habe sie nie mit jemandem sprechen sehen. Ich habe sie nie lächeln sehen. Wir nannten sie Zombie. Jetzt bin ich der Zombie.

»Du hast mindestens zehn Minuten in deinen Kaffee gestarrt«, sagte Kiki. »Na los, trink schon.«

»Ich dachte gerade an Lucy«, sagte ich, weil Kikis Aufmerksamkeit mich ermutigt hatte. »Sie benimmt sich so wie damals, bevor sie richtig krank wurde. Sie ist morgens zu erschöpft zum Aufstehen, obwohl sie stundenlang schläft. Jemand muss ihre Mutter anrufen.«

»Ach, vergiss es«, meinte Kiki. »Mir kommt sie ganz normal vor. Sie soll ihre Mutter selber anrufen, wenn sie will.«

»Aber sie begreift nicht, wie krank sie ist. Sie sieht furchtbar aus.«

»Lass sie in Ruhe. Sie kann auf sich selbst aufpassen«, sagte Carol. »Sie hat jetzt einen tollen Körper. Kein Gramm Fett. Sogar ihr Bäuchlein ist weg. Ich wünschte, ich sähe aus wie sie.«

Ich schaute in den Kreis verärgerter Gesichter. Sie ahnen

nicht, dass etwas Furchtbares passieren wird. Oder sie wissen es schon. Sie wollen Lucy opfern, um sich selbst zu schützen.

Wenn doch ausnahmsweise mal jemand anders von Lucy anfangen würde. Die beiden Silben aussprechen, Lu-cy. Ich möchte nur hören, dass ein anderes Mädchen über sie spricht, ihren Namen wie einen Zauberspruch aufsagt, um die Geister fern zu halten. Früher schauten sie zuerst mich an, bevor sie über sie sprachen, als wollten sie meine Erlaubnis einholen. Sie gehörte mir mehr als allen anderen.

Ich stand auf und brachte meine Kaffeetasse zum Servierwagen. Ich ließ sie hineinfallen, die braune Flüssigkeit spritzte in alle Richtungen. Als ich hinausging, sahen mir alle nach. Dem Zombie.

Ich kam kurz vor dem letzten Läuten nach oben, und Lucy lag immer noch im Bett. Ich ließ sie in Ruhe, wie man mir gesagt hatte. Sollte sie doch Ärger bekommen, weil sie die Versammlung verpasst hatte. Sollte sie doch wütend auf mich sein.

Am Ende lassen mich alle im Stich. Meine Eltern, die zu sehr mit sich beschäftigt waren. Alle diese ununterscheidbaren grauen Damen, die sich in der Schule um uns kümmern sollen. Meine Lehrerinnen. Miss Brody, die Beichtmutter. Sogar Mr. Davies, der Dichter, den ich anders eingeschätzt hatte. Die Augen der dummen Mädchen folgen mir überallhin.

Arbeitsstunde

Nach dem Griechisch-Unterricht trank ich bei Miss Norris Tee. Sie merkte, dass ich nicht in mein Zimmer zurückwollte, und lud mich ein, die Ruhezeit bei ihr zu verbringen. Ich rannte los, um meine Bücher zu holen. Ich würde gern in ihr Zimmer ziehen. Ich liebe sie.

Beim Tee sprach ich mit ihr ein bisschen über Lucy. Sie

nickte, während ich redete. Sie kennt Lucy. Ich habe sie mal zum Tee mitgebracht. Ich wollte Lucy die Vögel zeigen. Miss Norris machte sich Sorgen um Lucy.

Dann erzählte ich ihr, Ernessa habe einen schlechten Einfluss auf sie. Sie ermutige sie, sich selbst zu vernachlässigen. Ihre Gesundheit zu zerstören.

»Dieses Mädchen war einmal bei mir, am Anfang des Schuljahrs«, sagte Miss Norris. »Ihr Griechisch ist sehr gut. Ich sagte, sprachlich könne ich ihr nichts mehr beibringen. Wenn sie wolle, könnten wir aber die griechischen Historiker lesen. Sie rümpfte nur die Nase.«

»Ich habe Angst vor dem, was sie mit Lucy macht. Lucy ist zu schwach, um sich zu wehren. Sie hält sich nicht für krank. Die Mädchen sagen ständig, ich solle mich nicht einmischen. Es gehe mich nichts an.«

»Du musst deinem Instinkt folgen. Du bist ein guter Mensch. Tu, was du für richtig hältst. Gib nichts auf die anderen. Die Meinung der Menge ist oft böse, und, wie Sophokles sagt: ›Niemals stirbt, was böse ist.‹«

Heute hatten wir begonnen, eine Passage aus der *Odyssee* zu übersetzen. Sie war zu schwer für mich. Den größten Teil übersetzte Miss Norris. Odysseus beschwört die Geister aus der Unterwelt herauf und opfert ihnen das Blut schwarzer Widder. Er gießt es in einen tiefen Spalt, um ihnen die Sprache zurückzugeben. Ich habe die Übersetzung dabei. Die Begegnung mit seiner toten Mutter hätte von mir geschrieben sein können.

> Also sprach sie; da schwoll mein Herz vor inniger Sehnsucht, Sie zu umarmen, die Seele von meiner gestorbenen Mutter.
> Dreimal sprang ich hinzu, an mein Herz die Geliebte zu drücken;

Dreimal entschwebte sie leicht, wie ein Schatten oder ein Traumbild,
Meinen umschlingenden Armen; und stärker ergriff mich die Wehmut.
Und ich redte sie an, und sprach die geflügelten Worte:
Meine Mutter, warum entfliehst du meiner Umarmung?
Wollen wir nicht in der Tiefe, mit liebenden Händen umschlungen,
Unser trauriges Herz durch Tränen einander erleichtern?

Alles ist ungerecht. Körper und Geist trennen sich und verschwinden, wie Nebel. Man kann nicht an einem von ihnen festhalten oder beide wieder vereinigen. Wie sehr habe ich mich danach gesehnt, meinen Vater zu umarmen und ihm die Sprache zurückzugeben, doch selbst in meinen Träumen schwebt er immer davon, ohne etwas zu sagen.

30. April

Nach dem Abendessen
Ich hatte einen Riesenstreit mit Lucy und bin endlich frei. Frei vom Traum einer perfekten Freundschaft. Ich wollte sowieso nie, dass er wahr wird. Er sollte ein Traum bleiben und verschwinden, wie Träume es tun. Eines Tages würde ich feststellen, dass ich nicht mehr von dem Mädchen in dem blauen Zimmer träumte. Dann würde ich einen anderen Traum haben.

Während der Ruhezeit ging ich in ihr Zimmer. Sie lag auf dem Bett, die Augen halb geschlossen. Sie hatte nicht die Kraft, sie zu öffnen oder ganz zu schließen. Ich setzte mich auf die Bettkante und schob ihr das Haar aus der Stirn, es war so glatt wie Metall. Ihre Haut war feucht vom

Schweiß, lose Haarsträhnen klebten daran. Sie versuchte zu lächeln.

»Lucy, ich weiß, du wirst wieder krank. Ich mache mir Sorgen. Ich muss deine Mutter anrufen.«

»Ich bin nicht krank, ehrlich. Ich weiß, dass ich nicht krank bin. Es ist etwas anderes. Es lässt mich krank aussehen, obwohl ich es nicht bin.«

»Willst du nicht weg hier? Weg von diesem Ort? Willst du nicht, dass deine Mutter dich abholt?«

»Nein, ich habe keine Angst. Du kannst sie nicht anrufen. Sie würde auf der Stelle kommen. Mitten in der Nacht.«

»Das verstehe ich nicht.«

»Weil du glauben möchtest, dass ich noch die alte Lucy bin. Das ist ja das Traurige. Du warst mit der alten Lucy befreundet, nicht mit mir. Die neue, die echte Lucy, ist dir egal. Du willst sie nicht mal kennen lernen.«

»Das ist alles Ernessas Schuld«, brüllte ich los. »Sie hat dich völlig gegen mich eingenommen. Darum sagst du so was.«

»Sie hat nie etwas Gemeines über dich gesagt. Ich habe mich verändert, das ist alles. Warum willst du immer ihr die Schuld geben?«

»Weil sie an allem schuld ist. Wäre sie nicht hergekommen, hätten wir ein wunderbares Jahr zusammen verbracht. Sie hat alles kaputtgemacht. Ich hasse sie so sehr, dass ich sie am liebsten töten würde.«

»Du machst mich ganz krank mit deinem Gerede«, sagte Lucy und setzte sich mit plötzlicher Kraft im Bett auf.

Ich packte sie am Arm und zog sie vom Bett zum Badezimmer. Sie war leicht, aber ich hatte Mühe, sie mitzuzerren. Wir standen nebeneinander, passten kaum vor den schmalen Spiegel an der Badezimmertür. Sie stützte sich schwer auf mich.

»Sieh dich an«, rief ich. »Sag mir, dass du nicht krank aussiehst. Du kannst doch kaum aufrecht stehen.«

»Sieh dich selbst an«, flüsterte Lucy.

In unseren weißen Blusen, den langen blauen Röcken, mit unserer blassen Haut und den rot geränderten Augen sahen wir beide geisterhaft aus, als wären wir gar nicht richtig da. Sie war nicht mehr hübsch, aber das hatte mich auch nie wirklich interessiert. Mein Gesicht war nass von Tränen. Ich hatte gar nicht gemerkt, dass ich weinte.

»Lass mich bitte allein«, sagte Lucy. »Ich kann es nicht ertragen, dich dauernd um mich zu haben, du willst mich ja nur ganz für dich haben. Du bist eine beschissene Klette. Du ziehst mich runter mit deinem ganzen Leiden.«

»Du hast nie etwas gesagt.«

»Wir habe nur noch anderthalb Monate Schule. Wir müssten es eigentlich schaffen, ohne die Zimmer zu tauschen.«

Ich ging in mein Zimmer und schloss die Badezimmertür. Ich rede nie wieder mit ihr. Niemals. Ich verstehe nicht mal, was passiert ist. Sie war immer so reizend, schaute mit ihrem dummen Lächeln zu mir auf.

Ich zwang mich, zum Abendessen zu gehen. Sie sollte nicht merken, wie sehr sie mich verletzt hatte. Wie sehr sie mich leiden lässt. Beim Abendessen wirkte sie lebhafter. Mein Schmerz hat ihr Kraft verliehen. Ich war verzweifelt. Ich werde ihre Mutter nicht anrufen. Ich halte mich da raus. Ich aß, die Augen auf den Teller gerichtet. Ich wollte nicht Lucy am Nebentisch sehen, die lachte und redete, als wäre nichts geschehen. Sie ist erleichtert, weil sie mich endlich los ist. Ich war nur die, die sie unter ihre Fittiche nahm wie einen verletzten Vogel, weil ich ihr so Leid tat. Doch letztlich war ich ihr zu anstrengend. Nach einer schnellen Tasse Kaffee rannte ich in mein Zimmer und setzte mich mit dem Tagebuch an den Schreibtisch. Aber ich konnte nicht schreiben. Ich lauschte auf die Mädchen, die vom Abendessen kamen und in ihre Zimmer gingen. Ihre Stimmen im Flur klangen so glücklich! Sie machten sich keine Sorgen. Einige lachten. Sie ließen mich alle im Stich. Lucy spricht nur aus, was alle denken.

Ich bin seit drei Jahren hier, und ich fühle mich genau wie in der ersten Woche, als ich nach dem Essen nach oben eilte, mich einschloss und auf die Mädchen im Flur horchte. Alle Türen standen offen. Nur meine war zu. Sie lebten in einer Welt, in die ich nicht hineinfand. Wie sollte ich je lernen, wie sie zu sein? Ich würde mich Tag für Tag in meinem Zimmer einschließen, lesen, auf die an- und abschwellenden Stimmen hören und mich nur nach meinem Vater sehnen. Sie hatte den Schlüssel und öffnete meine Zelle. Darum liebte ich sie so sehr.

Ich weinte, als ich unser Spiegelbild sah, so sehr hatten wir uns verändert.

Falls ich nicht mehr der Mensch bin, der ich war, kenne ich auch niemanden mehr um mich herum.

Licht aus

Nach der Ruhezeit schlich ich mich zum Münztelefon hinten in der Garderobe. Ich hatte die Taschen voller Kleingeld. Mit zitternden Fingern wählte ich die Nummer. Meine Finger blieben in den Löchern stecken. Ich betete, dass mich keiner sah. Das Telefon klingelte vier- oder fünfmal, bevor sich jemand meldete. Pause, schwerer Atem, eine raue Stimme. Mit ihm hatte ich nicht gerechnet. Ich war davon ausgegangen, ihre Mutter würde rangehen. Er stand neben dem Telefon in der Küche, in Unterwäsche, keuchend, das Gesicht tiefrot und speckig. Der Hund sprang bellend neben ihm herum. »Hallo. Hallo? Hallo?«

Ich hängte ein.

Mai

2. Mai

Sieben Uhr morgens

Eine Fliege summte – als ich starb –
Im Raum die Stille schwoll
So wie die Stille in der Luft –
Wenn ein Sturm Atem holt –

Die Augen rings – schon ausgepresst –
Der Puls harrte gefasst
Des letzten Akts – da Er im Raum
Sich Fürstlich – offenbart –

Andenken hatte ich – vermacht
Und von mir überschrieben
Was übertragbar war – da schob
die Fliege sich dazwischen

Mit Blauem – taumelndem Gebrumm –
Zwischen das Licht – und mich –
Die Fenster schwanden mir – und dann
Verlor mein Sehn die Sicht –

Warum hält sie mir dauernd Vorträge? Es klingt wie eine Predigt. Die Predigerin Emily bekehrt die Jüdin. Ich halte mir die Ohren zu. Ich schließe die Augen.

Neun Uhr abends

Ich kann nicht den richtigen Stift finden, um das hier zu schreiben. Keiner liegt angenehm in meiner Hand. Ich nahm meinen Füller, aber er ist verstopft. Die Feder kratzt über das Papier und lässt kleine Tränen fallen. Ich kann nicht schnell genug schreiben, um mit meinen Gedanken Schritt zu halten. Ich durchwühlte meinen Schreibtisch und meine Büchertasche und probierte jeden Stift aus. Keiner passt.

Ich werde die Worte schreiben: Lucy ist tot.

Sie ist seit über einem Tag tot.

Endlich verstehe ich meine Rolle in der Tragödie. Ist es eine Tragödie? Oder eine Geschichte, die, noch während ich sie erzählte, zu Ende ging? Mir sind ohnehin nur wenige freie Seiten geblieben. Ich habe mein Tagebuch fast voll geschrieben. Das hatte ich mir vorgenommen.

Ich bin noch am Leben. Meine Hand hält meinen karminroten Füller, meinen kostbarsten Besitz. Und sie bewegt sich. Das wundert mich. Meine Hand zittert, bewegt sich aber. Das Blut fließt weiter durch meinen Körper, ohne dass ich ihm sagen muss, was es zu tun hat. Ich atme ein und aus.

Sie haben ihre Leiche weggebracht. Ihren toten Körper. Den Körper, der nicht mehr lebt. Ihre Mutter schluchzte haltlos, als sie mich umarmte. Die Krankenschwester, der Arzt, alle haben mir wieder und wieder Fragen gestellt, wollten wissen, was passiert war. Lucy hatte einen weiteren Anfall, und diesmal hörte sie auf zu atmen. Das brauche ich ihnen doch nicht zu sagen. Sie haben ihre einfache Wahrheit. Was sollen sie mit meiner besonderen Wahrheit anfangen?

Wäre doch nur ihre Mutter ans Telefon gegangen.

Licht aus

Im Flur kam ich an Mrs. Halton vorbei, sie war vielleicht aufgedreht. Sie weiß, wie sehr ich leide, das macht es noch schöner für sie. Sie muss sich um so vieles kümmern. Ist unglaublich beschäftigt. Sie muss mit den ganzen Mädchen reden und sie trösten, Lucys Mutter bei der Totenwache helfen und dafür sorgen, dass wir alle hingehen, Blumen bestellen, Lucys Schrankkoffer aus dem Keller holen und ihre Sachen einpacken. Es gibt so viel zu tun.

3. Mai

Ich öffne die Urne mit der Asche meines Vaters. Weiße Knochen ragen aus der weichen, grauen Asche. Ich verstreue eine Hand voll nach der anderen. Ich will sie loswerden. Der Wind bläst sie uns ins Gesicht. Ich habe seine Asche im Mund. Sie zergeht auf meiner Zunge. Meine Hände und mein Mund sind schwarz verfärbt. »Weg mit den Knochen«, ruft meine Mutter. Sie ist ungeduldig. Entreißt mir die Urne, zieht einen langen Knochen heraus und schleudert ihn in den Himmel. Dann noch einen und noch einen. Die weißen Knochen fliegen im Bogen hoch in den Himmel. Sie kommen nicht wieder runter.

Nachdem sie Lucy von mir weggeholt hatten, legte ich mich ins Bett und schlief. Ich schlief beinahe den ganzen Tag. Ich hatte keine Schlafprobleme. Später ging ich runter zum Abendessen. Ich weinte nicht. Alle Mädchen drängten sich nach dem Essen im Aufenthaltsraum aneinander. Diesmal war das Schweigen anders. Keine wusste, was sie sagen sollte. Gelegentlich wimmerte jemand, andere fuhren zusammen. Sie weinten abwechselnd. Ich weinte nicht einmal, als Lucys Mutter mich umarmte. »Verbrennen Sie die Leiche«, flüsterte ich ihr ins Ohr. Sie schaute mich erstaunt an und begann wieder zu schluchzen.

Ich bin mir sicher, dass Ernessa auch nicht geweint hat.

Lucys ganz besonders gute Freundin. Heute Morgen habe ich sie in der Versammlung gesehen. Sie wirkte rot und verquollen, wie eine schwangere Frau.

Sofia und ich haben Lucys Mutter heute Nachmittag geholfen, alle Kleider einzupacken. Ihre Mutter musste sich irgendwie beschäftigen. Bevor sie Lucys Schmuckkasten in den Koffer legte, klappte sie ihn auf und hielt ihn uns hin.

»Ich möchte, dass ihr euch etwas von Lucy aussucht.«

Sie begann zu weinen, als Sofia und ich den Kasten auf dem Bett auskippten. Es waren die einzigen Geräusche im Zimmer: ihr leises Schluchzen und das Klirren von Gold und Silber. Es war uns peinlich, die Ketten, Armbänder und Broschen zu entwirren. Sofia suchte sich ein silbernes Bettelarmband aus. Das hatte zu Lucy gepasst. Vermutlich hatte sie in den letzten zehn Jahren immer etwas Neues drangehängt. Glöckchen, Herzen, Sterne, Pferde, Hunde, Rollschuhe. Ich nahm ihr goldenes Kreuz. Es hatte die ganze Zeit auf dem grünen Samt in ihrem Schmuckkasten gelegen. Sie hätte es jederzeit wieder anlegen können. Das Mädchen, das jeden Sonntag in die Kirche ging und Ostern einen Hut und ein Täschchen mit passenden Lackschuhen trug, hatte gewusst, wo es war.

4. Mai

Morgendämmerung

Ich hatte geglaubt, ich würde alles tun, um ihr das Leben zu retten. Das war, bevor man mich auf die Probe stellte.

In jener Nacht ging ich früh schlafen. Der Streit mit Lucy hatte mich erschöpft. Es war noch nicht mal zehn. Ich hörte Geräusche aus ihrem Zimmer. Lucy sprach mit jemandem. Ich lag im Bett und wusste, dass ich nicht gezwungen sein wollte, sie zu retten. Ich schloss die Augen und schlief ein. Mein Traum begann so allmählich, dass er mir nicht wie ein Traum vorkam. Ich erwachte und ging zu Lucys Zimmer. Die Badezimmertür öffnete sich, und ich ging hindurch. Lucys Bett war leer. Die Decke zurückgeschlagen. Die Matratze noch warm. Ich eilte in den Flur, über die Hintertreppe ins Erdgeschoss, durch die Tür. Jemand hatte schon einen Stock dazwischengeklemmt. Ich rannte die Auffahrt hinunter, vorbei an der breiten Freitreppe, die zur Residenz führt, vorbei an den japanischen Zierkirschen, die den oberen Sportplatz säumen. Die rosa Blumen waren verschwunden; vertrocknete, braune Blüten bedeckten den Boden. Die neuen Blätter waren silbrig grün. Steinchen und scharfe Stöcke bohrten sich in meine nackten Füße, als ich über das struppige Gras auf dem Hügelkamm rannte. Der Vollmond war gerade riesengroß über den Baumwipfeln hinter dem Sportplatz aufgegangen. Er schien so hell, dass er tiefe Schatten über das Gras warf. Es hätte Tag sein können. Es gab keine Verbindung mehr zwischen ihnen; man gelangte nicht von der Nacht zum Tag und wieder zurück. Ich stand oben auf dem Hügel. Lucy und Ernessa waren auf dem Sportplatz. Ihre weißen Nachthemden leuchteten.

»Lucy«, rief ich, »Lucy!«

Sie hörten mich nicht. Ernessa stand hinter und über Lucy. Sie hatte sie am Haar gepackt und zog sie vom Boden hoch. Lucys Haar schimmerte im Mondlicht wie Gold. Sie schwebten, gewichtslos wie Engel. Die sorgsam geordneten Falten ihrer Nachthemden verbargen die Füße. Engel brauchen keine Füße. Es ärgert mich immer, wenn auf alten Gemälden die Zehen unter den Gewändern hervorlugen. Lucy streckte die Arme zur Seite, am Ellbogen gebeugt, die Finger ausgestreckt, als drückte sie mit aller Gewalt gegen etwas.

Ich rannte zu ihnen hinunter. Es dauerte lange. Die Luft

war dick wie Wasser und presste sich gegen mich. Meine Beine bewegten sich auf und ab, aber ich kam nicht voran. Diesen Traum habe ich mein ganzes Leben lang geträumt und bin immer zu spät gekommen.

Lucys Körper lag verkrümmt am Boden. Ernessa war weg.

Ich hob Lucy auf und drückte mein Gesicht an ihres. Ihr Atem war ein leises Gurgeln.

»Lucy, lass mich hier nicht allein. Das lasse ich nicht zu.«

Sie hörte auf zu atmen, ihr Mund wurde starr. Ich begann sie zu schütteln. Zuerst ein bisschen, dann immer fester. Ich schlug ihren Kopf auf den Boden. Ihr Haar war eine wirre Masse. Ich konnte sie noch ins Leben rütteln. Ich war wütend, weil Lucy sterben konnte, indem sie einfach die Augen schloss.

Dann suchte ich ihren Hals, die Stelle zwischen den Augen, die Haut über dem Herzen, die Brustwarzen nach Zeichen ab, die mir verraten könnten, wie man vom Leben zum Tod gelangt. Ich fand keine. Die Bücher irrten sich alle. Die Zeichen sind unsichtbar. Nicht mal mit einem Mikroskop könnte man sie finden.

Ich erwachte in meinem Zimmer, das Mondlicht strömte durch das unverhängte Fenster. Zuerst dachte ich, jemand wäre in mein Zimmer gekommen und hätte die Deckenlampe eingeschaltet. Charley wäre hereingeklettert und spielte mir einen dummen Streich. Aber Charley war schon lange weg.

Ich sprang aus dem Bett. Rannte in Lucys Zimmer. Die Tür öffnete sich für mich. Das Bett war leer und warm. Alles geschah genau wie in meinem Traum.

Sie fanden mich im Gras, Lucys Kopf im Schoß. Es dämmerte gerade, und das Gras unter uns war feucht und kalt. Meine Beine waren taub.

Nach dem Abendessen

Heute Nachmittag hielten wir die Totenwache für Lucy. Morgen bringen sie sie zur Beerdigung nach Hause. Ihr Vater ist nicht gekommen.

Der weiße Sarg stand ganz allein mitten im Zimmer. Die Leute in ihren schwarzen Kleidern hatten sich an den Wänden aufgereiht. An beiden Enden des Sarges hatte man hohe Urnen aufgestellt, aus denen weiße Blumen quollen. Sie sah tot aus, wirklich tot. Ihre grünliche Haut hätte jeden überzeugt, dass sie tot war und nicht nur schlief. Sie hatte die Augen geschlossen, ihr goldenes Haar war sorgfältig frisiert, das Gesicht geschminkt, die Lippen rosig, der Körper parfümiert, die Hände unter einem Berg weißer Rosen waren gefaltet. Sie trug das weiße Kleid von der Abschlussfeier im letzten Jahr und die passenden weißen Schuhe, und sie war auf weißen Satin gebettet. Alles war weiß, weiß. Und die Düfte waren dick und Schwindel erregend. Die Balsamierflüssigkeit roch widerlich nach überreifem Obst. Ich beugte mich lange über sie, und niemand wagte, mich daran zu hindern. Ich hatte sie gefunden. Ich hatte ihren letzten Atemzug gespürt. Ich hatte sie ganz für mich gehabt. Ich nahm ein winziges Silbermesser und den Streifen Schwarz-Weiß-Fotos von Lucy und mir aus der Tasche. Ich schob das Messer zwischen ihre steifen Hände. Die Fotos unter die Falten ihres Kleides. Es waren vier Bilder, und auf dem letzten lachten wir wie wild, wollten uns gegenseitig aus dem winzigen Rahmen schubsen. Wir hatten uns die Arme um die Schultern gelegt.

Es wird nicht verhindern, dass sie wird, was sie wird, doch das Messer kann sie vielleicht beschützen, und die Fotos werden sie an dem einsamen Ort, an dem man nichts als Hunger verspürt, an mich erinnern.

Ich stand auf und sah mich um. Alle hatten sich abgewandt. In der Ecke stand ihre Mutter mit schwarzem Kostüm, schwarzen Pumps, schwarzer Handtasche und redete mit Mrs. Halton. Sie war jetzt absolut gefasst. Woran dachte sie wirklich, während sie redete und reizend lächelte? Dass sie Lucy mit in das Haus nehmen würde, in dem die keuchenden Atemzüge ihres Mannes die ganze Luft aufsogen und der kleine weiße Pudel dauernd bellte? Ich ging hin, um mich von ihr zu verabschieden. Ich wollte Lucys Mutter sagen, dass alles meine Schuld gewesen sei. Ich wollte ihr sagen, dass Lucy mir nicht mehr vertraut hatte, dass wir keine Freundinnen mehr gewesen waren, dass ich sie nicht mehr kannte, nicht mehr kennen wollte. Wie hätte ich sie retten können, wo sie so entschlossen war zu gehen? Ich brachte kein Wort heraus.

Die Mädchen vom Flur standen zusammengedrängt in einer Ecke, weinten, trauten sich nicht an den Sarg. Ich wollte ihnen sagen, dass sie keine Angst haben müssten. Lucy war schön. Selbst Sofia war in letzter Minute gekommen. Jemand hatte sie überredet. Nur Ernessa war in der Schule geblieben. Ich weiß, wie sehr sie Beerdigungen verabscheut, den erstickenden Geruch.

Als Sofia mich neben der Tür entdeckte, rannte sie auf mich zu und packte mich am Arm.

»Gehst du?«, fragte sie.

Wir gingen gemeinsam zurück. Das Bestattungsinstitut liegt nur zehn Minuten von der Schule entfernt. Wir kamen immer daran vorbei, wenn wir nach einer Pommes und Cola im Drugstore noch durch die Stadt liefen. Wir machten Witze über Bob, der im Hinterzimmer die Leichen herrichtete. Lucy war abergläubisch. Sie betrachtete gern die Blumen im Blumengeschäft nebenan, wollte dann aber unbedingt die Straßenseite wechseln. Sie ging nie am Bestattungsinstitut vorbei. Sie fand es gruselig.

Wir schwiegen die meiste Zeit. Ich dachte, Sofia wäre zu überwältigt, um zu reden, doch sie nahm nur allen Mut zusammen, um mich mit etwas zu konfrontieren.

»Ich glaube, du solltest wissen, was die anderen über dich reden«, sagte sie. »Sie meinen, du seist schuld an ihrem Tod.«

»Was soll das heißen?«

»Du hast sie mitten in der Nacht nach draußen geschleppt.«

»Ich bin rausgegangen, um sie zu suchen. Ich wollte sie retten. Ihr habt doch darauf bestanden, mit ihr sei alles in Ordnung. Ihr habt gesagt, ich solle mich nicht einmischen.«

»Sie geben dir die Schuld.«

»Mir ist egal, was sie denken. Was ist mit dir? Was denkst du denn?«

»Willst du das ehrlich wissen? Ich denke, du bist lange von Lucy und Ernessa besessen gewesen. Du konntest ihre Freundschaft nicht akzeptieren. Ich habe Angst, dass du Lucys Tod in etwas verwandelst, das einfach nicht stimmt.«

»Ich habe immer gewusst, was Ernessa mit Lucy macht. Ich bin nicht auf ihren Tod angewiesen, um die Wahrheit zu erkennen. Er überzeugt mich von gar nichts. Und du willst die Wahrheit nicht wissen.«

Sofia versuchte zu lächeln, konnte das Lächeln aber nicht festhalten.

»Ich will dir nur helfen«, sagte sie.

Ich erwiderte ihr Lächeln.

5. Mai

Morgendämmerung

Ich möchte Lucy ihren Tod zurückgeben. Ich möchte verhindern, dass Ernessa sie in eine Kreatur verwandelt. Eine unglückliche, verzweifelte, hoffnungslose Kreatur. Lucy schwebt mit leerem Gesicht durch die Ewigkeit. Sie versteht nicht, was mit ihr geschehen ist. Sie wird für immer ein Opfer bleiben.

Ich wache morgens auf, gehe zum Frühstück runter, in den Unterricht, übe Klavier, mache Sport, erledige die Hausaufgaben, esse zu Abend, bade, schlafe. Wie kann ich die Uhr zurückdrehen? Kann ich nicht wenigstens die Vergangenheit beherrschen, wenn Ernessa schon die Zukunft beherrscht?

Ruhezeit

Heute Morgen habe ich vor dem Mittagessen Klavier geübt. Ich kann nicht spielen. Ich bleibe an Passagen hängen, die ich früher mühelos geschafft habe. Meine Hände zittern, wenn ich sie vor mich halte. Ich kann sie nicht kontrollieren. Sie sind Blätter im Wind. Es weht kein Wind.

Die Kellertür war angelehnt. Ich habe sie mit den Fingerspitzen aufgestoßen und bin die Treppe hinuntergegangen. Der eigenartige Geruch ist seit einiger Zeit verschwunden. Heute roch es nur nach trockenem Staub. Es brannte Licht, eine nackte Glühbirne hing von der Decke, erhellte einen Kreis auf dem grauen Zementboden und ließ in den Ecken Spritzer aus Dunkelheit. Oben an den Wänden gab es kleine, schmutzige Fenster, die schwaches Licht hereinließen. Ich kam an aufgestapelten alten Möbeln vorbei. Unsere Schrankkoffer sind an der hinteren Wand aufgereiht. Sie lagern hier während des Schuljahrs. Reihen schwarzer Kästen. Ihr Name stand vorn drauf, unter dem Schloss, in Goldbuchstaben: E. A. Bloch. Der Koffer war mit Aufklebern übersät – Cunard Line, Holland-Amerika-Linie, Compagnie Générale Transatlantique. Die roten und blauen Aufkleber waren zerfranst und abgerieben; nur eine Papierhaut haftete noch an der schwarzen Oberfläche. Auf dem neuesten, leuchtendsten

Aufkleber mit dem Namen der Schule konnte man noch den Namen und das Reiseziel lesen. Und bei einem Aufkleber an der Seite. Die meisten der verblichenen, schrägen handschriftlichen Lettern waren noch zu erkennen: Bloch, Brangwyn Hotel. Vor ihrem Koffer lag Dreck.

Als sie zurückgekommen ist, war ihr alles vertraut: die breiten Veranden, die das Hotel umgaben; die Dächer mit den roten Schindeln; die Wohnzimmer im Erdgeschoss; der Speisesaal, die große Treppe, der Ballsaal. Hatte sie im selben Zimmer mit Blick auf den hinteren Hof gewohnt? Sie hatte ein Picknick in der Hütte beim Wald gemacht, auf einer Decke an der Seite des Hügels gesessen. Sie hatte den Nachmittagstee auf der Veranda eingenommen und war mit einem Pony über den oberen Sportplatz geritten. Gab es damals schon die japanischen Zierkirschen? Sie müssen noch klein gewesen sein, mit Zweigen, die wie dürre Arme herabhingen. Ihre Mutter erholte sich, sie nicht. Ihre Mutter fand einen neuen Mann. Sie gab sich gefasst, doch in ihr polterten die Gedanken gegeneinander. Sie füllte die lange Wanne mit warmem Wasser. Unter Wasser tat es weniger weh. Die dunklen Farbschnörkel umwogten sie. Als das ganze Wasser rot war, konnte sie nicht mehr sehen.

Es läutet zum Abendessen. Ich werde ständig unterbrochen.

Nach dem Abendessen

Das schwere Messingschloss hing offen am Koffer. Es war so einfach, die beiden Schließen neben dem Schloss zu öffnen und den Deckel hochzuklappen. Ich ließ den Geruch der Wälder nach einem Regentag heraus: feucht, pilzig, verrottet. Schwarze Erdkrumen hafteten noch an allem. An Steinen, Stöcken, Blattfetzen, modrigen Holzstücken, Moospolstern, Flechten, Schalen, Strohhalmen, Gräsern, Blumen, geflügelten Ahornsamen, Birkenkätzchen, Rosskastanien, zerdrückten Motten, getrockneten Spinnen, grauen Wespennestern, verfilzten Federklumpen, Fellbüscheln, vergilbenden Knochen, einem Schlangenkiefer, Schneckenhäusern, Tierkot. Das alles hatte man mit beiden Armen vom Boden geschaufelt und in den Koffer geworfen. Mittendrin war eine Kuhle, die ihr Körper hinterlassen hatte, ein Körper, der gewichtslos und doch eine Last war. Als Kopfkissen diente ein dickes Notizbuch. Ich hob es hoch und trug es zum Fenster, um es zu lesen. Es waren Hunderte Seiten steifes, blau liniertes Papier. Jede Seite war vorn und hinten auf allen Linien beschrieben. Jeden Tag gab es einen Eintrag: Zeit, Ort, eine kurze Beschreibung des Wetters, nie mehr als zwei oder drei Wörter, die nicht mal eine ganze Zeile einnahmen. Die Tage liefen ineinander. Schnee. Regen. Sonne. Kühl. Westwind. Hagel. Hitze. Frisch. Langweilig und sinnlos. Ich las und las. Siebzig Jahre ohne Pause. Es gab keine Geheimnisse in ihrem Leben.

Ernessa glitt durch die Zeit, rasch, auf der Suche nach denen, die waren wie sie. Jetzt war sie wieder hier, wo sie begonnen hatte.

Ich wandte mich den jüngsten Einträgen zu, fast am Ende des Buchs. 1. Mai, Brangwyn, wärmer. Das war alles. Nur das Wetter hat Einfluss auf sie. Sie ist anfällig für Sonne, Regen, Schnee, Wind. Keine Erwähnung von Lucys steifem Haar im Mondlicht oder den silbernen Blättern der Zierkirschen. »Ich glaube nicht an Geister, aber ich glaube an die Ewigkeit.«

Ich riss die Seiten aus ihrem Tagebuch und verstreute sie über dem Koffer. Das weiße Papier schwebte herunter wie ungeheure, flatternde Motten.

Sie hatte nur noch wenige Seiten übrig. Sie hatte so viele Jahre in ein einziges Buch gezwängt.

Auch bei mir geht der Platz zu Ende. Die Wörter quellen über die Seite hinaus, an den oberen und seitlichen Rand, zwischen die geraden Linien. Meine Handschrift ist winzig, unmöglich zu lesen.

6. Mai

Mittagszeit
Heute habe ich Mathe blaugemacht. Ich kam um genau 10.45 Uhr zum Proberaum und wartete, bis sie aus der Kellertür herauskam. Sie ging um 10.53 Uhr durch den Flur. Damit bleiben ihr sieben Minuten, um ins Schulgebäude zu gehen und pünktlich zum Unterricht zu kommen.

Nach dem Abendessen
Sobald der Unterricht zu Ende war, ging ich in mein Zimmer. Ich schwänzte das Softball-Training, das um Viertel nach drei beginnt. Ich zog meinen Regenmantel an, um die Uniform zu verbergen, und ging am Bahnhof vorbei in die Stadt. An der ersten Tankstelle machte ich Halt. Sie lag neben dem Supermarkt, in dem Lucy und ich immer die tiefgefrorenen Honigbrötchen gekauft hatten, die wir am Wochenende aßen. Ich sagte dem Tankwart, meine Mutter sei ein paar Straßen weiter mit leerem Tank liegen geblieben. Er verkaufte mir eine Gallone Benzin und gab mir einen Plastikkanister und einen Schlauch zum Einfüllen. Ich versprach, die Sachen später zurückzubringen. Ich gab ihm zwei Vierteldollarmünzen. Bevor ich die Tankstelle verließ, wischte ich den Kanister mit Papierhandtüchern ab, damit meine Hände nicht nach Benzin rochen. Der Kanister steht hinter den Büschen hinter der Residenz. Da kommt nie einer hin. Es war leichter, als ich gedacht hatte. Ich hatte befürchtet, ich würde mich

nicht trauen, den Tankwart zu fragen, aber es war gar kein Problem.

Mitternacht

Die Tage sind falsch. Die Nächte sind wahr.

Am Tag vertreibe ich sie, aber nachts kommen sie wieder. Sie gleiten unter meiner Tür hindurch in meine Träume. Ich sehe Lucy wieder, und ich seufze erleichtert, weil alles nur ein Traum war. Nichts davon ist wirklich geschehen. Dann wollen wir uns umarmen und stellen fest, dass wir beide ins Nichts greifen. Lucy will, dass ich sie rette. Das merke ich an der Art, wie sie die Arme ausstreckt und nicht aufgeben will. Sie saugt geräuschvoll die Luft ein, als wäre sie es nicht gewöhnt, den seltsamen Äther einzuatmen, in dem sie nun lebt. Immer taucht Ernessa auf, mit dunklen Schatten unter den Augen. Sie steht abseits, beobachtend, belustigt. Jede Nacht wird Lucy blasser. Bald werde ich nicht mal mehr in meinen Träumen glauben, dass nichts geschehen ist.

7. Mai

Freitag, Ende der Woche

Miss Norris war gar nicht überrascht, als ich mit meinem Tagebuch und Stift vor ihrer Tür stand. Ich hatte es den ganzen Tag in der Büchertasche herumgetragen. Sie war den ganzen Morgen hier. Vermutlich ist sie als Einzige oben geblieben, als der Alarm losging. Sie achtete nicht auf den Alarm und die Autos.

»Ich habe Sie draußen gar nicht gesehen«, sagte ich.

»Ich wusste, dass ich hier oben sicher bin. Ich wollte meine Vögel nicht im Stich lassen. Notfalls hätte ich das Fenster öffnen und sie fliegen lassen können.«

Ich sitze an dem Tisch, an dem wir zusammen Griechisch übersetzt haben. Ich sehe keine Bücher, Notizhefte oder Stifte. Nur eine Tasse Tee steht auf dem Tisch, auf der Untertasse liegt ein silberner Löffel. Sie hat mich allein gelassen. Sie liest im Nebenzimmer. Sogar die Vögel sind still. Ich habe ihr gesagt, ich müsste eine Weile Tagebuch schreiben.

Nachdem das Feuer gelöscht war, durften wir nicht zurück in die Residenz. Alle Mädchen fanden sich in schweigenden blaugrauen Gruppen zusammen und wurden ins Schulgebäude getrieben. Ich glitt ins Naturwissenschaftsgebäude und ging durch den Übergang am Aufenthaltsraum vorbei nach oben in die Residenz. Es war absolut still. Ich hielt Ausschau nach Miss Olivo mit dem wiegenden Kopf auf dem mageren Hals, die tonlos vor sich hin summte, doch ihr Stuhl war leer.

Sie hätte heute Morgen in ihrem Koffer im Keller liegen müssen, so wie sie es jeden Morgen bis 10.53 Uhr tut. Ich hätte den Deckel öffnen sollen, um sicherzugehen, dass sie drin lag, weder tot noch lebendig, verletzlich und schwach, und ich hätte ihr etwas ins Herz stoßen oder ihren Kopf abtrennen sollen, so wie sie es in Büchern machen. Aber ich wollte sie nicht ansehen.

Als die Flamme das Benzin berührte, überraschte mich die Gewalt der Explosion. Mit einem Blitz hatten die Flammen Ernessas Koffer eingekreist. Die Hitze kam plötzlich und war überall, die Flammen sogen mir die Luft aus den Lungen. Ich wollte sehen, wie das Feuer ihn verzehrte, geriet aber in Panik. Ich wollte nicht mit ihr gehen.

Draußen schloss ich mich den Mädchen auf der Auffahrt an, doch sie wichen vor mir zurück. Ich roch. Der Rauch haftete an meinen Kleidern. Gerade eben habe ich in Miss Norris' Bad versucht, mir den Geruch von den Händen zu waschen, doch es ist mir nicht gelungen. Ich wusch und wusch, aber der Geruch ist in meine Haut gedrungen. An meinem verschmierten Gesicht und den versengten Haaren erkannten sie, dass ich das Feuer gelegt hatte. Meine Augen prickelten und standen voller Tränen. Meine Kehle brannte. Ich hätte kein Wort sagen können, selbst wenn mich jemand angesprochen hätte. Sie ließen mich vorbei. Nur Sofia schaute mir ins Gesicht. Ich stand abseits mit verschränkten Armen und sah, wie sie mich beobachteten. Wer kann über mich urteilen?

Die Feuerwehr traf ein. Es waren vier Autos. Alle drehten sich zu den Männern in den schwarzen Anzügen und Helmen. Sie wickelten die dicken Schläuche ab, zerschlugen mit den Beilen die Kellerfenster und spritzten auf die Flammen, die aus den Fenstern schlugen. Die Mädchen holten alle wie mit einer Kehle Luft, als das Wasser mit Wucht herausschoss. Die Feuerwehr hatte den Brand bald gelöscht. Es war mir egal, dass die Residenz nicht abgebrannt war. Sollte sie doch ewig stehen bleiben. Ich hatte den Keller und die Proberäume zerstört. Ich hatte erreicht, was ich wollte. Nur um das Klavier tat es mir Leid.

Nachdem das Feuer gelöscht war, drang nur noch körniger, dichter schwarzer Rauch aus den zerbrochenen Fenstern. Sie hatte sich damit vermischt, ihr nicht ganz wirkliches Selbst hatte sich im ewig Körperlosen aufgelöst, kämpfte darum, wieder in den festen Zustand zu gelangen.

Ich wollte Lucys Seele retten. Aber ich wollte auch Ernessa bestrafen. Sie in ein entsetzliches Nicht-Sein treiben, eine Amphibie, die zwischen Land und Wasser gefangen ist.

Ich ging ein Stück die Auffahrt hinunter, weg von diesen Mädchen. Hinter den Fenstern des Übergangs bewegte sich ein Schatten durch den Flur. Ich erspähte ihn in jeder Glasscheibe, wie in Zeitlupe, und in der Bewegung wurde die Gestalt deutlicher. Als sie ein Körper geworden war, blieb sie am letzten Fenster stehen und presste ihr Gesicht an die Scheibe. Niemand außer mir sah, wie sie herausschaute.

Sie kam aus der Tür des Naturwissenschaftsgebäudes, ging auf ihre seltsame Art, bei der sie den Boden nicht zu berühren scheint. Sie hielt sich wie immer von den anderen Mädchen fern und ging die Auffahrt hinunter. Es war kurz vor Mittag. Die Sonne stand hell und hoch am Himmel. 7. Mai, Brangwyn, strahlender Sonnenschein. Noch ein ereignisloser Tag in der Ewigkeit. Hinter jedem Mädchen lag ein kleiner Schatten, ein dunkler Fingerabdruck auf dem Asphalt. Ihre Seelen. Etwas, das man festnageln kann und das einem gestohlen werden kann, wenn man nicht aufpasst. Nur Ernessa hatte keinen Schatten. Sie stand in einem Kreis aus gelbem Licht, als wäre die Sonne eine Glühbirne, die direkt über ihr hing, als könnte sie jederzeit hinaufgreifen und sie ausknipsen.

Hätte ich mich nicht gewehrt, hätte Ernessa Lucy vielleicht nicht töten müssen. In Lucys Körper war genügend Blut, um beide zu nähren. Um beide hier zu halten. Lucy hätte in ihrem geschwächten Zustand bleiben, zu- und abnehmen können wie der Mond. Sie hätte rein bleiben können.

Nein, Ernessa brauchte den Orgasmus mit weit geöffneten Augen.

Jeden Tag hätte sie Lucy angesehen und gedacht: Ich mach's. Ich mach's nicht. Ich mach's. So wie ich das dünne Stück Stahl aus meinem Schreibtisch nehme, es in der Hand halte und betrachte, als sähe und fühlte ich es zum ersten Mal. Ich mach's nicht. Ich mach's. Heute Morgen habe ich es zwischen die Seiten meines Tagebuchs gelegt.

Ich schaute aus dem Fenster von Miss Norris' Wohnung und konnte vier Stockwerke unter mir den Gehweg sehen, der noch nass war. In den Vertiefungen hatten sich dunkle

Pfützen gesammelt. Die Feuerwehrleute hatten einen Bereich abgesperrt, der mit Scherben und verkohlten Holzstücken übersät war. Ernessa ging die Freitreppe vor der Residenz hinunter zur Auffahrt, stieg in das grüne Auto, das auf sie wartete, und fuhr davon. Sie hatte nichts dabei. Niemand hielt sie zurück. Sie denken nur an mich.

Ich habe weniger zu schreiben, als ich dachte. Auch gut. Es sind keine Seiten mehr übrig. Ich schreibe diese Worte auf das hintere Vorsatzblatt, eine nackte weiße Seite ohne Linien, die meine Gedanken in Ordnung halten könnten. Ich höre Schritte vor Miss Norris' Tür. Wie gut ich dieses Geräusch kenne – das hohle Klacken der Absätze von Erwachsenenschuhen, wenn sie den leeren Flur hinuntergeht. Ich habe die letzten drei Jahre nichts anderes gehört. Mrs. Halton steht inmitten eines Knäuels grauhaariger Damen. Ich höre auch Stimmen. Miss Norris kommt gerade aus dem Nebenzimmer.

Sie sind vor der Tür. Ich muss Stift und Tagebuch weglegen.

Nachwort

Ich weiß nicht genau, was Dr. Wolff sich von diesem Nachwort verspricht. Ich bin mir nicht einmal sicher, ob es eine gute Idee ist. Es kommt mir vor, als böte man einer Alkoholikerin einen Drink an, um ihre Willenskraft zu testen. Ich kann ohnehin nur darüber schreiben, wie ich jetzt bin. Ich kann unmöglich erklären, was ich vor dreißig Jahren geschrieben habe. Als ich dieses Tagebuch noch einmal las, und ich habe es hintereinander weg gelesen, kam es mir vor, als betrachtete ich einen Stern, der so weit entfernt ist, dass sein Licht schon lange nicht mehr leuchtet, wenn es uns erreicht.

Ich habe geheiratet. Anders als die meisten meiner Bekannten bin ich nicht geschieden. Ich habe meine beiden Töchter beim Heranwachsen beobachtet wie Versuchstiere in einem Labor. Ich hoffte, dass ich, indem ich sie beobachtete, meine eigene Kindheit besser verstehen könnte. Aber wir scheinen unterschiedlichen Spezies anzugehören. Manchmal habe ich sie dabei ertappt, wie sie sich vor dem Spiegel herausputzten oder sich wegen irgendwelcher Klamotten quälten, und dann dachte ich, aha, jetzt tritt der Narzissmus doch zu Tage. Aber es stimmte nicht. Es waren nur Ausrutscher. In Brangwyn war es anders. Es gab nur uns und die Schule. Für uns hat es die Welt der Politik, die gesellschaftlichen Veränderungen und den Vietnamkrieg nie gegeben. Selbst wenn es um Ideen und Bücher ging, interessierten wir uns nur für das, was uns selbst widerspiegelte. Es wäre einfach, der Schule mit ihrer hermetischen Atmosphäre die Schuld daran zu geben, oder der Tatsache, dass die meisten von uns eine unglückliche Kindheit hatten, aber das erklärt nicht alles.

Ich betrachte meine Töchter und staune über ihre Selbstsicherheit, ihre Empfindsamkeit, ihre Gelassenheit. Und doch ist ihnen bei all ihrem Glück etwas entgangen. Sie wissen nicht, dass es so ist, aber es stimmt. Sie waren immer in der Welt zu Hause. Sie kennen den Schmerz und die Überraschung nicht, wenn man erst in sie eintreten muss.

Ich bekomme noch immer die Schulzeitschrift, obwohl ich Brangwyn zum Ende der elften Klasse unehrenhaft verlassen hatte. Ich werde noch immer alle fünf Jahre zum Klassentreffen eingeladen. Doch es ist mir zu peinlich, hinzugehen. Charley (eigentlich sollte ich sie Charlotte nennen, aber ich kann mich nicht dazu durchringen, da Charlotte eine Frau ist, die zu den Anonymen Alkoholikern geht und extra fürs Klassentreffen schon mal vier Kilo abgespeckt hat) wollte mich überreden, zum letzten Treffen zu kommen. Sie ist Schriftführerin, obwohl sie von der Schule geflogen ist. Ich dachte ernsthaft darüber nach. Ich war neugierig darauf, was aus der Schule und den ganzen Mädchen geworden ist. Doch im Grunde war ich nur neugierig darauf, was ich fühlen würde, wenn ich sie sähe. Meine Klasse war der letzte Internatsjahrgang, der die Schule abschloss. Ich weiß, dass man den größten Teil der Residenz in Klassenzimmer umgewandelt hat. Nur mit Tagesschülerinnen muss die Schule ganz schön langweilig sein.

Ich wusste die ganze Zeit, dass ich nicht hingehen würde, obwohl ich Charley auf mich einreden ließ. Sie wollte mich davon überzeugen, dass sich niemand für das interessierte, was wir mit sechzehn getan hatten. Wir seien doch alle neurotisch gewesen. Ich sei nur ein wenig weiter gegangen als die anderen. Außerdem, sagte sie, hätten mich alle zu einer tragischen Figur verklärt, weil ich das folgende Schuljahr in einer Klinik verbracht hatte; alle hätten wie ich sein wollen. Sie haben vergessen, dass sie sich abwandten, wenn ich mich zu ihnen an den Tisch setzte. Sie haben vergessen, dass sie mir an allem, was geschehen war, die Schuld gaben.

Letztlich war ich froh, dass ich nicht hingegangen bin. Charley berichtete mir ausführlich, obwohl ich nicht danach gefragt hatte.

Beim Treffen wohnten die Internatsschülerinnen in einem Motel und redeten die ganze Nacht durch. Ich hätte ihnen nichts zu sagen gehabt, aber Charley meinte, sie hätten sich nach mir erkundigt. Eines fand ich dann doch interessant. Einige von ihnen gingen in den dritten Stock der Residenz hinauf, um sich ihre alten Zimmer anzusehen, die nicht mehr benutzt werden. Die Bäder waren noch intakt, auch die Badewannen mit den Klauenfüßen und den separaten Wasserhähnen für warm und kalt. »Es ist so primitiv«, sagte Charley. »Heute würde man die Schule dafür verklagen. Wir haben uns immer verbrüht.«

Aber ich hörte Charley nicht mehr zu. Ich dachte daran, wie ich mich in einer dieser großen Wannen im tiefen, brühheißen Wasser ausstreckte, während der Dampf an die Decke stieg. Ich dachte an Haare, die sich wie goldenes Schilf im Wasser ausbreiteten. Die ertrunkene Ophelia mit harten, rosigen Brüsten. Sie schloss die Augen und ließ den Kopf unter Wasser gleiten. Ihre Atemblasen stiegen hoch und verweilten einen Moment, bevor sie platzten. Es war mir nie peinlich. Wir waren beide so glücklich.

Als ich die nächste Ausgabe der *Brangwyn Echoes* erhielt, blätterte ich nach hinten, wo immer die Fotos der Klassentreffen abgedruckt sind. Das Bild war genau, wie ich es erwartet hatte: Sie waren mit Perlenketten und fröhlichem Lächeln geboren, um der unbarmherzig verrinnenden Zeit zu begegnen. Ich hatte im Grunde nicht damit gerechnet, ein Gesicht zu erkennen.

Irgendwie bin ich froh, dass sie gestorben ist und ich ihr Gesicht nicht neben jenen sehen musste.

Wenn ich mich aufmerksam im Spiegel betrachte, kommt

mir mein Gesicht fremd vor. Ich bin nicht an die Falten um Augen und Mund gewöhnt, es ist, als hätte ich die Fäden eines Spinnennetzes weggewischt, in dem ich mich letztlich doch verfangen werde. Aber darum ging es bei meiner Genesung, ich musste akzeptieren, dass ich älter werden würde, eine Frau, Kinder bekommen, mir das Haar färben, Hitzewallungen und nächtliche Schweißausbrüche durchleben. Ich musste die Kindheit loslassen. Meinen Vater loslassen. Ihm seine Verzweiflung verzeihen.

Selbst wenn ich wollte, könnte ich nicht in jenes Jahr zurückkehren. Dieses Tagebuch kann es nicht auferstehen lassen. Ein Nebel hängt darüber. Ich kann ihn mit einem hauchfeinen Seufzen wegblasen, doch er treibt gleich darauf wieder herbei und verhüllt alles.

Es war schwer, das Mädchen aufzugeben, das so zwanghaft in sein karminrotes Notizbuch schrieb, zu sehen, wie es in das schwarze Loch der Vergangenheit gesogen wurde. Dieses Mädchen war in sich gefangen, aber auch qualvoll lebendig, als wäre es ohne Haut geboren. Insgeheim wollten alle seinen Schmerz. Er verzehrte das Mädchen, bis nichts mehr übrig war. Ich empfand Zuneigung für sie, weitaus mehr Zuneigung als für den Menschen, der an ihre Stelle getreten ist. Sie hatte einen Vater, und ich habe keinen.

Aber ich musste es tun, um zu leben. So wie meine Mutter einen anderen Mann geheiratet hat. Das habe ich ihr nie vorgeworfen.

Und dann, eines Tages, war ich älter als mein Vater bei seinem Tod. Damit hatte ich nie gerechnet. Ich kam mir plötzlich so alt vor. Ich wusste, dass er nicht auf mich wartete. Er war für immer gegangen.

War er dorthin gegangen, wohin die beiden gegangen sind, in jene endlose Abfolge von Tagen?

Manchmal taucht das Bild der beiden vor mir auf, unverlangt, wie ein Traum. Sie treiben irgendwo dahin, weder glücklich noch tot, jung, ungebunden, frei. Sie haben die Arme weit ausgebreitet, Haar und Kleider umwogen sie. Sie befinden sich an einem Ort ohne Schwerkraft, ohne Empfindung. Nichts zerrt an ihnen.

Es stimmt, dass ich nie erwachsen werden wollte. Doch wie wichtig war sie wirklich – die Entscheidung, ein Mensch zu sein?

Carlene Thompson

Im Falle meines Todes

Roman

Aus dem Amerikanischen von Anne Steeb

Band 14835

Nie wird Laurel jene Nacht vergessen können, als ein dummer Streich für eines der Mädchen tödlich endete. Seither sind dreizehn Jahre vergangen. Und jetzt plötzlich hat sich jemand in den Kopf gesetzt, die überlebenden Freundinnen von damals eine nach der anderen zu ermorden. Laurel könnte die nächste sein. Mit der Post hat sie eine grausige Warnung erhalten ...

»Ein Buch, das absolute Hochspannung verspricht.«
Radio Ostfriesland

Carlene Thompson

Sieh mich nicht an

Roman

Aus dem Amerikanischen von Anne Steeb

Band 14538

Deborah Robinson, ihr Mann Steve und die fünfjährigen Zwillinge Brian und Kimberley sind eine richtige Bilderbuchfamilie – bis zu dem Tag nach der traditionellen Vorweihnachtsfeier in ihrem Hause, als Steve spurlos verschwindet. Deborah hatte gespürt, dass Steve sich Sorgen machte. Was sie nun herausfindet, erschreckt sie zutiefst. Sie kann sich nicht länger sicher sein, Steve wirklich zu kennen. Und sie weiß, dass irgend jemand ihr Haus beobachtet, jemand, der skrupellos getötet hat – und bloß darauf wartet, wieder loszuschlagen ...

Fischer Taschenbuch Verlag

fi 14538 / 1

Carlene Thompson

Vergiss, wenn du kannst

Roman

Aus dem Amerikanischen von Irmengard Gabler

Band 15235

Durchatmen, nachdenken – das ist das Einzige, was die junge Tierärztin Natalie möchte, als sie sich mit Liebeskummer in ihren idyllischen Heimatort am Eriesee aufmacht. Doch am Tag nach ihrer Ankunft wird dort eine ihrer alten Freundinnen ermordet aufgefunden und Natalie erhält einen Anruf, in dem eine Unbekannte auch ihr den Tod ankündigt.

Zunächst glaubt Natalie noch, dass jemand ein grausames Spiel mit ihr treibe – bis weitere Menschen aus dem engsten Umkreis der Toten brutal ermordet werden. Natalie weiß, dass sie nur eine Chance hat, wenn es Nick Meredith, dem sympathischen Sheriff, oder ihr selbst gelingt, den Täter rechtzeitig zu finden …

»Lassen Sie sich gesagt sein, Carlene Thompsons
Bücher machen süchtig.«
Radio Ostfriesland

Fischer Taschenbuch Verlag

fi 15235 / 1

Mary Logue
Fasanenschrei
Roman
Aus dem Amerikanischen von Veronika Cordes
Band 15286

Ein zweiter Fall für Claire Watkins. Als Claire mit ihrem neuen Freund Rich, dem Fasanenzüchter, ein Straßenfest besucht, hofft sie, endlich einmal wieder unbeschwert feiern zu können, und freut sich auf die erste gemeinsame Nacht mit dem Freund. Doch dann dringt ein schriller Schrei in ihr Ohr.

Jed Spitzler war als unauffälliger, etwas eigenbrötlerischer Mann bekannt. Niemand schien viel über ihn zu wissen, und niemand schien Probleme mit ihm gehabt zu haben. Aber warum wurde ihm dann inmitten der feiernden Menschenmenge ein Messer in die Brust gestoßen? Und keiner will etwas gesehen haben. Drei verstörte Teenager, die Kinder des Opfers, bleiben als Vollwaisen zurück. Während Claire die spärlichen Spuren auswertet, versucht sie zugleich, den Kindern, insbesondere der 15-jährigen Jenny, beizustehen und den Mörder ihres Vaters zu finden …

»Wunderbare Charaktere, ein glaubwürdiger Plot und
ein geradezu lyrischer Erzählton – Mary Logues
›Fasanenschrei‹ ist ein spannender und
faszinierender Krimi, ihr bisher bester.«
Kirkus Review

Fischer Taschenbuch Verlag

fi 15286 / 1

Mary Logue
Dunkle Ernte
Roman
Aus dem Amerikanischen von Veronika Cordes
Band 15291

Nach dem Tod ihres Mannes verlässt Claire den Polizeidienst der Großstadt Minneapolis und zieht mit ihrer zehnjährigen Tochter Meg aufs Land, in die kleine Stadt Fort St. Antoine in West-Wisconsin, wo man vom Getreideanbau lebt, seinen Garten pflegt und Kapitalverbrechen nur aus dem Fernsehen kennt. In dieser friedlichen Umgebung will sie ein neues Leben beginnen – weit weg von allen quälenden Erinnerungen. So hofft sie. Was Claire nicht ahnen kann: ihre Tochter Meg war Zeugin des Verkehrsunfalls, dem der Vater zum Opfer fiel. Und der Mann am Steuer des Lasters, der Fahrerflucht beging, weiß, dass er gesehen wurde …

Fischer Taschenbuch Verlag

fi 15291 / 1

Astrid Paprotta

Mimikry

Roman

Band 14849

Die Opfer lebten einsam mitten in der Metropole Frankfurt. Alle weisen sie die gleichen grausamen Verstümmelungen auf. Bei der Suche nach Motiven findet man heraus, dass sie alle Schlange standen, um in einer beliebten Talkshow ihr Intimleben kundzutun.

Die junge Kommissarin Ina Henkel versucht, sich gegen das Grauen, das ihr begegnet, abzuschirmen, doch die brutalen Morde lassen ihr keine Ruhe. Und je weiter sie sich an die Lösung des Falles herantastet, desto mehr gerät sie selbst, ohne es zu ahnen, in das Visier des Täters ...

Fischer Taschenbuch Verlag

fi 14849 / 1